Butterflies
In The
Night

方丽娜小说精选

夜蝴蝶

方丽娜 著

作家出版社

目 录

夜蝴蝶

加勒比海一个荒僻而近乎原始的渔村里，有个古老的传说：月光下翩然起舞的蝴蝶，被誉为魔女的化身。看见它的人，即被施下邪恶魔咒，往往在劫难逃。

1

我刚刚进入不惑之年，却有一种被世人遗弃、生命枯萎的沮丧。早餐后，我站在旧金山十八层公寓的阳台上，望着太平洋上空淡远如烟的清秋的气息，突然决定回一趟函镇。当天夜里，我梦见自己披着层层云雾，潜入一片古老而隐秘的小树林，林子里根茎交错，虬枝盘桓，我和陆雪相拥相携，在松软的枯叶上耳鬓厮磨，缠绵不已。一缕阳光射过来，刺痛了我的双眼。赫然醒来，我发现整个身体，被血红的枣核碎末所覆盖。

两周后，我放下手头的一切，从美国西海岸飞抵北京。之后沿京广铁路线，在绿色的车厢里晃荡了大半天，于龙城车站转车时，我坐进十字街头的小吃店，很热烈地吞下一大碗羊肉烩面和两个油汪汪的火烧，而后登上长途汽车，继续西行。天擦黑时我下了车，犹犹豫豫地跨上一位老乡的摩的，一路兜着风，朝山上疾驶。灰突突的道路两旁，是起伏不定的褐色岩壁，透过壁孔望去，远处茂密的秋庄稼，在夕阳下闪着冷峻而离奇的光。

时隔多年，我终于回到了函镇。

函镇已风烛残年。沉寂，颓败，寥落。我站在一面碎石堆砌的山形墙下，迂回曲折地俯瞰谷底那条狭长的沟渠，心里的某个地方，蓦然下沉。两只羽毛丰满的山雀，翅膀一动不动地挂在空中，像两朵迷途的云，让我瞬间想起那个春夏之交。不知是一系列的巧合还是命中注定，事情沿着不可逆转的方向，一路狂奔，并在两个少女身上，升华为一幕触目惊心的悲剧。十八岁啊，还未来得及领略人生的种种风景，便已香消玉殒。

山里的清晨，空气薄而凉，却是爽洁的。我像个普通访客，悄无声息地徘徊在函镇的早上。没有人认得我，也没人对我感兴趣，这让我无比轻松，可以从容打量扑面而来的一切。天空像山道似的，充满了崎岖不平的灰褐色，我的内心，杂草丛生。借助一条隐蔽的石径，我绕到山谷间，寻寻觅觅寻寻，试图从记忆里，拼凑起那面支离破碎的镜子。一只家犬蹿出来，满腹心事地对着我狂吠，像是发泄对我的不满和愤懑。我收起脚步欲转身时，突见树荫下一块毫无规则的石头上，孤零零坐着一个人。

“不可能，真的不可能！”女人自言自语地说着，“我女儿看见菜叶里钻出的一条毛毛虫，都会吓得跳起来，她怎么会杀人呢，啊？”

这是一位头发纷乱的女人，阳光透过枝叶的罅隙，打在她悲戚的脸上，镀出一个个斑驳的光圈。她不停地交叉着满是青筋的十指，见了我，不住地摇晃着脑袋说：过中秋节了，我男人在院子里杀鸡，雪儿看见公鸡的脖子被扭得青紫，嗷的一声就跑下山去了。

这不是陆雪的母亲吗？隔着十六年光阴，我立刻认出了她。那年盛夏，我和陆雪在山上碰面，她也是坐在这块石头上，睥睨着我出神。听陆雪说，她妈患有偏头痛，因而太阳穴上常年贴着一枚草药的干叶。这会儿，女人定了定神儿，抓住一条龙舌兰吊绳，颤颤巍巍地要站起来。我慌忙走过去扶住了她。

女人一个激灵，随之漾起一丝笑意。像是认出了我！

那个时候，我还是一名初出茅庐的大学生，刚由西北冶金学院分配到函镇。我是那么踌躇满志，心高气傲，命运偏偏跟我开了个天大的玩笑，一下子把我丢在了黑乎乎的煤矿。在我眼里，函镇就像荒漠中的一个村落，小得可怜，闭塞得让人喘不过气来。陆雪的出现，像一块绿洲，让我在久待的焦躁中渐渐生动起来。我至今记得陆雪常穿的那条浅蓝色牛仔裤，和她那件透亮的白衬衫，像一株白色的鸢尾，透着清冽之气，凛然之香。假如当初，我不是执意要考研，而是甘心留在矿上，踏踏实实地与陆雪谈一场恋爱，让两颗寂寞的心相互安慰，顺理成章地走进婚姻，陆雪将为人妻，为人母，相夫教子，成为别人眼中羡慕的女人……而我，却没有给她这样的机会。

风打着呼哨从山巅吹过来，像一串悠长的叹息。山涧与沟壑之间的迷雾渐渐散去，蓝天绿野间，陆雪仿佛一如既往地穿着她那条蓝色牛仔裤、白衬衫，冷冷地向我走来。

2

认识陆雪，是缘于一场我梦寐以求的法国电影。元旦前夕的函镇影院，迎来了罗曼·波兰斯基执导的《苔丝》。大学期间，我曾读过英国作家托马斯·哈代的小说《德伯家的苔丝》，美少女苔丝一波三折的命运，令我沉迷，也令我扼腕叹息。影片在函镇公映的几天里，矿上的男女兴奋得像打了鸡血，逢人必谈苔丝的扮演者金斯基那冰蓝的眼珠、魅人的身段，以及她那凄美冷艳的气质。

这天也不知在忙些什么，及至下班前领导还没完没了地交代着工作，待我火急火燎地赶到镇上影院时，电影票早在两小时前销售一空。这是《苔丝》在镇上放映的最后一场，惋惜、遗憾、懊悔像一把火，从心底直烧到我的脑门儿。正当我左顾右盼欲罢不能的时候，一个声音从天而降：

喏，我这里多了一张票，你去看吧。

那一刻，我对持票姑娘的反应不是感激，简直是救苦救难！

匆忙间，我未来得及细看她的眉眼，只觉眼前飘荡着一朵白云，轻盈飘逸，瞬间就不见了。两天后的中午，我和姑娘竟在矿区的小道上不期而遇。

午休时间，我和同事小唐出了办公楼，并肩朝食堂方向走。拐弯时小唐故意撞了我一下，说：认识前面这位吗，咱们的矿花儿，名叫陆雪。

我定睛一看，这不是送我电影票的那位姑娘嘛！路旁有几棵柳树，在微风里飘来荡去，我的思绪不由得跳进电影里的情节，并琢磨着该如何跟姑娘搭讪。这时，从岔道上走出两位斜戴矿帽的年轻人，手里举着挂有几枚红枣的树枝，不怀好意地冲陆雪喊：吃吧，小堂妹，我们的枣子都熟。

陆雪见状，掉头就走，却被其中一个拦住，说：美，是要付出代价的！

这是电影《苔丝》里的台词，纨绔子弟亚历克挑逗苔丝时说的。路上的工友见状，好奇地聚拢过来，脸上挂着莫名的笑意。我没有丝毫犹豫，一个箭步冲过去，横在这两个家伙中间，恶狠狠地瞪视着他们。也许他们认出我是矿上的政工人员，抑或觉得我也不是个善茬儿，收起架势讪讪地走开了。

陆雪朝我投来感激的一瞥。

在大食堂的餐桌上，小唐环顾四周，神秘地对我说：陆雪就在食堂里工作，但不是咱们这种人吃饭的大食堂，而是领导们用餐的小食堂。

转眼到了五月，矿上有意举办一场娱乐活动，来活跃一下职工的文化生活。有人把我推了出来，并让我和陆雪合作表演一个节目。当时矿上正流传着一首感情充沛的诗歌，还请人谱了曲子，传颂一时。我便对陆雪说，要不要唱这首歌？陆雪嘴角轻漾，笑而不答。我心领神会，就让她来选曲目，我尽力配合。陆雪抿了抿嘴，轻轻唱起了时下流行的《为了爱，梦一生》，结果引爆了大家的兴致，要我们再来一曲，否则不得下台。我会唱的通俗歌曲十分有限，就愣在台上举棋不定。多亏陆雪，她引领着我哼唱起王杰和叶欢的《你是我胸口永远的痛》。

夜里有风
风里有我
我拥有什么
云跟风说
风跟我说

我能向谁说

不想从前
不谈未来
我为谁等待
不要你懂
不怕人说
让爱随风沉默
你是我胸口永远的痛

演出结束后，年轻人的激情不绝如缕，无处安放，便聚在楼下继续狂欢。大家将我和陆雪拥在一处，借着膨胀的酒力，宣布我们为郎才女貌，天作之合。我一直为陆雪送我电影票的事心存感激，结果由于大家的起哄，反而说不出口了。陆雪就那么坐着，表情淡淡的，可从她偶尔瞟向我的眼神，我分明读出了款款深情。

月影挪至云层背后时，我撇开人群，走向一旁的山道。晚风习习，唤起我对往事的追忆，阵阵苦涩，袭上心头。念大二时，我爱上了学校公认的校花楚红。那时我担任学生会副主席，楚红是文艺干事，我们的爱情如顺水推舟，一帆风顺。作为学生会干事，我们曾携手组织过隆重的高校演讲和诗歌朗诵会，共同抵御过令人胆寒的大西北沙尘暴。三年间我俩出双入对，旁若无人。多少个周末，我拥着楚红走向广阔的地平线，在流沙堆积的波峰上，寻找风中的宫殿、神秘的绿洲和传说中的坎儿井。一千多个日日夜夜啊，我们从中领略到难以计数的美妙与庄严！

然而，就在毕业前夕，楚红突然离我而去。她走得那样匆促，那样决绝，令我猝不及防。楚红是随物理系一个家在西安的男生走的。那是毕业分配带给人的茫然、错乱和背叛。花前月下，海誓山盟，终究抵不过一纸薄薄的派遣令。楚红权衡左右，最终舍弃爱情而臣服于现实。据说那位男生的父母，是西安有头有脸的人物，不费吹灰之力，就为他们的准儿媳，安排了一份体面而实惠的工作。

眼睁睁看着自己心爱的人飘然而去，转瞬之间，消失在熙攘的人丛里，我的目光，滴滴见血。现实击打着我狂热的大脑，进而撕碎了我的梦。我连自己要找份像样的工作都举步维艰，对楚红更是爱莫能助。走出校园的那一刻，我盯着天边的一缕残阳，情不自禁地苦笑一声，我对自己说：你别痴心妄想了，你既没有权，又没有钱，怎么能留得住美女呢？

从此，我对美女敬而远之。

3

爱情上的挫折，是我在人生之初饮下的第一杯苦酒。而后来的事实表明，职业带给我的困惑与苦闷，尤为深重。我生在西北，长在西北，父母属于困守在城乡接合部的尴尬的群体。他们每天起早贪黑，从东郊菜农手里贩进各种鲜蔬，天不亮倒腾到城里的菜贩子手上，从中赚取可怜的盈余。母亲的眼里常常汪着泪，摊开她那粗糙而灰绿色的双手，巴望着我有朝一日出人头地，从而摆脱他们的困境，成为光鲜亮丽的都市一员。可命运像躲在暗地里的一只手，冷不丁把我丢在函镇，一座黑乎乎的煤矿。

平心而论，函镇是一座正在崛起的内陆煤矿。当地百姓拍着胸脯说：随便什么地方，挖一铲子下去就是煤。因此，尽管偏僻，从四面八方涌入函镇的“淘金者”却络绎不绝。如同十九世纪中期，北美人涌向阿拉斯加淘金一样，大家兴致勃勃，奔走相告，携家带口地闯过来，承载着他们激情和梦想的就是脚底下黑压压的煤。在煤炭挖掘、运输和销售链条上，函镇煤矿不仅振兴了当地经济，也影响了周围一大片乡村。由此，函镇从一个近乎荒凉的不毛之地，一跃而成了繁华闹市。周边的煤窑小老板，大江南北的采购员，东奔西走的货运司机，来来往往，进进出出，给函镇带来勃勃生机。为淘金者服务的商店、银行、旅馆、影院、美容店、洗浴中心，乃至其他莫名其妙的场所，应运而生。有家名为“天上人间”的自助烧烤店，生意做得特别火，店门口常常车水马龙，熙来攘往。据说天上人间到了后半夜，就成了赌场，大家心照不宣，乐在其中。为了摆脱精神上的苦闷和孤独，许多远离家乡的工友们，下了班，无处可去，就到那里放纵一把。狂饮、滥赌，甚至嫖妓，在函镇实不鲜见。

那年夏季，我出了大学校园辗转来到函镇。一路走来，没有鲜花，没有池塘，没有林荫道，没有我所构想的一切美妙场景。有的只是乌黑的煤，灰扑扑的建筑，扯着嗓门高声笑骂的函镇乡民。真难想象，如此偏僻而荒凉的小镇，人口规模竟一度扩大到八九万，且有着继续膨胀的趋势。在一次年会上，煤炭部来了位大领导。领导和蔼可亲，面对全矿职工讲道：

可喜可贺呀，咱们函镇煤矿处在南湾煤田的中心带上，已经探明的储量为三百亿吨。不仅如此，这里的煤质优良，硫磷含量偏低，属于中高发热量的优质动力煤和气化煤。以函镇为中心的方圆几百公里，地表埋藏的煤炭资源，为国人的生活提供了将近一半的动力啊！

领导讲得有理有据，下面听得群情激昂。难怪，其他地方的商贩不是吆喝着卖衣服、卖电器，就是推销各种土特产品，而函镇不同。函镇的路边摊贩，卖的尽是煤。那是一段属于煤炭，也属于函镇的黄金时代。当地农民见那些夹着皮包东跑西颠的采购员，倒腾煤倒腾得发了财，不免眼红心跳，就有些跃跃欲试。近水楼台先得月，他们摸透了脚下的煤层，有着埋藏浅技术门槛低的优势，便找来几个合伙人，凑在一起买套设备，便偷偷开采起来。挣钱心切的乡民，哪里顾得上开采条件，更谈不上科学管理，矿难就像山上的雨，说来就来。渐渐地人们开始意识到，这个小镇一边生产财富，一边生产灾难，一边生产欢喜，一边生产烦恼。

而函镇煤矿属国家直属企业，管理相对规范，在中原地区一枝独秀，并且源源不断地为国家创造财富的同时，也为四野的乡民，提供了大量就业机会。乡亲们经历过山上不长树、地里不长苗、穷得连过年都买不起酱油的岁月，也就格外珍惜身边的工作机会。因此，矿上的一举一动，都牵动着函镇百姓的心。虽然矿长像走马灯似的换来换去，可当地百姓对他们了如指掌。矿头们一旦当了矿长，个个跟土皇帝似的，一个比一个牛。我初到函镇时，适逢赵矿长新官上任，他头发乌黑，嗓门响亮，当众喊话说：举国上下，煤炭行业一片衰败，可咱们函镇不仅有煤挖，还能卖上好价钱，这难道不是大伙修来的福气吗？

可对我来说，函镇煤矿即便是座金矿，也唤不起我的热情。来矿半年了，沮丧和寂寞像两只翅膀，带着我四下里乱撞。不知出于何种心理，我要求和矿工们一道下井。哥们儿得知我下井，纷纷嘲弄我这是自虐——因失恋而自我作践。可我不在乎。我需要钱。心甘情愿地跟着南来北往的矿工们，低着头往井口里钻。

在煤矿，最苦的当然是井下开采。当时的采矿条件还达不到机械化开采的程度，尤其是深采区，顶棚全由方木支撑，冬天风大，呜呜呜直往井下灌，采矿区的木梁发出吱吱呀呀的动静，好像随时都有断裂的危险。头顶的煤屑闻风而动，稀稀拉拉扫向眼皮子，叫人胆战心惊。有位初来乍到的湖北籍年轻工友，下井前一路吹牛，说他十年前就开始挖煤了，什么样的煤矿没见过，矿工嘛，就是光着屁股往刀刃上滚，并调侃道：你当从地下升到地面，就是天堂了吗？

话音未落，从头顶落下一个煤块，来不及躲闪，煤块顺着他的前额滑下。他身子一撤——幸运得很，煤块扫着他的鼻梁只留下一道擦伤。我一屁股坐在他身后的矿道上，半天都没能起来。大家吆喝着升至井口时，阳光泼墨似的汹涌而来，我感觉自己像捡回了一条命。从此，我再也不要求下井了。

4

陆雪是一个不折不扣的美女。而陆雪的美，有些不同凡响。

陆雪似乎对灰、蓝、白这一类的色调情有独钟，任何俗丽而烦琐的装束，都与她无缘。这就让她与那些粉粉嫩嫩的小清新，拉开了距离。陆雪天性开朗、率真，可一旦静下来，会瞬间恢复茕茕孑立的气息。我从未见陆雪有过普通女孩儿那样的忸怩与躲闪，偶尔的羞涩也是有的，如同荷叶上弥漫的水珠，闪闪烁烁，隐隐约约的。与陆雪稍有接触，我便发现，她那单纯和率性的背后，似乎埋藏着一丝与她年龄不大相符的冷静与神秘，又裹挟着一股不易察觉的野性与不羁。

曾经一度，陆雪是那么信任我，视我为知己和亲人。而我因为有过前车之鉴，有意无意地对她保持着距离，若即若离的，有些冷眼旁观的意思。像我这样一个曾经在荒漠、书籍和地图中怡然自得的人，是不缺少理智的。这种理智披挂着现实的盔甲，将我锁定在一个冰冷的世界。我无端地认为，一个人见人爱的女孩儿，何以会看上我这个势单力薄的穷小子？在与现实和权势的博弈中，我曾一败涂地，狼狈不堪。我不会再轻易动情，也不容许自己重蹈覆辙，进而被情爱的焰火所灼伤。我好像从未这样清醒过。就像一个刚刚走出炼狱的囚徒，我关心的不再是爱情，而是现实人生。我就那么固执而自信地，跟着自己的伦理和逻辑走。

尽管我刻意回避着陆雪，可有关陆雪的传闻，像此起彼伏的矿难一样，从各种渠道渗透过来。是啊，漂亮本身就像无处不在的电磁波，有着势不可当的传播效应。比如办公室里的小唐，就时不时跟我提起陆雪，以及陆雪的家庭。

据说陆雪的父亲，是函镇小有名气的猎手。这就有必要说一下函镇。函镇虽然默默无闻，可它背后的那道关，却是无人不知，无人不晓，并且在中国历史上扮演了至关重要的角色。这便是鼎鼎大名的函谷关。函谷关因置身谷中，深险如函而得名。东自崤山，西至潼津，通名函谷，号称天险。黄河多湾，丘峦起伏，函关谷成为东西畅通的唯一坦途，自古乃兵家必争之地。想当年，由于函谷关易守难攻，秦朝末年各地起义抗秦后，新立的楚怀王为尽快平息战乱，宣告谁先入关中，即为关中王。此处所指，亦为函谷关。东汉末年，群雄起兵讨伐董卓，董卓强迫汉献帝从洛阳迁都长安时，就以函谷关坚固易守为由。乱纷纷的秦汉时期，项羽坑杀二十万秦军，也是在函谷关。再后来，从唐代的“安史之乱”到现代抗日战争，地势险要的函谷关，始终被你争我夺，从未消停过。

如此，函镇民风强悍，崇尚以暴制暴血债血偿，并形成胜者为王败者寇的价值观，也就不足为奇。即便在眼下，函镇的官民关系，也十分紧张。函镇政府自身的公信力不济，官员们每次下乡，都要找人为他们看管小车，否则一不留神，乡民们就把车窗玻璃砸个稀巴烂，甚至把官员们的车轮子偷偷卸走，扛到外省去卖。社会矛盾尖锐至此，地下秩序的混乱，可见一斑。可有关当局，只把目光聚焦在麻将桌、美发厅、妓女楼这类鸡毛蒜皮的事上，真正的地痞流氓、偷盗抢劫、官商勾结的要犯，却屡屡逍遥法外，命案破案率几乎低到零。连函镇中学的半大孩子，都敢在校门口砍死自己的同学。

在这样的环境下，陆雪长到了十八岁。读小学那会儿，陆雪常常受父亲蛊惑，跟着他在函镇肩胛骨下的山坳里，四处转悠。山坳一带有片古老而茂密的森林，里头活跃着野鸡、野狐和野兔子等。猎物出没的季节，老陆喜欢随身带上他那只垂老的秃鹰，在林子间游来荡去。多少年了，老陆买不起房子，买不起家用电器，甚至连喝瓶啤酒，也要踌躇再三的一个人，却终日沉溺于玩鹰、打猎，即使倾家荡产，也在所不惜。不过每次，他倒是很少空着手回来，不是带只小山鸡，就是拎只野兔子。后来函镇派出所对那片森林进行了限制，说是保护野生小动物，禁止打猎。但界限相当模糊，当地官员和土豪，就不拿它当回事。镇长和他的相好，常年来树林里放枪取乐。

十年前的一个阴雨天，陆雪七八岁光景。眼看就要过年了，有人在林子背后见老陆睁着眼倒在一片水洼里。大家七手八脚地把他抬到矿上医院，人倒是活下来了，半个身子却难以动弹。陆雪的母亲是函镇水泥厂的保管员，一个勤俭持家又贤良朴素的女人。她见丈夫出门时还好好的，转眼竟成了这样，唯有哭天抹泪捶胸顿足的份儿。

5

实际上，陆雪的悲剧，从她哥哥陆虎与矿长的大女儿谈恋爱就开始了。

陆虎和赵晶晶谈恋爱的事，在巴掌大的函镇煤矿，几乎家喻户晓。早春二月，函镇周边的草坡上绿意萌动时，一场轰轰烈烈的足球赛拉开了序幕。这是函镇煤矿与南湾总矿之间，每年一度的体育盛事。比赛到了第二场，函镇煤矿的前锋突然意外受伤，临时缺场。函镇队眼看就要败下阵来，情急之中，有人把陆虎找来，顶了上去。

陆虎是子弟学校有名的体育健将，充当的正是前锋。接下来的赛场上，陆虎反应机敏，身手矫健，将前锋的作用发挥得淋漓尽致，关键时刻，力挽狂澜，使得函镇队转败为胜。整个比赛赵晶晶都在场外观战、助威，陆虎的潇洒机智身手不凡，轻而易举就俘获了姑娘的芳心。

在县城技校读书时，赵晶晶和陆虎虽不在同一个班上，但平素的好感，加上远在县城的契机，将两个年轻人潜在的情愫，瞬间激活。不到半年，俩人便你来我往，如胶似漆了。只因晶晶是矿长的女儿，这事变得有些复杂了。某日，晶晶和陆虎从县城结伴回到家，当晚照例出来约会。赵矿长和夫人吃了饭在山上溜达时，恰好撞见女儿跟陆虎勾肩搭背、卿卿我我的一幕。夫妇俩你看我一眼，我看你一眼，脸色由红转白，由白转青，闷闷不乐地收回了脚步。

过了些日，夫妇俩见女儿依旧我行我素，毫无收敛，便挑明了要晶晶与陆虎分手。为此，矿长夫人还亲自找上门去，要求陆虎一家承诺，不再跟晶晶往来。作为当权者，权力和地位带给人的好处，他们太清楚了。这年头，没个一官半职的，家底又薄，日子可想而知。除此之外，陆虎的父亲还半死不活地躺在床上，要是任由女儿这么糊里糊涂地嫁过去，将来受委屈还在其次，说到底，丢人现眼的还是父母。

总之，夫妇俩死活不答应这门亲事。一对鸳鸯，就这么生生给拆散了。陆虎想不通。困惑与打击让一个涉世未深的年轻人，茫然失措，难以招架。没有人能够帮助他，也没人为他抱不平。胳膊到底拧不过大腿。分手后，陆虎把自己关进小屋，不吃不喝面壁一周，就此沉默寡言，不再与任何人来往。眼睁睁看着儿子为情所困，当妈的苦口婆心，软话说尽，陆虎依旧执迷不悟。母亲便终日提心吊胆，如履薄冰。为此，亲朋好友们纷纷来劝陆虎，何必在一棵树上吊死呢。可任谁操心张罗，陆虎硬是不为所动，他甚至指天发誓：非晶晶不娶！

陆虎的境况，辗转到了赵矿长耳朵里，表面上他也没说什么，背地里毕竟心存歉疚。为了平衡心态，赵矿长迂回曲折，将陆虎破格提拔为采矿科副科长，希望他顺坡下驴，在窘迫中学会顺势而为。

可陆虎偏偏是一头碰到南墙也不会拐弯的犟驴。他得知矿长的意图后，不仅不领情，反而视之为奇耻大辱。

老实说，赵矿长将女儿许配给武装部部长的儿子，也是有着难言之隐。那次与函镇闹土地纠纷，合同拖延了几个月，始终签不下来。业务上没建树，政绩平淡无奇，他这个矿长的位子，便摇摇欲坠。心里着急上火，谈判桌上就免不了生硬，有一次他借着酒劲对镇长说：我这个矿长属县团级，跟你们县长一个级别。咋到你这里，用块地皮就恁难？没想到，镇长揉搓着一脸铁青的胡茬，回应道：屎！我啥级别都不是，就是不叫你用地！

正在僵持不下的时候，行伍出身的武装部部长主动出面，从中斡旋，很快促成了镇长与矿长之间的这份土地合约。后来，矿上连续发生两次透水事故，几十号矿工困在井下，家属们哭天喊地，以死相逼，刘部长闻讯赶来，不仅疏散了围堵在楼前的矿工家属，还协助矿上妥善处理了后事。也算幸运，两次事故都未酿成重大灾难，矿工们全都脱离了危险。事后，赵矿长豁然意识到，每逢大难临头，刘部长必大驾光临，及时雨般解救他于危难之中，不啻为他的保护神。无形中，两人成了生死之交，攻守同盟，顺理成章。俗话说，虎父无犬子，人家武装部部长的儿子生得虎背熊腰，工作又体面，家大业大的，这样的人家打着灯笼也难找，哪里有理由拒绝这份秦晋之好呢？

而彼时的陆虎，从技校毕业后，一直没着没落的，末了还是滚进了黑乎乎的煤矿。职场不同于运动场，单凭斯文俊美身手矫健是不够的，没有关系和金钱，好工作一辈子也轮不到你头上。爱情这东西，不过是花前月下的影子，一旦掉进现实的旋涡，只有望洋兴叹的份儿。为此，陆虎曾寄希望于晶晶，指望她能立场坚定，誓死捍卫他们三年的感情。可晶晶是个有名的孝女，她体谅父亲的难处，理解父母的良苦用心，就在节骨眼上，晶晶的方向标最终倒向了父母一边。

不久，晶晶在一串震耳欲聋的鞭炮声中，高调出嫁。

泥人也有土性子。二十三岁的陆虎，听到了噼里啪啦的鞭炮声，犹如看见自己的恋人，与新郎官眉目传情的场面。浓烈的火药味，更是把陆虎逼到了窒息的边缘。他越想越气，越气越想，终究走不出自己的怪圈，在一阵瞬间的迷乱和狂躁之后，陆虎头也不回地摔门而去。从此，再也没有回来。

一晃大半年过去了，活不见人，死不见尸的。没人知道陆虎到底去了哪儿，也没人知道他是死是活。卧病在床的父亲，见自己唯一的儿子离家出走，杳如黄鹤，悲愤之下灌了自己小半瓶敌敌畏。次日清晨被陆雪妈发现时，男人的身子已僵硬多时了。

6

一年一场风，从春刮到冬。这是函镇人挂在嘴上的口头禅。然而，却也有无风的日子。无风的时候，函镇的空气里终日飘浮着一层煤灰，像雨丝一样缠着你，躲都躲不掉。这样的感觉，把我的日子弄得很脏、很硬，甚至焦躁不安，一点奔头也没有。我便常常期盼着一场雨，一场大雨，痛痛快快地把自己浇湿，浇透，浇个底朝天。

八月的这天上午，我到黑虎县去办事，完了立在街边等车。半空中升起一团热浪逼人的乌云，翻来覆去，带出一阵闷雷，紧接着，一场暴雨横扫下来。我迅疾闪入路边的一个小店，这时，陆雪像人从里升起的一朵云，飘到了我的眼前。大雨停下阵脚，却比先前更热了。一个转念，我诚心邀请陆雪，到对面的刨冰室坐一坐。为了那张电影票，我一直对她心存感激，早想当面表达一下谢意。今天，岂不是天赐良机？陆雪欣然答应。

小而简陋的刨冰室，竟摆了几样时下里流行的冰激凌。女孩子都爱吃这个，我便让陆雪自己挑一款。陆雪柳眉轻挑，选中了一盒巧克力奶油冰激凌。我要了块驼峰雪糕，与陆雪对面而坐，边吃边聊。我问她来县里做什么？陆雪说，是为了补考幼师资格证。并说，矿上幼儿园要招聘幼儿园园长，她想竞聘。陆雪中学毕业后曾读过一年多的幼师班，后来由于家庭变故，而被迫辍学，遗憾地错过了考试机会。陆雪慢悠悠地说着，细碎的冰碴从她嘴里喷出来，雪花似的油脂在她的嘴唇上方，勾出一弯月牙。

我这才注意到，陆雪常穿的那条牛仔裤，被一条短款牛仔裙所替代，依旧是淡淡的蓝，挺拔、紧致，将身材勾勒得更加迷人。束在腰里的白衬衫，洗得很亮、很薄，隐约透出里面的文胸，轮廓饱满而诱人。我看得心窝发热，两只手汗津津的。突然，一匹枣红马嘶叫着从门前飞奔而过，成了一匹脱缰的野马。一位干瘦的老农，惊慌失措地跟在后面，拼命追赶的同时，大叫着让人躲开。陆雪抬眼望向门外，眸子里闪过一丝坚毅，又透着股迷离，不经意间，让我想起一尊希腊少女的半身雕像。觉察到我的凝视，陆雪忙低下头，盯着小盒里的冰激凌一点点吃着。我不知哪来的勇气，一把抓住了陆雪的手。那手竟是凉的，冰雕一般，与热浪滚滚的空气形成强烈反差。

秋后的一个黄昏，我无所事事地转悠到矿区背面，穿过一带绿地，便拾级而上。天色由浅入深，将职工宿舍的砖瓦房映成了南瓜红。这边地势高，又隔了半座山，离底层煤矿远些，就避免了许多污染，隐隐现出桃源景色。家家户户的背后都有块菜地，用篱笆墙隔开，长势良好的韭菜、辣椒和长丝瓜，在夕阳下闪着潮润的光。谁家的母鸡咯咯咯地出了院子，大张旗鼓地四处觅食。这温暖的一幕，倏地勾起我对居家过日子的憧憬。有那么一瞬，我真想安下心来，就此筑巢引凤，生儿育女，这么想着，一低头，见陆雪正蹲在一旁的菜地里拔草呢！

陆雪见了我，并无惊喜，而是放下手里的活，从容起身，引着我朝前方的林荫道上走。这是陆雪熟悉的地带，她从小就生活在这里。前方的山坳里隐约现出一座古刹，古刹对面立着一口大而残破的钟。古刹与古钟犹如两位饱经沧桑的长者，默然守望。这让我想起两句诗来：一盏青灯伴古刹，半雨梧桐宿寒秋。

脚下响起一阵铃声，如悠扬的鸟啼，忽然打破四野的沉寂。是矿上子弟小学的孩子们放学了。成群结队的小学生欢呼雀跃着涌出校园，给这寂寥的山间，平添了一股活力和动感。我和陆雪不约而同地朝下面的学校走，在空旷的操场上，走来走去。月亮升上来了，校园像个扁平的容器，盛满月光。不知想起了什么，陆雪嘴角轻挑，径自笑了。我便问：你笑什么？

陆雪道：你不说话的时候，特像三浦友和，连背影都像。

这让我想起读大三时，众人痴迷于日本连续剧《血疑》的情景。楚红就曾为剧中的男女主人公所癫狂，并说，我是三浦友和，她要做山口百惠。为了转移话题，我对陆雪说：看你的笑，牵动起你嘴角的月光也跟着颤动，像水波在漫延，又像风，徐徐吹过一湖秋水。

你在作诗呀。陆雪笑说。

月光下的你，本身就是一首诗。

陆雪听后，沉吟片刻，而后面朝月亮。她嘴巴紧闭时，略显倔强和任性，柔美的唇形性感十足。这一刻，我竭力和过去的自己划清界限，目光一刻不停地追随着陆雪。突然有条狗蹿过来，不远不近地盯着我们，哨兵似的，继而对着月亮汪汪直叫——不是发泄对月亮的不满，倒像是对我的警告。我便与陆雪道别，用想象中最深情的目光望了她一眼。一种突如其来的失落和忧伤的情绪，顿时凝聚在陆雪的眉宇间。我走出去，又猛然回头，周围连同整个天幕，都是黑的，唯有陆雪的白衬衫在轻轻浮动，像一只蝴蝶，在夜色里翩然起舞。

7

飘雪的季节，函镇难得地呈现出令人心动的景象。初雪过后的函镇，一扫平日里的脏、乱和黑暗，袒露出纯洁无瑕的一面。远远近近的林子披了雪，乍看起来，像一群素色丽人。遗憾的是，被人踩踏和碾轧过的道路，渐渐染上污秽，一派触目惊心的黑。只有那些人迹罕至的地方，顽强地保持着冰清玉洁，纤尘不染。而雪花的飘落，是没有办法选择的。

这天，我的昔日同窗兼室友老四，来本省出差，顺便到函镇来看我。三年前的一个冬夜，七个精力过剩的大学生，突然心血来潮，在臭烘烘的宿舍里，按年龄论资排辈，继而称兄道弟。我是老四的下铺，刚好紧随其后，排老五。一别三年，接到老四要来的消息，我兴奋不已。而雪后的交通，冰冻伴着泥泞，十分不便。当我穿过函镇，好不容易赶到县城车站时，已是午后两点。

我带着老四，直接坐进街头餐馆，点了当地有名的胡辣汤和驴肉水煎包，我俩吃得满嘴流油，不知不觉，一瓶杜康也见了底。老四红着脸，啧啧道：据说日本首相田中角荣来中国访问时，喝的就是杜康，还赞叹“天下美酒，唯有杜康”呢！

觅遍千里溪山，独择黑虎二泉！此地的黑虎泉，正是酿制杜康之泉。我补充道。

老四望一眼雪后的群山，又瞅了瞅泥泞不堪的街道，不知怎的竟提到了楚红。他歪着脑袋感慨：女人他妈的干得好，就是不如嫁得好。你看人家楚红，跟男友结了婚，双双到英国去了，一落地就买了辆雪铁龙。

这句话不啻为一枚重磅炸弹，哧哧地冒着烟，丢进了我的胸膛。在酒力的催化下，我有一种粉身碎骨的感觉。送走老四，我把自己关进宿舍倒头就睡。半夜醒来，心里翻江倒海，作酸作痛。据说恨一个人，远比爱一个人更耗费心力。去屎！我还是留着精力对付现实吧。老四说得对，我不可能甘心埋葬在这片深山老林里。在爱情上，我已溃不成军，不能在事业上继续遭遇滑铁卢。一种要走出困境突出重围的欲望，似乎超越了生命本身。我暗下决心，尽早脱离函镇——无论付出怎样的代价。何以突围？唯有考研，才是摆脱困境的第一步。我终于明白，我的世界像海水，无时无刻不在翻腾着浪花，一旦时机来临，定要翻江倒海，汹涌澎湃。

早上起床时，我心一横，咬破了手指。我举着流血的指头，翻身在床头柜上留下了一行血迹：不考上研究生，我丁俊峰誓不为人！

我的考研申请递上去两天后，被矿长驳了回来。办公室韩主任向我透露，矿长之所以不同意我考研，是想让我做两年贡献之后，再考虑。那个年月，国家还不允许自由报考研究生，事事都要单位出具证明和介绍信。在这样一个山高皇帝远的地方，作为一矿之长，毫无疑问地主宰着全矿职工的命运。可年轻人总是这样，越是被阻拦的，越要拼命抗争。为了摆脱函镇，为了走出这深不见底的世界，即便碰得头破血流，也在所不惜。

这天下了班，还未走出办公室，矿长一脸笑意地踱过来。我装作看不见，埋头整理桌上的一摞材料。没想到矿长表现得宽宏大量，见我在办公桌前收拾东西，并不惊扰我，而是摆摆手笑着过去了。我仍旧郁闷，却又无可奈何。眼看到了报名的最后期限，我心一横，拿出早已填报好的申请表，再次敲响办公室主任的门。

不料，韩主任那宽展的笑意里，即刻闪出一丝狡黠。他二话没说，摸出章子朝我的表格上狠狠一戳，搓着手：你是矿上不可忽视的青年才俊，领导哪有不支持的道理！

如同生死关头出现转机，我有种如蒙大赦的惊喜。捧着大功告成的表格，我正要折身而去，韩主任手一挥，一字一顿地说：不过呢，有件事，领导也想请你帮帮忙哟！

兴奋头上，我脱口而出：什么忙？您尽管说，只要我能办到的。

主任的表情意味深长，他放慢语调：你肯定办得到，大家都说你的英文老棒！是这样，赵矿长的小女儿小霜，正在复习考雅思，你抽空给她补习一下英文如何？

这的确不成问题。在校期间我一直注重外语学习。我的英语成绩，在非英语专业里算得上出类拔萃。踏进大学校园不久，我便立志到东南沿海发展，进而做着去美国深造的梦。既然矿长对我的考研大开绿灯，我有什么理由拒绝人家的求助呢？

8

周末的天空下，一朵朵凌乱的云，像被打乱的绵羊群，在青草蔓延的高坡上，悠闲地蠕动着。职工宿舍区之上，一片视野开阔的地带，坐落着一栋门前有冬青的枣红色四合院。我略有迟疑，便叩响了矿长家的大宅门。

矿长和夫人见了我，春风满面，笑呵呵地将我让进客厅，又是沏茶，又是上果盘，十分周到。如同从镇上影院里看到的那些影片里的场景，矿长客厅里的摆设，令人赏心悦目：根雕、瓷器、字画，奔马图，成套的红木家具和黑色真皮沙发，美观、大气、脱俗。从客厅的布局和各种物件的摆设上，我对矿长的眼光和品味，简直要刮目相看了。在这样一个黑黢黢的世界，竟容得下如此豪华而惬意的所在。

起初我每周给小霜辅导一次，后来发展到两次到三次。在我的启发下，小霜很快掌握了英语学习的捷径，遣词造句和口头表达的本领大有长进。老实说，只要一谈起学习，谈起英文，我便气定神闲，口若悬河。对我而言，写字台前的时光总是充满了乐趣和激情，各种富有生机和兴趣的话题，纷至沓来。我诧异自己和小霜，也能聊得这样顺畅，这样毫无芥蒂和障碍。几次三番，我感觉小霜其实蛮单纯的，她肤色姣好，细眉细眼，虽然算不上标致，却有种自然的活泼与欣喜。

连我自己都不清楚，我是怎么一步步跨进这块领地的，并且有意无意地享受起矿长一家的种种优裕和奢侈来。在那间有隔断的餐厅里，我常常被矿长夫人热情地留下来，与他们一家围坐在一起，不仅品尝到上好的美食、饮料，还见识了年代久远的细瓷餐具。它们与我过去吃的、用的，是那么的大相径庭。

这日无云，小霜做了一整套模拟试题之后，略显疲惫，就东拉西扯地和我闲聊起来。山风倏地推开半扇窗，阳光犹犹豫豫地洒落在桌上，像一粒粒咖啡豆。小霜妈敲了敲门，说：午饭还早，你们不妨到外头走走，呼吸一下新鲜空气！

我顺从地跟着小霜出了后院，在一条狭长的田埂上舒展着腰身。飞蛾在一片蒿草簇拥的罂粟间飞舞，蓊蓊郁郁的。小霜米黄色的运动服，跳跃似的在草坡上晃来晃去，像只蝴蝶。她突然做了个侧手翻，从草丛里快速拔起一株花朵，而后拿在手里轻轻吹着。我疾步走过去，弹掉小霜手里的花儿：这是罂粟，很美，却有毒！

小霜迷惘地瞧着我，正要问个究竟——这时，陆雪从一旁的树荫下款款走来。她表情淡然而恍惚，若无其事地瞟了我和小霜一眼，风似的，瞬间即逝。我盯着陆雪的背影，脸上无端地滚过一层热浪。我知道，陆雪表面上云淡风轻，可她的内心，不定怎样地山呼海啸呢！一阵莫名其妙的寒意，迅速掠过我的心头。

回到小霜家，我始终心绪不宁，面对满桌的饭菜，毫无胃口。我只好找了个借口，迅速离去。百无聊赖中，我顺着月光铺就的小径，踯躅于办公楼下。抬眼见三楼的办公室闪着亮光，就三步并作两步上了楼。

打开门，一股浓烈的酒气扑过来。原来是小唐，独坐墙角，一脸沮丧和哀怨。

我忍不住打趣：怎么回事啊，小唐，失恋了吧？

小唐头也没抬，气咻咻地说：谁说的？是陆雪告诉你的吧。

我吃了一惊。小子果真害了相思病！

小唐歪着脑袋，咬牙切齿道：都说美女无情，一点也不错，我今儿算是领教了。刚才陆雪就在这儿，第三次拒绝了我的求爱。她那么决绝，一点回旋余地都没有！

我为陆雪的勇气和果断暗自称道，心里不觉掠过一丝快意。想起陆雪，我突然涌起一股前所未有的矛盾心理。自己没有爱上她，何以被她弄得心神不定？更无法想象她成为别人的恋人。我是不是爱上了陆雪——或者，有一点呢？我坐到小唐对面，盯着他乌黑的瞳仁：告诉我，除了美貌之外，你爱她什么？

她恬静、安闲，不仅美，还有着静水深流的气质，令我着迷。

到底是诗人！我赞道。小唐在省城读过两年中专，是大家公认的文艺青年，矿上传唱一时的那首矿歌，就出自小唐的诗。我望了一眼窗外的月光，朗诵起来：

我们脚下的土地
曾经是那么的孤独，荒凉
简陋的窝棚，夹杂着缕缕炊烟
流淌的汗水，伴随着机器的鸣响
从祖国四面八方赶来的勇士们
开始在这片黄土地上酝酿
从黑色的世界中搭起我们金色的梦想

……

小唐头一偏，泪水盈眶，举起桌上的搪瓷杯猛灌一大口。我绕过去，夺过他手里的搪瓷杯，仰头倒进了自己的胃，而后宽慰似的拉起小唐：走，不能再喝了，咱们到山下卡拉 OK 去！

9

小唐说的没错，除了容貌，陆雪还有着谜一样的气质。而陆雪拒绝小唐，亦在情理之中。在我看来，小唐什么都好，就是有那么一点娘娘腔。陆雪不会喜欢小唐这种类型。潜意识里我觉得陆雪跟我是同类，我们的心都有点野、有点大，一目了然的矿山不可能成为我们的归宿。循规蹈矩安分守己的小唐，也不可能在陆雪的视野之内。

再去小霜家，我故意聊起小唐，并顺带着聊到陆雪。小霜说，她和陆雪原本是非常要好的小姐妹，自打读小学起就在同一个班上。矿上的子弟小学不如城里那么规范，校长和教师都是从矿上的政工队伍里抽调来的，学风和管理都有些松散。后来应矿上领导要求，县教育局陆续分来了一些师范院校的毕业生，教学质量略有起色，但依旧无法与正规学校匹敌。因此，矿上的孩子们念完了小学，多半转到县城里去读。

陆雪和小霜就是在县里读中学时，成了无话不谈的好朋友。她们不仅在同一个班上，连宿舍也在一起。两家住的本来就不远，每逢周末，就都结了伴一同返矿。那年暑假，省里举办夏令营活动，陆雪和小霜同时入选。她们可真是好啊，出门带的东西，全都交换着吃，不分彼此。随着夏令营队员参观完少林寺之后，她们又携手赶到嵩山脚下。一场登山比赛开始了。要说函镇周边，并不缺少山，但比起嵩山来，却是小巫见大巫了。起初，两人还算旗鼓相当，过了半山腰便显山露水了。连续两个陡坡下来，小霜开始娇喘吁吁，额前的刘海湿淋淋的。而陆雪似乎天生就善于攀高，她身轻如燕，驾轻就熟。见小霜败下阵来，陆雪一把托起小霜的臂膀，带着她一步步向上攀。结果俩人齐居嵩山顶峰，并列第三名，为学校赢得了荣誉。

论人才、聪慧，小霜当然不是陆雪的对手。可常言说得好：学好数理化，不如有个好爸爸。小霜的爸爸一夜之间成了万人仰慕的函镇矿长。两人结伴再回到煤矿时，小霜一家已脱离职工住宅区，轰轰烈烈地搬到了一座山顶别墅。来帮忙搬家收拾庭院的人，络绎不绝。小霜爸一走动，如皇帝出巡般，浩浩荡荡的。小霜带到学校里来的吃食，也不再是瓜果梨枣大白兔奶糖，而是巧克力、可口可乐和大红提子等。每逢周末，小霜还在迷迷糊糊地想是否回家时，闪亮的小轿车，唰地就开到了校门口。

渐渐地，两个小姐妹的关系有些微妙了。

临近毕业时，俩人的关系因一名保送名额的分配问题，更是雪上加霜。

该校的应届毕业生班，分了一名保送重点高中的名额。对毕业生来说，这个名额举足轻重。谁赢得这个名额，就意味着无须经过考试，便可直接升入重点高中，那么来日的高考，也就指日可待了。论成绩和综合条件，陆雪理应得到这个名额。为此，班主任老师甚至私下里向陆雪暗示：不出意外的话，这个名额，非你莫属！

但是，这个世界恰恰有着许多意外。最终，保送名额落在了成绩平平的小霜头上。有什么办法，全校师生的冬季烤火煤，还等着函镇煤矿来接济呢！这年头，教育经费严重短缺的现状，尽人皆知。校长就是有三头六臂，也满足不了全校八百多名师生的冬季烤火用煤。自从小霜入了这个中学，赵矿长就拍着胸脯表示：再苦不能苦孩子。只要我当这个矿长，就不能叫老师和孩子们，在冰天雪地里伸不开手捧书本！

校长感动得直搓手，他泪光里的赵矿长，高大，敦实，像一团火。校长是个老派的知识分子，可他深谙识时务者为俊杰的道理。眼下，教育战线向权贵低头，向富豪折腰，不丢人。只要能让全校师生，心无旁骛地坐在暖融融的室内备课、读书，不受冻，不遭罪，他这个校长就当得理直气壮。

接连数天，陆雪放了学便默默躺在宿舍的上铺，望着灰蒙蒙的窗外，泪水横流。

小霜得知真相后，找到班主任老师，要求把保送名额给陆雪。她知道陆雪比她优秀，要是自己占了这个名额，对陆雪来说，也太不公平了。这时陆雪恰好从窗前经过，透过玻璃窗她看到身着玫瑰色羊毛衫的小霜，正跟班主任说着什么，说什么呢？当陆雪后来得知，小霜要将名额让给她时，断然拒绝。在这个问题上，陆雪继承了哥哥的秉性，把同情和施舍当作莫大的耻辱。

母亲劝慰陆雪说：咱不上高中也罢。若是升入高中，万一将来考不上大学，连中专也错过了。不如就读个县里的师范学校，毕业后在矿上的子弟小学当个老师，再不济，也可以进幼儿园。

陆雪在师范学校的学业，进行到次年雪花飘零的季节，命运再次朝陆雪投来致命的一击。从小与陆雪感情甚笃的陆虎，离家出走，父亲因忍受不了失子之痛，自行了却了残生。往日幸福的四口之家，一下子少了两个男人，陆雪端详着哥哥潇洒而俊美的照片，再看一眼父亲的遗像，只觉得浑身发冷，体内血液倒流，可就是流不出一滴眼泪来。在这场深重的家庭灾难里，母亲元气大伤，身体每况愈下。她常常盯着墙上的某条裂缝，自言自语，或者嗤嗤发笑，动不动就跑到山上的那座古刹里，对着案上的泥菩萨一坐就是大半天。陆雪见状，咬破下唇做出了一个决定：中断学业，用自己稚嫩的双肩扛起生活，扛起母亲的希望。

母亲清醒的时候，倒不断催促陆雪返回学校继续念书。可陆雪一反常态。她已经没有心思安安静静坐进校园读书了。她突然意识到，人的前景和命运并不是由知识和文凭决定的，在一个无序的世界里，个人的打拼和抗争似乎无济于事。彼时，煤矿的三号井生产区，正需要一名过磅员，陆雪略加思索，就去应聘了。

10

一系列变故，将陆雪推上了风口浪尖，进而改变了她人生的轨迹。在与生活艰难对峙和抗争的过程中，陆雪所收获的悲凉与挫败感，像空气中的煤灰，日日浮荡在眼前。熟悉陆雪的人隐隐感觉到，陆雪似乎变了一个人。她时而热烈，时而冷漠，时而敏感，时而孤僻，总之，叫人有些捉摸不透了。

秋意袭来，转眼就到了十月。在工会主席的大力倡导下，职工们掀起了学习交谊舞的热潮，并于国庆节期间，达到了如火如荼的程度。刘主席来函镇煤矿任职前，是煤矿文工团的合唱演员，对文艺有着难以割舍的情结，也是交谊舞的追随者和推动者。他思想活跃，性格洒脱，常常身先士卒，以澎湃激情引领大家翩翩起舞。

这是个有月亮的晚上，丝丝缕缕的月色泛着幽蓝的光，叫人浮想联翩。我预感到陆雪可能会去舞场，便套上我那件深蓝色鸡心领毛衣，披了件夹克衫，直奔食堂附近的舞厅。这是由工人俱乐部改造而成的舞厅，音响、灯光、彩带连同绛紫色的窗帘，都装饰得像模像样，看上去温馨、典雅，甚至有几分浪漫色彩。来舞场的自然是年轻人居多，虽算不得衣香鬓影，却也都打扮入时。女士的着装尽显风姿，男士的发型有板有眼的。这样的场合，谁都想把自己最靓丽的一面展露出来。

灯光悄然变暗，轻柔舒缓的《月亮河》弥漫开来，以舞伴身份相约而来的男女，便扯了手，羞羞答答地步入舞池。我开始在人群里寻找陆雪的身影。

哦，她已经来了，就坐在前排左侧的位子上。她似乎并未经过刻意修饰，只是一改往日的牛仔裤和衬衫，换上了一条象牙色连衣裙。在旋转不定的光影下，陆雪显得柔媚、婉约、飘忽不定。她大概也看到了我，因而在与邻座搭话时，偶尔朝我这边瞟一眼。前段时间的娱乐活动中，我和陆雪曾经跳过几次。那是一种深度的默契，无论什么样的曲子，都能被我们轻易融入，步调和谐、愉悦，如脉搏启动。

光线暧昧的舞池里，人物和场景的波光潋滟，撩拨起我兴致如许。我正要追着音符，起身朝向陆雪，却在这一瞬，场上出乎意料地现出一位粉色丽人，是小霜！要命的还在于，矿长那敦厚的身影，紧跟着也闪进了舞厅——像是专门为女儿保驾护航来了。小霜面色红润，眼神灵动、自信，着一袭修长的粉色晚礼服，清新、高贵，令人惊艳。除了别具匠心的晚礼服，小霜的脖颈里好像还多了一条精致的项链，无形中透出一股魄人的气场。一个天之娇女！

可以想象，此时此刻，内心倨傲的陆雪是何等感受！

而陆雪偏偏不是那种甘拜下风的女孩儿，仅几秒钟，她便不再矜持，而是昂起头撩了一把长发，继而将胸脯挺得高高的。美妙的爵士乐若即若离地流泻出来，舞场气氛越发浓烈了。有个不知天高地厚的青年，从容走到前排与陆雪搭讪，并恭恭敬敬做了个邀舞动作，被陆雪婉拒了。陆雪故意扭过头来，固执地朝我这边张望，意思很明白了——她在专心等着我的邀约呢。

我顿时如坐针毡，不知所措。若是大着胆子不顾一切地去请陆雪，势必从矿长和小霜的眼皮子底下走过——如同穿过枪林弹雨。正当我犹疑不决进退维谷之际，小霜裙子一撩，大大方方地朝我走过来了。

众目睽睽之下，我搂住小霜的纤腰，随《魂断蓝桥》的主题曲《友谊地久天长》，缓缓荡漾起来。幽暗的灯光下，小霜表情愉快而兴奋，均匀的呼吸里弥散出口香糖的清香。《魂断蓝桥》是个凄美的故事，那种朦胧的惆怅与伤感的情绪，如梦中低回，难以排遣。我一厢情愿地认为，这样的情调和步履，更适合我和陆雪相拥。恍惚间，小约翰·施特劳斯的圆舞曲《蓝色多瑙河》，波涛似的，霎时注满整个舞场。小霜即刻来了精神，情绪高涨地说，这是我最喜欢的舞曲。不由分说拉着我就旋转了起来。她俨然一个训练有素的舞者，在激烈而欢快的节奏中，如鱼得水，轻盈如飞。我是在她的推动下慢慢转起来的，一圈又一圈。许多舞伴在持续不断的飞旋中，晕头转向，喘息着败下阵来，继而坐在一旁挥汗如雨。

这个时候的陆雪，正全神贯注地摆出一副欣赏者的姿态，貌似平静地盯着舞池中央，动人的脸上，已难掩愠怒。一种被冷落、被抛弃的委屈和愤懑，悄然改变着她的脸色。她已经拒绝了一个又一个热切的男人，专心致志地等待着与我共舞。这样的旋律这样的氛围，我本该是那个带着陆雪飞旋的男人，却阴差阳错地投向了小霜的怀抱。

恰在这时，工会主席推门进来，步入舞池。尽管刘主席已年过半百，却还是那么潇洒、健美，风度翩翩。他从容环视了一下舞场，气宇轩昂地来到陆雪跟前，很绅士地摆出一副优雅得体的邀舞姿势。陆雪怔了一下，随即缓缓起身，慷慨赴死般走向这个让全场女人仰慕不已的男人。

11

小霜可谓要风得风，要雨得雨。在中国，有过硬的关系，又不缺钱，还有什么是办不到的呢？高中毕业之后，小霜毫无悬念地踏进省城一所财经学院的大门。放假了，小霜脚步轻盈地刚走出校门，矿长的车子立马就迎了上来。不仅如此，还有人争着给提行李，开车门，前呼后拥的。

这天黄昏，函镇煤矿的小食堂里张灯结彩，喜气洋洋，像是迎接什么贵宾似的。不一会儿，办公室主任来了，几个部门的头头脑脑也来了。随后，小霜一家有说有笑地，迈上小食堂的花岗岩台阶。在铺着红地毯的走廊上，陆雪和小霜狭路相逢。

此前，陆雪按部就班地做着她在三号矿区的过磅员。那是深居矿井背后的一处原始磅台，有风没风都乌烟瘴气的。装满了煤的机动车辆，一个个候在陆雪的服务台前过磅。日复一日地，跟这些南来北往的拉煤工打交道，陆雪感觉自己也成了他们中的一员。半年下来，当陆雪洗完了澡，赤条条站在镜子跟前打量自己时，她惊异地发现昔日光洁细腻的脸庞，山河失色，日月无光，鼻孔毛孔耳朵眼儿黑黢黢的也就罢了，连阴道里也渗入了煤灰。陆雪的泪一涌而出，死也要换个岗位。当时，装修一新的招待所正需服务员，陆雪一露面，即被招进了小食堂。相比之下，大食堂是工人们吃饭的场所，环境粗陋，常常一片狼藉。而小食堂则不然。小食堂是专为领导提供用餐和接待贵宾的地方。

没想到一上岗，陆雪就遇到了小霜。

说起来，在小食堂给女儿过生日，又搞得这样隆重，并非出自赵矿长的本意。只因办公室主任的力邀和周密安排，且把理由说得那么圆满，那么合情合理。谁让食堂承包人是他的内弟呢，刚从四川聘了位高厨，早想请领导检验一下食堂环境和饭菜质量了。况且，闺女十八岁，人家西方都要举行成人礼的，咱也不能委屈了孩子不是？

韩主任把话说到这个份儿上，矿长要是再不领情，就显得太不近人情了。来！韩主任举起五粮液的小酒盅：为小霜十八岁生日干一杯，大学生了，祝小霜前途无量！

大家忙把礼物搁在靠墙的案上，随声附和着频频举杯，一饮而尽。

眼瞅着光彩照人的小霜，在众人的呵护下笑得那样甜，那样自如，陆雪感觉自己像个阶下囚，感到从未有过的失落和自惭形秽。最扎心的是如今的小霜，看她的那份眼神都不大一样了。虽然小霜还是那么礼貌周到善解人意，可在陆雪眼里，小霜的礼貌周到和善解人意，全是故作姿态，是绵里藏针，是一种居高临下的轻慢和藐视。就像高高在上的行政官员，遇见了自己的手下那样平易近人，嘘寒问暖的。陆雪甚至觉得小霜的微笑里，也掺杂了一官半职。陆雪不怕别人强悍、凶猛、尖酸刻薄，只怕对方柔软、善良、知书达礼。陆雪真想指着小霜的鼻子痛骂一回，大吵一场，将内心的不平、积怨和隐痛，一吐为快。

然而，小霜永远是那么平和、柔顺、不急不躁，还真诚地冲着你笑。

大人们说笑的时候，小霜下意识拉起陆雪的手：暑假，我本想随同学去大连的，十八岁生日这天，来个海边泳衣篝火吉他式的派对。没想到，还是被我爸召回了矿！

陆雪豁然意识到：自己竟也十八岁了，与小霜同岁呀！

夕阳的余晖从镂花窗帘里透过来，映在小霜粉嫩的脸庞上。陆雪条件反射般想起镜子里的自己，那张日渐粗糙的脸。陆雪心里一凛，不由得挣脱开小霜的手，想：这个和我一样被山风浸润到十八岁的人，她凭什么山珍海味，随心所欲，而我却在这里端盘子洗碗，马不停蹄地忙碌。这一刻，陆雪的反应不是迎合，不是羡慕，也不是愤愤不平，而是想一头撞死在墙上。可一个闪念，陆雪抹了一把汗津津的刘海，自然漾起一张笑脸。端茶倒水，斟酒送菜，来往穿梭，殷勤备至，进而谈笑自如，将一个服务员应有的职业风范，表现得风雨不透。与小霜目光相撞时，陆雪也不再胆怯和羞惭，而是迎着小霜的目光，一派从容和坦然。仿佛她们俩从来就不认识似的。

这样的场合，作为好友和发小，小霜原本是有些发怵、不安，甚至于心不忍的。她了解陆雪。可没想到，陆雪这么通达，这么放得开。如此一来，小霜也就逐渐释怀。心里一放松，便十分诚恳地邀请陆雪道：好久没见了，周末来我家玩儿好吗？

12

陆雪接受了小霜的邀请，但她不是独自来的。陆雪是带着黄毛一同来的小霜家。

不知从哪天起，傻呵呵的黄毛成了陆雪的影子。在别人看来，黄毛是个缺心眼的二妮子，不光傻，还丑。冰雪聪明的陆雪，怎会跟个傻妮子玩到一块儿呢？只有明眼人清楚，因了黄毛的参照，陆雪的美貌和聪慧，才更加耀眼。实际上黄毛也不是真傻，只是反应迟钝些而已。黄毛的傻气，恰好阻挡了她的自卑，并且让她对自己的丑陋，毫无意识。黄毛虽丑，却很勤快，不管穿什么，都能把自己收拾得干干净净。要说，黄毛也是个苦孩子，六岁那年便死了妈，父亲随后娶了一位性格暴烈的寡妇。因为迟钝，黄毛没少挨继母的打。也有人说，黄毛的傻是被继母吼出来的。不管男人在不在家，后妈时不时指着黄毛的鼻子，就骂：个毛烘烘的死样子，猴子托生的！

午饭刚过，小霜妈自己动手收拾着桌上的残局：红烧鱼，粉蒸肉，还有几片广式香肠。沙发上摆着几个包装精美的礼品盒，小霜妈顺手抓起地上的一挂香蕉，撕开了递给陆雪和黄毛。陆雪接过香蕉，心里酸酸的。有年春节，她和母亲搭便车去了省城，街边果摊上的水果琳琅满目，一挂挂香蕉像钉子，直钉进母女俩的眼中。店主见状，吧嗒吧嗒拍着手里的芭蕉扇，示意她们该干吗干吗去，别待在果摊前碍事。母亲一脸歉疚地说，这会儿的水果最贵，等咱转一圈回来，再买。市区、商场、公园，连同大街小巷，母女俩兜着圈子直转到日落西山。此时的香蕉果然便宜了几毛钱，可傍晚的果摊上，仅剩下黑乎乎的两只了。

小霜书房的窗前，正对着一片幽深的树林。阳光下，绛紫色的云雾镶嵌在丛林之上，有种说不出的气象和神秘感。近处的斜坡上，生着参差不齐的蒿草，蒿草间点缀着零零星星的小花，给平静的山野，添了一层纷乱的气息。这时，小霜拿起一个很洋气的褐色瓶子，问：你俩想不想喝点咖啡？

咖啡，多洋气的名字。单听这名字，陆雪就有些跃跃欲试。但她按捺着，竭力掩饰着内心的渴望。黄毛却直言不讳：要的，要的，我可想尝尝咖啡啥滋味了！

三个丫头坐进餐厅喝咖啡时，小霜的姐姐和姐夫回来了。陆雪一眼就瞧见晶晶圆鼓鼓的肚子。要生娃了，晶晶面色红润、安详，一只手轻托腹部，很幸福的样子。晶晶隆起的肚子，叫陆雪本能地想起哥哥——她那生死不明的可怜的哥哥！她继而想，晶晶肚子里的婴儿，本该是她的侄儿或侄女儿，那么她和小霜，将是多么亲近的一对姐妹啊。陆雪不由得黯然神伤，为自己，也为哥哥。而晶晶见了陆雪，亦有些躲闪，她假装镇静地与陆雪打了个照面，就躲进另外一个房间。陆雪突然发觉跟在晶晶身后的男人，走相有点失衡，原来他的脚有些跛。

小霜见状，忙解释说：姐夫当年在警校受过伤，落下了这个毛病。这时，小霜妈切了几块蛋糕，放在餐桌上说：小霜，你不是说，人家外国人喝咖啡时，都要搭配着蛋糕吗，那你们也就着蛋糕喝咖啡吧！

黄毛双手端起杯子，呼噜呼噜往嘴里灌，嘴一撇：咦，这咖啡啥喝头，苦哈哈的！陆雪也是第一次喝咖啡，她知道咖啡是洋人的习惯和嗜好，就尽量让自己喝得斯文些，便拿起小勺一口一口地往嘴里送。小霜在旁忍俊不禁，但她克制住了，只是用拇指和食指捏住小勺，轻轻搅了搅咖啡，而后把小勺置于盘上，再捏住杯把，凑近嘴边抿了一口，这才用叉子戳了块蛋糕，优雅地举到嘴边。

小霜不动声色地显示了自己的见多识广。

阳春白雪和下里巴人，就这么不明不白地见了分晓。陆雪眼睛发酸，暗自思忖道：省城对人的熏陶和影响到底不一样啊。一种细微的生活情趣上的差异和走势，在陆雪心里引起阵阵涟漪，她再也无法平静了。日头偏西时，陆雪见小霜的书桌上，添了个陌生玩意儿，像台机器。没等她问，小霜主动介绍说，这是电脑，爸爸的朋友从美国带回来的。小霜伸手就启动了电源，随着一声铿锵的乐音，湛蓝的图像徐徐展开。小霜就势坐下，两只手搭在键盘上，自然而娴熟地舞动起来。

陆雪就是再矜持、再克制，也按捺不住好奇地紧盯荧屏，心里的欲望，随画面的切换悄然升腾。就在她心驰神往恍兮惚兮之时，一个熟悉的面孔闯了进来。是丁俊峰！陆雪耸然一惊，内心的火苗，直蹿到嗓子眼儿。

那晚的舞会上，我和小霜跳完最后一支圆舞曲，坐下来说话时，不知被谁截取了这个瞬间。随后，小霜把这张照片存进了电脑。那的确是两张开心的笑脸，自然、贴切、欢欣，任谁看了，都会觉得照片上的男女，是一对亲密无间的情侣。因此，这张照片在陆雪心里激起的震荡，简直不亚于一颗原子弹的威力。陆雪当时就蒙了，差点失态。她一面按捺住自己，一面痛苦地想：

难怪丁俊峰近段时间，对我不冷不热的，原来他的心，已在小霜这里。她继而觉得，自己的爱还没有开始，就已经寿终正寝。到底是怎么回事呢？陆雪问自己。小霜的幸福为何缕缕建立在我的痛苦之上？如果小霜坐的是顶轿子，我陆雪面对的就是一副棺材。我和小霜就像是万物的两极，一壁天堂，一壁地狱，永远也不可能逾越似的。这念头像魔咒，一下子潜入陆雪的脑际。随之而来的，是萦绕在心头的不平，以及噩梦。你丁某人不就是看上小霜的家境和她爸爸的地位吗？要是我也拥有这一切，这照片上的女子本该是我，而不是相貌和资质平平的小霜。我可以忍受你的锦衣玉食，呼风唤雨，春风得意，却唯独忍受不了这最后一块精神领地，也被你侵占了去。

陆雪心里的某个部位，忽地起了一层茧，硬硬的，梗在那里。出了小霜家，陆雪甩掉黄毛，独自徘徊在那片开过罂粟的草坡上。头顶是淡墨色的天空，流云突兀地变换着颜色，搅扰得陆雪乱了方寸。她呆呆地立在那里，上下巡视，天空仿佛逆着风往前冲，大地在后退。当夕阳把山顶的最后一缕金线抽走时，陆雪突然回眸。晚霞涂抹下的森林，猩红一片，看上去有些狰狞，有些怪异，像一张血盆大口。

13

时光进入二十世纪的最后一个春天，我开始全力以赴，为迫在眉睫的研究生考试做最后的冲刺。这个晚上，陆雪突然闯进了我的宿舍。

那是个普通的工作日，我下了班，照例留在办公室复习功课。时间仿佛凝固了，整个世界陷入一片死寂。已经很晚了，我收起资料出了办公室，风从坡上扫过来，横生凉意。我塞上耳机听着 MP3 里的英语，缓步朝宿舍方向走。月光下的石径上，朦朦胧胧地结了一层霜，嶙峋的矮墙下挂着灰扑扑的疙瘩草。我拖着自己的影子，漫不经心地进了宿舍，刚拔下耳塞，一阵含糊的敲门声传了进来。

我狐疑着把门打开，是陆雪！我毫不掩饰自己的惊惧和诧异，踌躇着把她让进屋内。灯光下，陆雪的脸像一只水晶杯，丰满的嘴唇轻抖着。我赶紧提起暖瓶想给她倒杯水，却发现水瓶里空空如也。我有些尴尬，提着壶就要出门，被陆雪一把拦下了。

她大概不愿意独自留在房间，固执地摆着手，说她不渴。我灵机一动，从床底下摸出一个小电炉，插上电源，用铝锅烧了半锅水。

陆雪捧着热气腾腾的水杯，唏嘘地抿着，渐渐恢复了常态。我定定地看着她，不知该说些什么。陆雪突然捧着杯子，径自走到窗前。月亮已无影无踪，窗外像一片漆黑的海洋，连颗星星也没有。我依旧定定地看着陆雪，好似注目台上的一个伶人，她乌黑的长发，有一种被山风吹拂的动感，明媚的五官，在微暗的窗下升起一圈光环。这时，陆雪突然扭过身来，认真地对我说：

丁俊峰，带我走吧，远远地离开这儿！

我从恍惚中回过神来，咀嚼着她突如其来的问话，无所适从。与此同时，骨子里的胆怯和多疑占了上风。我隐约听到一些有关陆雪的闲言碎语，甚至污言秽语。说她为了得到矿上幼儿园园长的职位，如何迎合矿长，如何以色示人，更有甚者，说她已委身于党委书记的儿子，并为此堕了胎……尽管我对这些传言似信非信，可它们像污水河面的泡沫，时不时在脑海中泛滥。就在前不久，矿上因偷税漏税被举报，前来调查的工作组进驻煤矿，并与政工人员逐个座谈。在小食堂里就餐时，工作组头子不断把目光投向陆雪。矿长心领神会，就把陆雪叫到廊下，低声嘱咐了几句，遂走开了。餐厅的门半开半掩着，我从那儿经过时，被一种奇怪的氛围所诱惑，便忍不住探身打量，陆雪正弓着身子给那人点烟呢！我不知道自己为什么会发抖，心脏像一只重锤，疯狂地敲打着自己。这时，矿长走过来说，小丁，你也在啊，要不要进来喝一杯？我的脸顿时火辣辣的，支吾了几声，便借故走开了。

正在我犹疑不决之际，陆雪突然飞蛾扑火般投入我的怀抱。这一刻，所有的理智和坚守顷刻间土崩瓦解。任何理由都抵挡不住一个活色生香的肉体。我顺势抱住陆雪，抱得很紧、很死，生怕她会脱离了我的怀抱而瞬间滑落。借着微暗的光，我看到陆雪谜一样的眼神，她敛声静气，闭上眼睛，任由我像一个父兄那样，将她蜷缩进我的怀抱。她那暖融融的体温里，有股山野的气息，并裹挟着酸枣的芬芳。

你爱的是我，对吗？陆雪申辩似的附在我耳边低吟，流水般的音调，带出心中不绝如缕的忧伤，似风中的蜡烛，飘忽不定。

当然，我回答。在这矿上，除了你，我不可能爱任何人！

听了这话，陆雪的呼吸像春花一样舒展开来。仿佛亚当和夏娃的激情注入了体内，我拥着陆雪滚作一团。不知过了多久，屋子的四面霎时起了风，并呼啸起来，如歌如潮，如泣如诉。风声引来了海，引来了月光，引来了满天星斗。终于，世界复归平静，陆雪翻过身面朝我，执拗地重申：带我走，让我和你一起离开这儿！

我终于开口承诺：等我考上研究生，就带你离开这儿。

是真的吗？陆雪盯着我的眼睛问。在幽深的黑暗中，我抱紧了陆雪。

黑压压的人群，突然从四面八方朝我涌来，手拿木棍和铁锹，怒不可遏地冲着我挥舞，一副讨还血债的样子。更有人张着嘴，大声喊叫。可我听不见他们在喊些什么。楼道里哗啦哗啦的水声，豁地把我从睡梦中惊醒。我搞不清眼前的情景到底是现实，还是梦境的延伸？空气中还残留着甜丝丝的酸枣味，陆雪那热扑扑的气息，依旧在周身缭绕——人却不见了，我的失落突兀而悬空，蓦然翻身，发现蓝白相间的条纹床单上，留下一朵殷红的花。我的陆雪，你还是一个处女！

14

这天早上，我睡眼惺忪地踱进办公室，韩主任火急火燎地通知我到派出所去一趟。见我诧异，韩主任表情复杂地瞅了我一眼，解释道：是因为小霜失踪的事。

小霜失踪的事，早已在矿上闹得沸沸扬扬。凡是跟小霜有过接触的人，都被派出所找去谈话，希望从中得到一些有价值的线索。从派出所回来，我有种不祥的预感，并为此坐卧不安。傍晚，我呆坐桌前，如同漂浮于黑夜的海。阴霾的天空忽然闪过一道电光，雷声大作，风粗暴地撕扯起窗台上的花草，把桌上的红头文件扫向地板。门咣的一声，被撞开了。一种被风吹走的惊恐与战栗，将我逼到了墙角。

两天后，我的预感变成了现实：小霜被人杀害了。

小霜的尸体，在后山的林子里扒出来时，已被烧得面目全非。光秃秃的后脑勺留有致命伤痕，肚皮几乎被烧透了，现场惨不忍睹。由于尸体是仰躺着的，一瓶汽油泼上去，只烧焦了表面，身子底下，还是细白光洁的肌肤。小霜死后，被人营造成了奸污场面，所以双腿分叉，难以并拢。公安干警不得不将小霜的两条腿，硬生生拉到一起，然后用纱布缠裹起来。

接下来的消息，更是令我五雷轰顶：杀害小霜的嫌疑人，是陆雪和黄毛！

此刻，我的脑袋像遭了雷击，轰然一声，失去了知觉。我终于明白，什么叫晴天霹雳。我一口气跑到镇上，把自己灌得酩酊大醉，像一具失了魂的空壳，没完没了地喝，机械而无意识地喝，让自己沉浸在麻木与混沌之中。惊惧、惋惜、困惑，百思不得其解。我突然觉得，这世界的意义像一团事先预定好的谜团，在我茫然失措之际，挤了进来。周围的一切，连同我自己，全然充满了诡异。我恍然大悟，前天夜里，陆雪之所以走近我，是在用她的方式，跟我做人生的诀别。而我当时竟像个白痴，毫无察觉。她做得那样自然，那样妥帖，一切都顺理成章，水到渠成。陆雪啊，什么时候在你那完美的躯体内，积聚了这样邪恶的力量？你怎么可以那么从容，那么淡定，冷静得令我心碎！

谁能料到，小霜被害的线索是黄毛泄露的。那是个阴郁的午后，函镇上下，雾气昭昭的，黄毛拎着酱油瓶来到超市门前，嘴里念念有词：杀死她！杀死她！当时恰有两个下岗女工，在门前窃窃私语。五短身材的胖女人压低嗓门，诡异地说：矿长的千金赵小霜，失踪五天了。你不觉得有些人的钱来得太邪乎，这是阎王爷来收人来了！

胖女人的话一出口，便勾起对方一阵遐想。俩人越说越来劲，语调里夹杂着不平和激怒，咬牙切齿，幸灾乐祸，扬眉吐气，各种情绪，纷至沓来。黄毛听得真切，没头没脑地加上一句：杀死她，杀死小霜！

这些日，黄毛对那晚的情景，一直念念不忘。她觉得小霜根本没死，而是频繁地喘息、挣扎、呼叫。为此黄毛还跑到陆雪家去求证。被陆雪一顿训斥：瞎想什么？小霜早死透了，连尸体都烧焦了！从陆雪家回来，黄毛不吃不喝憋到中午，突然示威似的喊，杀死她，杀死小霜！正在厨房擀面条的后妈，听到黄毛的胡言乱语，手一哆嗦，擀面杖就落在了黄毛的头尖上。黄毛受够了虐待，终于有了出头之日，扯起嗓门就喊：杀死你，杀死你！后妈这一惊，非同小可。死丫头果真疯了，赶忙连哄带骗地说：去打瓶酱油来，妈给你做西红柿鸡蛋面，乖！说着，递了个空瓶子给黄毛。

黄毛这没轻没重的喊声，刚好叫超市的老板娘听到。老板娘瞥了一眼浑身直冒傻气的黄毛，不屑地骂道：你个该死的黄毛，再瞎扯，看我撕烂你的嘴！

黄毛梗着脖子顶撞她：谁瞎扯了？小霜死了，不信，你跟我去看看！

老板娘是矿长太太的老朋友，矿长太太为女儿失踪的事，在床上躺了几天了。既然黄毛放出这样的口风，索性跟着她走一趟，好歹是个线索。她们一步步翻过山去，顺着黄毛手指的方向，老板娘瞧见稀疏的林子里，鼓起一个小包，几只乌鸦嘎嘎嘎地聒噪着，在昏暗的空中，划出几道缭乱的黑线。老板娘顿觉阴风阵阵，魅影幢幢，她脸色陡变，一把攥住黄毛的手，急忙往山下的派出所去。

派出所长见黄毛支吾着不肯讲，两个大嘴巴甩过来，黄毛顿时口鼻出血。她捂着鼻子一五一十道出了自己与陆雪，做下的一起惊天血案。立在旁边的干警豹子，是陆雪的邻居，也是陆虎的好朋友。黄毛的交代，叫豹子大惊失色，趁着忙乱，豹子悄悄溜出去，撒腿就往山上跑。有天夜里，他在路灯下与陆雪相撞，见陆雪的白衬衫上有斑斑血迹，就忍不住问。陆雪坦然答道：女孩子的事，你甭管！

豹子一口气跑到陆家，二话不说，拽起陆雪的衣袖就朝山下跑。他不能眼睁睁看着自己心爱的人束手就擒，他必须采取主动，让陆雪投案自首，以博得从宽处理。进了派出所，陆雪看见黄毛，霎时明白了一切。她冷不丁飞起一脚，不偏不倚地踢到黄毛的心窝上，骂道：你这个软骨头！

15

小霜被害的这天夜里，正是人间的四月天，暗合了西方世界的愚人节。

陆雪在后来的监狱里坦言，她原本是想杀掉三个人的：党委书记的女儿，工会主席的女儿，最后一个才是小霜。在她看来，三个当权者高高在上，狼狈为奸，一丘之貉。他们不仅掌控着全矿的财富和人事大权，还在煤矿的重要部门安插了自己人，驴尾巴掉棒槌的亲戚，遍布各个环节。开春，陆雪满怀信心地竞聘幼儿园园长之职，依照她的条件和资历，应该绰绰有余，可最终，还是输给了党委书记的表侄女儿。

陆雪说，她不是仇恨，而是对这个世界失去了信任。绝望，让陆雪选择了行动。

行动之前陆雪和黄毛来到后山，歃血为盟，对着月亮举行了一个小小的仪式。她俩忍痛割破自己的手指，滴在事先准备好的酒盅里，跪在山前，一饮而尽。之后，陆雪带上黄毛，多次到后山的森林边上采点、选址，务必走得方便，又能掩人耳目。现场确定了之后，陆雪独自跑到镇上买了桶汽油，事先藏匿到浓荫密布的草丛里。选择作案工具时，陆雪被难住了：是将她们仨一起约出来干掉，还是一个一个地对付呢？三更半夜的，陆雪躺在床上琢磨过来，琢磨过去，纠结不已。直到拂晓，一个自以为完美的计划诞生了。

这天傍晚，不知何故，只有小霜被约出来了。陆雪和黄毛在小霜的家门口堵住她时，小霜犹豫着不肯走，说：我姐刚生了娃，正在家里等着我呢。这时，陆雪从阴影里走出来，平静地说：小霜，你忘了么，蝴蝶要出没了，就是你迷恋的那种夜蝴蝶！

小霜立刻想起前年的四月，她和陆雪的确相约去捉过一种蝴蝶，一种只在夜间出没的蝴蝶。神奇的是，这种蝴蝶的头颈和身子乌黑黢紫，而翅膀却呈樱红色，并且闪着七彩磷光，如同孔雀的尾羽，在月光下闪烁不定，优雅到极致。它们仿佛知悉旷野的秘密，以斑斓之躯带动四月的花。想到这儿，小霜都有些迫不及待了，跟着陆雪就朝后山走。

夜色朦胧，山谷间静悄悄的，天边的余晖支离破碎，宛如被刺破的童贞。风从树颠吹过来，小霜感到了冷。陆雪和黄毛目不斜视，在星光下走得异常起劲，脚步轻快得像着了魔。眨眼间，半空中仿佛现出一只只蝴蝶，忽明忽暗的，小霜深受鼓舞，不知危险逼近，一步步朝向幽暗的前方。与此同时，她的脑中闪过外教老师的一番话，愚人节是一个百无禁忌的日子，你可以愚弄别人，也要经得起别人的愚弄。于是就想，陆雪不定带给她一个怎样的惊喜呢。渐渐地，她感觉气氛有些不对了，突然意识到什么，顿觉毛骨悚然。刚想回头，但是，已经太晚了。

趁小霜不备，黄毛掏出事先准备好的大扳手，照着她的脑袋就是一下。随后，俩人没有一丝犹疑和停顿，架起昏厥了的小霜，就往丛林里拖，然后用石块猛击她的脑袋。可怜的小霜被剧痛惊醒了，挣扎着喊了两声，可那个地方，连个鬼影子也没有。

暮色四合，万籁俱寂，远远地传来一两声狗吠，夹杂着窸窸窣窣的虫鸣。坡下的一位农妇在屋后解手时，隐约听到一阵吵嚷和争辩，她提起裤子凝神细听时，却又没了动静。起火的那一刻，有人老远瞥见树荫里飘动的火苗，待要上去看个究竟，却被半坡上燃起的另一堆篝火所释然。火尽时，黑暗重新吞没了一切。

正当大家为这桩血案瞠目结舌时，函镇煤矿出了另一件事。多年来，函镇煤矿的高管们在利益的驱动下，不断将货物囤积起来，只发给自己的关系户。那些受了暗示的关系户，把到手的煤炭故意压上几个月，等到秋冬季节价位攀升时，再出手，凭空就能大捞一笔。那个年月，火力发电、工业用煤和老百姓的一日三餐，全都聚焦在煤炭上。谁有能力弄到煤，谁就有机会发大财。而掌握这些物资的当权者，无疑成了暴富集团的核心。煤炭火爆时期，函镇的利益集团为了确保肥水不流外人田，合着伙把缺乏地方人脉的福建人给挤了出去，致使困守在矿上的福建采购商颗粒无收。由于安全隐患，周边小煤矿被逐个清理和取缔，福建人残存的最后一线希望，破灭了。

人在走投无路时，就容易铤而走险。不出半个月，一桩隐秘的井下事故爆发了。发生在函镇煤矿三号井下的这场恶性塌方，造成九位矿工的死亡，伤残者，近百位。职工医院已不堪重负，就源源不断地往镇上医院送。所有政工人员，都被抽调到现场去帮忙。工友们的惨状，令人不寒而栗。死难者家属们发了疯，将临街办公室的窗户砸得稀巴烂，几个老人躺在地上不省人事。

黑压压的死人堆里，我一眼瞅见了那个鼻梁上有疤痕的湖北小伙儿。辨认出他的那一瞬，医护人员正在给他清洗脸部，沾在他脸上的煤灰被清洗掉之后，露出灰惨惨扭曲的五官。看到他，我不由得想起自己不顾劝阻，执意下井的那些日子。小伙子首次下煤窑时，正赶上我跟自己较劲，也在井下。他一路调侃，用他那活脱脱的湖北腔，炫耀着过往的经历。他是那么自信且富有活力，而在这个充斥着血腥与博弈的黑金世界，终究没能闯出一条生路。他说：井外也非天堂。可井下，却是不折不扣的地狱！

我真希望他那两片薄嘴唇，能瞬间动弹起来，继续调侃，继续喋喋不休。然而，他双目紧闭，牙口半张着——仿佛有话要说，意犹未尽的。我的心一阵抽搐。走出太平间的一瞬，我感觉脚下的土地，几近塌陷。世界在下滑，所有的东西都从视野里剥离，消失，沉陷，并且裹挟着我，身不由己。要走的欲念，再一次占了上风，它比爱情更坚硬，比男女私情更富有挑战性。

16

春末夏初，我的研究生考试如期进行。我的每门功课都超越了规定分数线，包括加试的英文在内，可谓过五关斩六将，功夫不负有心人。面对成千上万的考生，我大大松了一口气。在被广州中山大学高研班录取之前，鉴于专业的特殊性，学校要求对过线学生进行一场面试。我没有理由拒绝，买张车票就踏上了南下的列车。

不久，我攥着梦寐以求的研究生录取通知，逃也似的离开了函镇，并在众人艳羡的目光里，跨入了南国都市广州。接下来的学业，一路畅通，此前所发生的一切，像场噩梦，随着生活的更新，被我一点点从记忆里删除净尽。取得硕士学位之后，我继续攻读博士，读博期间，我随华东区一个项目组来到美国，并在波士顿获得一份条件优厚的研究工作。由于课题需要，我不断远行、考察，我的博士学位论文围绕那些看不见的宝藏，足迹遍布美洲大陆。对事业的投入和专注，使我在不同的院校和城市之间徘徊、迁徙，从东海岸到西海岸，却没有一个地方，是我可以驻足停留的，也没有一个人，是我真正想依赖的。

其间，我有过两场恋爱，我甚至碰到了一位品行高洁的女教授，但由于种种原因，而最终没能走进婚姻。分手时，她丢下的一句话，让我惊愕不已。她说：你是不是没恋爱过？你好像没有爱的能力。

什么时候，我竟丧失了爱的能力？

三十八岁那年，我选择了一位中美混血女为妻。瑞娜在旧金山西郊一所教会小学当老师，她有着美国人的率性、单纯和东方女子的温婉。第一眼见她，我便久久凝视，除了瞳孔泛着宝石蓝的光泽外，瑞娜和中国女孩儿毫无二致。头发，肤色，五官，甚至她眼里闪耀的迷茫与好奇，都似曾相识。也许是命中注定，我在内心深处，始终捕捉一个影子，那个人，像血液一样，已经融入我的生命。

在一个夕阳笼罩的秋日，我向瑞娜讲述了陆雪的故事：我青春年代里的一段插曲，一座山，一个曾经爱过我的人的面庞。那一切，何曾从记忆里抹去过！瑞娜听后，唏嘘不已，长长的睫毛挂着泪珠，惊讶之余，她不停地追问：为什么？到底是什么原因，让一个花季少女对这个世界失掉了最后一丝纯真？是什么让她走上了自绝的道路？

我承认，瑞娜的困惑，也是我的困惑。在生活给予的种种屈辱中，我们都曾坠入困境，而陆雪，则滑向了深渊。她的行为似乎是对个人命运绝望的抗争，但是，太过极端，太过残忍了。在迷幻的翅膀下，陆雪似乎卸掉了阻塞心头的迷惘，而她自己，则像一只蝴蝶，承载着死亡，滑向无底深渊。

瑞娜从小便接受洗礼，成了一个虔诚的天主教徒。周日早上，瑞娜总是穿戴整洁，到小区中心的尖顶教堂去做祈祷。有一天，瑞娜去教堂之前，特意准备了一束白玫瑰，并在花束上系上一条红色缎带。她要在悬有圣母的教堂里，面对玛利亚的圣像，为两个不该逝去的少女，祈祷。从教堂回来，瑞娜面朝月亮，给我讲了一个故事：

上帝身边有九个天使和九个堕天使。昔拉是一个堕天使，是掌控“绝望”的。她的能力很特殊，外形酷似一只蝴蝶，有着无与伦比的攻击力，也是上帝用来惩罚恶人和其他天使的杀手锏，但由于她的力量过于危险、残暴和癫狂，并且丧失了理智，结果让上帝反而怜悯起那些被害者。因此上帝开始采取措施，避免自己的恩惠出现在魔鬼操纵的领地。

后来在加勒比海的一次勘探中，我登上玛格丽特小岛，在一个荒僻而近乎原始的渔村里，听到一个古老的传说：月光下翩然起舞的夜蝴蝶，被誉为魔女的化身。看见它的人，即被施下邪恶魔咒，往往在劫难逃。而中世纪的莱茵河畔，赛尔特人将这种蝴蝶当成逝者的灵魂，是灾难与死亡的象征。由此，我联想到十六年前发生在函镇的那场悲剧。陆雪和小霜是否在冥冥之中，受了某种神秘力量的暗示与裹挟？是一种邪恶的力量操纵了两个少女的命运，连同函镇煤矿的坍塌与毁灭！

17

陆雪是被七点六二毫米的步枪打中的，她那无可挑剔的五官，被打得血肉模糊。

那是六月，滞闷的空气像着了火，众人顾不上炎热，纷纷奔过来，眼巴巴盯着车上五花大绑的陆雪。黄毛命大。黄毛由于在监狱里频频出现癫痫症状，而侥幸躲过了这一劫。

公审大会，是在函镇西郊老文庙的广场上举行的。广场临时搭起了一座主席台，老百姓像炸了锅，从四面八方蜂拥而至，将高台围得水泄不通。周边的墙头和屋顶上，也站满了人，老弱病残者挤不进人群，便直愣愣立在电线杆下，从大喇叭里听广播。年轻人捷足先登，早早跑到法场上去候着。执行任务的警官在台上正襟危坐，铿锵有力地宣读着犯人的罪状，围观的群众里，不时发出声声叹息与哀惋。

正是端午节，有人揣着粽子、香肠和茶叶蛋，还有人剥了香蕉，设法往陆雪嘴里塞。肉香、汗臭、茶叶蛋的香味，在拥挤的人群中弥漫开来。陆雪妈也来了，被几个妇女死命地按住。她一面挣扎，一面哀号：祖爷祖奶奶呀，叫我看一眼女儿吧，过了这个时辰，我的孩子就没了！

法官宣读判决书时，台下的议论，一浪高过一浪：多漂亮的丫头，心也忒狠了，好好的，你杀人家闺女做啥？归根结底，就是羡慕嫉妒恨！俗话说的好，允许不认识的人中五百万，不允许隔壁邻居家的鸡多下一个蛋。而另一种声音，似乎更响亮：陆雪，好样的，你替全矿人出了一口恶气。要不是走投无路，谁愿意往死路上走啊？

两种意见，相持不下，差点发生肢体冲撞。一方说杀人抵命，天经地义，把人杀了不说，还用下流方式辱尸；另一方说怪只怪当权者作孽太深，报应！这不像是议论，倒像是真正的宣判——一种急不可耐的发自观众席上的审判。而陆续滚过的各种声浪，最终止于法官的终极判决。

一阵骚动过后，陆雪似乎意识到最后时刻的来临，她抬起头，放眼四望。乱云如烟，无声地垂挂在天幕下。树林、草丛、村舍、连同天际间那一抹黛色……陆雪闭上眼，而后缓缓睁开。光线暗淡的远方，起了一阵风，波涛似的汹涌而来，呼啸着卷起尘土，在人潮之上形成一个旋涡。人们惊惧万分，瞪着眼停止了躁动。陆雪的目光，忽然落在一位顶碎花蓝头巾的村妇身上，常年劳作，村妇的脸膛成了红褐色，在阳光下明晃晃的。假如有来生，陆雪情愿成为这样一个女人，日出而作，日落而息，在俗世烟火中听鸡鸣狗吠，与黄昏中的男人演绎相遇、相爱与相守的平凡人生。

刑车颤颤巍巍地启动了。一丝难以言说的纷乱的火星，在陆雪眼前狂跳不止——是留恋、痛悔，还是义无反顾？围观的人群里，霎时爆发出一阵凄厉的嘶鸣，伴随着震耳欲聋的刺耳的口哨声。

太阳掉下去了，青绿色的殡葬车载着陆雪，呼啸着绝尘而去。陆雪妈挣脱开众人的揪扯，扑向这片遗留着女儿血迹的荒野。她呜咽着从包里掏出一把小铲和塑料袋，一点点把渗透了女儿血迹的泥土，挖进塑料袋。一边挖，一边说：犯了罪，可也是我的女儿啊。杀人不过头点地，一时三刻过后，好歹也让她完完整整地走！

彼时，我正面朝大海，望着南海边的滔天巨浪，想象陆雪从容离去的背影——迅疾、执拗、僵硬，像一座移动的冰山。青丝坠地的那一瞬，时光已然把我们划出了一道界限，咫尺天涯，阴阳两界，生死两茫茫。

18

萧瑟秋风，残阳暮里，流星载着被肢解的青春记忆，漫无目的地滑向远方。没有了陆雪，函镇对我而言像一座空山。煤矿早已停业，井口也被封了六七年了。年轻人能走的都走了，到全国各地谋生路去了。如今的矿山，只剩些老弱病残，靠退休金过日子。一栋栋荒废的楼房，少有人气；山上的许多人家，大门紧闭，透过门缝，院内荒草萋萋，剥落的墙上爬满裂缝。

函镇一度因煤而盛，也因煤而消沉。时过境迁，属于它的黄金时代，已然远去。

这个午后，我找到函镇福利院，按程序交付了一笔款项，将陆雪的母亲郑重托付给他们。这让我对陆雪，也对自己有了一份交代。是离开的时候了！再待下去，会无端地加深我的罪孽感。这时，从门缝里塞进来一封信，我捡起迅速展开。信很短，只有两句话：陆雪在监狱服刑时，有条奇闻，你难道不想知道吗？去找豹子吧。

豹子是函镇派出所的警员，陆虎的好朋友。当年正是他，听了黄毛的供词后，奋不顾身地将陆雪从家中扭送到派出所——试图让陆雪赢得从宽处理。然而，法律无情，罪不可赦。矿长一家没有任何商量的余地。陆雪和黄毛，只有死路一条。

显然，有人认出了我，并在暗中监视我的行踪。我感到芒刺在背。会是谁呢？神出鬼没的。拂晓前的鸡鸣，敦促我去梳理构成这一荒诞事件的前因后果。我这样做并不是急于要解开谜团，而是想确知命运指派给我的角色，否则，我就难以轻松地活下去。也许真应了马尔克斯那句话：宿命让我隐遁无踪。宿命让我隐遁，也让我无处可逃。宿命也就罢了，宿命感才是最恐怖的。而此刻，我关心的不再是案件本身，而是命运赋予我的神秘性。

寻找豹子的时候，我在子弟小学的门前，恰好遇到陆雪小学时的班主任方老师。方老师见了我，怔了半天，一时间老泪纵横，百感交集。她抹抹泪，咂着嘴说：即便现在，我拿着书本在课堂上走动时，还是不由自主停在陆雪坐过的座位上，心里阵阵发紧，就再也讲不下去了。经由方老师的指点，我很快找到了豹子。如今的豹子，已是位谢了顶的中年人了。见了我，豹子眉峰微耸，棕褐色的脸膛充满了淡定，对我的来访，似乎期待已久。那个春夏之交，陆雪案发之后，由于案情的需要，豹子被函镇派出所调往县公安局，以配合那里的狱警工作。听了我的来意，豹子点燃了一支烟，抽到半截时，悠悠地说：陆雪在监狱里被裁定死刑时，她声称自己怀孕了。

这句话，让我惊出一身冷汗。

可是，豹子不紧不慢地补充道：经法医鉴定，陆雪没有怀孕。

我感觉喉咙里有根草，结结实实卡在那儿，丁点声音也发不出来。豹子吐出一口烟圈，怅然道：陆雪真要是怀孕，就好了。出于人道主义考虑，她就不会被判死刑，必须等孩子生下来，再做审理。时间是个奇妙的东西，在时间里，一切皆有可能。豹子掐灭了烟，悲凉和惋惜从他的每一根毛孔里，徐徐释放出来。

我感到手脚冰凉，心肺作痛，太阳穴霍霍直跳。豹子倒了杯酒递过来，我接过杯子仰头灌下，而后闭上眼睛想象陆雪告别人世的那一刻，她衣袂飞扬，目光掠过汹涌的人潮——寻觅、徘徊、犹疑不决。最终，一无所获。于是，她凄然转身，朝向法场。曾经沧海难为水，我内心的隐痛和愧疚一触即发。我不能再故作镇静了，当着豹子的面，我把自己和陆雪之间的往事，一吐为快。豹子听后，沉静如初，一句话也没有。可我却无法安宁。我滔滔不绝，彻头彻尾地表达着自己的惋惜、自责、困顿，以及无法消除的忏悔之情。豹子抬起青筋突爆的额头，突然问我：

假如你和陆雪的事，重新摆在眼前，你会带她走吗？

我的心忽地沉下去，在一个听不见回响的深谷坠落。我两眼含泪，张口结舌。

踏上归程的瞬间，我得知一件事：刑场上，法警扣动扳机之前，作为狱警之一的豹子，从容脱去白手套，为陆雪擦去脸上的汗，又为她整了整被扭扯的白衬衣。这一幕，被现场的记者拍了下来。为此，豹子付出了惨重代价。及至今天，豹子被函镇派出所解职已经十六年了。

（刊载于《人民文学》2018 第 3 期）

魔　笛

麦戈文由维也纳回乡探亲时，被老家的校长铁斌先生请来做了一场演讲。无非是给母校的学弟学妹，讲一讲自己的经历，涉及当年在此读书时的勤勉、努力和发愤，而后漂洋过海赢得一片广阔天地的历程。

1

校长和书记都很重视这场演讲，特意把讲台设在麦戈文早年读书的老校区，并将会场布置得温馨、朴素，富有怀旧色彩。麦戈文与学校领导并排坐在主席台上，他戴了副细框眼镜，穿的是一款限量版的夏尔凡衬衫，有一种底气十足的坦然和随意。面对台下无数殷切的眼神，麦戈文仿佛看到自己当年的影子，有那么一瞬，他的目光与左前方那位神情忧郁的男生相撞，心里一动，忙把思绪收回来，即兴穿插了一段对柏林、剑桥和维也纳大学的褒扬，并列举了中西方教育的种种差异。

铁校长摩挲着鬓角下的雪白胡茬，听到自己当年的得意门生，对中国应试教育不留情面的抵触，刻意看了他一眼，脸上的表情意味深长。那感觉似乎在说：我也知道我们的应试教育不够理想，可欧洲教育对我们来说，也是不可移植的。

会后，麦戈文在校长和书记的陪同下，参观了新启动的实验楼，而后引着他穿过一段长廊，铁校长无限感慨地望向操场新铺的塑胶跑道，说：小麦啊，时光荏苒，你离开学校有二十年了吧！

铁校长当过麦戈文高中段的语文老师兼班主任，感情上比较贴近，说话也随便些。麦戈文的目光掠过猩红色的田径跑道，同样感慨道：可不是吗，一转眼我都人到中年了，真是不可思议啊！

书记爽亮的声音从背后传来：麦博士年富力强，希望你这次光临母校，能够激发起更多学生的斗志，将来多出几个留学生。

麦戈文含蓄地笑了笑，未置可否。从实验楼上下来，麦戈文恭请校长和书记同意，让他单独在校园里转一转。在这片记忆模糊的新校区，他从一栋楼，走向另一栋楼，旧有的围墙和校舍几乎都推倒了，眼下的校园是一派旧貌换新颜的陌生。麦戈文曾在这所校园里度过了六年光阴，屈指算来，如今离高中毕业那个夏季也有近二十年了。他暗自思忖着，不知不觉转到一条洞开的门廊，在一道深黛色的植物墙背后，他一眼瞥见那座正待拆除的红砖小楼。

没错，就是这座楼，在他的高中时代，没有比这个地方更明媚的了！可早先的红砖已锈蚀成了灰褐色，外墙斑驳，底层的立柱上布满青苔和霉点，像一艘刚刚从海底打捞上来的沉船。麦戈文的目光沿三楼走廊直到尽头，那个位于植物墙之上的小套间是属于桑雅——他的英文老师的。麦戈文的心嚯嚯直跳。君特·格拉斯说，回忆是一枚要剥皮的洋葱，从发芽起就把自己编成密码。那些曾叫你隐隐作痛的事，依旧隐隐作痛。麦戈文忙掏出一支飞利浦点燃了，朝着植物墙猛吐了一串烟圈。

又见夕阳，却已是人去楼空。风吹过来，撩拨起一阵细碎的和弦，仿佛远去的笛声。他依稀记得，那扇半敞着的窗子周围曾爬满了藤蔓，牵牵绕绕的，一年四季变换着颜色。如今，它们已被连根拔去，过不了多久，整个院子也将被推土机铲成平地，一座新教学楼将在这里拔地而起。麦戈文不禁黯然神伤。回国前，铁校长跟他商讨来校演讲的题目时，他曾心生一念：桑雅老师怎样了，她生活得还好吗？也许就为了能见上她一面，他才如此爽快地答应了校长的邀请。

这时，办公室主任梅森匆忙走过来说：麦博士，你让我好找啊！该吃晚饭了，校长、书记都等着呢。

麦戈文迅速躲闪开决堤的回忆，顺势问：梅主任，桑雅老师还在教英文吗?

桑雅老师自打去年就停止教课了，她患了精神分裂症，正在医院接受治疗呢!

这消息不啻为一枚炸弹，将麦戈文炸得六神无主，血肉横飞。他眉头紧蹙，怔了半天才回过神来，诧异道：精神分裂症，怎么可能呢?

梅森是位肤色白皙、眼窝深陷的南方女人，她不是在本校被提拔到领导层的，因而对麦戈文当年读书时的情形一无所知。这让麦戈文有一种隐秘的坦然。面对他的疑问，梅主任怅然道：两次婚姻都不如意，尤其第二次，毁了她。

麦戈文脸色陡变，一副魂不守舍的样子。梅森用迷惑的眼神看了麦戈文一眼，摆了摆手道：桑雅的事，一言难尽啊。走吧，咱们到饭桌上聊!

2

晚餐接近尾声时，麦戈文忍不住问起桑雅老师的病情。两位领导听了，表情骤然间变得沉重起来，空气似乎也凝固了。铁校长仰头对着天花板吐了口烟雾，缓缓道：桑雅傻得很，她丈夫跟她离婚时，问她要什么？她竟然说，什么也不要。于是，两个人的全部积蓄，都被那个畜生卷走了。

一口饭卡在麦戈文的喉咙里，让他难以下咽。梅主任打破沉寂说：人善被人欺，马善被人骑，女人太善良了，就会被别人当傻子。说句良心话，桑雅不过是长期压抑造成的，顶多算是深度抑郁，跟一般意义上的精神病还是有区别的。可怜她娘家也没个人，否则，怎么会落到这一地步呢。

也许是受西方心理学理论的影响，抑或是个人感情因素的汹涌，麦戈文用恳求的目光望着校长和书记：这么说，她的病还未构成实质性的精神癫狂，如果只是深度抑郁的话，让她待在那样的环境，反而会加重她的病情。言外之意，麦戈文希望学校能想想办法，把她从医院接出来。

书记和校长略显尴尬，随即传递着一丝诡秘的目光。顿了顿，书记字斟句酌地说：麦博士有所不知，桑雅老师和某些高中生，哦，我的意思是说，她和极个别学生有些不利因素，如果现在就把她接回学校来，恐怕影响不太好。

书记含糊其词的样子，让麦戈文疑窦丛生。他预感到桑雅发病的背后有着复杂难言的因素，而这些因素，放在今天的饭局上来探讨，显然有些不合时宜——尽管他是那么渴望了解其中的隐情。

当夜，麦戈文辗转到凌晨，艰难入睡。一只芒果从树上掉下来，滚到脚边，在阳光下闪着斑斓的光。他跟随欧洲的一支科考队，从热那亚出发，在一段悠远的旋律中穿过地中海，继而走向广阔的北非。在埃及的尼罗河畔，他和一匹骆驼并肩躺在沙滩上，棕榈树不规则地遍布堤岸，骆驼跪下来伸长脖子吸水，河水呈蓝绿色，清凉、洁净、明澈，一只鳄鱼从芦苇丛里冒出来，虎视眈眈地朝岸上张望……麦戈文蓦然惊醒，他忙起身，一把推开窗子，街上车水马龙，一片喧嚣。

麦戈文十七岁那年，也是这样一个早晨，他在古城的钟声里跃身而起，匆匆吃了几个父亲为他买来的水煎包，跨上自行车就朝学校奔。新来的英语老师今天将给他们上第一堂课，麦戈文不允许自己迟到。他想给老师留下一个好印象。据说这位老师，是从英国留学归来的，是宋城中学迎来的第一位女留学生呢。

五月的校园，泡桐花似开非开，空气里弥漫着一股甜丝丝的清香。铃声刚落，英语老师款款走上讲台。晨光如水，泼洒在她轮廓清晰的脸上，点亮了一双清澈而柔和的眸子。她身段修长、清瘦，很随意地穿了件象牙白 T 恤衫，脖颈里搭了条淡金色丝巾，上面印有天堂鸟的图案。翻开英语课本讲解时，她那吐着伦敦口音的嘴唇微微上翘，认真而执拗的神情里，夹带着一股动人的天真。

麦戈文渐渐迷上了英文，也迷上了英文老师带来的那股子气息。在一种清新舒畅的氛围里，麦戈文对英文的兴致一路高涨。不到两年，他的英语成绩一跃而成为班里的佼佼者，并且被选为英文课代表，顺理成章地有了许多和英语老师单独接触的机会。每天下午，麦戈文将英文作业陆续收齐了，踩着轻快的步子送到老师桌前。从办公室出来，他的身体返回了教室，而灵魂，却丢在了老师那里。随着放学铃声的逼近，麦戈文透过窗子，不时瞟向那条落满桐花的砖石小径，他的目光因热烈而变得潮润起来。不一会儿，老师轻盈的身姿出现了，双手搂抱着厚厚一摞英文作业，其中的一本是他的。

周日，麦戈文本可以待在家里休息，可他仍旧骑上自行车往学校奔。他独自坐在教室里看一会儿功课，若无其事地溜达到植物墙边。因老师的宿舍楼前三面有房，自然而然地构成了一个四角见方的天井，天井与教学楼之间，由于隔了一道繁茂的植物墙，而将校园的喧嚣、热闹和嘈杂挡在了另一个世界。麦戈文在植物墙下转过来转过去，突然与数学老师相遇。孙老师的鼻梁上架着一副高倍近视镜，当他将两只瞳仁从层层光圈里伸出来，认清了麦戈文时，举起大拇指赞道：周日也来学校学习，真是好样的！

孙老师哪里知道，麦戈文是打着学习的幌子来看风景呢。下午四点钟左右，桑雅老师必定坐在窗前，在透明的光线里为自己泡一壶茶，漫不经心地呷一口，嘴角牵动处眼神迷离。窗楣上的紫藤在夕阳的浸染下，红红黄黄的，构成一道奇妙的风景。若干年后，当麦戈文定居欧洲之后，有一天他来到巴黎，在巴黎郊外一个闻名遐迩的博物馆里，他看到法国印象派画家雷诺阿的一幅人物肖像，情不自禁地想起多年前的那个下午。

突如其来地，老师的身边多了一个人，一个气宇轩昂的男人。麦戈文这才意识到，桑雅老师已到了谈婚论嫁的年龄。窗口的风景不经意间就发生了逆转，老师对窗而坐的神情不再单纯，而是多了一层韵味，一层难以描摹的韵味。晚间的自习课上，麦戈文从书包里掏出日记本，盯着扉页上那枚一箭穿心的图案，充满了沮丧。他是一个含蓄、内敛而孤傲的人，满脑子装着盛不下的忧伤和诗意，即便在课堂上，也从未停止过胡思乱想。他感觉长期以来自己竭力打造的精神世界，在这个月光惨淡的晚上，随着那个男人的出现，几近坍塌。

3

午后，麦戈文应梅森之约来到学校。烈日下他戴了副茶色眼镜，橄榄色 T 恤短衫，态度谦和而彬彬有礼，走在学校的柏油小马路上，格外引人注目。假如在巴黎的香榭丽舍大街上，会让人想起那位经常旅行、一身亚曼尼的大众情人。实际上，二十年前的麦戈文，在宋城高中生的群体里面，也算得上出众。他中等偏高的身材，浓眉毛，单眼皮，光洁的额前垂下一撮自然卷曲的黑发，与众多男生相比，麦戈文的身上似乎多了一点点洋气。

那日晚餐之后，麦戈文回到家左思右想，内心的郁闷难以排解，就拨通了办公室主任梅森的电话。电话里他诚恳表示：梅主任，桑雅老师教了我三年英文，是她亲手把我送入大学的。如果不是她，可能没有今天的我。这次回宋城探亲，机会实在难得，我很想去医院探望一下桑雅老师。但去医院之前，我希望能搞清楚她发病的原因。

这样吧，梅主任只有片刻犹疑，爽快道：你一定要知道的话，我给你推荐一位老师，英语教研室的黄宗华老师，她和桑雅不仅是同事，也是多年的好朋友。不过呢，我得先跟她打个招呼，听听她的意思，然后你最好和她单独聊一聊。

麦戈文当然求之不得。经过梅主任的耐心开导，黄老师答应就在自己的家里，见一见远道而来的麦戈文。于是，麦戈文便依照约定时间，就在这个午后，和梅主任一起来到校园旁边的家属区，拐弯抹角地找到了黄老师的住处。

这是一栋带小院的两居室，灰墙红瓦，残破的院墙外临着一条小街。麦戈文对这排老房子似曾相识，他朦胧记起二十多年前初次踏进学校大门时，这个家属院就已经存在了。黄老师很早就离了婚，据说她的丈夫是个酒鬼，每次喝完了酒回到家，不是折磨妻子，就是训斥女儿，黄老师痛下决心与男人离了婚。离婚后黄老师一个人带着女儿生活。眼下，女儿已结婚成家并有了自己的孩子，只有节假日小两口才带着孩子过来看看母亲。黄老师也乐得清闲，一面教书，一面独自打发着寂寞时光。

梅主任说明了来意，被黄老师热情地迎进屋里。室内简陋无比，挂着门帘的一间是卧室，外面敞着的便是客厅了。麦戈文坐在一张靠墙的棕色皮革沙发里，他下意识环顾四周，客厅墙壁上的白色涂料落了一地，枣红色茶几和三斗桌上的油漆，已脱落得斑驳陆离。梅主任客客气气地说几句开场白，借故走开了。屋里仅剩下麦戈文和黄老师两人。

黄老师扭身去厨房泡了壶茶，端到麦戈文跟前。麦戈文双手接过茶杯，捧在手里，目光诚恳而殷切，正不知该如何开口，黄老师的眼皮子仿佛锈住了，吃力地眨了几下，而后眯起眼自言自语似的说：提起桑雅的病啊，恐怕得从她的两次婚姻说起。女人的病根十有八九与感情有关。婚姻是女人难以摆脱的命运，它可以成全你，也可以毁了你。

麦戈文心里一惊。他知道桑雅过于单纯、率性，而事实上，越是率性十足的人，越是脆弱得不堪一击。这时黄老师摊开两手说：桑雅的第一任丈夫是宋城外贸的一名销售员，那个时候外贸形势好，很能挣钱。大川对桑雅也不错，可不知啥原因，就在婚事的节骨眼上，俩人突然红了脸，说离就离了。

是外贸公司那个跑业务的吧？我好像见过这个人。那不是她的男朋友吗？他们又没结婚，怎么能算离婚呢？麦戈文的眼前即刻浮现出那个气宇轩昂的男人，他惯于将白衬衣箍进腰身，皮带勒得紧绷绷的，几道褶皱挤在胸前。

只差一个婚礼。可他们已经订了婚，从法律意义来讲就是夫妻了。况且，他们把结婚请帖都发出去了，桑雅还跟我商量找谁来做她的伴娘。那个时候，办公室同事也做好了准备，等着参加她的婚礼呢。你可以想象，桑雅当时所受的打击！

麦戈文的心里一阵绞痛，太阳穴嚯嚯直跳。是我害了她！他的潜意识里倏地跳出这个念头。麦戈文突然觉得自己就像达·芬奇的名画《最后的晚餐》里那个出卖耶稣的犹大，可鄙，可恨，可耻。接下来黄老师情绪激动地又说了些什么，说到激愤处，她伸出两只拳头在空气中比画着，摩拳擦掌的。麦戈文貌似专注地盯着黄老师的两片嘴唇，意识里却一片模糊。事实上，他一句话也没听进去，满脑子都是桑雅昔日立在讲台上的面颊和身影，以及她退婚后倦怠沮丧的眼神。

4

走出黄老师的家，麦戈文发觉排房的尽头恰好对着学校的老校区。桑雅老师的三层小楼，在一片紫花花的泡桐之间若隐若现。他还记得，有两棵树之间曾摆放过一个水泥乒乓球案，他和同学们在课外活动时偶尔跑去打乒乓球，球发出去了，他的目光往往斜向一边，试图从那扇敞着的窗子里，瞥见老师优雅的身影。

是我害了她！这念头如同咒语，粗暴地潜入麦戈文的心底。那段时间，桑雅老师和她的男友俨然处于热恋中，他们四目相对深情款款的一幕，如同沙砾，时时摩擦着他的眼球，让他心神不宁。这家伙哪点好，不就是多挣了些钱吗，就这么兵不血刃地抢走了我们的老师。麦戈文恨恨地想。

早春时节，毕业班的学生加快了复习进度，班主任老师在课堂上不断地敲打着他们：来年的这个时候，你们就进入高考前的冲刺了，同学们要珍惜大好时光，为自己的前程奋力拼搏，能不能考上大学，就是你将来穿皮鞋和穿草鞋的分水岭！铁老师来自农村，语言生动而逼真，在激励大家发愤努力这件事上，有着自己独特的方式。而此时，麦戈文的内心正在饱受一场前所未有的煎熬。自从桑雅老师进入热恋，自从周末的窗前开始晃动着两个人的亲密剪影，他的情绪一落千丈，整整一个月都提不起精神头，苦闷和失落如影随形。

这天的夜自习刚上了一半，后座上的两位女生压低了嗓门在交谈着什么。一个说：哎，今天我在语文办公室里听说，咱们的英语老师就要结婚了，你见过她男朋友吧，你觉得他怎么样？

另一女生似乎迟疑了一下，轻声道：我在操场上碰到过英语老师和她的男朋友。我觉得他的眼神有点阴，笑得很不自然。

两个女生的窃窃私语像一根火柴，瞬间擦亮了麦戈文的脑门，进而点燃了他蓬勃的欲望。他一下子如坐针毡。他必须做点什么，为老师，也为自己。他的母亲就是跟这样一个男人走的，俩人在一起勉强生活了七八年，最终惨遭遗弃。母亲的遭遇，让麦戈文对英语老师生出一股莫名的保护欲。他固执地认为，如果老师跟了这个男人，有可能招致和母亲一样的厄运。他不能袖手旁观——潜意识里，他也许无法接受自己心爱的老师跟男人同床共枕的事实。在他看来，老师那座绿色掩映的小楼，像一座孤岛，却是他心中的圣地。他要竭尽全力守住这块圣地，使它成为永不沉没的绿洲。

课堂上，麦戈文有意无意地躲闪着老师的目光，可老师那布满红晕的面庞，总在他的眼前晃来晃去，那不言而喻的喜悦和幸福感时不时漾出来，加剧着他的失落和苦闷。麦戈文瘦削而游移不定的眼神，一度引起老师的关注。桑雅偏过头来悄声问：你怎么了，是不是病了？老师关切的目光，气流似的回荡在麦戈文的周身。他甚至觉得，要不是班里坐满了同学，老师说不定会伸出手来，抚摸一下他的额头。麦戈文当然想不到，若干年后在他担任维也纳大学心理学专业的讲师时，那些国外的男生坦言，十几岁时全都对女教师想入非非。所不同的是，这在国外，是公开调侃的话题，而在中国，则是难以启齿的丑事。

放学了，同学们哄然一声离开教室，四散而去。麦戈文犹犹豫豫地转到操场，顺着墙根徘徊到后院，而后跃身翻过墙去，来到邻村的河塘边。落日余晖像一块玫瑰色的幕布，渐渐抖落在芦苇丛生的河塘上。夕阳下的芦苇，充盈着阳光的气息，在傍晚的清风里摇曳生姿，如同老师秀雅的身姿。混浊的夜色，带着几分暧昧，仿佛在酝酿着什么。麦戈文便想，这样美好的夜晚，如若能与老师比肩而行，在月色下悠闲地散步，或于田野间聆听飞驰的虫鸣，该有多好！这么想着他羞惭地低下头，突见自己的影子，在水中显得形销骨立，可怜至极。他一个转身，溅起一层又一层的迷惘。村头传来了几声狗叫，村子背后那片朦胧的新绿，好似拔节的冬小麦。这时，芦苇丛里隐隐约约地传来一阵动静，像是玩耍中的小动物的声响，麦戈文一个激灵，扒开芦苇循声望去，他没有看到什么小动物，而是看到了此生最不愿见到的一幕：桑雅和她的男友，在芦苇丛里相拥相携，缠绵不已。

这不经意间的一瞥，像一把明晃晃的刀子，刺痛了麦戈文的心。他就那么呆立在芦苇丛里，不知过了多久，晚露雨滴似的落下来，打湿了他的头发，并顺着他的前额和脸膛流进嘴里。麦戈文一个激灵，钻出芦苇丛没命地往家跑。面对父亲气急败坏的质问，他一言不发，逃入自己的房间，倒头便睡。

5

麦戈文这次回乡，一方面为了应付母校的演讲，另一方面也想多陪陪年迈的父亲。这些年他漂泊在外，一头扎进自己的教学与课题研究，极少回国探亲。偶尔回家来看一眼父亲，也是来去匆匆，蜻蜓点水似的。就在今年早春，父亲在楼下与几个好友下棋时突然中风，幸亏发病那天有不少人在，被及时送进医院抢救，才没酿成严重后果。

得知父亲患病的消息时，麦戈文正在阿巴拉契亚山脉南部古老的山谷间考察，无法立即赶回家来。那个夜间，他隔着黑魆魆的山巅，仿佛听到父亲的声声呼唤。焦虑之际，他拨通了堂兄的电话，拜托堂兄替他照应一下父亲。堂兄让他尽管放心，说家里有他呢。前年，侄子小明在麦戈文不遗余力的帮助下，顺利考上了慕尼黑的一所高校。为此，堂兄一直对他这位事业有成的堂弟感激不尽。叔父意外生病，堂兄认为于情于理都该效力，更何况是近水楼台。

侥幸得很，父亲这次中风只留下了语言障碍，其他并无大碍。不过，麦戈文对父亲的愧疚一直都在。这些年他只顾了自己的事业，竟没有尽到做儿子的责任。这趟回来，便有意利用漫长的暑假，多陪陪父亲，甚至想说服父亲跟他到维也纳住一段日子。可父亲血压不稳，一向恐高，害怕坐飞机，说什么也不愿离开宋城。

自从母亲背离父亲，投入另一个男人的怀抱后，父亲始终孑然一身。年轻时，父亲贪恋母亲的美貌，不顾一切地把母亲追到手，而真正走进婚姻并且面对一日三餐时，却为母亲的好吃懒做水性杨花伤透了心。父亲生性温厚善良却又十分执拗，一辈子勤勤恳恳任劳任怨，他不善言谈，更不会花言巧语，偶尔露出一丝笑意，看上去是那么的不协调。用母亲的话说，父亲终日沉默寡言，像头牛，只会低头干活，除此之外什么也不懂。在母亲眼里，父亲是一个不解风情的男人。

在宋城，朱玉环是一个不折不扣的美人。作为宋城宣传队的一员，她不是因为能歌善舞而立足，却是因为其妩媚的形象和一口标准动听的普通话。玉环在宣传队的历次演出中，长期担任报幕员。那个时候，中国内地的娱乐文化活动少得可怜，地方宣传队的演出，就承载起百姓的众多期盼和欢欣。随着时代更迭，电视机很快成了亿万人民的宠儿，当家家户户盯着电视荧屏听李谷一唱“妹妹找哥泪花流”的时候，地方宣传队的演出已备受冷落，并很快淡出了人们的记忆。

宣传队解散的那年秋天，玉环被分配到宋城中心的百货商场做了一名营业员。那家商场由于玉环昔日的形象和名气，吸引了不少顾客。许多人都是冲着玉环的妩媚和亮丽的嗓音，有事没事就往商场跑，并顺带买几样可有可无的小东西。

麦戈文的父亲就是那些顾客中的一员。玉环在宣传队的舞台上大红大紫时，他根本没有机会献殷勤，舞台撤掉了，这才轮到他来表现。只要可能，麦戈文的父亲下了班就到商场的门外，带上一包玉环爱吃的小核桃——他不知从哪里打探来的，得知玉环爱吃这种香喷喷的小核桃，就在她的必经之路上守候着，风雨无阻。半年下来，他不顾自己母亲的劝阻，执意和年轻美貌不善持家的玉环成婚。没承想，短短几年下来，他就为自己的盲目和轻率付出了代价。

渐渐地，玉环下了班总有各种各样的理由不回家吃饭。很多时候，她顶着夜色回到家时，身上总是沾满了酒气。再后来，玉环干脆夜不归宿。麦戈文七岁那年，玉环决计离开丈夫和儿子，与自己早年的一个相好私奔。就在那天晚上，玉环回到家时，身后跟了一个男人——一个气宇轩昂的小白脸。玉环这趟回来，就是跟丈夫摊牌来的，她一定要离婚，跟那个男人走。父亲被激怒了，抄起桌上的一把紫砂壶就扔了过去。

麦戈文初中毕业的那个夏季，玉环哭哭啼啼地回家来了。她被那个小白脸打得鼻青脸肿，生活难以为继，便硬着头皮回家来，巴望着麦戈文的父亲能原谅她，跟她复婚，进而重归于好。早已绝望透顶的丈夫呵斥着将她拒之门外，死也不准这个没廉耻的女人再次走进这个家。

在麦戈文的记忆里，做公交车司机的父亲总是每天一大早出门，到远郊的停车场去领车，而后在两点一线的公路上兜过来转过去，直到月色弥漫，才踩着自己的影子一步三晃地回家来。父亲虽然没有太大本事，却本本分分拉扯自己的儿子，满心指望着麦戈文好学上进，努力摆脱父辈的命运，走出自己的一片天地。父亲自认为没有什么大能耐，除了满足儿子的一日三餐和学费之外，他唯一能够给麦戈文的奢侈品，就是一辆飞鸽牌自行车。

6

那个早上，有风，语文老师夹着厚厚的讲义刚走进教室，便说：你们的英语老师由于身体欠佳，没法来上课了。不过，桑雅老师给大家准备了一份模拟英语考题，请同学们在课堂上完成。然后请英语课代表将考卷全部收齐，给桑雅老师送过去。麦戈文听后，心里一阵狂喜，插在裤兜里的两只手捂出了汗。

课后，麦戈文将试卷一个不落地收齐了，迫不及待地送往老师的住处。桑雅似有预感，知道麦戈文会在这个时刻到来，就穿戴整洁地敞着门坐在书桌前迎候他。麦戈文还是第一次踏进老师的房间，他喊了声老师好，目不斜视地把一摞考卷放到老师的书桌上，折身就要离去，被桑雅叫住了。

我有两件衣服，被早晨的风吹落到下面的植物墙上，你去帮我捡回来好吗？没等麦戈文回答，桑雅就将一根细长的竹竿，递到了麦戈文的手上。大约一支烟工夫，麦戈文攥着老师的白衬衫和粉红丝绸睡裙，缓缓踏上楼梯。他情不自禁地将它们捂在胸口，凑近鼻翼，猛烈地吮吸着，而后闭上眼睛享受片刻的美好。

桑雅接过衣服，示意麦戈文坐一会儿，随问了些课堂上的情况，以及他个人的学习和家境。她问的那么贴切、自然，讲话时的语速不疾不徐，像一个善解人意的姐姐关心弟弟的成长。当她得知麦戈文的父母早年离异，他和父亲相依为命时，桑雅不禁流露出一丝柔情和爱意，并鼓励他说：我早看出来了，你是一个出类拔萃的学生，好好努力，你会成大器的！

作为老师，桑雅自然清楚，这个表情沉郁而多愁善感的年轻人，嘴上那几根绒绒的胡须，像是刚刚扎出来的。他热衷英文，酷爱文学，写得一手好诗，朗诵起来声情并茂。那些模糊的情结和憧憬，常常不自觉地在他的眉宇间流淌。

麦戈文欠了欠身，豁然打量了一眼老师的房间：干净清爽的床上吊了顶雪白蚊帐，亮丽的踏花棉被叠得有棱有角，整个房间散发出一股淡淡的清香，与刚才那两件衣裙上弥漫的味道很是吻合。他的目光继而被桌上的一尊白色人体石膏像所吸引，这是一尊线条优雅的半裸体女人雕塑，他还是第一次近距离打量，禁不住惊异地一颤，正在若有所思，桑雅莞尔一笑说：认识吧，这是断臂维纳斯，我的英国同学送给我的。

在晚霞的映衬下，白璧无瑕的维纳斯释放出一股神圣而奇异的美感，给肃静雅洁的房间添了一丝异国情调。麦戈文满怀钦敬地盯着书架上一摞英文书，突兀地问：老师，您在英国留过学，怎么会来到宋城的呢？

桑雅顿了一下说：我父亲是宋城人呀，他是四八年的老党员，性格特别秉直、倔强，参加过上甘岭战役，是响当当的老革命呢。新中国成立后，我父亲被派往东南沿海支边，在福建泉州的空军地勤待了十几年。那个时候，父亲已过而立之年，还是单身汉一个，组织上就给他介绍了一位当地渔村的姑娘。这个姑娘后来就成了我的母亲。深受中原传统文化熏陶的父亲，与海边长大的女子，从性格到语言都格格不入，生活上磕磕碰碰的矛盾不断。为了叶落归根，我父亲一心一意想离开福建沿海回内陆老家，母亲心不甘情不愿地跟着父亲就来到了宋城。

从福建调往内陆后，我父亲继续服役。他的部队就驻扎在离学校十九华里的宋城西郊。与泉州相比，宋城的条件和自然环境令人失望。一面是山清水秀，一面是尘土飞扬，除此之外还有饮食上的隔膜。我母亲整日哭着闹着要回泉州，并发誓，只要离开宋城，就再也不回来。实际上，母亲除了厌恶宋城干燥多尘的环境，也忍受不了部队的单调和整齐划一的生活，再加上我父亲是个工作狂，家庭生活单调乏味，母亲便毅然决然地拉着我离开了宋城。

父母之间的感情裂痕，毫无疑问给桑雅的少女生涯蒙上了一层抹不去的阴影。桑雅的性格里有父亲的耿直与坚韧，也有母亲的率真与执拗。她独立、坚强、凡事不拖泥带水的风格，显然与父亲相守的部队大院有关。那种与生俱来的军人气质，隐隐约约闪耀在桑雅的周身。夏天，她喜欢穿一条草绿色短裙，白上衣，头发梳得一丝不苟，看上去英姿飒爽的。秋冬时节，桑雅的腰间裹一条绿毛呢长裙，脚上套一双棕色小皮靴，裙装与靴子之间露出一小截腿肚，既神气又性感。麦戈文突然意识到，惯常女人热衷的那种俗丽与烦琐，在桑雅老师身上似乎十分罕见，她唯一的装饰，不过是长发掩映下那副珊瑚色耳钉。

一阵沉默过后，桑雅突然抬起头来，恰与麦戈文凝神投来的目光撞在一起。麦戈文发现老师红润的嘴唇，曲线完美，细腻而白皙的脖颈上，淡黄色的绒毛清晰可见。麦戈文的内心顿起波澜，进而显得手足无措。这时，晚自习的铃声轰然响起，麦戈文慌忙起身与老师道别，转瞬之间消失在走廊尽头。

7

接下来的故事，桑雅没有讲出来。那年母亲拉着她离开宋城，之后回到泉州，适逢妹妹——桑雅的姨妈，从英国回老家探亲。姨妈是最早离开泉州到英国谋发展的那一批福建人，母亲预感到自己对女儿的教育无能为力，就托付妹妹把女儿带走，让桑雅跟着她远走高飞。尽管桑雅恨母亲的无情——不管不顾地把父亲一个人丢在宋城，可面对漂洋过海外出学习的诱惑，她还是满怀憧憬地跟着姨妈登上了远行的飞机。

桑雅之所以选择回宋城教书，可能是因为母亲亡故、父亲身体衰弱而无人照料的缘由。也有人猜测，是另有原因。桑雅的姨妈——一个守寡多年而重获新欢的中年妇女，她目睹自己的外甥女在异国他乡的土地上，出落得一天比一天美，莫名其妙地就产生了一种危机感。姨夫帕威尔是名退伍的英国军人，风度不凡，对桑雅的呵护与亲近，日益超过了对自己的太太。一种难以名状的隐痛和危机感，鬼魅似的在姨妈心头晃来晃去。桑雅离开泉州两年后的一个夏天，母亲跟着渔村的一个表亲出海远游，不幸遇上台风，俩人被卷入滔天巨浪，再也没有回来。考虑到桑雅的情绪和正在进行的学业，姨妈强忍着，没有把这一噩耗告诉桑雅。直到桑雅顺利毕业并领取了毕业证书，姨妈才如实相告，与此同时，桑雅的父亲也患了痛风，身边无人照料。桑雅的眼泪簌簌直落，她抹着眼泪收拾好行装，两天后便告别姨妈一家回了福建。几经辗转，桑雅最终来到宋城，来到父亲身边。

时值暮秋，麦戈文突然感到心里七上八下，没着没落的。他总觉得老师在刻意回避他，偶尔与他对视，目光也冷冷的。这叫他有些百思不得其解。比如前天去办公室送作业时，老师正坐在桌前备课。见了他，桑雅十分客气地道了谢，抱起作业就朝外走。麦戈文迅速追上去说：老师，我帮你把作业送过去吧？老师的脸一沉。麦戈文便止步。要在平时，他将作业本送过来后，总会顺带问几个语法难题，被动语态的应用或虚拟语气的处理，等等。可最近，桑雅老师的脸上，似乎挂了一层拒人于千里之外的冰霜。

桑雅的心理着实起了变化，她觉得这孩子的目光，近来变得越发异样，似乎过于渴望和热烈了些，甚至有那么一点点放肆。其内涵不言自明。一个毛头小子，怎能用那样的目光看自己！况且，她已经有了男朋友，并且正在谈婚论嫁。这么想着，桑雅眉心微蹙，脸颊一阵潮红，她兀自咬了咬牙，像摁死窗台上的一只蚊子那样，断了让麦戈文靠近的念头。

当日下午，桑雅抱起一摞作业，心事重重地朝宿舍方向走。刚走至拐角处，一个趔趄，怀里的作业本险些滑落一地。突然有双手伸了过来，不偏不倚地护住了她。她稳住自己之后，脱口而出：麦戈文，你怎么还没有回家呀？见对方毫无反应，猛抬头，桑雅自己吓了一跳，耳根处顿时热辣辣的。原来不是麦戈文，而是一个不太熟悉的男生。只因前几日，她走至同样的地段，坡跟鞋一脚踩在了砖缝里，身子一斜，作业本连同整个身体，都被麦戈文结结实实地给拦住了。

又是黄昏，麦戈文抱着一摞英文作业去办公室时，桑雅老师的座位上空空如也。办公室里只有靠墙而坐的两位老师，在全神贯注地备课，或低头批改作业，没有人关心他的出现。这个时候，他本可以将作业本搁在桑雅的办公桌上，扭头走人。可他没有这样做。麦戈文的双手反而将作业本搂得更紧了，他只有片刻犹疑，心一横，朝老师的宿舍方向走去。

大约几分钟后麦戈文登上楼梯，很快走至三楼，沿走廊一路到了桑雅的门口。麦戈文伸手敲了敲门，随即喊了一声：桑老师，我给您送作业本来了！

老师应声开门，脸上挂着勉强的笑意，伸手把作业接过去。这时麦戈文看见老师的背后，站着她的男朋友。他本能地意识到，俩人的神情都有些不对劲。桑雅的脸上还残留着一丝愠怒，像是和男友刚刚拌过嘴似的。麦戈文下意识看了一眼老师背后的男人，他衣领咧开，露出一段突出的喉结，那一闪即逝的笑意冷冷的，小而锐利的眼睛，富有意味地把他从上到下扫了一遍，而后揽住桑雅的腰，做出很亲昵的举动。

麦戈文逃也似的返回教室。他意识到男人落在他背上的目光，轻飘而高傲，那种自以为是的简慢，像一把顿挫的水果刀，将他的自尊心刮得血淋淋的。一直以来，他羡慕嫉妒恨的这个人，竟是这样一副德行！他进而顿悟，这些天，他之所以被老师忽略、漠视甚至冷落，全都因为这个人。深埋心底的爱，加固了他的自卑和行为上的孤僻，沮丧和失落的情绪不绝如缕。一想到那个男人和自己的老师贴得那样近，他就忍不住心跳加快。此时此刻，那双粗粗壮壮的手，定然落在桑雅身上的某个部位，不紧不慢地摩挲着，柔软、细腻、粗暴、血腥，并带着一股邪恶的力量，瞬间撕裂了他的想象。

麦戈文哪里知道，就在他抱着作业跨上楼梯之际，桑雅老师因为父亲的事与男友发生了分歧，他们吵得很凶，各不相让，而后陷入一片相持不下的僵局。桑雅坚持要把瘫痪的父亲接来一起生活，而她的男友则认为自己的小日子不容打乱，不同意和岳父生活在同一个屋檐下。最后，桑雅叹了口气：算了，这婚我不结了，你自己结吧！

麦戈文的出现，使得桑雅和男友之间的僵局火上浇油，愈演愈烈。直到天色转晚，彼此都没有说一句话。男人望了望散落在窗上的星辰，一赌气，拂然而去。

8

林荫环绕里现出一个荷塘，落日余晖洒在一片清雅的荷叶之上。不知何故，麦戈文一向对荷塘情有独钟。他特意选择南郊城外这个优雅的所在，就是希望不受打扰地与黄老师聊一聊桑雅的事。楼前的枣红色回廊下，麦戈文凝神打量着对岸的垂柳，少顷，他开门见山道：黄老师，据说桑雅的第二任丈夫，是导致她发病的直接诱因，能请您具体讲一讲吗？

敦厚持重的黄老师，将一只陶制菊花茶杯捧在胸前，悠悠地说：就是第二次婚姻把桑雅推向了火坑。那是她父亲去世后的第四年，经人介绍结识了鲁季东，一个斯斯文文的儿科医生。季东有过一次婚史，但是没有留下孩子，俩人看起来相当般配。当时我们真为桑雅高兴，觉得她独自生活了许多年，终于遇上一位叫她心仪的人。有人说，教师与医生的结合，是天底下最叫人羡慕的事，桑雅也十分庆幸与季东的相遇。那段时间，她走起路来像阵风似的。

说到这里，黄老师盯着堤岸的一只野鸭怔住了。麦戈文竭力按捺住自己，用期待的目光注视着黄老师。黄老师呷了一口茶，继续道：大约三年之后吧，两人的婚姻出了问题。有段日子，桑雅给学生批改作业时，手里举着笔定定地望向窗外，失魂落魄的。我有些纳闷，进而感觉到她的难言之隐，就私下里对桑雅说，有啥心事，可别憋在心里，说出来会好受些。但桑雅是个心性要强的人，对自己的婚姻讳莫如深，直到几年后出了毛病，大家才如梦方醒！

麦戈文努力想象着，究竟是什么因素导致了桑雅婚姻的喑哑与倾覆。黄老师叹了口气，语调迟缓道：那个寒假过后，学校传出了风言风语，说桑雅不孕，季东跟医院一个实习生好上了，还在外面偷偷生了儿子。桑雅起初一直被蒙在鼓里，是一位熟悉季东的家长写信告诉了她。桑雅得知真相后，不哭不闹，把自己关在屋里六七天，最后将一份离婚协议书递给了季东。彼时，季东正处于医院提拔的关键时刻，他担心这件丑事毁了他的前程，便竭力否认，一方面甜言蜜语地安抚桑雅，另一方面加紧活动和运作。不到半年，他的主治医师兼科室主任尘埃落定，这才撕破脸皮向桑雅摊牌，坚决要求离婚。季东的无情与卑劣，大大刺激了桑雅。

仿佛自身濒临绝境，麦戈文的心缩成一团，郁闷得喘不过气来。他抬起发红的眼睛正要问下去，黄老师补充道：离婚之后，桑雅变得更沉默了，她独往独来，形只影单，除了上课，就是把自己关在屋里。但她的课还是很用心，很专注，喜欢和学生谈心，乐意给学生补课，尤其是男生。因此就有些传闻，说桑雅总爱与那些毛头小男生相对而坐，盯着对方懵懂的眼神，无限量释放自己的耐心和柔情。

晚霞如摇曳的火焰，染红了整个天际，照在麦戈文发烫的额头上。他半晌无语，可他心里明白，桑雅的内心太凄清、太孤独了，她是在用这种方式寻求与男人相处的感觉，以填补自己难以打发的痛苦和缺失。麦戈文面露惭色，并盯着黄老师问：桑雅老师喜欢跟什么样的男生交往？

黄老师沉吟片刻，瞄了麦戈文一眼说：哦，这我可说不准，我只遇见过一两次，男生的个头和眉眼，还真有点像你呢！

麦戈文的眼前蓦然现出高考前，桑雅为他开小灶的情景。她每次耐心地为他讲完了重点和难点，都会用一种异样的眼神看着他。对他刻意表现出来的迷惑不解，总报以宽容而会意的微笑。就在这一瞬，麦戈文差点对黄老师摊牌，说自己曾经爱过桑雅，并且是造成她悲剧的始作俑者。可他到底没有勇气。他的目光从荷叶上的一只红蜻蜓，而后转向黄老师：我想去医院探视桑雅，您能和我一起去吗？

宋城的精神病医院，坐落在城乡接合部一个十字路口上。街头熙熙攘攘，低矮而简陋的店铺外，商贩们把鸡蛋、水果和礼品盒一股脑摆到了马路沿上。斜对面一个露天烧饼摊，烧饼出炉时，一缕缕芝麻的香味直钻进鼻孔。经过医院门岗的盘问和医生的叮咛之后，麦戈文和黄老师在护士的引领下，沿楼梯步入住院部的二级病房。病房有两个教室那样大，里面分割出若干小块，像大公司办公的格子间。不同的是，这里有严密的监视，医护人员定时打开铁栅门来送药、打针，或是带某一个病人出去接受治疗。除此之外，几十个女病号就住在里面。或许是出于医院的照顾，桑雅的格子间刚好位于病房一角，有两扇窗户供她远眺。窗户和阳台的外面，横七竖八地焊接着钢筋，像中国百姓任何一栋普通居民楼那样，被武装得草木皆兵。

隔着二十年的光阴，麦戈文一眼就认出了他的老师桑雅。她身着发黄的白色睡衣，像一尊泥塑，一动不动地倚在窗口。亮晃晃的天空下，横亘着几座破烂不堪的砖瓦房，呼啸而过的机动车辆，喧嚣着喷出一股股浓黑的气体。麦戈文的脑中即刻闪出维也纳枝繁叶茂的林荫大道，铺满鲜花的私家阳台，以及山脚下静谧的湖泊和葡萄园。这时，桑雅像电影中的慢镜头，缓缓对准了观众：她两颊深陷，颧骨突出，眼角布满细细的纹路。她的清瘦和苍黄，让麦戈文想起巴黎圣母院密室里的白衣修女。昔日清纯生动的眸子，浮上了一层岁月的风霜，凋零的气息叫人心疼。幸好，她的嘴唇是丰润的。

麦戈文和黄老师的出现，并未引起桑雅过度的惊奇，她凝神打量来人的眼神，像是从黑洞里伸出来的，紧接着，一道微弱的火光从她眼里射出来。麦戈文！桑雅响亮地喊道。

桑老师，您知道我是从哪儿来的吗？麦戈文微笑颔首。

维也纳，音乐之都！桑雅不假思索地回答。

麦戈文的眼睛一阵潮润。想不到老师会记得这样清晰，她分明就是一个正常人！然而，当她说完了这些，脸上滑过一丝迷惘，她旁若无人地转过身去，一声不响地盯着窗外，那坐姿和神态叫麦戈文相信，假如没有人来打扰，她可以整个上午甚至一天，都会以这种姿势坐着。黄老师走过去拍了她一把，耳语道：桑雅，麦博士今天是特意来看你的，你有什么话要对他说吗？

桑雅怔然良久，沉吟了一下，眼睛里隐隐透出一丝凛然。这时，房间里的病友纷纷围拢过来，带着孩童般的真纯与他们搭讪。有个丰满而略带姿色的少妇，穿着白底碎花的家居服，盯着麦戈文问：你来找桑雅干什么，要把她带走吗?

麦戈文嘴角掀动，不知如何应答。黄老师接过话茬说：我们是桑雅的老朋友，来看看她。你在这里住多久了，想家吗？女人听后，眉峰一悚，即刻火冒三丈，高声叫喊起来：要你管，我没有家，没有男人……肃立在背后的护士走过去瞪了她一眼，女人这才偃旗息鼓，嘟嘟囔囔地退回到自己床前。

拜访时间已到，两人面面相觑，与桑雅拉手告别。桑雅盯着麦戈文，目光凄切、暗淡、无助，两手扒在锈迹斑斑的铁栏杆上，像一只囚在笼子里的鸟。

走在路上，麦戈文愤愤地说，桑雅的状态，还不至于待在那种地方！谁说不是呢。黄老师附和道，可怜她身边连个亲人也没有，否则，接回去和她一起生活，也没什么大问题。黄老师的这句话，像一记重锤，结结实实地砸在麦戈文的心上。他冥想了一会儿，忍不住问：那么当时，桑雅怎么会被送到这种地方来呢?

她一个人不吃不喝待在屋里，有一次，燃烧的煤球把墙纸引着了，邻居们闻到异味及时赶来，才避免了一场火灾。桑雅还常常一个人跑到夜间的操场上，没完没了地吹笛子。一阵不安的冷颤迅速掠过脑际，麦戈文猛然间明白了什么，他扫了一眼熙攘的人流，默默做出一个决定。

9

暮春时节的宋城，无端地燥热起来。高考前夕的日子漫长而寂寥，学生们的苦难没有尽头。夜晚的校园里静悄悄，空荡荡的，所有的同学都在挑灯夜战，考场如战场，没有一个人敢轻视和怠慢这场血拼。麦戈文抹了一把濡湿的刘海，起身走出教室。

空气依旧沉闷，楼前的白杨纹丝不动。百无聊赖中，麦戈文将两只手插进裤兜，朝操场方向挪步。前方的树影下走出一位女生，像是班里的语文课代表路晓梦。晓梦与麦戈文是左右桌邻居，平时总喜欢找些话题与他交流，并且隔三岔五地抛出几个英语难题向他请教。有次周末，晓梦约麦戈文出去郊游，被他婉言谢绝了。光影模糊的月色里，晓梦擦着地面渐行渐近，眼看就要走到跟前了，麦戈文一个转身，绕到一棵槐树背后，他刻意避开晓梦，绕远道走。

空旷的操场上毫无动静，天上连颗星星也没有。就在麦戈文心神涣散，却找不到一丝安慰的时候，空气里倏地起了一缕风，抚弄着他汗津津的额头。啊不，不是风，是一阵奇妙的音乐！那上下翻滚的音流，悠远、缠绵、悲切，像失去方向的空中飘荡的风筝，又像群山峻岭间徘徊不定的雀鸟。麦戈文的每一条脉搏都被击中了，他突然想起语文老师解读古诗词时，顺便提到的那首："青山隐隐水迢迢，秋尽江南草未凋。二十四桥明月夜，玉人何处教吹箫。"麦戈文屏息静气地寻找着乐声流出的方向，下意识跟过去，一路追着音符，直到葱茏的植物墙下。他怎么也想不到，那妙不可言的曲子，竟然出自老师的房间！

麦戈文当然不知道，桑雅窗口飘出的旋律，是从一种叫英格兰风笛的吹奏乐里流淌出来的，也不知道老师的吹奏技艺，是在英国读书时跟她的英语老师学的。那是一位地道的英格兰人，他的家乡位于英国北部一个古老的村落，村子里的每个村民都会吹奏这种朴素的乐器。乐声弥漫，世界复归平静，麦戈文气定神闲地走回教室。他扫了一眼埋头自习的同学们，徐徐掀开书本，投入复习。

次日，麦戈文给桑雅老师送作业时，见办公室无人，便兴冲冲问起昨晚的音乐。桑雅淡淡地说：在英国学习那会儿，我们的老师来上课时，喜欢吹一小段风笛，就像课前必不可少的小插曲。每逢英格兰传统节日，老师会套上他的格子短裙和高筒白袜，头戴插着羽毛的绿色毡帽出现在课堂上，有趣极了。

实际上，只有桑雅自己明白，三年的学习也是暗恋的三年，她从老师那里不仅学到了地道的英文，也学会了吹奏这种古朴而有趣的乐器。毕业那年，她走得过于匆忙，没来得及和心爱的老师说再见，便踏上了返乡的旅程。这叫她至今想起，仍心存怅惘。麦戈文听得眉飞色舞，好奇和神往让他忘乎所以，他于是央求道：老师，我能去你宿舍看一下那个风笛吗？桑雅顿时哑然。她想起大川对麦戈文不屑一顾的眼神，勉强挤出一丝笑意，未置可否。

晚饭桌上，麦戈文盯着父亲的半瓶老白干，味同嚼蜡地咽下了两个馒头。出门时，他莫名其妙地将父亲的半瓶酒揣进书包，跨上自行车就去了学校。

来上夜自习的学生寥寥无几，这样的天气，没人愿意坐在燥热无比的教室里受罪，只愿躲在家里的电扇前装模作样。这是一个提不起精神的时刻，麦戈文把脸埋进书页，坐等分分秒秒悄然流逝。白天上课时，桑雅老师看上去神色幽暗，疲惫不堪，脸上带着一丝难言的苦涩。这一切，都没有逃过他的眼睛。夜色渐浓时，寥落的灯光从书本上滑过，麦戈文迟疑了一下，放下书本出了教室。

麦戈文踩着自己的影子来到操场，四顾无人，掏出酒瓶子灌了自己几口，接着，又灌了几口。瓶子里的酒精像魔鬼一样，魅惑而不可抗拒。半瓶酒下肚，麦戈文的目光染上了一层醉意，夜色跟着也醉了，校园连同内心的秩序全都模糊了起来。此刻，麦戈文大脑的坚韧，被一副亮晃晃的珊瑚色耳钉扎破了，陡然间充了血。他不由自主地绕到植物墙背后，一见到三楼的灯光，他的心突突狂跳。这时，笛声隐隐响起，悠远而沉静，像沉闷燥热中一股清凉的呼唤，又像是缥缈的烟霏，一路逶迤着从山涧里抽出。接下来的旋律属于冰封的溪流，凝滞而晦涩，如泣如诉。一阵夜风掠过，泡桐的花瓣在黑暗中亲吻着叶片，簌簌作响。音符再次荡起时，像是一个个挑逗的暗示，又似女人勾魂摄魄的叹息，麦戈文难以自已。也许他生下来就是一只在黑暗中摸索的鸟，带着莫名的欲望，惶恐地扑打着翅膀。他知道今晚再也无法集中精力思考、验算和背诵，他目光游离、迟缓、木讷，在奇幻般的旋律中变成了一只蠢物。突然有一种力量，细若游丝，却又坚不可摧，拖拽着他朝三楼走去。

走廊里昏暗无光，短笛的声音淹没了一切噪声，有风的瞬间，声音像飘荡的旗子，在他耳畔猎猎作响。他只觉得那断续的节奏里，隐含着寂寞、放浪和难以排遣的悲伤。这悲伤合着他的悲伤顺流而下，裹挟着他穿过长廊，一步步贴近老师窗前。混乱的意识中，他看到桑雅的头顶有一盏灯泡，在夜色里闪着温润的光。有那么一瞬，理智低吟着敦促他立刻返身，可那被灯光折射在地上的修长的身影，叫他欲罢不能。她开始脱衣服了，并且换上那件粉色的丝绸睡衣，然后慢慢地到镜子跟前梳理头发。麦戈文呼吸紊乱，混沌的思绪在不明地带彷徨、挣扎，瞬间迷失于自己的疆域。他身不由己。

自从前天桑雅与男友拌了嘴之后，两人不欢而散。男友愤然走出桑雅的房间，走至半道，已后悔不迭。心想，这是咋的了，不就是因为她放不下自己的老父亲，就不能想个折中的方案吗？于是就在当晚，耿耿于怀的大川谈完了一桩生意，火急火燎地赶往学校。当他一口气跑到三楼，继而来到桑雅门口时，一阵动静引起了他的警觉。紧接着，麦戈文惊慌失措地从屋里跑出来，差点与他撞个满怀。

大川悚然一惊，他狐疑着推开门走进卧室，只见自己的未婚妻靠床而坐，身上穿着他从杭州买给她的那条粉红色睡裙。大川堆积脸上的热气，顷刻间僵硬了，冻结了。他没有追问他们到底做了些什么，单凭那种气氛和男生仓皇失措的神态，便已跨越了他想象中的雷池。突然联想起这段时间，桑雅对他心不在焉、不冷不热的态度，大川如芒刺在背，咬牙切齿地骂了句：你这贱货！摔门而去。

10

不久，学校里传出了桑雅老师被男友退婚的消息。没人知道，这个内敛、坚贞而高贵的女子，被男友理直气壮地羞辱后，在房间里饮泣了大半夜，像一只饱受鞭笞的动物，兀自舔舐着流血的伤口。

课堂上，麦戈文见老师脸色惨白，疲惫而倦怠的脸上写满了沮丧。他顿时感觉到，由于自己的作祟，老师渐趋成熟的恋情，在那个倾斜的夜晚戛然而止。他以鲁莽而荒谬的举止，毁了老师的好事。夜半辗转，他懊悔地捶打着自己的脑门，带着鄙夷对自己痛加斥责。一种由爱引导的对人生意义的发现，顷刻间烟消云散。

实际上，他是在笛声的蛊惑下，一步步失掉自制的。麦戈文不顾一切地冲进房间，拥吻了自己的老师。此前，他由于受不了老师与男友的频频幽会，尤其听到老师即将结婚的消息后，愁肠百结，肝肠寸断，紧绷的神经难以宣泄。那一刻，他被走廊上由远及近的脚步声豁然惊醒，从桑雅的房间里冲了出来。他麻木地站在操场上，天空中瞬间滚下一场雨，浇湿了他的头发，他很快浑身湿透，瑟瑟发抖，但他依旧站在雨中，心里竟有一种奇怪的满足。

学校所有的集体活动，麦戈文都提不起精神参加，那些针对毕业班进行的所谓娱乐和放松，他也不感兴趣。在同学眼里，麦戈文有些自命不凡，落落寡合，漆黑的眸子里埋着无人知晓的秘密。但因功课优秀，英文尤其出色，班上的女生总借故向他讨教而努力靠近他，甚至为了他而争风吃醋。而对于女性的欣赏层面上，麦戈文独具慧眼。他喜欢完成式，而非进行时。桑雅对他而言，是完成式的成熟女性，相比较，班里的这些个小女生，只能算半成品。除此之外，桑雅留过洋，受过西方教育，是广阔世界的代名词。由于心里装着另一个丰盈的世界，麦戈文总是独往独来，含而不露，一种谜样的气质笼罩着他。

时光不紧不慢地过渡到高考前的冲刺阶段。有天早上，麦戈文刚刚走进教室，感觉同学们的目光里，似乎传递着一丝诡异的气息。就连路晓梦的脸上也挂着莫名的问号。他一扭头，见教室后墙的左侧上，不知是谁用红色粉笔写上了 Love，而另一侧则用白色粉笔写着 Rogue。将“爱”和“流氓”的字样连在一起，既荒唐可笑，又不堪入目，尴尬之余叫人窘迫不安。是谁在糟蹋爱？

麦戈文的心腾腾直跳，仿佛背后有无数条小虫子，不动声色地沿着他的脊背向上攀爬。这样匪夷所思的组合寓意何在？难道……他不敢想下去了，他如坐针毡。几个男生不怀好意地吹起口哨，兴致勃勃地等待着一场好戏。随着一串轰然作响的铃声，桑雅老师款款走进课堂。她夹着讲义从容踏上讲台，瞬间便明白了发生在眼前的一切。只见她神情端凝、淡定，凌厉的目光扫向全班，稍微清了清喉咙，用她那惯常的清晰而流畅的英文说：请不要亵渎爱这个神圣的字眼。说完径直走向教室后面，用黑板擦“噌噌”两下，就抹去了那两个令人难堪的字眼。

麦戈文目视前方，顿感雨后的教室里仿佛升起了一道彩虹。世界因为她的存在，而变得富丽堂皇起来。尽管此时她纤弱单薄，胸脯平坦到没有悬念，但她的臀部和小腰凹凸有致，尤其她那飒爽的风致，一如既往地带着股英气。当晚的校园里笛声再次响起，一丝莫名的快感在麦戈文的周身漾起。晚间，他打开老师批改后的英文作业本，发现其中夹着一张纸条，展开来，是一段英文：

> So it is that whenever Heaven invests a person with great responsibilities, it first tries his resolve, exhausts his muscles and bones, starves his body, leaves him destitute, and confounds his every endeavor. In this way his patience and endurance are developed, and his weakness are overcome. ——Mencius

他马上领悟出，这段话出自《孟子·告子下》："天将降大任于斯人也，必先苦其心志，劳其筋骨，饿其体肤，空乏其身，行拂乱其所为，所以动心忍性，增益其所不能。"

麦戈文读得血脉贲张，青筋鼓起，仿佛每一根神经都在燃烧。他惊喜地发现自己和老师之间，有一种不言而喻的信赖和默契。正是这种信赖和默契，唤起了他超越以往的勇气和斗志。他迅速收敛起心神，暗下决心，绝不辜负老师的培养，全力以赴，迎战高考。

这个夏季似乎比以往任何一年都炎热，也比任何一年都令人心潮激荡。麦戈文排除一切干扰和障碍，在这场严酷的选拔赛中脱颖而出，并且顺理成章地跨入首都师范大学的校园。他的运气不错，在首都师院念到大四时，偶然遇到维也纳大学与中国高校的一次互换留学生机会。经过大半年的德语强化，麦戈文顺利通过了语言关，很快就去了奥地利维也纳。

11

父亲一大早起来，照例去宋河公园的柳荫下打太极拳。出门前父亲交代，等他晨练完了，从街口的小吃店买回豆粥和水煎包一起吃。几十年如一日，父亲的早餐总是一碗豆粥，三四个水煎包。实际上，这也是麦戈文早年的最爱。人在他乡，他的做派及生活习惯已今非昔比，但对家乡口味的迷恋，依然故我。

等待的时光，麦戈文满腹心事。他郑重其事地穿了件蓝色T恤，并拿出昨天为桑雅选购的几本文学杂志和附有大量彩图的世界知识画报。他确信桑雅会喜欢。这会让她在医院的时光好过些。麦戈文抽出其中的欧洲版浏览着，脑中即刻闪出桑雅那暗淡无助的眼神。突然，一阵强劲有力的敲门声夹杂着急促的呼喊，将他从沉思中唤醒。

他慌忙打开门，不是父亲，而是和父亲一起晨练的刘伯伯。刘伯喘着粗气告诉他，你爸摔倒了，被急救车送到二院去了。这是麦戈文最担心的。他知道二次中风意味着什么。可刘伯说，父亲不是中风，而是在小吃店门口滑了一跤。

在二院的急救室里麦戈文找到了父亲。父亲见了他，眉头蹙成一团，嘴唇不停地嚅动，就是发不出一点声音。麦戈文示意父亲不要吭声，有他在呢。护士走过来吩咐了几句，麦戈文推起父亲就朝楼上去，拍片子，做透视，在几个科室之间往来穿梭。折腾到下午，结果出来了，父亲的右脚踝骨折，需要住院手术。

傍晚时分，麦戈文为父亲办妥了住院手续。而手术的具体时间，还难以确定。因为病号多，得等。麦戈文望着挤挤挨挨的走廊上，一筹莫展。他突然想起有个高中同学，毕业于省医科大学，主攻的似是外科，听说后来分到了宋城医院。至于在哪一所医院，他倒不清楚。不过，只要在同一个系统，兴许能帮上忙。抱着侥幸心理麦戈文几经周折，联系上了这位昔日同窗。一阵寒暄过后，老同学作为宋城第一人民医院的副院长兼胸外科主治医生，一个电话打过来，父亲的手术时间就有了眉目。除此之外，医生、护士频繁地来到父亲的床前，遂将父亲的病床调到了一个条件舒适的单间里。

次日上午，麦戈文坐在手术室外，焦急等待着父亲手术的进展。他蓦然想起呆坐在另一所医院的桑雅，心情万分沮丧。桑雅若已得知他将去探望她的消息，不定怎样地失望和难过呢。既然决定了，他自然不会食言，可眼下，一切都取决于父亲的手术结果。这么想着，他活动了一下腰身，到走廊尽头的厕所去了一趟。

从厕所出来，麦戈文见门外的墙根下躺着一个病人，便问：怎么躺在这里？农民模样的病人捂着肚子说：手术还有一个星期呢，手里的钱不够住院，只能躺在这里。麦戈文听了，耳根发热，面露惭色，就想起昨晚给老同学打电话的情景。作为一个久居欧洲的人，他觉得自己的行为很不光彩，可他谙熟国人的习惯，如果不托关系找后门，他可能要无限期地等下去。可他实在是等不起啊。

麦戈文心事重重地踱回到手术室前，一面沉思，一面祈求父亲的手术能顺顺当当。否则，他将如何能安心离开？伤筋动骨一百天，何况父亲已是古稀之年。这么想着，麦戈文猛抬头，发现有个熟悉的人影正朝自己走来。他定睛一看，竟是自己的母亲。

麦戈文踏出国门之前，回老家跟父亲道别时，曾背着父亲跟母亲见了一面。当时的玉环刚刚进入第三次婚姻，见到即将出国的儿子，她受宠若惊。在维也纳期间，麦戈文早晚给父亲打电话报个平安，却没跟母亲联系过。有一次，他去法国出差，在巴黎的香榭丽舍大街上溜达时，突发奇想给母亲买了条宝石项链，通过邮局寄给了她。那是他第一次，也是唯一一次给母亲买礼物。在麦戈文的成长及教育方面，这个女人从未尽到过做母亲的职责，在她的字典里，不存在“贤妻良母”“相夫教子”这类字眼，寻欢和偷情才是她生命的主旋律。父亲对她，从委曲求全，到忍无可忍，这一切，麦戈文都心知肚明。因此，他对母亲的隔膜和鄙夷显而易见。可麦戈文在欧洲生活多年，深受西方人文思想的熏染，在对待母亲这件事上，理智代替了感情，在他眼里，母亲不过是一个普通人而已。

玉环是提着热腾腾的小笼包子来医院的。她不知从哪儿得知了消息，不顾一切地赶了过来。母亲泪光盈盈地看着儿子，一副痛不欲生的样子。麦戈文曾无数次想象过母亲的衰老，而这一刻，他还是暗暗吃了一惊。母亲一度挺拔的身材，似乎矮了一截，她眼袋突出，十指粗糙而松弛，在雪白墙壁的衬托下，她看上去像一栋年久失修的老房子，破败不堪。

麦戈文接过母亲手里的小笼包，风卷残云般吃得一个不剩。从昨天早上到现在，他只吃了一顿饭。麦戈文擦了擦嘴，与母亲并排坐在走廊上。大约过了半个时辰，手术室的大门洞开，父亲被护士推了出来。他双眼紧闭，睡得很安详。医生告诉麦戈文，手术很顺利，由于药物作用，父亲估计要到下午才会苏醒过来。

午餐的休息时间，麦戈文带母亲坐进当街的一个小吃店。女人仿佛积攒了一辈子的话，对着他滔滔不绝。她说自己麻木不仁地活了这许多年，总算明白对不起他们父子。母亲涕泪交流，悔恨不已，说：是轻信和盲从害了我。我知道你和父亲都看不起我，我不怪你们。我前后跟了三个男人，最后一个对我还算厚道，却因脑癌后期，死在了手术台上。他的死让我一下子懂得了许多道理。男人死后，我六神无主，就信了佛，在佛堂一住就是小半年。可我终究是个俗人，脱离不了凡尘，我和你爸好歹是结发夫妻，你又是我们唯一的骨肉。我就想，你爸如今也是七十岁的人了，你走的那么远，总不能把他拴在裤腰上吧，如果真有机会为自己赎罪的话，我情愿照顾你爸。能不能接纳我，就听你爷俩一句话。

母亲的泪水化作汹涌的雨点，一点一点浸透了麦戈文的心。岁月，死亡，悲哀，挣扎，连同背叛，她从中领悟到生活的某种道理。活到六十多岁，终究明白了什么才是生命中最值得珍惜的。她不仅学会了感受别人的痛苦，也嗅到了生命和亲情的可贵，进而看准了儿子的心事，不折不扣地触摸到他的茫然与困惑。到底是自己的母亲，一番话，就点到了麦戈文的死穴。父亲这把年纪，又拖着病体，而他远隔万里，怎能终日守在家里照顾父亲，就连经常回来，恐怕也办不到！

父亲是黄昏时分苏醒过来的。他缓缓睁开眼，目光从天花板移向床边，而后落在一张熟悉而陌生的脸上。母亲的眼神，殷切里充满了惶恐，是那种随时被驱赶被审判的悲壮。父亲似乎认出来了，视线里这个老态龙钟的女人，正是他青春年华里心心念念的那个人。父亲嘴角掀动，目光潮润，继而笑容满面。

父亲一句话没说，就原谅了母亲。时光的杀手，终究没有敌过那一抹爱意？

12

麦戈文在维也纳大学攻读心理学硕士的时候，从昔日同学那里得知，桑雅老师找到了理想爱人，生活得很幸福。这让人在他乡的麦戈文，霎时陷入毫无着落的境地。伴随着一股莫名的失落，他度过了留学时代漫长而纷乱的日子。老师的生活已尘埃落定，而他仍漂泊无着，进而觉得，虽万里之遥，那个曾经唤起他生命意识的女人，依旧占据着他的心，如同太极图中的圆心，时刻牵动着他的运转。

他表面英俊、潇洒，事业顺风顺水，而感情生活，却如缥缈的笛声，在他想要抓住的时候，消失得无影无踪。硕士毕业后他继续攻读博士，而后留在维也纳大学任教。他先后谈过两个女朋友，一个是严肃刻板的会计，另一个是满嘴行政修辞的政府职员，在他眼里，她们高鼻眼阔，个性十足，说不上美，也说不上不美。他和她们的交往更像是一场心理游戏，若即若离的，难以修成正果。那个时候，婚姻对他来说，是责任和束缚，阻碍了他体会生命的快感，在无数的友谊中，他获得过美好的体验，却终未跳脱普通意义上的点头之交。

实际上读博士期间，麦戈文有过一段隐秘的恋情。这段既非情人也非爱人的恋情，令他难以启齿。因为女人是他导师的太太。正如他的导师卡尔·霍妮先生在课堂上强调的一句话：野蛮人过着他自己的生活，而真正的社会人却惶惶不可终日。他和师母是在玛利亚大街一家巴洛克式的咖啡馆里相遇，继而频繁来往的。真正意义上的幽会，发生在维也纳郊外一个绿苔丛生的花房里。女人的一个眼神，随即唤起他身体的欲望。他们十指并拢，狠狠咬住对方的嘴唇，毫无障碍地在一张潮湿的木板上进入了角色。阳光一缕缕穿过森林，从花房残破的门洞里，射到他们光溜溜的肉体上。女人的汗水和着木屋的微微颤动，浸透了他的臂弯。那个瞬间，他在混乱的意识中，透过明晃晃的光柱仿佛看到一个人，一个如梦似幻的影子，一个让他无法释怀的女人。

从此，麦戈文的灵魂缩进身体的某个角落，他只听从肉体的召唤。这样一来，世界变得简单了。他从来就不是一个循规蹈矩的人，少年时代就曾颠覆一切，让自己陷入遐想的深渊。他搞不清楚为何自己的目光和爱欲，会不顾一切地集中在一个与自己年龄悬殊的女人身上，如同凡·高不断拜倒在那些个凋零妇人的脚下一样，令人费解。如此这般，他与自己的师母保持了三年半的性关系。他几次想休战，想重新调整身心，却欲罢不能。幸亏事情是在他的博士学位论文通过之后泄露的，否则，他的博士答辩险些受阻——尽管导师和他的妻子已经分居多年了。

远离故土，辗转四方，他渴望真情和爱，却没有成熟到能够紧紧抓牢它们。多年后的一个盛夏，麦戈文驱车到维也纳郊外一个千年城堡，看了一场莫扎特的歌剧《魔笛》(德语：Die Zauberflöte)。歌剧叙述的是古埃及一个叫埃米诺的王子，同他心爱的少女帕米娜的爱情故事。他们二人在捕鸟人帕帕基诺和智慧王国的祭司的帮助下，于紧急关头仰仗魔笛的魔力，经受住了种种考验，最后有情人终成眷属。那一幕幕带着奇幻色彩的剧情，在沧桑而神秘的古堡之上展开，当故事情节在苍茫的夜幕下推进到第二幕时，扮演公主帕米娜的女歌唱演员，突然一脚踩空，她“啊”的一声，从陡峭的石阶上滚了下去。

台下一片骚动。剧务人员马上做了紧急处理。这时，令人目眩神迷的舞台上，笛声隐隐响起，古老的魔法和着现实的奇诡，让麦戈文倏地产生了与桑雅重逢的错觉，一种生离死别的阵痛油然而生，并在他生命里留下一团无法释怀的谜团。

而今，当他从奥匈帝国的历史中抽身回到中国，回到故里，并且在经历了一次又一次感情的挫折和历练之后，他那颗渐渐老去的心，已经没有理由踌躇，也不屑于彷徨。曾经的细枝末节从心灵碾过，虽不见血，留下的伤痛却历历在目。他在时光里不紧不慢地走着，本以为就此下去，将毫无悬念地变老。可就在这个夏季，去国还乡，他在自己熟悉的土地上幡然醒悟，多少年过去了，他走南闯北，天马行空，而始终放不下的仍是高考前忍着巨大痛苦给他补课的桑雅。

麦戈文再也无法欺骗自己，他着实爱着她，只有对她的爱可以让自己觉醒，虽然他不曾跨越世俗向她求爱，也没想过要娶她，但感情的事就是这样，不管你承认不承认，她都魂魄似的尾随着你，纠缠着你，让你无法安宁。它不仅仅代表着一份情感，还代表着那段青春，且始终烙印在他人生最醒目却又不为人知的地带。他情不自禁地怀念她的声音，怀念她抱着作业本走路的姿态，以及与人交流时不经意间流出的笑意。

二十年已然过去，这个人仍持久而恒定地高悬于他的天堂。

13

病房的落地窗前，被夕照映得通明。母亲端着碗为父亲喂饭的这一刻，麦戈文有些陌生，有些百感交集。母亲凭借生命的顿悟，从那头走到这头，穿过二十年的岁月长廊，而此刻随着晚霞的升起，她迎来了最后一线希望。母亲坚持留在病房里照料父亲，麦戈文得以回家休息。

疲惫，极度的疲惫，竟让他难以入睡。躺在床上，麦戈文盯着墙角的一个黑点，恍恍惚惚地攀上阿尔卑斯山。几只萤火虫飘忽不定地穿行于森林间，淡淡的萤光拖曳着小小的光环，在黑暗中晕染开来。萤火虫远去了，可那光的轨迹依旧萦绕着，其微弱浅淡的光点，仿佛迷失方向的魂灵，在黑漆漆的夜幕中彷徨。麦戈文挣扎着走出森林，一路开车向西，流线型优雅的高速公路在他面前徐徐展开、抵达彼岸的瞬间，车厢的收音机里流出披头士的歌 *Let It Be*，那与蓝色海岸融为一体的旋律，将他带向一片迷幻。太阳从山峦背后升起，将淡金色的光涂在海面。麦戈文从车里钻出来的刹那间，有一种重见天日的感觉。

When I find myself in time of trouble
Mother Mary comes to me
Speaking words of wisdom:Let it be
And in my hour of darkness
She is standing right in front of me
Speaking words of wisdom:Let it be

当我发现自己深陷困境
圣母玛利亚来到我身边

述说着智慧的话语：顺其自然
在我最黑暗的时刻
她就站在我面前
口吐至理名言：顺其自然
……

古城的钟声，再次将麦戈文从沉睡中唤醒。他睁开眼，环顾被朝阳染红的房间，有一种难以遏制的冲动——一种要挽回失去岁月的冲动。下午，他如约来到精神病院，在明亮的接待室里和桑雅见了面。桑雅捧着麦戈文带给她的画报和杂志，饶有兴趣地翻阅着，爱不释手。她认真而专注地埋头于一本画册，风掀起她的头发，赫然露出她那俏丽而永恒的装饰——珊瑚色耳钉。麦戈文怦然心动。桑雅突然指着画报中的一座白色城堡问：这是萨尔斯堡的玛利亚大教堂吗？

麦戈文一阵惊喜，忙说：这不是教堂，而是一座城堡。不过，你所说的玛利亚大教堂，就在这座城堡的背后，它们都在萨尔斯堡的山上。

萨尔斯堡是音乐神童莫扎特的故乡。桑雅的眸子闪了一下，说。

麦戈文惊异地一颤，仿佛横亘眼前的一堵高墙，正当他苦于无法逾越的当儿，墙体自身轰然倒塌。麦戈文直视桑雅，认真地说：你跟我去维也纳，我带你去萨尔斯堡看一看好吗？

桑雅茫然而惶惑地打量着麦戈文。她显然没有领会他的意涵，或者想不出他这么做的理由。桑雅的怀疑折磨着他。也许有太多的人叫她怀疑过。这个世界上，她不知道还有谁是可以信任的，她曾经的一切，都被野蛮而粗暴地践踏了。窗外突显寂静，所有的声音都隐没起来，只有心灵赤裸裸地暴露在空气中。在周围的暗淡里，桑雅的内心本能地保持着出奇的清醒。曾几何时，她以一个成熟女人的细致和敏感，料定这个男生是爱自己的，可她从内心抗拒、反感并因此感到羞辱。而今他真真切切地来到跟前，她内心的情感却已经欲说还休。短暂的沉默过后，桑雅显得惴惴不安，眸子里跳动的火苗霎时熄灭，留下一小截焦黑的尾巴。

实际上，这个念头对麦戈文来讲并非心血来潮，而是他徘徊酝酿辗转了数日，突然在这一刻，像鸡蛋里的小鸡破壳而出。他认定了这个内心高贵且单纯的女人。麦戈文抓住桑雅的肩膀，庄重地说：我们结婚，然后我带你去维也纳？

桑雅终于听明白了，眸子里即刻窜动起希望的火苗，胸脯为之微微悸动。然而一个不知所措的回眸，仿佛担心他即便说了，也会瞬间后悔，最终把她丢掉。她的单纯以及某种意识的淡漠，让她有种盲目的自信。她断然道：我不去！

麦戈文想起西方心理学家的学说：任何形式的爱，都可能给神经症患者带来一种肤浅而表面的安全感，或者甚至是一种幸福感。然而在内心深处，她却不相信它，对它表示怀疑和恐惧。她不相信这种爱，是因为她固执地认为，没有任何人可能爱她。这种不被爱的感觉，往往是一种自觉的有意识的信念，它不因事实的相反，而轻易动摇。

麦戈文当然晓得，如果他就此撒手，一走了之，那么这一天终将化作无休止的牵念，羁绊一生。他必须回到那个使他困惑失序的原点，哪怕从头开始。桑雅是他生命意识的启蒙者，也无疑是他散漫生活的终结者。他对桑雅的爱慕源于崇拜和欣赏，却也有着内在欲念的驱动。事实上，他和她并未经历过鸿蒙初辟的美妙，可他从未像今天这样渴望亲吻她，拥她入怀，并和她进入床笫之欢。

14

麦戈文正在酝酿中的一个在世人看来异想天开，而又离经叛道的计划，首先遭到了老校长的质疑。酒桌上，校长和自己的学生喝得似醉非醉，彼此的交谈就变得滑润而口无遮拦。

听了麦戈文的决定，铁校长先是一惊，而后恢复了常态。潜意识里，他觉得男人怀恋过去，就如同把玩一枚夹在书中的核桃叶，看上去他对那枚枯叶呵护备至，但是他珍视的只不过是自己的回忆，以及对青春岁月的感伤，仅此而已。义气、怀旧甚至英雄主义是一回事，能否把决心付诸现实，以至于让枯叶复活，天天供奉，则是另一回事。他了解自己的学生，从中学时代起他敏感而又迷惘的脑袋里便装着歌德、雨果和司汤达，那些浪漫而模糊的记忆伴着他踏出国门，独闯世界。而今，他将梦又做回来了。

不是我泼冷水，铁校长直言不讳：你们这些受过西方教育的文化人，有一个最大的弱点，就是老妄想这棵以中国为根的树，长出西方的枝叶来。幻想归幻想，现实毕竟还是现实啊。处在青春期的年轻人迷失也就罢了，可你已经人到中年了！

老师，您是在笑我“半生归来，仍是巨婴”吧？

麦戈文感觉自己像一只逆流而行的船，不断地被浪潮推回到过去。要想在老师面前表明自己的义无反顾，并非出自少年意气，还真不是那么容易。

校长不动声色地吐了口烟雾，给麦戈文讲了一段自己的故事。那一年，铁校长说：我作为华东师大中文系的一名学生，也曾倾慕过自己的老师。她是讲授古典文学的一位女诗人。女诗人清高孤傲，才气逼人，她常常穿一袭淡紫色长裙，飘飘荡荡地穿过校园的草坪，时而和煦迷人，时而拒人于千里之外。可我打心眼里迷恋她，不屈不挠，旷日持久。四年下来，我由仰慕、暗恋直到毕业前夕，我在她宿舍楼下徘徊了一下午，黄昏渐近时她扯着长裙下来了，我迎上去，将一首写了两年的诗递给她，试图用滚烫的语言点亮那晚的夜空。我记得其中的一句是，只有爱，可以让人的灵魂健全。然而，所有的命运只能听凭现实的安排，我最终灰溜溜回到老家，娶了父亲多年前为我订好的亲，并做了一名普通的中文教师。

也成就了您十几年的校长生涯。麦戈文接过话茬说。

所有的感情都难以抵挡岁月的磨砺，这是校长的经验之谈，恐怕也是切肤之痛。这些年在国外，麦戈文过得殷实而体面，享受着单身者的优雅与安全，即便一个人过到底，也不会承受国人那样的压力。可他已经成了典型的欧洲人，冗长而满怀心事，尤其是读了奥地利诗人里尔克的诗：一个人只有在第二故乡，才能检视自己灵魂的强度和灵魂的承载力。也许，这就是漂泊的价值。

月色弥漫，两个人的酒劲淡了许多，麦戈文诚恳地对老师说：人与人不一样，毕竟灵魂决定个性。实际上我早已过了做梦的年龄，也没有心思怀旧，我的确荒唐过，迷失过，而眼下，我只想踏踏实实地面对今后的生活，尽量不给自己留下遗憾。故国远离二十载，我在自己的世界里孤独游弋了许多年，光阴似锁，沉甸甸地关住了我的心门，也许目前，是该打开的时候了。

铁校长略有沉思，说：我相信爱是治愈桑雅精神疾病的良药，但前提是，她有能力确信她所得到的爱是绝对可靠的。如果你爱她，不过是为了反省或自救，换句话说，你的种种努力，假如得不到她的期许，或者难以善终，那么对她来说，就是雪上加霜，等待她的，只有死路一条。

麦戈文并不气馁，说：依照西方心理学惯例，只要患者确信自己是被爱着的，那么她所患的精神疾病即使再严重，也有可能彻底痊愈。

末了，校长提醒他，记住，永远不要低估一段感情在女人心里的分量。

麦戈文想，奥地利虽不像法兰西那样，是一个善于制造浪漫和奇迹的国度，但在自由与博爱方面，也不输给法国。在这一点上，麦戈文似乎深得法国文化之精髓。说到底喜欢就是喜欢，是不讲逻辑的。比如，全世界都不理解查尔斯为何爱卡米拉，而不爱戴安娜，可它就是发生了。再如法国总统马克龙，和自己年龄悬殊的老师爱得那么生动、妥帖、自然天成。大概由于内心蕴藏已久的这份情结吧，麦戈文为这样的爱而深深感动。他知道自己不再青春洋溢，但他还有激情，他不愿妥协，对自己，对命运。桑雅是一件值得他挽救的珍品。更何况，他爱她。

15

一场连阴雨，将夏日的浮躁和尘埃涤荡净尽。街心花园的海棠、石榴和无花果叠青泻翠，抽穗的芒草在晨风的吹拂下蜿蜒起伏，几片薄云逶迤着贴近湛蓝的天幕。宋城的夏天，带着人们的种种期盼和欲望渐行渐远。

这是一个清凉安适的下午，卧室的窗子迎着午后的风敞开着。

麦戈文由窗口望下去，母亲推着父亲在楼下的小广场散步。母亲胖了一点点，岁月夺走了她往日的明媚，可她悉心照料父亲时的姿态，看上去端庄贤淑，似乎比年轻时还美。晚霞泼墨似的洒下来，夕照中的天空显得格外柔和，街坊邻居们来来往往的，不时与父母寒暄着。父亲的脸庞红扑扑的，他无论见了谁，都满脸堆笑，一副心满意足的样子。

麦戈文就想起上周末接父亲出院时，主治医生单独对他讲的话：你父亲确属二次中风。他除了语言再次受到重创，部分脑组织也出现了紊乱。他的某些表情可能是无意识的，机械性的。比如他的笑神经，可能不再受个人意志的支配……

当晚的饭桌上，麦戈文面对父亲红润而笑吟吟的一张脸，突然有种说不出的滋味。他低下头来咀嚼时，鼻子酸酸的。母亲坦然道，看你爸笑得多甜，他以前可从未这样笑过。是啊，父亲的笑成了永恒。麦戈文想。

临行前，麦戈文带着未了的心愿，最后一次前往桑雅所在的医院。他想亲口告诉她，他再也不想靠回忆把自己包裹起来，从而躲进被宿命遗忘的角落里。他要带她走，他未来的命运将和她连在一起。然而到了医院，麦戈文不胜惊讶。桑雅在两天前被人接走了。但是医院拒绝向他透露，究竟是谁把她接走的。麦戈文倒吸了一口冷气，惊愕得说不出话来。

当晚，麦戈文再次来到学校，在浓密的植物墙下一支接一支地抽着烟，想起从前，心事浩渺。这是一片没有地图可循的时光隧道，却是他早年光阴的唯一滋养。自从桑雅担任他的英文课老师，他曾无数次流连于此，梦想与她携手，凭栏仰望星空。离开校园时，麦戈文在学校传达室留下了一封信，收信人：桑雅。

他在信中未着一字，只是恭恭敬敬地抄录了一段话。这段话出自德国作家 Bernhard Schlink 的小说《朗读者》。少年迈克和中年女子汉娜有过有一段刻骨铭心的爱，但由于掺杂了一段沉重无比的历史而惨遭搁浅，但麦戈文欣赏并记住了其中的一段话，这正是他想对桑雅说的：

我没有被吓倒，我不怕任何事，承受的越多，我就越爱你，危险只会增加我的爱，它会让爱变得尖锐，变得趣味盎然，我会是你需要的唯一天使，你丢下生命时会比你拥有生命时更美，天堂会把你带走，看着你，对你说，只有一件事可以让灵魂完整，那就是爱。

16

圣诞节之夜，麦戈文在维也纳西郊的一栋公寓楼上，看着窗外纯洁如玉的雪地，以及孩子们洒在雪里的欢笑，他似乎听到阿尔卑斯山冰雪坠地的鸣响。斯蒂凡大教堂的钟声隐隐飘来，麦戈文突然感到一种久违了的生命的责任与美好。

视线里突然走出一对夫妇——准确的说，是丈夫推着残疾的妻子，从楼下的庭院里走出来，车轮碾过，一条沉甸甸的痕迹印在洒满星光的雪地上，像一串节奏鲜明的音符。前不久麦戈文搬到这栋公寓楼时，房东老太太跟他说，楼下庭院里的女人，曾是一位歌剧演员，有一年夏季，她在维也纳郊外的古堡上演《魔笛》时，唱到纵情处，一脚踏空，从城堡的石阶上摔了下来。麦戈文听后，记忆的屏幕上突然现出那场歌剧的视觉映像，当时，他正在台下观看演出。世事难料，想不到他会搬到这里和女演员做了邻居。月朗星稀，麦戈文进而猜想，夫妇俩这个时候出门，一定是去附近的小教堂参加平安夜的祈祷。一个念头，麦戈文披衣下楼，情不自禁地尾随过去。

教堂里人头攒动，往日肃穆清冷的教堂，此刻显得温情而舒适。认识不认识的人都打着招呼，互相祝福，今夜不分彼此。这时管风琴骤然响起，每个人都手捧圣经，响亮地唱着圣歌——一首出色的生命赞歌。

令人心动的旋律中，麦戈文想起早晨读过的一个平安夜的故事。一九四三年的平安夜，德国东部的森林里，两位美国大兵抬着一位受伤的战友，十分艰难地寻找自己的部队。饥寒交迫中他们叩响了一户德国老妇的木屋，老妇款待了他们。在老妇眼里，他们是“上帝的孩子”。美国士兵刚刚落座，十几个饥寒交迫的德国士兵也经过这里，他们也请求进屋取暖吃饭。老妇说：“感谢上帝，让我家在平安夜来了这么多尊贵的客人。但是，我有个要求：你们都是上帝的孩子，在上帝面前，今天没有敌人。”于是，德国士兵按照老妇的要求，将身上的枪支解下来放在墙角，与三位美国兵一起默默围坐在火炉边取暖、喝肉汤。德国士兵中的一位军医，还给那位伤残的美国兵的大腿上，做了消毒和包扎。次日清晨，美国兵和德国兵一起告别了老妇，各自寻找部队去了。

复活节前夕，麦戈文来到多瑙河边，两只绕颈缱绻的天鹅宁静地浮在水面，它们的背后，是一只凌空欲飞的大雁。眼下麦戈文已然明白，是谁在那个晚上把桑雅从医院接走的，他也知道桑雅目前住在什么地方。他已做好了迎接桑雅的准备，人的伟大就在于扛起命运，他会用漫长的耐心和行动，来融化她内心的坚冰。麦戈文望着呼啸而过的一架飞机，仿佛紧紧握住了桑雅的手。他还是第一次感觉，自己是如此的强大。

（刊载于《作品》2019 年第 5 期）

斯特拉斯堡之恋

1

冬季到来之前，肖伊娜在德累斯顿修完法学博士的所有课程之后，应导师科赫先生的推荐，进入纽伦堡一家私人律师事务所实习，以填补她在博士研修期间的实践空白。肖伊娜在律师事务所的直接负责人梅兰妮·琼斯，是位性感迷人的科西嘉女人，她肌肤雪白、光艳，优雅翻卷的短发和一双漆黑的眸子，让伊娜瞬间想起法国影星朱里叶·比诺什。这是伊娜最喜欢的法国女影星，她的表演含蓄而奔放，一举一动，都透着难以描摹的魅力。

午间的休息室里，伊娜端着一杯刚出炉的咖啡，坐在靠窗的小圆桌前，望着朦胧的街景，沉浸在一股化不开的浓香里。接待员莉莎举着一封信，拖着摇摇欲坠的屁股，将自己卸在伊娜对面的沙发座里。这个皮肤黝黑的肯尼亚甜妞，脸庞丰润，细腰翘臀，一头密匝匝的小辫子束成一簇，沉甸甸地垂在脑后。这会儿，她含笑瞅着伊娜，如释重负地说：亲爱的，你的信，布鲁塞尔来的。

布鲁塞尔？那地方会有我的信？伊娜本能地皱起眉头，接过莉莎举在手里的信，迅速扫了一眼上头的英文——地址、名字，连同电话号码，都准确无误。伊娜端详着信封，不由得疑惑丛生，竟忘了拆信。

梅兰妮从廊檐下踱进休息室，端立在窗前的小型抽烟区。她那染了银色指甲的修长的两指，夹着一根葱白似的法兰西摩尔，若有所思地眯起双目，对着伊娜的额头轻轻吐了口烟圈，说：是情人吧，中国人，还是德国人？

伊娜嘴角微启，面颊绯红，不知如何应答，也不愿当着她俩的面把信拆开，便笑吟吟地将信收进口袋，拉开架势往厨房送还咖啡杯，趁势溜回到自己的办公桌前。正是午休时间，办公室里静悄悄的。同事们不是在附近嚼吃汉堡，就是在对面的意大利餐厅分享牡蛎比萨，只有十几台电脑集体发出疲惫不堪的轰鸣。

伊娜瞟了一眼窗外，从兜里抽出信，急促地撕开，淡蓝色的信笺上即刻跳出一段错落有致的方块字，久违了的中文，况且是她熟悉的手写体。伊娜的眼泪夺眶而出。她从未料到，祖国的方块字会在心中激起如此强烈的反响！过了好一会儿，伊娜才抬起泪眼读信。

> 伊娜，我是戴君，没忘记吧？你一定想不到，此时此刻我也在欧洲，就在离你不远的另一个城市。我带公司来布鲁塞尔参展，情况比我预想的要好，因而我不必每天亲自守在展会上。
>
> 找到你可真不容易，我来欧洲的前一天晚上，才得到你的确切地址。多少年了，你我一直羁旅途中，难得有机会和闲暇相见。这难道不是天赐良机吗？别再赌气了。我这次来布鲁塞尔，除业务之外，最想见的就是你。让我们在异国他乡，在这个陌生的世界，冰释前嫌，一切从头开始。见面地点由你来定……

伊娜正看得投入，梅兰妮一阵风似的走过来：“肖女士，请您帮我整理一下这套卷宗，本案将在下个月开庭。请你把被告和原告的档案和背景资料全部整理出来，打印两份，后天一早放到我的办公桌上！”

她快人快语，说完扭身朝前厅方向走去，丝毫没有察觉到伊娜的情绪变化。在伊娜迷惘的泪光里，梅兰妮丰满而婀娜的背影，转瞬之间飘进所长辛古拉先生的办公室。伊娜慌忙抹掉眼角的泪，拉开抽屉取出小镜子，匆匆整了整模糊的容颜，而后闭上眼睛，对着郁郁葱葱的窗外做了个深呼吸，这才开始着手案头工作。

2

那是夏季，肖伊娜在中国北方经历了一场严酷的高考之后，很快收到宋城师范学院英语系的通知书，附带着还有一项要求：过线考生必须接受该校的一次面试，方可正式录取。

伊娜攥着通知书，惊喜之余，不免有些忐忑。面对伊娜的迷惑不解，班主任老师牛彩霞调整了一下坐姿，翘起兰花指推了推鼻梁上的宽边眼镜，解释道：作为外语类师范院校的考生，加试一场面试或口试，是可以理解的，也十分必要。想想看，你日后将成为一名登台亮相的人民教师，为人师表嘛，歪瓜裂枣獐头鼠目的，怎么可能都往讲台上搓呢！牛老师说完，下意识扯了扯自己的衣角，眼睛里射出异样的光彩。

大雨过后的早上，伊娜跨上自行车，沿街边黛绿的杨槐，及时赶到东城郊外的师范学院，在指定地点等候面试。等候的时光伊娜也不敢怠慢，她竭力想象着面试的情境，目光聚焦在排在前头的男生身上。他个头高，肩膀宽，泛白的夹克衫下是一条灰蓝色长裤，皱巴巴的裤腿上溅满了淤泥，脚上的白色网球鞋成了土黄色。为了今天的面试，他似乎经历了好一段泥泞的跋涉！

男生前头的那位女生，忽然响亮地应着“到！”，被老师招进考场去了。下一个就轮到他，接下来就是自己，伊娜的心狂跳不止，与此同时也跃跃欲试。就在这个当口，男生的脖颈青筋暴起，点点细汗从他那赤红的额头上渗了出来。

真没出息，至于这么紧张吗！伊娜盯着他那张黑红的脸，内心满是鄙夷。却不料，男生一个转身，毅然决然地从队列里撤出。他走出去两步，又顿住，偏过头来冲着伊娜：你先去考吧。说完，大步流星地离开了。

伊娜吃了一惊。再害怕，再紧张，也不该这个时候打退堂鼓呀。十年寒窗，夜以继日，过五关斩六将，多少大风大浪都过来了，眼下不过是条小溪，关键时刻就这么不战而退吗？这时，前头那位女生满面春风地出了考场，负责点名的年轻女教师，抖了抖手中的名册：下一个，戴君！戴君！

伊娜恍然大悟，疾步走过去：他急着去厕所了，我先考行吗？

大约十分钟后，伊娜信心十足地从考场出来，左顾右盼，却不见他的踪影。伊娜狐疑着撇开人群，四下里寻找，终于在教室背后发现了他。伊娜不顾一切地走了过去。你叫戴君吧？刚才老师在喊你的名字呢。我考过了，一点也不难。

男生回过头来挤出一丝笑意，紫红的脸膛涨得发亮，一种难以言说的情绪在脸上滚来滚去。他当然明白，伊娜之所以找他，是不想让他错过这场至关重要的面试。为此，他似乎并不领情。一阵难堪的沉默过后，他对着眼前的红色墙壁说：我很犹豫，不知该不该上这所大学。一个二类师范院校，根本不是我的理想。我今年的考分离我向往的那所大学，只差七分。我不甘心。可是，这已是我第二次参加高考了。

说完，他气急败坏地举起拳头，照着跟前的红色砖墙砸过去。由于用力过猛，他鼻梁上的黑色宽边眼镜，“哗啦”一声掉落在地。就在他蹲下身子捡拾地上的眼镜时，伊娜看到一双茫然而颤动不已的深褐色眸子，涣散，无助，欲罢不能。

伊娜终于明白，这次面试其实对他来说无足轻重。他心里装的不是未来的三尺讲台，而是更高的理想和抱负。他的懊悔和犹疑不决，让伊娜联想到自己。若不是该死的数学成绩拉了总分，她的志向又何止是这座普普通通的师院呢？然而，挣扎和彷徨都已过去，她不再犹豫。选择它，是她对自己的一次妥协。人生不就是一次又一次的妥协吗？如果放弃这次机会，返回补习班重读，来年你就有百分之百的把握吗，万一越考越糟呢？谁能保证你下一年就能如愿。还是骑着马找马为妥，只要理想不灭，将来还可以考研，条条大路通罗马！

伊娜将英语老师对她的这番教诲，变本加厉地兜售给了戴君。

漫长而枯燥的暑假，在持续不断的煎熬中悄然过去，伊娜如愿以偿地踏进宋城师范学院的校园。在英语系为新生举办的一场隆重的迎新晚会上，伊娜在后排一个很不起眼的角落，意外见到了戴君。他穿了套崭新的蓝色西服，直挺的鼻梁上架了一副银色细边眼镜，给他那黝黑的脸膛添了一丝文气。

3

德国的深秋，毫无衰败和凋敝的景象，不管是郊外的寂寂冷杉，还是沿街而立的橡树，抑或是老墙上绵延不绝的紫藤，在秋风的抚慰下，一律变作深浅交错的金黄和火红，彩旗一般，在秋水长天里舞动。德国人家家户户的门前，玫瑰，石竹，薰衣草，在秋阳下闪闪烁烁，比春夏之交的花园还要红火斑斓。

也许是缘于一份挥之不去的都德情结，伊娜避开繁华，刻意选择了斯特拉斯堡，作为她和戴君的约会地点。正如都德身上那无处不在的忧伤，斯特拉斯堡在德国和法国之间数度易手，历尽劫数，难以避免地打下了两种文化的烙印。比起那些耳熟能详的大都市，伊娜喜欢的，正是这份略带忧伤的气质。

戴君得知伊娜将斯特拉斯堡作为他们的见面地点，同样表现出极大的兴致。他记性不错，瞬间想起中学课本里读过的《最后一课》连同某些章节，都还历历在目：婉转歌唱的画眉，不愿学法语而一心想逃学的小弗朗茨，以及那位身穿绿色礼服头戴绣边黑丝帽的韩麦尔先生。这一切，都与斯特拉斯堡息息相关。除此之外，戴君对斯特拉斯堡，似乎还另有期待。

戴君克制着一涌而起的兴奋，在电话里对伊娜说：时光蹉跎而去，我真的有好多话要对你说，斯特拉斯堡是多么适合像你我这样久别重逢的人啊！

所有的相遇，都是久别重逢。伊娜咀嚼着这句话，乘有轨电车来到纽伦堡市中心的火车总站。她在自动售票机上查好了车次，当即购下由纽伦堡开往斯特拉斯堡的“欧洲之星”。这是欧洲当下最快捷的一种客车，国人称它为“子弹头”，票价昂贵，伊娜还从未享受过呢！

晚上的公寓楼里，阒寂无声，伊娜反复摩挲着手中的车票，内心风起云涌。她怎么都想不到，时隔多年，这个冤家会在异国他乡找到她。多少年了，伊娜固执而坚定地与戴君拉开距离，避而不见。

她不在乎自己被描绘成一个心肠冷酷的女人，也从不讳言自己对戴君的重重疑虑。人心莫测，她不能不对他心存芥蒂，并在理智上筑起一道屏障。说起来，她跟戴君的疏远，跟多年前发生在宿舍里的一桩怪事有关，那种奇异而诡秘的感觉，至今镌刻在脑中，如影随形。正是那件事，毁了她和戴君保持多年的好感和信任。事后，伊娜曾流着泪，将戴君赠予她的书籍，连同大学时期写给她的诗，统统付之一炬，不留痕迹地将他划归路人。

伊娜的决绝和疑虑，一度让戴君心灰意冷。绝望之下，戴君不顾一切地辞去公职，只身去了海南。他放下身段给人当邮差，倒腾机票和火车票，在北海码头给人当搬运工时，累得几乎吐血。为了积累资金，他的足迹踏遍东南沿海，左突右撞，苦头吃尽。即便如此，戴君也不忘给伊娜写信，每到一处都寄来漂亮的明信片，深圳，汕头，海口，三亚。有年春节，戴君从湛江的货运码头打来电话，向伊娜哭诉。伊娜不仅不为所动，反而对他冷嘲热讽。戴君万念俱灰，他望着茫茫大海，突然萌生了一死了之的念头。结果被一名细心的押舱员觉察到，偷偷告知了老板。船老板一眼看穿了戴君的心思，铁青着脸扔给他一句话：你真想死的话，滚回家死去，少在这里给我惹麻烦！

话虽无情，却也拯救了戴君。面对风急浪高的大海，戴君痛哭流涕，他咬着牙面向家乡发誓道：不混出个模样来，我绝不回去！

远处的阿尔卑斯山，在沉沉的雾霭中似有动感，秋风中的菩提树枝，魅影般飘来荡去，伊娜凝神窗外，不由得浮想联翩。她搞不清楚，时隔多年，为什么这个人的出现，仍旧激起她内心的狂澜？一想起不日到来的重逢，她的五脏六腑竟泛起一丝绞痛。

4

大学毕业那年，戴君被分配到他的家乡睢县，在水利局做了一名小职员。而伊娜则被母校宋城六中招去，当了一名教师。刚刚踏上工作岗位，伊娜便被校长委以重任，在高中部担任毕业班的英文教师，兼班主任。事业上的顺风顺水，并没有给伊娜带来理所当然的欣喜，因为无处安身的窘境，时时困扰着她。

无处安身，并非无家可归。父母早年相继病逝，伊娜一直寄养在城乡接合部的伯父家。婶娘是个纯朴善良的家庭妇女，从没把伊娜当外人，可伊娜心里明白，再好，也无法跟父母相比。更何况伯父婶娘还有一大家子人要养，本来就不宽裕的日子，更加捉襟见肘。此外，伊娜的潜意识里暗藏着一桩心事，疙疙瘩瘩，别别扭扭的。读高中那年，伊娜仿佛一夜之间长成了美少女，出落得亭亭玉立，胸部鼓得像两个小馒头。那一刻，伊娜发觉堂兄看她的眼神忽然间起了变化，由单纯无邪，渐渐变得暧昧不明。那目光像一块粗粝的砂纸，不时刮擦着她那敏感而脆弱的神经。

走进大学校园，伊娜的内心有一股隐蔽的快乐，她终于可以逃离那目光，开始自己的新生活了。可即便大学毕业走上工作岗位，即便有了稳定的收入来源，住房问题也不是跺跺脚就可以解决的事。开学伊始，伊娜仍寄居在伯父家，她再次面临堂兄那束强光的探照。除此之外，伊娜每天搭乘公交车去上班，时间上很不靠谱，尤其是早自习课堂上，伊娜三天两头迟到，这让她这个班主任，在学生跟前很没面子。

正在伊娜一筹莫展之际，语文老师何方十分贴心地对她说：看你每天大老远跑来跑去，怪辛苦的，到了十冬腊月天，就更麻烦了。没等伊娜反应过来，何老师压低声音说：咱们后院教学楼上有个女生宿舍，你不妨找校长去说说，也许可以跟她们住在一起呢。

学校有女生宿舍？伊娜不胜惊讶。

还不是为补习班的几个复读生开的绿灯。何老师进一步解释说，你大概不晓得，咱们学校已经连续三年没破纪录了。也就是说，三年来没有一个考生被省级重点院校录取，刘校长像当众被人拔了毛，颜面扫地。为了重振校威，刘校长殚精竭虑，破釜沉舟，三番五次地跑到外县，挖来了几个颇有潜力的复读生，死心塌地指望着她们，在来年的高考中金榜题名，以挽回学校折损多年的声誉。

何老师声情并茂的讲述，让伊娜感动不已，继而跃跃欲试。下了课，她迫不及待地跑到后院，找到那座紧靠南墙的旧楼。这是一栋年迈失宠的教学楼，学校在继续装修还是推倒重建的问题上，一直举棋不定。由于顶层漏雨，底层潮湿，只有夹在中间的二层，还有些利用价值。伊娜一鼓作气登上二楼，沿长长的走廊来到西头的最后一间教室，隔着窗子朝里一望：空荡荡的教室中央，摆放着几张由课桌拼成的大“床”，床上横七竖八地堆放着几个铺盖卷。这就是所谓的“女生宿舍”了。

伊娜推了下门儿，竟开了。她轻手轻脚地走进去，一股潮润的气息，裹挟着女孩子那种特有的氤氲，扑面而来。墙角的红色塑料绳上，晾着几件碎花棉布内衣；几个崭新的搪瓷脸盆，闪出牡丹、梅花和喜鹊登枝的图案。灰突突的石灰墙面，已脱落得斑斑驳驳，八个残破不全的大窗子，蜘蛛似的趴在两边的墙上。伊娜走过去，推开南墙的一扇窗子，视野之内，是一览无余的秋庄稼。

肖老师，您好！一个女生推门进来，把肖伊娜吓了一跳。这是个身材匀称、眉眼清秀的姑娘，红扑扑的脸庞，朝气十足。

真不好意思，我来看看你们的宿舍，你不会怪我偷窥你们的领地吧？

哪儿的话呀，肖老师。要是您不嫌弃，住进来才好呢！

伊娜喜出望外，遂问：你叫什么名字，在哪个班读书，哪一个是你的床铺？

我叫李冬冬，正在念高二。喏，离黑板最近旁边有桌子的那个，就是我的床。

顺着冬冬的手势，伊娜看到一卷水红色洋布碎花被，靠床的桌上摆了两个雪白的搪瓷碗，一面月牙形镜子背后，镶嵌着陈冲和刘晓庆的彩色肖像。这时，晚自习的铃声轰然作响，伊娜趁机告辞，在喧嚣的声浪里快步下楼。稍有迟疑，折身朝校长办公室走去。没出三天，女生宿舍靠走廊的那个三角地带，就成了伊娜的栖身之地。

5

晨光乍现，薄雾绵绵，当静谧中的纽伦堡还在昼夜交替的朦胧里柔情缱绻时，肖伊娜已提上她的咖啡色小箱子，悄然离开了西城区公寓，在没有围墙的月台上，快速登上由纽伦堡开往斯特拉斯堡的“欧洲之星”。

坐进车里，伊娜顿感舒适、惬意。这种方便快捷的欧洲之星，真是不可思议，一旦跑起来，如蛇行沙滩，毫无声息。车厢内好似装饰良好的客房，窗明几净，一尘不染，每张靠座上都搭着乳白色纱帘，清爽得恍如非现实世界。肖伊娜坐在靠窗的座位上，满腹心事地望向窗外。窗外是一幅色彩缤纷的油画，连绵起伏的群山，被清澄一碧的天空切割得层层叠叠。高低错落的房舍、草坪和尖顶小教堂，追云逐月似的跟着列车渐行渐近，亦渐行渐远。

隔着左侧的过道，是一对上了年纪的德国夫妇。男人穿一套墨绿色传统西服，胸前的口袋里别着一朵镶了边的黄色绢花；老太太奶油色裙装的立领处，露出蕾丝滚边的雅白衬衫，赤金的短发吹得一丝不苟。德国老人并不是出远门才这么穿戴，他们在郊外的草坪上散步、遛狗，也会收拾得毫不含糊。伊娜在纽伦堡的住处，坐落在西城区公寓楼里，有一次她穿着中式家居服到楼下取信件，在门廊处恰好与邻居瓦格纳太太撞上，老太太一改平素的温婉和气，“哼”的一声闪开身，径自上楼去了。

伊娜经人指点才明白，德国老人对穿戴过于随便和衣冠不整的人，拒绝打招呼。那日，瓦格纳太太就是用这种方式，表达她对伊娜的不满与轻蔑。文明人对文明的解释就是，先让自己穿得体面起来。二战之后的德国曾流传过一组照片：铺天盖地的废墟上，女人们正忙着清理盟军轰炸后的断壁残垣，而那些站在废墟上的德国妇女，个个穿戴整洁，有些甚至穿着笔挺的西装套裙，并且在一扇残缺不全的窗子里，伸出一朵盛开的玫瑰。就是这朵废墟里伸出的玫瑰，顷刻之间打湿了联合国考察人员的眼睛，从而使德国百姓赢得了源源不断的战后援助。

“Salut！”一声悦耳的法语问候，仿佛把伊娜带入了一片法国领地。她怔了怔，竭力辨识着窗外的花草绿荫，乡间村舍，与此前的德国风情，是否出现了细微的差别。彼此相邻，却又泾渭分明，伊娜很是好奇。山坡上肥硕的奶牛，悠闲地嚼吃着青草，那一闪而过的山间古堡，颇似拿破仑头上的考克帽。拿破仑一生战功赫赫，与战功一起青史留名的，还有他头上的那顶双角帽。法国人民一直把拿破仑当作宝贵的精神财富，在他们看来，尽管拿破仑有污点，甚至有罪恶，但他仍无愧于雄才大略的伟人。拿破仑的铁骑横扫欧洲之后，对德法边界的斯特拉斯堡情有独钟，称它为“小法兰西”，常到山上来狩猎，以便私会他的莱茵情人。

中国人对法兰西民族有着深切好感，这要从法国总统戴高乐说起。戴高乐是第一个与新中国建交的西方大国的元首，他的开明和远见卓识，博得中国人永久的敬意。正是法国的这一举动，使得举步维艰的新中国渐渐走出了外交困境。殊不知，戴高乐还是位有趣的领袖，他和新中国建交之前，曾建议台湾当局先与法国断交。鉴于此，伊娜感觉眼前的山山水水，似乎多了一层迷人而浪漫的色彩。

一片幽蓝而明亮的水域，突然跃入视野，当然是莱茵河！这条被雨果誉为集所有气韵于一身的莱茵河，有着塞纳河的绰约风姿，泰伯河的历史气韵，多瑙河的皇家风范，以及亚洲河川的神鬼传说，壮阔而不失婉约，悠长而不失温和。

列车横跨莱茵河两岸的公路桥时，伊娜侧身窗口，将德意志与法兰西的风貌尽收眼底。岸上如镜头般掠过的是云雾缭绕的城堡，哥特式礼拜堂，以及镶嵌在丛林中的橙色老墙，无不透着中世纪的风貌。江风浩荡，湍流里激起一连串幽蓝的水花，一群顺水漂流的船上客，凭栏眺望，把酒临风，与列车上的旅客挥手致意。伊娜目送那客船，在缭乱的云影下渐渐远去，忽而想起早年传唱一时的台湾歌星麦洁文的《莱茵河之恋》：

河流在诉说千百段旧情
河流在诉说声声叮咛
凝视你忧郁的眼
我真的不知
你的心可会平静

……

6

列车在一个小站缓缓停下，车门洞开，上来一位金发碧眼的法国小伙儿，背后拖着一个沉甸甸的双肩包，俨然是个初出茅庐的大学生。小伙子天生一副大卫的五官与体魄，淡金色的鬈发，垂落在光洁的前额，满身洋溢着少年所独有的那种清纯与朝气，伊娜不由得想起大学时期的戴君。

平心而论，戴君虽算不得美男子，也自有他的那一派洒脱。在学校念大三时，男女宿舍之间的空旷地带，逐渐演变成了一片羽毛球场。伊娜洗完了衣服，喜欢顺手晾晒在球场的栏杆上。有一天，伊娜把洗好的毛衣和牛仔裤搭在栏杆上，竟忘了收。直到晚上起了风才想起来，伊娜悚然一惊，疯也似的朝球场冲去。

牛仔裤还在，毛衣却不翼而飞。伊娜在女生宿舍楼下寻了半天，一无所获，就顺着男生宿舍的墙根，一路找下去。夜间的风很凉，伊娜将两只胳膊抱在胸前，猫着腰在地上搜寻。脚下突然被什么东西绊了一下，就在她低头打量之际，一阵忽高忽低的议论声隐隐传来。几个男生七嘴八舌地在围绕某个女生评头论足，其中夹杂着一声沙哑的嗓音。伊娜的脑中即刻闪出戴君的眉眼，心想，宿舍的灯还未熄，这伙人的卧谈就开始了。难怪有人总结：大一谈高考，大二谈足球，大三谈女人，到了大四，便迫不及待地谈工作。至于流星雨撞地球，印度试制核武器，科索沃战争，似乎还轮不着他们关心。忽听得底层的窗子吱扭一声开了，随即探出一个秃脑袋，伊娜慌忙捡起地上的毛衣，霎时消失在夜色里。

次日的晚自习课堂上，伊娜独自走出教室，斜靠在一根廊柱上，看操场上的几个男生在灯光下打篮球。她看得专注，身边多了一个人，竟毫无察觉。

你喜欢看篮球啊？沙哑的嗓音，让伊娜吃了一惊。

何止喜欢，读中学时伊娜还是班里的篮球主力呢。回头见是戴君，伊娜语气不觉含嗔：是啊，喜欢。你不喜欢篮球吗？

我更喜欢足球，可我从未踢过。戴君叹了口气，低头扫一眼灯光下的篮球场。

学校也有足球场啊，你何妨去试试。不过，我无法想象你戴着眼镜踢球的样子，可也不能想象，你不戴眼镜的样子。伊娜两眼上翻，做了个难以想象的表情。

总之，我是一个丑八怪，做什么都不合时宜。戴君的脸上掠过一丝沮丧。

你好悲观。在我眼里，你既洒脱又腼腆，既犹豫又沉着，矛盾得太可笑了。

戴君沉默了一会儿，黯然道：你说得对，我是一个骨子里很自卑的人。真的。

为了打破僵局，伊娜仰起脸问：怎么一学期都很少见到你，你忙啥呢？

除了上课，我每周两次去城里给一户人家的孩子辅导英文。是班主任老师推荐我去的。那孩子顺利考上了高中，我的辅导任务总算完成了。孩子的父亲得了鼻窦癌，弥留之际得知自己唯一的儿子考上了重点高中，安详地闭上了双目。

这个话题有些意外，也有些沉重，伊娜的周身横生凉意。想不到戴君会在读书期间，兼做家教，这对学校生活也算是一份贴补吧。实际上，她自己不也想做家教吗，只是未遇到合适的学生。一阵散乱的脚步声，裹挟着叽叽喳喳的说笑，由楼梯口蔓延到走廊上来。戴君和伊娜面面相觑，迅速道别，各自回教室去了。

周末，伊娜端着床单和被罩，到宿舍楼下的方形池边来洗。三月的风，像一根根带刺儿的草，将她的脸刮得生疼。伊娜埋头揉搓、浣水，动作轻盈、麻利，有条不紊。当她撩起额前长发，铆足了劲拧水时，戴君仿佛从天而降，主动帮她拧掉床单被罩的水，顺手晾晒在操场的栏杆上。不料这一幕，原原本本落在了室友们的眼中。当晚，这伙人群起而攻之，戏谑戴君醉翁之意不在酒，莫非想休掉“家花”，迎娶“校花”？从此，戴君的心里像种了鬼，再也不敢越洗衣池半步。

夏日在望，大家开始忙着为毕业考试做准备，与此同时也为毕业后的去向，东奔西走。周末，伊娜照例端起衣服来到水池边。她低头浣水时，一眼瞥见戴君从宿舍楼里缓缓走出。他神态拘谨，目光闪烁，刻意避开水池边上的砖石小路，朝操场方向走，身后跟了位村姑模样的女子。伊娜怔怔地望着他们一前一后穿过操场，而后并肩出了大门。

那村姑模样的女子，原来是戴君的未婚妻。早年定下的娃娃亲，比戴君大三岁呢。女大三抱金砖，很符合豫东农村传统婚姻的礼俗。伊娜继而听说，戴君念大学的所有费用，都是出自他那位当乡长的岳父之手。这个消息让伊娜的心里酸酸涩涩的，好些天都没缓过神来。

毕业典礼的当晚，戴君约伊娜来到校外的田野。这是个有风的夜晚，月色惨淡，四下里影影绰绰的。一对对男女各怀心事，在青草蔓延的田埂上走来走去，时而仰望无星的夜空，时而聆听飞驰的虫鸣，进而淹没在一望无际的庄稼地里。

残月西挂，戴君和伊娜斜倚在一棵树桩上，分手在即，一种依依惜别的苦涩、痛楚和无力感笼罩着他们，戴君紧张得直发抖。过了好一会儿，他不知哪来的勇气，一把攥住伊娜的手说：明天我们就离开学校各奔东西了，让我抱抱你好吗？

7

两百五十年前，当《马赛曲》第一次被法国人唱响时，就是在这个德法混血的城市斯特拉斯堡。彼时的法国革命军，正集中兵力与奥匈帝国交锋，《马赛曲》强悍而高亢的旋律，犹如号角，鼓舞了法国士兵的斗志。事后，乐队指挥格雷特里先生，对此曲的作者鲁热·德·利尔说：你的《马赛曲》简直具有大炮一样的威力！

也许出于这个缘故，列车进入斯特拉斯堡城区的这一刻，车厢里豁然流淌出《马赛曲》那激越而嘹亮的旋律。转瞬之间，渴望和希冀像风帆一样，在伊娜的胸中鼓胀起来。音乐不绝如缕，伊娜仿佛踩着节奏鲜明的战鼓，登上了斯特拉斯堡月台。抬头仰望，车站内侧古老的横梁上黑乎乎的，一副烟熏火燎的样子。那些难以抹去的苍凉和旧时光，忠实地记录着曾经的磨难与屈辱。

伊娜从车站大厅来到阳光下的小广场，如同穿过长长的历史隧道，一下子迈进透亮的现实。乍一看，斯特拉斯堡有着巴黎建筑和街道的影子，伊娜顾不上欣赏，她左顾右盼，急匆匆寻觅戴君的影子。这时，手机里跳进来一条消息：由于受冰岛火山灰影响，布鲁塞尔的飞机延误两个半小时。

伊娜不禁哑然失笑。想当年我因故失约，你愤然离去；而今，我早早来到，你竟缺席！难道是历史的嘲弄？这么想着，伊娜拉起小箱子踱向一旁的林荫道。冠盖云集的梧桐树下，铺了一层柠檬黄的叶子，厚厚的，如金灿灿的地毯，给深秋的斯特拉斯堡，添了数不尽的暖意和富丽。伊娜不禁想起了自己的家乡——我遥远的家乡啊，既没有山，也没有水，沧桑的脸上布满皱纹。

秋阳下，孚日山的沉红砂岩，给斯特拉斯堡大教堂披上了一层绮丽的外衣。伊娜惊叹于教堂的巍峨与雄浑，难怪歌德称它为广袤的上帝之树！任你在阿尔萨斯平原上的哪一个方位，教堂的尖顶都会高耸于视野之内，周围的一切，则毫无例外地慑服于它的神威之下。经过时光与战火的磨蚀，教堂前世的浮华已然退去，留下的，是难以言说的尊贵。

一队游客呼啸着朝教堂门前云集，那似曾相识的面孔告诉伊娜，这是自己的同胞。只有中国人会制造出那样大的动静与喧哗。旅客中多半是西装革履的公干，每到一处，呼啦啦端出相机，狂拍一通。即便如此，伊娜仍旧觉得亲切。她身不由己地尾随过去，静立在他们身后。穿红色夹克衫的年轻导游，将金黄色的“凯撒”社旗举过头顶，清了清喉咙道：

诸位，诸位，请安静！让我们先从正面欣赏一下这座与巴黎圣母院同期建造的哥特式大教堂，它是法国文艺复兴时期的精神象征。大文豪雨果盛赞它是集巨大与纤细于一身的瑰丽建筑。教堂内除了司空见惯的玫瑰窗，精巧华丽的彩绘玻璃，和美不胜收的天顶浮雕之外，还有一口你难以想象的天文钟。四百年前它就开始运作了，每隔十五分钟都会有孩童、青年、成人及老人四代同堂的雕像跳出来，每到一个整点，死神将抡起斧子来报时，请大家务必留心啊。

人群里唏嘘不已，导游顿了顿，又说：待会儿大家在教堂的讲坛下，还会看到一尊狗的雕像。这是欧洲教堂里绝无仅有的奇观啊。当年，人们总是带着自己的宠物来这里聆听传教，主教对此十分反感，觉得有失教堂尊严，便大胆做出一个规定：任何人都不许带宠物进入教堂。主教以身作则，主动把自己的爱犬拴在教堂外，在自己的讲坛下刻了这只小狗的雕像。

一阵爽亮的旋律，在空中豁然鸣响，天文钟以音乐之声准确无误地报出当下钟点，大家一阵欢呼。导游面露得意，继续道：历史的钟点把我们带到了二十一世纪，斯特拉斯堡再也没有了当年的困扰与纠结。如今的斯特拉斯堡承载了众多国际组织总部，像欧盟首府布鲁塞尔一样，坐拥欧洲人权法院、欧盟反贪局、欧洲议会等。而两千年前，斯特拉斯堡不过是莱茵河畔一个罗马人的营地，直到十七世纪末，法兰西和德意志文化同时浸染这个城市，从此，斯特拉斯堡便游离于两种文化与风情之间……

伊娜悄然离开同胞们，返回到树荫下。她带着敬畏之心再次回望大教堂，忽而觉得这是一位饱经沧桑的老人，坐看云起云落，将法德之间数不尽的恩怨情仇，尽收眼底。

8

菩提树前的花坛里有片海棠，在秋阳下开得正妍。那肉质的叶片与珊瑚色的花瓣，激起伊娜遥远如梦的怀想。多年前的一个黄昏，她从班里回到宿舍，见桌上多了盆海棠，是那种披着白霜的花姿妖娆的秋海棠。伊娜还是第一次体验鲜花带给她的美妙享受。正在纳闷，冬冬隔着帷幔对她说：

肖老师，你刚才上课时，你同学戴君来了。海棠花是他端过来的，并让我转告你，他有急事，先走了。话音未落，冬冬掀开门帘走进来，她眼波流转，对着伊娜说：你同学长得好帅呀！

伊娜收回目光，下意识掏出戴君的信，从头至尾又看了一遍，目光锁定在最后一句话上：也许，见面之前我有必要向你澄清一下，十年前发生在你们宿舍的那件事，不是我干的。我向你发誓！

是啊，那件事伊娜不只怀疑，几乎认定就是戴君干的。难道真的错怪了他？不是他干的，又能是谁呢？伊娜望着白云缭绕的大教堂，深陷迷惘。纷纭的思绪里，一再掠过冬冬那姣好的脸庞。在几个敦厚本分的农村女生当中，冬冬是个例外。她长得清秀，人也机灵，常常把自己打扮得清清爽爽。冬冬不是被学校挖来的尖子生，而是林校长拐弯抹角的一个远亲。因为同是城里人，伊娜平时和冬冬的话头也就多一些。结婚前夕，她还送了管口红给冬冬。这么想着，伊娜有些怪自己，这些年漂泊在外，一门心思地应付学业、工作，挣扎于五光十色的汪洋之中，如今想起宋城，竟是恍如隔世之感。

她突然打开学校的微信群，搜出了冬冬的名字，稍有迟疑，即发出了邀请，而后耐心等待冬冬的反馈。这个时候，戴君第一次踏进女生宿舍的情景，如眼前的浮云，飘然而至。

那是暮秋，伊娜连续上完了四节课，疲惫不堪地夹起讲义，缓缓走出教室。戴君从一棵泡桐树下突然现身，若无其事地朝她走了过来。毕业之后，戴君还是第一次来找她。

四年的大学生涯，半年的职场锻造，使戴君彻底摆脱了农村学生的本色，一跃而成为精明活泛的男子汉。他着一身咖啡色西服，枣红色领带，修剪爽利的小平头，轻松与自信，明白无误地写在他的脸上。伊娜见了戴君，先是一怔，而后嘴角微挑，继续朝前走。戴君见伊娜不动声色，也不好意思开口，就那么亦步亦趋地跟着伊娜穿过校园，登上二楼，直到宿舍门口。

伊娜顿了一下，头一偏，引他进入自己的小天地。戴君的表情即刻凝住了。伊娜不明究竟，觑了他一眼。戴君不管不顾地盯着伊娜的床，自言自语道：你可真行啊，这么个破地方，竟被你弄成了天堂！

戴君的话，激发了伊娜，她凝神打量了一下自己的小屋。无非是在床铺周围，扯起了一道绿意盎然的帷布，篱笆似的，把自己圈在一个相对独立的世界。一顶雪白的蚊帐，自然垂落在床沿四周，像丛林中的一条帆船。靠窗的小书桌上，有墨盒、笔筒和几支形态各异的笔，一块四角见方的玻璃板下，压着一枚色彩斑斓的蝴蝶。

尽管简单、朴素，可伊娜的小屋不乏温馨、舒适。在没有任何条件拥有独立空间的前提下，床，一直以来都是她为自己精心打造的收容所。无论外面的世界怎样喧嚣、庞杂，她的世界仍旧保持着清爽，惬意，宁静。

知道吗，戴君侧过身去，盯着伊娜床上的青花棉被：念大三时，我曾跟着系主任去过你们宿舍，一眼看到你的床，我当时就被震住了。那天，你床上叠放整洁的正是这床被子，上头搭的也是这条丝巾，雪白的蚊帐洗得晶莹、透亮。系主任呆立在你的床前问，这是谁的床啊，像件工艺品？

我心想，这还用问吗，当然是伊娜的！

你就这么肯定啊？伊娜明知故问。

只有你的枕边会放一本英文版《林徽因诗选》，就像我沉迷于《少年维特之烦恼》。还有你床上散发出的那种气息，是独一无二的。不瞒你说，在学校时，几乎每个周末，我都躲在那棵老槐树背后，假装读书，实际上是在偷偷看你洗衣服。你的腰间系一条碎花围裙，立在水池边躬身忙碌的样子，简直像个小媳妇！

戴君忘情地讲着，涣散的眸里好似划亮一根火柴，霎时火光四射。只有戴君自己清楚，他的梦想和憧憬，是从一个清冽的早晨开始放飞的。当那些飘摇的绿枝，伴着槐花的清香，在空气里四处弥漫时，一幅朦胧的图景，在戴君的心头徐徐展开——虽然渺茫，却妙不可言。

伊娜被感动了。她想起同宿舍的一位姐妹，父亲身为县长，每周由小车载着母亲来学校为她取脏衣服，下周再来时，则将干净衣服送过来，再将她的脏衣服悉数取走，周而复始。伊娜为此曾偷偷流泪，并联想起自己的父母。伊娜的父母在她十岁之前便已相继病逝，洗衣烧饭这类家务活，伊娜从七岁时就开始做了。

戴君听到这儿，一把将伊娜揽在胸前。他们一言不发地搂住对方，一种恰到好处的温暖，强烈地抚慰着彼此。伊娜真想有一个坚实的臂膀靠一靠，可她一想到这是个订了婚的男人，身后早已有了别的女人，并将很快喜结良缘，伊娜的心像被蜇了一下，隐隐作痛。但她瞬间恢复了自制，默默直起腰，冷冷地望向窗外。

9

转眼到了腊月天，宋城连续下了两场雪，纷纷扬扬，铺天盖地。雪中的校园白茫茫一片，风打着呼哨一阵紧似一阵，将楼前的小杨树吹得东倒西歪。风中的女生宿舍，像一艘年迈失修的大船，颠簸于风急浪高的海面。

傍晚，女生们裹上围巾，顶风冒雪上夜自习去了。宿舍里只剩下伊娜一个人。风声有所收敛时，伊娜从床下摸出一只小电炉，将白天买来的一块羊肉连同骨头，统统丢进一只不锈钢锅里。刚才几个女生跺着脚出门时，伊娜吩咐她们：今天下了晚自习，有热汤喝啊，不过，电炉的事可不许声张！

伊娜刚把水倒进锅里，插上电源盖上锅，戴君一阵风似的闯了进来。他上下披挂，通体被雪裹挟，连眉毛上也结了层层冰碴，雪雕一般，唯有嘴巴里呼出的热气，使他看上去还像个活物。伊娜惊叫着扯出一条毛巾，为他弹去满身满头的雪，又为他擦去鼻梁上细细的水珠。

戴君二话没说，一屁股坐在伊娜床上，迷茫的眸子里汪着两泡泪。伊娜大惑不解：你这是咋回事，大冷天干吗要跑过来，是不是急着给我送请帖，不会是邀请我去喝你的喜酒吧？伊娜隐约记得，戴君的婚期大约在冬季。

戴君本能地躲闪着伊娜的目光，他低下头来，而后跨到窗前，对着纷纷扬扬的窗外默不作声。伊娜见状，倒了杯热水递给他。戴君隐忍着清了清喉咙，一字一顿道：我退婚了！

他沙哑的嗓音，如同扑打在窗棂上的风，跌跌撞撞地击打着伊娜的耳鼓。伊娜不明白，退了婚，为什么脸上依旧挂着解不开的凄楚和迷茫？她带着疑问和不解瞟了戴君一眼。廊檐下的积雪反射过来，在藏青色帷幔上投下一片怪异的光，把戴君那棱角分明的五官，映得光怪陆离。

戴君目光游离，从胸口摸出一支烟点上，而后对着窗口吐了一连串烟圈，眼泪吧嗒吧嗒往下掉，夹着香烟的手都被打湿了。突然间，戴君的脸涨得通红，进而抽泣起来。是愧疚、懊悔，还是另有原因？伊娜想问个究竟，这时，咕嘟！咕嘟！巨大的动静，伴着一股浓烈的腥膻味，从床底下沸腾起来。伊娜恍然大悟，忙蹲下身子掀开锅盖盛了一碗羊肉汤，端给戴君。戴君二话没说，捧起汤碗，呼呼噜噜就喝了下去。

一碗热汤下肚，戴君的脸上恢复了颜色。伊娜接过他手里的碗，盯着他的眼睛：告诉我，到底出了什么事？

戴君哽咽道：我退婚后，岳父领了一帮人来我家闹事，并说，要是他女儿有个三长两短，我们一家人都休想度过这个冬天。我父亲气得直吐血，大骂我是不肖之子，逼着我如约成婚，否则，就不认我这个儿子！

戴君的表情和语调，透着难以平复的悲哀，伊娜刚刚看到的那一丝曙光，随夜色的加深，逐渐暗淡了下去。伊娜忍不住问道：你未婚妻呢，她是什么态度？

戴君失神地望向窗外，那隐忍而又心事重重的眸子里，好像蒙上了一层薄雾，他喃喃道：兰馨把自己关进屋里只是哭。我担心，她会想不开。

一阵令人窒息的沉默，过了会儿，戴君满脸悲壮地说：我明明知道爱你是一条死路，但我以为我会死里逃生。我真想一走了之，从此隐姓埋名，浪迹天涯！

可伊娜知道，他不能。他终究是个善良之辈，不愿未婚妻苦苦等了自己七八年之后，再搭上一条性命。时间在无言的对峙中冷却下来，戴君和伊娜漠视良久，唯有一声叹息。末了，戴君用一种前所未有的恓惶的眼神看着伊娜，就在她狠狠心想转背离开时，戴君不由分说地搂住她，持久而凶狠。那种撕心裂肺的痛感，让伊娜有种大难临头生离死别的恐慌。仿佛这一别，他们将永无相见的那一天！

入夜，雪越下越大。伊娜在枕头下面，发现了戴君留给她的一封信。内容不多，分量却很重，他恳请伊娜给他点时间，等他，并约伊娜周末在学校门口面谈。

10

落日余晖给运河两岸，镀上了一层怀旧色彩。一群法国儿童在女教师的牵引下，叽叽喳喳地从伊娜身边经过。孩子们像一群五颜六色的花朵，排着队唱着歌，慢悠悠朝伊尔河对岸的草坪移动，那稚嫩而充满童趣的歌喉，将伊娜豁然拉回了现实。

伊娜的心莫名其妙狂跳几下。恐怕戴君已经到了，说不定就在这附近找我呢！这么想着，伊娜快速打开化妆包，取出一面小镜子，揽镜自照，把一对蛾眉描了又描，将本来就十分性感的嘴唇涂了一圈又一圈。

风从对岸吹过来，空气里荡漾着湿漉漉的感觉。女老师坐守着孩子们玩耍，不时用抑扬顿挫的法语，叮咛着什么。几只鸽子飞过来，在喧嚣的草坪上走来走去，嘀嘀咕咕地啄食。伊娜突发奇想，鸽子们操的究竟是法语，还是德语呢？记忆里不觉跳出《最后一课》中贪玩的小弗朗茨。德意志帝国统治时期，斯特拉斯堡所有的学校都禁止教授法文，改学德语。如今，德法唇齿相依，和平相处，作为小弗朗茨的后代，已经没有了当年的困惑。孩子们可以任意选择自己喜欢的语言，在两种文化的熏陶下自由自在地成长。

伊尔河对岸突然闪出一个身影，既熟悉又陌生，伊娜正要凝神细看，包里的手机响了。是戴君。什么时候跑对岸去了？伊娜的心又是一阵狂跳，她快速起身，隔着河道与草坡朝对岸拼命挥手。他们彼此致意、呼唤，不约而同地朝同一个方向奔跑，终于在桥段中央拥抱在一起。

伊尔河拍岸的水声，将十年前的世故人情，点点滴滴挥洒在一艘小木船里。梦幻与真实，欢笑与眼泪，与黄昏的五彩天光交流、重叠、并泻，继而风平浪静，一派祥和。夜雾渐起，他们坐进酒店附近的一个橡木酒馆，洛可可式的画框里镶着年代久远的磨坊和风车，墙角点缀的哥伦布帆船，无端地掀起一股海啸。伊娜和戴君四目相对，倒尽了彼此——仿佛是过往半生的酸甜苦辣，一波三折，而后沉浸在激烈交锋后的静默里。往日的伤痕在内心刻得太深，那由此牵出的唏嘘和感叹丝丝缕缕，伤心处，俩人手握酒杯，泪如泉涌。

透过酒馆的玻璃天窗，看得见远处的运河大坝和山坡上碧绿的葡萄园。伊娜这才发觉他们的斜对面，坐着一对表情夸张的法国男女——抑或是德法情侣？隔着一瓶带露的玫瑰，伊娜瞅见女人雪白的肌肤，一对深蓝的眸子勾魂摄魄。其对面的男人眉眼俊朗，温情脉脉，一个典型的德国绅士。他们漫不经心地举着刀叉，从海鲜前餐，到牛排主餐，再到饭后甜点，吃得一丝不苟。而后守着一根蜡烛窃窃私语。橘红色的满月挂在天窗，与桌上的烛光相映生辉，空气里弥漫着令人沉醉的气息。腰间系着白围裙的黑人侍者，走过来晃过去，在他们的桌前忙前忙后，语调怪异的法语中，流露出浓重的德语口音。

戴君忍不住感叹，欧洲人吃饭也太精致了！

欧洲人就是这么注重生活，他们吃饭的时候是不开机的。说罢，想起什么似的，赶忙把自己的手机调至休眠状态。

怪不得这餐厅里如此安静，原来没有一个人接听电话啊。想想看，要是在中国，再考究的馆子，也抵挡不住喋喋不休的电话声。

伊娜莞尔一笑，为戴君点了有名的德国烤猪脚，佐以胡椒酸菜和土豆泥，而后举着红酒对饮。两瓶波尔多下肚，俩人的内心都有些肿胀，戴君红着眼一把抓住伊娜的手：十年了，你真是铁石心肠，不仅无视我的约会，走的时候也那么决绝，明知我人在京城，连个招呼也不打！

伊娜蹙眉解释：我不是有意错过那场约会的，是阴差阳错，或者，是命中注定。宿舍里出了那样的事，女生们个个对我敬而远之，大家心照不宣，其实就是怀疑那个男人，是我招惹来的。想想看，天下会有那样巧的事吗？我们工会主席挑明了质问我，为什么出事的两个深夜我偏偏都不在？言外之意，昭然若揭。

因此，你草草把自己嫁了出去。以感情为代价，换得暂时的安宁。结婚之前，你就不能跟我打个招呼吗？戴君的表情意味深长，眯眼觑着伊娜的笑意像根刺。

冷月无声，昏黄的灯光合着低吟的小夜曲，挥洒在他们之间的餐桌上。伊娜张了张嘴，试图为自己辩解几句，终于没说出口。一股突如其来的愤懑和哀怨，从骨子里迸发出来，扭曲在伊娜酒红色的脸颊上。

11

十年前的一个雨夜，伊娜的女生宿舍出事了。

那是周末，伊娜骑上自行车出了校门，到远在南郊的学生朱大虎家去做家访。这是个孤苦伶仃的单亲家庭。当年大虎妈怀着七个月的身孕，丈夫在火电厂高空作业时，不慎触碰了高压线，一头栽下来，连句话也没留下，人就没了。大虎妈含辛茹苦，独自把儿子拉扯到读高中，满心指望着大虎在接下来的高考中脱颖而出，可就在这个节骨眼上，大虎产生了严重的厌学情绪。

从大虎妈身上，伊娜似乎看到了母亲的影子。她十分同情这对母子，竭尽所能把一腔爱心倾注在大虎的学习上。几乎每个周末，伊娜都到大虎家来检查他的功课，并在英文方面给大虎加点小灶。英文是难点，也是重点。如果在英文方面取得高分，往往在高考中能占据优势。因此，没人敢怠慢英文。这晚，伊娜给大虎补习完了功课，大虎妈已把热腾腾的饭菜端上了桌。伊娜也不客气，就和他们娘俩一起吃晚饭。忽而，一阵闷雷扫过，天空中接连划过两道闪电，一场大雨稀里哗啦地浇了下来。

天黑透了，大雨仍旧没有停歇的意思。大虎妈便十分诚恳地说：肖老师，您若不嫌弃我们家简陋，留下来迁就一晚，明天早上再回去吧！

伊娜失神地瞅着窗外，顺从地点了点头。索性利用这个机会，跟大虎聊聊他擅长的作文。大虎是个多愁善感的孩子，孤苦的家境倒激发了他写作的热情。这孩子的语文和写作一向好，就是过分沉溺于武侠小说，被古龙、金庸和梁羽生迷得一塌糊涂，从而忽略了关乎前途的重要功课。

次日清晨，雨过天晴，伊娜骑车穿过田野，一路哼着小曲儿，朝学校方向疾行。湿漉漉的操场上，一群小孩子追着一只足球疯跑，几个上了年纪的老师，甩着手在亮晶晶的跑道上逆行。伊娜的车子轻快地穿过校园的沥青小路，实验室走廊，而后踏进空旷的后院。雨后的院子里，泡桐花落了一地，伊娜疾步跃上二楼，推开宿舍的门——不料，女生们个个眼泪汪汪，见了伊娜“哇”的一声捂着脸号啕起来。凄厉的哭声瞬间划破清晨的宁静，将整个院子撕得支离破碎。

伊娜一惊，晃着冬冬的肩膀说：冬冬，快告诉我，出了什么事？

冬冬红着眼说：昨天夜里，咱们的宿舍里闯进一个男人，头上顶着你的红丝巾，在屋里转来转去，吓死人了！

头上顶着我的丝巾？伊娜愕然，扭身进了自己的小屋。她那纤尘不染的被单上，果然留下一个大脚印，鞋底的轮廓和纹路清晰可辨。这人显然是从她床头的这扇窗子里跳进来的，一只脚踏在床上，而后才着的地。虽然最终什么也没发生，女生们安然无恙，可三更半夜的，一个男人闯入女生宿舍所引起的那份联想，令人毛骨悚然。伊娜盯着床上的大脚印，一屁股跌坐在椅子上，目光恰好与墙上的挂历重合，她差点叫出声来：昨晚，是戴君和我约会的日子呀，我怎么给忘了！

伊娜的脑中火苗似的窜出一个念头，难道是他？这疑惑像颗种子，悄然植入她的心底。伊娜不敢想下去了，她招呼冬冬进来，以便问个究竟。就在这时，一阵急促的脚步声由远而近，转瞬到了门口。是林副校长。

伊娜忙把门帘撩起，用目光迎接着林校长的到访。

不知何故，冬冬那张俏丽而妩媚的脸，唰地就红了，甚至显得局促不安。

林校长眉峰耸动，认真打量了一番伊娜的小屋，又看了看宿舍两边的窗户，安慰道：让你们受惊了。校长对这件事非常重视，已吩咐校工，明天下午就来给你们加固窗户，把缺失的玻璃也统统补上。说完，含义不明地瞟了一眼伊娜的床。

伊娜的泪水一下子涌出来。她迅速掉过头去，扯起盆架上的湿毛巾，对准床上那个大脚印，死命地抽打，边抽边骂：个不要脸的，流氓！

12

鬼都想不到，同样的事，第二天夜里再次发生！

一辆警车呼啸着开进校园，“嘎”然一声停在宿舍楼的廊檐下。身着制服的警员在校长的引领下，一前一后进了宿舍。伊娜的脑子轰然作响，蓦然回到昨日黄昏。

夕阳漫不经心地洒在办公桌上，伊娜备好了第二天的功课，若有所思地回到宿舍楼上。突见走廊上卸了一堆松木板条，两窗之间搁着一个工具箱。是校工来给宿舍加固窗户来了。伊娜推开宿舍的门，见南墙下竖着几块绿莹莹的毛玻璃，两名校工正对着一扇窗户比比画画，敲敲打打。伊娜跟两位校工打了招呼，一回头，见几个半大孩子，将脸蛋贴在走廊的窗玻璃上，正朝她的床上东张西望。伊娜隔着窗子喊了一声，孩子们哄笑着跑开了。

夕阳笼罩下的梧桐，在微风里闪着奇异的光。嗞嗞啦啦的玻璃切割声，伴着叮叮咣咣的敲打声，刀刃一般，划破了伊娜的耳膜。有那么一瞬，她觉得整个空间都被刀片切成了条状，血淋淋地挂在眼前。在这片刺耳的聒噪声里，伊娜变得躁动不安。她带着难以名状的恐惧，陡然起身，仿佛被一种无形的力量拖拽着，一步步走下楼去，登上自行车出了校园。尽管她心里是那么地不情愿，还是不由自主地朝着伯父家的方向，飞奔。

三更半夜的，两次破窗而入，很可能是同一个人。男人的一只脚，照例踏在伊娜的床上，而后登堂入室。怪得很，这些天走廊尽头的灯偏偏坏了，黑灯瞎火的，致使昨天的窗户加固工作才进行到一半，两名校工便不得不收工走人。没想到，坏人乘虚而入。

女警员把女生们一个个叫出去，单独谈话，对伊娜昨夜的去向和动机，问得尤其详尽。警车走后，刘校长意味深长地看了伊娜一眼，客气地说：肖老师，请你本着对自己，也对这几个女生负责的态度，配合公安部门的调查。琢磨一下你周围的男同志，有没有可疑之处，不管是谁，即使没有作案动机，也要说出来。

刘校长的话让伊娜有点窝火，可当着几个女生的面，又无从发作。何老师在过道上见了伊娜，眼珠子瞪得火球一般：你真幸运，又躲过了一劫！

回到宿舍，伊娜感觉几个女生的表情怪怪的，有意无意地回避着她。唯有冬冬坦然自若。伊娜便扯了扯冬冬的衣角，示意她到走廊上来，而后低声问：冬冬，两次出事你都在现场，说实话，你觉得这个人会是谁呢？

冬冬眯着眼思忖了一会儿，而后神色诡秘地：肖老师，说出来你别生气啊，我不敢看那个人的脸，但我觉得，很像你的同学戴君。

伊娜惊出一身冷汗。她严肃而骇然的表情，吓住了冬冬。冬冬眼里即刻闪出泪光，鼻尖上沁出了点点细汗，忙改口道：我就是觉得那人个子高高，说话声音有些沙哑……一阵急促的脚步声打断了两人的低语，是工会主席来找伊娜。

陈主席将伊娜引至家中，让了座，沏上茶，又端出一盘五香花生米，不紧不慢地进入正题：你是咱校新来的女大学生，专业过硬，人也漂亮，像你这样才貌双全的年轻女教师，恐怕早有男朋友了，即使没有，给你介绍对象的也不少吧？

伊娜一脸迷茫，她搞不清宿舍出事，跟自己有没有男朋友是否有关？陈主席见伊娜困惑，进一步点拨：不是领导要探听你的私事，而是配合案情调查，请你尽量提供真实线索，也好还你一个清白。

清白？难道我有什么不清白吗？伊娜眼睛都直了。

陈主席委婉含蓄把话题扯到了节骨眼上。想想看，宿舍里连续两夜出事，你恰好都不在。第一次是巧合，第二次……没等她说完，伊娜一口截断她的话头：您的意思是，我大概事先知情，故意躲出去的，对吗？

陈主席的涵养再好，也经不住伊娜这样的坦率和直白。她面色潮红，张口结舌，嘴角偏移时挤出的一丝微笑，如玻璃刮刀般，刺到了伊娜的痛处。伊娜的周身一阵痉挛。

13

早间的法式小餐厅里，缕缕晨光从菩提树冠的枝叶间筛进来，像一粒粒咖啡豆。伊娜和戴君面对面用完了早餐，并肩走出大厅，乘上酒店的早班车，穿林，过桥，小走了几步，眨眼工夫就到了久负盛名的斯特拉斯堡老城。

老城里的房屋造型，多以德意志传统民居为蓝本，半木条结构，醒目的咖啡色，镶嵌优雅的窗棂和门楣，一派浓郁的德式风情。街头的路标皆由两种语言标注，磨坊主的大房子上，飘荡着德法两国的国旗。不同的生活习俗，在这里交集融合，相得益彰，仔细品味，有一种混搭的美感。伊娜和戴君都很兴奋，在一栋哥特式的塔楼下，选了家露天酒吧，坐下来。宁静的巷子尽头是运河一角，小巧玲珑的院落直通河道令人艳羡的私家小船的停泊处。

午饭后，戴君本想攀上斯特拉斯堡城郊的主峰，去看隐蔽在山谷间的拿破仑猎宫。却在半路上，被一尊青铜雕像镇住了。也许是冥冥之中的引导，让戴君在此遇上自己的偶像。念大二时，戴君一度沉迷于《少年维特之烦恼》，歌德的敏感和脆弱，同样感染和侵蚀了他。有好一段时间，他深陷其中，一蹶不振。

戴君目光灼灼地端详着自己的偶像，静默良久，对伊娜说：那个时候，正是歌德的这本书引爆了我炽热的情感。少年维特的烦恼，也是我的烦恼。你想象不到，每逢情人节我会长时间徘徊于你的窗下，在模糊的月光下吟诵歌德的诗，并用泡桐花摆成表达爱意的那个英文单词。有一年的雪后黄昏，我喊着你的名字滚倒在雪地上，用滚烫的身体卧出一个人形来。我只能以这种方式，来纾解自己，释放内心的苦闷。

在一片洞开的草地上，伊娜淡淡地说：那个八月也是个金秋，二十一岁的歌德遵从父命，从德国乘马车来到斯特拉斯堡攻读法律。但歌德不喜欢法律，觉得它枯燥、单调，毫无激情。他便东游西逛，时常躺在这里，捧读他心爱的《荷马史诗》。

戴君接过话茬说：正是在斯特拉斯堡，歌德年纪轻轻便混迹于文化名流，喝酒，聊天，跳舞，并在舞场上遇到了个性鲜明的法国女郎吕森哲，歌德喜欢法国小步舞，而吕森哲钟爱德式华尔兹。通过吕森哲歌德爱上了她的妹妹艾米丽。可艾米丽已名花有主，歌德的苦闷难以排遣，便带着沉郁的心情离开了斯特拉斯堡。回到家乡之后，歌德无可救药地爱上了夏绿蒂——依旧是位订了婚的姑娘。歌德像只蝴蝶，在夏绿蒂身后翩然来去，求爱不成，却成就了那部脍炙人口的《少年维特之烦恼》。

傍晚的草地上，伊娜听着戴君的讲述，恍如看到青年歌德，脚登褐色长靴，头戴黑色宽檐帽，身穿蓝色燕尾服，在月光下吟诵他的《五月之歌》：

自然多明媚，
向我照耀！
太阳多辉煌！
原野含笑！

千枝复万枝，
百花怒放，
在灌木林中，
万籁俱唱。

伊娜抱怨《五月之歌》的平庸。天才也有年轻的时候！戴君说。月色平和、柔媚，戴君一时兴起，就对伊娜说：给你讲个故事吧，在中国东北的雪天里，往往约上自己心爱的人出去散步，走着走着，就一起白了头。在上海那地方，只会下雨，走着走着，脑子就进水了。在北京呢，雾霾越来越重，走着走着，另一半就不见了。伊娜刚要笑，却被戴君顺势推倒说，在斯特拉斯堡这地方，处处铺满了草坪，走着走着就躺倒了。伊娜毫无反抗，任由戴君压过来，紧紧地搂住她，俩人心照不宣地滚作一团。

14

戴君埋怨伊娜结婚草率，实在是没有道理。伊娜心有戚戚，可她无意向戴君解释。有些事，她情愿烂在肚里。自从女生宿舍出了那样的龌龊事，伊娜仿佛一夜之间，被舆论推向了风口浪尖，并陷入百口莫辩的困顿与悲哀。她想象不到，在一个知识分子成堆的小天地里，这样一件事，会以怎样的面目以讹传讹，到了最后，竟如台上的一出戏，隐隐约约变成了这样的场面：第二天夜里，伊娜知道那人还会来找她，故意躲出去了。男人扑了个空，只好蒙着她的丝巾走出帷幔。

每天下午，是办公室老师相对集中的时刻，伊娜本来就引人注目，这下更成了被关心的焦点。教师们出于善意，不断劝慰着伊娜：肖老师，嫁人吧，一个漂亮的单身姑娘，免不了招惹是非，你一天不嫁人，就一天不得消停！

有天早自习课堂上，何老师把伊娜拉到教室门外，压低声音幽幽地说：别再挑了，最近这一个不挺好的，副科级干部，公务员，追你追的又这么紧！

一个寻常的午后，伊娜接待了一位不速之客。戴君的妻子，兰馨。

对于兰馨的到来，伊娜并未感到特别的意外。因为此前，戴君在给她的信里，隐约提到了他的未婚妻兰馨。让伊娜意外的是，兰馨是如此的端庄、贤淑和善解人意。她不声不响地找到伊娜，细声细语地求助于她。一个农村姑娘，大老远找到城里，找到学校，面对气质逼人的伊娜，多少有些难为情，甚至自惭形秽。可为了保住自己的婚姻，为了肚子里的孩子，兰馨豁出去了。在睢县雪湖镇，兰馨是位出了名的美女。她身材匀称，面如满月，白里透红，且有一双含笑的眼睛。终于站到了伊娜的面前，兰馨足足沉默了几秒钟，才刻意按住自己的小腹，十分诚恳地对伊娜说：解铃还须系铃人，求你看在我们母子的分儿上，饶了戴君吧！

这是怎么说的？伊娜眉头一横，正要反驳，被兰馨阻止了。兰馨咬住下嘴唇，使劲儿摆了摆手，一副难以启齿的样子，而后凄然道：你不晓得，戴君有多为难。他每天晚上睡觉前，总在床头放一盘磁带，说那是世界名曲，不听这个，就没法跟我在一起。兰馨迟疑了一下，似有难言之隐，她翻眼瞟了伊娜一眼，继续道，他每次和我办完了事，都会哭着喊着大叫你的名字！

伊娜惊愕不已。她只知道那盘磁带，是她毕业前夕亲手录制，并作为毕业留念送给戴君的。可没想到，被戴君用到了床上。戴君给她写过无数封信，伊娜记得其中有一封信里，戴君是这么说的：只有聆听你亲手录制的音乐，我才有力量说服自己，与兰馨同床共枕。沐浴在一首首美妙抒情的乐曲当中，对我而言，犹如怀抱自己挚爱的人，周身即刻像通了电，幸福感直冲云霄。这个时候，我会被自己的激情所感染，快速勃起……

不错，戴君最终并没有违背誓言，他遵从父命，在一个亮晃晃的冬日如约娶了兰馨。可他与妻子做爱时，却要拿出伊娜送给他的音乐，来刺激情绪，激发感情，并在抵达高潮的那一瞬，呼喊伊娜的名字。

兰馨啊，一个多么善良而又可怜的女人！她明明知道丈夫与她做爱时，心里装的是另一个女人，却依旧十分动情，十分配合，并且一面流着眼泪，一面求他给自己留下一个孩子。

这一刻，伊娜突然意识到，男人的心底，似乎比女人更清晰地摆放着自己心爱的人。不出两个月，伊娜当众宣告了自己的婚事，她随即下发了结婚请帖。没人知道，一向清高孤傲的肖伊娜，为何以迅雷不及掩耳之势，走进了婚姻。

确实有不少热心人给伊娜介绍男友，可她总以各种理由推脱、婉拒。在谈朋友这件事上，伊娜莫名其妙地犹豫着，迟迟不愿做出任何回应。对于志鹏的穷追猛打，步步进逼，她照样无动于衷，没来由地延迟着。直到见了兰馨，伊娜的意志松动了，她一分钟也不想等下去了，唯有尽快把自己嫁出去，才能彻底摆脱眼前的困扰，让自己的生活回归平静。伊娜和志鹏的想法一拍即合，俩人很快敲定了婚期。可伊娜终究有桩心事，要在结婚之前了结。她四处寻找戴君，她想和戴君谈一谈，当面澄清几个问题。可电话都打爆了，就是没人来接听。莫非是此地无银三百两？伊娜的内心迷雾重重，对戴君的疑虑更深了一层。

无奈之下，伊娜找到戴君过去的一个室友，外号叫“诸葛”的老同学。毕业那年，老家在农村的诸葛，很幸运地留在了宋城南郊一所中学里教书。伊娜费了很大的劲，辗转找到诸葛所在的学校。见了诸葛，伊娜直言不讳地道明了来意，希望从诸葛这里找出点线索，以便求证，也好给自己一个交代。

作为戴君的室友，诸葛一向看不惯戴君，觉得他阴阳怪气，好高骛远，并且两人在宿舍期间，曾因争夺下铺而大打出手。诸葛见漂亮的校花伊娜来找他，不由得心旌摇荡，喜形于色，他斜着眼故作神秘地提醒伊娜：跟戴君这个人打交道，你最好小心点，他说他有一条胳膊，你最好朝他袖筒里看一眼！

诸葛讲完，晃着头发稀疏的脑袋，得意地吹起了口哨，是《红灯记》里的片段：红灯高举闪闪亮照我爹爹打豺狼，祖祖孙孙打下去，打不尽豺狼决不下战场！哆哆嗦嗦的很不成调。

15

从老城回到酒店的当晚，伊娜突然意识到自己的手机，还处于休眠状态，就把手机迅速调回到常态。这时，梅兰妮的短信跳了进来，说手下又接到一份卷宗，等着她回去整理呢。紧接着，冬冬像条潜伏多日的美人鱼，出其不意地浮出水面。

作为昔日老师，伊娜表现出对冬冬近况的关切，而后单刀直入，问起当年“宿舍门”的真相。隔着千山万水，冬冬显然吃了一惊，她沉默良久，终于道出了让伊娜难以置信的真相：那个人，是林副校长！

伊娜惊得目瞪口呆。她怎么也想不到，深夜潜入女生宿舍的会是林校长！怔了怔，伊娜条件反射般追问：既然如此，你当初为何把脏水往戴君身上泼呢？

冬冬闭口不答。从此，销声匿迹。伊娜怒不可遏，却又无可奈何。

对伊娜而言，冬冬的这个爆料，不啻为一道闪电，豁然照亮了那个幽深可怖的夜晚，并将困扰她多年的黑暗角落，瞬间撕开了一道裂缝。只有片刻迟疑，伊娜辗转拨通了何老师的电话。

听见伊娜的声音，何老师叫得像只老母鸡，埋怨伊娜自从离开了学校，像躲瘟神似的再也不回来了。说着说着，何老师义愤填膺起来：知人知面不知心，一个受国家教育多年的知识分子，竟会干出这等缺德事来。平时看起来温文尔雅的，心里怎会这般阴暗，真是人面兽心。可话又说回来，窈窕淑女君子好逑，一个正当盛年的男人，老婆又不在身边，晚上喝点小酒，便身不由己了！

伊娜说：到底是文学系的高才生，把人看得既入木三分，又鞭辟入里。可你知道吗，李冬冬当初曾把脏水往我同学戴君身上泼，为此，我恨了他十年。

提起冬冬，何老师更是滔滔不绝：眼下，受少女蒙骗的例子还少吗！前不久有位日本少女，假装查看同学脖子后面的一颗痘痘，趁机将其推落地铁而死。却哭着喊着说看见了某个坏人，害得警察又是搜查又是巡逻，想不到会中了一个少女的奸计。因为长得纯真，哭得真实，便叫人深信不疑。要说，她们有限的心智编排出的东西也未必高明，相信她们，是成年人的一厢情愿。以为纯洁性，是少女的专利呢！

伊娜突然想起德国人的一种说法：比起成年人来，人们更愿意相信孩子的话。

顿了一下，何老师又说：你可记得《红楼梦》中的袭人，她从来也没有直接杀过人，无非是平时垫垫砖，趁四儿喝醉了酒，把她扶到宝玉榻上睡，暗地里却跟王夫人嘀嘀咕咕，从而导致了一系列悲剧。

那冬冬为何嫁祸于戴君呢？伊娜仍有谜团。

知道真相而不说，为求自保而嫁祸于人，这大概就是她的用意吧。再说了，冬冬是林校长的远亲呀，称他为表叔的，俩人早就眉来眼去了。冬冬知道自己成绩差，考大学无望，就把自己的未来，一股脑压在了林校长身上。

那结果呢？伊娜想消除自己的好奇，已经办不到了。

何老师的声音提高了八度：结果？能有啥结果！这类关系的结局还会有什么悬念吗？结果是身孕也有了，那边又离不了婚，闹得乌烟瘴气，鸡飞蛋打。冬冬终是咽不下这口气，就把所有的真相掀了个底朝天。那姓林的实在是引火烧身，自掘坟墓。否则，老校长病退之后，他是名正言顺的继任者！

伊娜无言以对。她感觉自己就像一个失足落水的人，伸着手朝岸上求救，却一点抓头都没有。可不知为何，事到如今，伊娜都无法将林校长和那个破窗而入的恶人，相提并论。不仅如此，林校长留给伊娜的印象还相当好。

那个夏季，学校成功实现了零的突破，有五名学生不负众望，考取了省一类高等院校。其中的两名，正出自女生宿舍的几个学生当中。刘校长的心血没有白费，可他的身体垮了。暑期刚过，刘校长因脑血栓送进医院，后来在上海治疗了两个多月，总算没有留下后遗症。伊娜至今怀念这位雷厉风行的老校长。彼时，伊娜因住宿问题找到他，刘校长二话没说，当即答应，并交代林校长给伊娜准备一张床，要新的。伊娜感动之余，主动提出利用居住条件的便利，给几个女生补补英语，以实际行动提高学校的升学率。

次日，当林校长带领校工吭吭哧哧地把床抬上二楼时，伊娜正在宿舍里选铺位。她看着自己的床，被林校长亲自指挥着，规规矩矩地安置在她渴望的地带。忙完之后，林校长拍了拍手上的灰，连口水也没喝，转身离去。伊娜目送他的背影，心里不只温暖，还莫名其妙地升起一丝柔情。

宿舍出事后不久，伊娜有次骑车外出，刚到校门口，只见林校长的吉普“嘎”的一声，横在了她的必经之路上。林校长见了伊娜，迅速从车上跳下，从后面一把拖住伊娜的自行车，语气温和却不容置疑：来，把自行车给我，你上车吧！

伊娜愣怔着，任由林校长将她的自行车推到校门口，身不由己地抬腿上了他的吉普车。车子箭一般窜出去，在郊外兜了一圈过后，掉头驶向学校南墙外的一片麦地。林校长突然用低下去的神秘语气，对伊娜说：这是学校新规划的教师宿舍楼，资金刚刚到位，只等春暖花开，就可以动工了。依你的条件，现在就可以着手申请一个小套房。

伊娜朝林校长投去感激的一撇。她赫然发现，这是被自己长久忽略的一个美男子，他成熟、干练、目光炯炯，一双剑眉富有韵味。伊娜的心不禁一动。

16

伊娜思前想后，最终没有接受林校长的建议——向学校递交新教师宿舍楼的住房申请。两个月后，伊娜出人意料地踏上了婚姻的红地毯。

这场速战速决的婚姻，并没有给伊娜带来她渴望的幸福和归属感，也不可能成为她永久的归宿。新婚之夜，伊娜才彻底明白，她嫁的不是爱情，而是嫁给了一份冲动。要说，这个男人并不低俗，也不放纵自己，更不会拈花惹草。相反，他不抽烟，不喝酒，认真、本分、执着，可这个人，怎么就唤不起她一丝一毫的爱呢？

他们的婚后生活，是在宋城繁华地带一座逼仄的筒子楼里展开的。志鹏每天夹着一个鼓囊囊的黑色公文包，往返于单位和寓所之间，他右手摆动的频率如同计算机编出的程序，精确而有条不紊，连步伐都千篇一律。伊娜想象得出，志鹏每天端坐在统计局办公桌前的模样：一丝不苟，毕恭毕敬，除了埋头计算，他还有着非凡的耐力，能把花岗岩般坚硬的桌子角磨平。

在志鹏眼里，伊娜是一个耽于幻想而又不着边际的女人。而伊娜则从志鹏的认真、谨慎和诚惶诚恐的神态里，时时刻刻体验着一个男人的琐碎、迂腐和小肚鸡肠。每天面对志鹏，伊娜感到的不是安顿，而是孤独和无所依傍。许多时候，她宁愿用泪水来打发漫漫长夜，也不想和他多说一句话。女人情感上的小插曲，比如听听音乐，看场话剧，周末参与一下单位举办的小型舞会等，在这个家里，会成为不可逾越的奢侈品。

有一次，伊娜在下班的路上，看到厂家正在销价处理一堆鸭绒袄。她从鸭绒袄堆里拣出一件，套在身上一试，正合适，掏出钱来就要买。却发现缺了三十块钱。进一步讨价还价，卖家狠狠心又让出了十元。即便如此，还差二十元呢。伊娜提着鸭绒袄在街口东张西望，欲罢不能，突见志鹏骑着自行车由远而近，伊娜兴高采烈地迎上去，拦住丈夫说：我想买这件鸭绒袄，就差二十块钱。志鹏低眉扫了一眼伊娜手里的鸭绒袄说：便宜啥，不值！说罢，跨上自行车扬长而去。

伊娜拼命咬住下嘴唇，在呼啸的北风里用带血的目光，盯住志鹏的背影说：鸡蛋壳里的发面，没多大发头！

婚姻中的孤独一方，要么选择死亡，要么飞速攀上遐想的巅峰。晚上，当志鹏面无表情低头核对一页页账目时，当他的指头噼里啪啦摁响计算器嘴里念念有声时，伊娜默然打量眼前这个人，似乎在准确无误地演算着他们的命运，进而统计出这桩婚姻所面临的暗淡无光的前程。此时此刻，伊娜的灵魂已插上了翅膀，心无旁骛地飞向另一片天地。

伊娜的行动是早春时节开始的。她撇开琐细的家务，把时间和精力投向书本。机缘巧合，伊娜得到了志鹏单位的一把钥匙，从黑夜悄然崛起，幽灵般潜入他办公楼下的接待室，日日挑灯夜战，加紧复习各门功课，尤其是英语。在夜色的掩护下，她渐渐甩掉身上的那层柔弱，展现出惊人的天赋。次年的春夏之交，伊娜一举拿下广州外国语学院研究生的录取通知，而后平静地向志鹏摊牌。她告诉志鹏，一个不幸的婚姻，有可能成就两个幸福的家庭，与其痛苦地困守在一起，倒不如分开的好。她还告诉志鹏，只要他同意离婚，家里的一切财产全都归他——包括他们共同出资打造的房子、家具和电器。时下有个词汇，叫“净身出户”。

秋日的阳光舒爽，宜人，离了婚的伊娜感觉每走出一步，都像是踏在音符上。伊娜心里哼着小调，将自己的服装从衣柜里拿出来，一件件码在行李箱里。志鹏眼睁睁瞅着自己的妻子，很快并将永远地离他而去，内心一片恓惶。他声嘶力竭地喊道：你以为你出了这个门，就能找到比我更好的男人吗？

伊娜依旧平静：出了这个门我下地狱，也要离开你！

面对伊娜即将远行的事实，志鹏近乎悲壮地摊开一个信封，说：这是三千块钱，你带上吧。伊娜见状，顿时泪水滂沱，哭倒在床，万般不舍，袭上心头。

开车来接她的女友见状，鄙夷道：你可真够出息的，三千块钱就把你感动成这样。我老公为了鼓励我学英文，二话不说，五千块钱给我买了个快易通！

伊娜坐在斯特拉斯堡浓密的树荫下，手捧咖啡，回忆起那段时隔多年的婚姻，突然对志鹏心存感激。如果不是遇到志鹏，如果不是他们的婚姻的不如意，她恐怕不会下决心考研，更不会踏出国门远赴欧洲继续深造。她之所以义无反顾地走出那个家，其实饱含了许多因素。她和志鹏除了在眼界、志趣和价值观上的格格不入，还有宋城。一目了然的宋城，盛不下她的梦。

17

阿尔卑斯山的雨，说来就来，阻止了戴君和伊娜攀登的步伐。他们不得不停下来，暂时栖居在山脚下一个私家小客栈里。雷声在远方轰隆作响，倾盆大雨穿过浓密的森林，声势浩大地浇下来，如同感情的激流，锐不可当。

客栈简朴而粗粝的杉木墙上，挂着鹿角、白狐和羚羊皮，靠窗的岩石壁炉上，横着一杆来复枪，房间里充斥着一种神秘而野性的美感。戴君便想起了活跃在中世纪的猎人生涯，他感慨道：这场雨来得真好，否则，怎么可能领略到如此奇异的夜晚！

戴君望着窗外的雨帘，兴致勃勃地讲起了自己的发家史。他故作轻松，为自己总结道：撑死胆大的，饿死胆小的，我就是改革开放政策下最先富起来的那一批人。顿了顿，戴君又说，邓小平他老人家南巡之时，我在汕头赢得了第一桶金，转而北上淘金。京城的天地到底宽广些，人的素质相对来说也比较高，只要你把钱和礼物送出去，就没有办不成的事。

素质高还收钱收礼物，这叫什么逻辑？伊娜茫然道。

你没在商场里混过，根本不晓得这里头的门道。收了你的钱和礼物，还不给你办事，继续勒索你，那才叫素质差。懂吗？

伊娜想象得出，混迹商场多年的戴君，在与各种关系周旋时，早把自己打磨得礼数周到，进退有度，游刃有余。他善于见缝插针，看准了时机出手阔绰，致使财富的雪球越滚越大。他于是乘胜追击，在北京西城区的黄金地段购下一层写字楼，初步完成了原始积累。眼下，又跟外商打起了交道，事业的前景不可限量。

然而，戴君仿佛接过伊娜心里的思路说：生意上的风生水起，并没有给我带来心理上的踏实感，这些年……戴君突然停下来，仰头灌了一口酒，让自己定了定神，而后伸出自己的手臂。伊娜这才发觉，他那血脉鼓胀的左腕上，套了串佛珠。圆润饱满且呈棕红色的珠子，在昏黄的灯光下，发出暗淡的光。

当夜，伊娜梦见自己误入深山，在一座竹林掩映的古刹里，一眼望见削去头发的戴君，他身穿灰色长袍，飘飘然入了佛门，在圣像前长跪不起。伊娜蹲下身子问其故，戴君答曰：我决心退出喧嚣，潜心修行，为自己的灵魂找个安顿之处。

雨过天晴，晨曦雾霭，他们从阿尔卑斯山下折回了酒店。午餐桌上，戴君突然收到同事从布鲁塞尔发来的一封传真。内容是：公司在博览会上接到一宗大单，请他尽快审阅。一旦达成协议，将由戴君本人亲临现场签订合同。

合同所涉及的细节和烦琐的法律条文，伊娜用了一个下午就帮他搞定了。

傍晚的酒吧间里，戴君刚点了两杯红酒，腰间的手机振动起来。是布鲁塞尔打来的，戴君说了声“对不起”，举着手机到走廊上接听去了。曼妙的音乐和窗外的暗影，让伊娜思绪起伏，心事浩渺。往昔岁月里的细枝末节，音符般一点点跳出来，在耳畔回响。曾经沧海难为水，漫长的时光里，鸿沟两边的有情人，时而纠结，时而怨愤，时而麻木不仁。可没想到，紧绷的感情在异国他乡的相聚之后，反而淡化了。随着交流的深入，一种新的生疏，在伊娜的心头潜滋暗长。

乐队不知不觉转换了曲目，空气里弥漫着“十月的巴黎”。流水似的音符，连同飘忽不定的灯光，将座位上的男男女女，衬得像在水中漫游。自从来到欧洲，伊娜喜欢上了这种变幻不定的旋律，或许是暗合了她当下的心境。世易时移，伊娜适应了这种漂泊的际遇，她珍视这份天马行空的自由与欢畅。

落地窗外，戴君仍在全神贯注地接听电话，脚步踱来踱去，声音时高时低。他那泛红的脸上，因一抹缭乱的灯影，看上去有些扭曲，有些失真。伊娜的眼睛突然被什么东西晃了一下，她忍不住挪到窗前，想看个究竟。点点繁星在夜幕下闪烁，有一种刺眼的晶莹，却又透着捉摸不定的神秘。想不到，那晃眼的光源并非来自星星，也不是来自他手上的金戒，而是他腕上的那串佛珠。戴君对着手机滔滔不绝的时候，不自觉地用手去拨弄那佛珠，如同佛徒面对圣像念经似的。

这时，音乐戛然而止，伊娜透过半开的窗子，突然听到戴君的几句话：乖，再等两天，签完合同我马上就回去。你放心，我不会忘的，你要的是香奈儿五号！

18

戴君的电话接听完毕，他从容回到酒吧。两只酒杯静立在桌上，人却不见了。戴君将桌上的酒一饮而尽。衣冠楚楚的服务生款款走来，戴君欣然点了两杯爱尔兰威士忌。他端起酒，回味着电话里的内容，微微的得意，直往上涌。

想不到伊娜在欧洲法律条款上，如此精通，如此熟稔，实在令他刮目相看。他已经想好了，只待伊娜回到座位上，他就马上告诉她：明天一早跟我走，先去布鲁塞尔把订货合同签了，然后一道回北京，只要你愿意，我们可以考虑结婚——横亘在我们之间的一切障碍，已不复存在。昨天夜里，他的确向伊娜表白过，儿子六岁那年，他那桩名存实亡的婚姻总算解除了。但由于双方父母的坚持，兰馨离婚不离家，她至今带着儿子和他的父母住在一起。

戴君情绪高涨，捧着酒杯的手，不由自主地微微颤抖。他迫不及待地想见到伊娜，把刚才拟定的规划和盘端出。他从未像今天这样，渴望伊娜的加盟。他知道，有了伊娜，他的事业会做得更大、更强，他的贸易王国也将指日可待。

夜色如海水般漫上来，将这座远离尘嚣的酒吧，围得水泄不通。戴君醉了，却仍旧在一个人的世界里孤独游弋。突如其来地，他的心跳得厉害，松弛的神经再度绷紧，目光随漆黑的窗外黯淡下去。若是在国内，每当遇到这样心慌意乱的时刻，他会放下手头的一切，躲进寺庙，到深山老林里去寻求佛的庇护。虽然他清楚，那种刻意的低调，似乎带着一股神秘，而刻意彰显出来的虔诚，反而带着一股假象。

戴君环顾左右，发现酒吧间里只剩下他一个人了。他摇摇晃晃地回到房间，仍旧不见伊娜的踪影，却发现桌上有封短信：

戴君，谢谢你这些天对我的陪伴。

来欧洲十年了，我已经习惯并爱上了这块土地，这里的一草一木都牵动我的心，让我留恋不已。我本来就是一个四海为家的人，习惯了随遇而安。时光无情，你已经不是从前的戴君，我也不再是从前的伊娜。我们的理念发生了逆转，我们已经回不去了。也许，心比理智更容易认清方向，我们只能忠于自己的内心。

但我敢说，过去的岁月，我们都曾真诚地爱过对方，让那段爱成为寂寞而隐忍的沉淀，待到时间淘滤铅华，冲刷走那些不堪的记忆，剩下的盛放在心，无论天涯海角，有朝一日拿出来，依旧温暖。

这样美好的时刻，我们却要说再见了。原谅我的不辞而别，请在未来的路上，多保重！

肖伊娜

戴君连读两遍，酒劲猛醒，随之而来的是一脚踩空跌落深谷的恐慌。他恍然意识到，十几年的情感，犹如折断的藕丝，再也接不起来了。无论是跨过去，还是默默相望，都会在停顿的刹那间手足无措。伊娜终究不会在他设定的轨迹里亦步亦趋。想到这，戴君颓然倒向床头，突然感到有个东西，硬硬的，拿起一看，是盘 CD 音乐带，上头用英文写着：斯特拉斯堡之恋。戴君顿时泪流满面。他流着泪走到窗前，一把推开窗子，斯特拉斯堡大教堂的尖顶，在云端里若隐若现。

（原发于《红岩》2018 第 2 期、
转载于《小说月报》中长篇第 3 期）

蝴蝶坊

白昼之光，岂知夜色之深。

——弗里德里希·尼采

1

暮色在身后收拢，维也纳的街灯次第亮起。与奥匈帝国一脉相承的建筑群，在奇异的灯光下闪着迷人而魅惑的光。史蒂芬大教堂前的商业街上，熙来攘往，旅人们神游于维也纳落日余晖的瑰丽中，而后带着大包小包，满载而归。衣着考究的维也纳人出来了，他们迈着悠闲的步子，一路穿过英雄广场、城堡花园，而后踱进皇城脚下的咖啡屋、小酒馆，抑或大大小小的音乐厅和歌剧院。一辆满载游客的黑色敞篷马车，沿环城大道驶过来，雪白的高头大马器宇轩昂，旁若无人，哒－哒－哒－哒，如爵士乐的鼓点，漫不经心地叩击着夜幕下的维也纳。

维也纳是如此古典，又如此繁华。

要说古典与繁华，来维也纳的人，必定不会错过这条横贯东西的玛利亚大街。在奥匈帝国辉煌的史诗当中，这一带，不只繁荣，还是皇亲国戚们往来穿梭的必经之路。时下里名牌荟萃的玛利亚大街，一头连着维也纳内城的霍夫堡皇宫，一头连着皇帝弗兰兹·约瑟夫的美泉宫御花园。大街中段那家老字号面包店，心宽体胖的老板娘，逢人便喜欢讲：我母亲开店那会儿，每天一大早打开店门儿，捅开炉子，一边忙着搓面团儿，一边伸长耳朵等待石板路上的马蹄声。不一会儿，皇帝的四轮马车和随从们，浩浩荡荡地从西向东，穿街而过，足足惊动了几条街！

老板娘说得忘情，炉子里跳动的橙色火苗，将她的脸庞映得像刚出炉的面包。

而洋溢着高雅与明丽的旋律，缓缓流淌到玛利亚大街的背后，就变了调。主街背后僻静而幽暗的地带，女人披着明黄色卷发，艳红的细高跟，挂着鳞片的上衣和豹纹短裙，在朱红的氤氲里发出暧昧的光。这些立在街边或娇憨、或妩媚、或慵懒、或灼人、或吊诡、或麻木的女人，仿佛搭在夜幕下的一道道布景，她们用黏腻的目光嗅着，从不同的气息里，辨别着属于自己的猎物。

不知从哪天起，高大、性感、野性十足的女人阵容里，已然渗入了东方元素，亚洲女人那娇小玲珑的身躯，隐隐约约地闪现其中。秋月就是这些女人中的一个。她已经不年轻了，白净的脸盘嵌着一对还算耐看的杏仁眼，臃肿的腰身裹在一条黑色紧身皮裙里。一头长发染成金棕色，高位长筒靴与丝网袜之间露出一小截肌肤，胸脯夸张前倾，看见过路的男人，秋月迅速露出一脸笑意，机械般眨眨眼，并飞快伸出几根指头比划着。

立在异国街头的秋月，曾经是一个灵魂的摆渡者，内心比肉体更沉重。秋月细长的指间夹了根烟，吞云吐雾之间，风将头发打乱，掩盖了她眼神的黯淡。红烟头明暗不定，指头无碍，而心里的某个部位，已被狠狠灼伤。不过，时间久了，也就习以为常，秋月面无表情地斜靠在公用电话亭边，两条腿左右腾挪，既不胆怯也不招摇，像舞台上的活道具，悄无声息地捕捉着自己的目标。月亮爬上来了，秋月挪到一颗树皮斑驳的梧桐下，突然感到脊背阵阵发凉。

一个可疑的脑袋，在夜空下探来探去的，像是在偷偷打量她。

秋月见惯了行人好奇的眼神，可这一次，似乎有所不同。秋月下意识将两只手扣在一起，规规矩矩地端放在小腹，足有几分钟，她不敢转过脸去，只把眼帘下垂，竭力向两边横扫。哥特式的钟楼上闪过一道蓝光，秋月猛转头，只见俄罗斯女人斯塔，被一个脖颈上刻有骷髅的男人勾腰搭背，从她身边经过时，斯塔掉过头来冲秋月使劲挤了下眼，迅速拐向了另一条街。

在那条街的尽头，有她们合租的一套公寓，位于一栋古老建筑的最底层。那个层面的房子，被奥地利人称作地下室，几乎等同于储藏室，往往不住人。可既然有人需要，房主便辟出来装修一下，租给五花八门的外来户。价格也就相当便宜。秋月的小单间里有扇朝向街道的窗子，房间的地上铺着泛黄的羊毛毯，床头柜上码着一卷卷的卫生纸，空气里常年充斥着一股无法排遣的腥味。长年累月，秋月在这间屋子里接待着一个又一个客人，在黑洞似的床上扭动她那并不美妙的躯体。这是秋月在维也纳的栖身地，也是她在这个城市的生存方式。

这会儿，站在梧桐树旁的秋月，手托下巴，眼神放荡，冲着一个西装革履的男人，飞快地抛去一抹微笑。那人不温不火地扫了秋月一眼，继续走路。空气里飘来一阵细弱的弦音，秋月感觉寒飕飕的，脊背再次发凉。

已经连续好几个晚上了，那个魂魄似的人，像是在暗处盯视她。有一次还跟着她走。她停下，他也站住。会是谁呢？秋月咬住下唇想了半天，不免脸红心跳，内里一阵燥热。几道霓虹灯轮番闪过，秋月本能地闭上眼睛，那种感觉又来了。

干她们这一行的，不怕陌生人凶悍的打量，最怕来自同胞冷飕飕的目光。那满腔鄙夷的背后，是轻蔑而刻毒的联想。无非是嫌她们好吃懒做，嫌她们自甘堕落，有手有脚的，偏要走这条路，丢人现眼不说，还会连累自己的同胞。若是遇到东北老乡，就更要命了。

一阵风从教堂的尖顶刮过来，石板路上的枯叶们呻吟着往秋月的脚踝下偎，撒着欢发着嗲从她这里讨温暖。秋月跺着脚迈出去几步，在廊檐下待了一会儿，而后拉开玻璃门儿，进了这家灯火通明的麦当劳。麦当劳里永远都是热烘烘的，人们忙着排队、点餐、交钱、取餐饮，没人留心秋月的出现。兜了一圈儿，秋月到楼上洗手间方便了一下，用热水暖暖手，推开门又一头扎进了风里。

2

时光流转，秋月在维也纳街头一晃就四年了。在无情的酷暑寒冬中，秋月站在打着立柱的地上流汗、发抖，风雨无阻。她那昼伏夜出不见阳光的细长的腿，每天从黄昏出发，扑向夜的黎明。只要有生意，秋月哪里肯闲着，也就不停地干，靠绿茶、红牛和廉价香烟的支撑，成了这个圈子里一个凶猛的竞争者。她的吃苦耐劳争强好胜，曾惹恼过几个同胞，争吵、推搡，甚至撕扯过。可秋月终究是挺过来了。如今，她不仅应付各色人等的技艺大增，就连德语也敷衍得有模有样了。

在秋月眼里，维也纳啥都好，就是风多，又那么强势，动不动就把人刮得东倒西歪的。想不到维也纳的冬天跟东北一个样——来得早，去得迟，还真有些难熬呢。漫长而阴冷的冬季，卫生间的地面上湿漉漉的，墙上的霉点像天女散花。不过要实打实地论起冷来，维也纳跟东北那旮旯相比，自然是小巫见大巫了。严冬季节，东北的雪一下就是十天半月的，冰凌柱把个窗子都遮严了。自从秋月和大寒失了业，一日三餐都成了问题，供暖也就不及时，俩人常常流着鼻涕蜷缩在被窝里，像两只冻僵的虫子。

这日傍晚，气温相当的和善，街上的梧桐和菩提树的枝叶纹丝不动。天色暗下来了，秋月从这棵树，晃悠到那棵树，最后不管不顾地站在了玛利亚大街的一个路灯下。这时，一个六七岁的女孩儿，在父亲的牵扯下从她跟前经过。女孩儿用童真的目光，打量着灯光下左顾右盼的秋月，而后仰起粉嘟嘟的脸儿，迷惑不解地问：

Papa，这个阿姨站在路灯下干什么？

父亲回首留步，瞥了秋月一眼，低头对女儿说：在等叔叔！

这父女俩的一问一答，瞬间勾起了秋月的伤心事。就想起那年的腊月天，她怀着四个月的身孕，在车间里加班加点时累过了头，当晚就小产了。是个女娃儿。因为车间主任整天嚷嚷着要裁员，流水线上一片恐慌。秋月怕丢掉工作，怀孕的事就没敢吭声。结果失去了女儿。两年后秋月再次怀孕，生下了儿子，倒是把大寒高兴坏了。

秋月这么想着，眼皮子底下突然有两团白光亮得晃眼，她不由自主地跟过去，原来是两只交相挥动的白色运动鞋。秋月盯着那雪团似的影子，不知不觉跟了一条街，居然瞅清了鞋后跟上的阿迪达斯（Adidas）标志，和鞋帮上那醒目的三道杠。兴许是秋月凌乱而急切的喘息声惊动了对方，运动鞋的年轻主人调转头看了一眼，疑惑的眸子里，带着股轻蔑的寒意。

秋月立刻凝在了石板路上，手足无措了。

风打着旋朝秋月袭来，她不由得打了个冷战，就想起了前日跟儿子的通话。小寒说，妈，我们班里的刘大军穿了一双新呱呱的李宁牌白色运动鞋，连运动衣都是李宁牌的。秋月从儿子那变了声的喑哑的嗓音里，听出了黏糊糊的羡慕。当妈的秋月，似乎看得见儿子脸上爆出的青春痘，就对丈夫发狠道：你明天就进城去，给儿子买双运动鞋，记住，要阿迪达斯牌子！

大寒就有些不解，啥阿爹达斯，不就一双运动鞋吗，整那复杂干啥呀？

秋月命令似的说：你不懂。叫你买，你就去买好了，废啥话呀你。

大寒慢吞吞地说：咱别跟人家比行不，人家刘大军的爹是县工商局长。

工商局长咋的，秋月的话从牙缝里挤出来：只要手里有钱，啥人不都一个样！

大寒不吱声了。秋月放下电话，仿佛对着一团漆黑说：等老娘挣足了钱，拿到了这里的永久居留权，就把儿子弄过来，让小寒读欧洲最棒的大学！

这会儿，秋月的脑子里又闪出那双雪白的运动鞋，心里竟有几分刺痛，可一想到儿子踩着一双世界顶级的名牌运动鞋，意气风发步伐矫健地踏在校园里，让同学们艳羡不止，秋月的心里，一阵荡漾。再说那刘大军的李宁牌，在儿子的阿迪达斯跟前，不定羞成啥样呢。眼下阿迪达斯在欧洲正火，那鞋帮上的三道杠，被欧洲人看作地位的象征，玛利亚大街上的一个广告栏里，甚至把它说成是“胜利的三条线”。正得意间，一个可疑的戴礼帽的家伙，在一颗果实累累的核桃树下，若隐若现的。秋月心里一紧，迅速退回到电话亭左侧，而后一路小跑，转到了背街上。自从圣诞节期间，西站附近的一个东北妹子，因躲避便衣警察的搜捕而祸坠楼身亡后，这条街就曝露在了公众的视线下。她不能不防着点。

一阵教堂的钟声爽亮地滚过，秋月下意识踮起脚尖，循着那声浪的来路，一径地朝远处张望。云雾缭绕的天际下，小寒那双忽灵灵的黑眼珠，电话里唯唯诺诺的大寒，以及风雪中走散的东北下岗妹，在这一刻，全然晃动在夜幕里。秋月倏地想起刚才那一对寒光四射的蓝眼睛，顶多有十六七岁吧，多俊的一张脸啊！秋月十分宽容那投向自己的目光——再冷，再不屑，秋月也看得出，那是受过良好教育的一个男孩子。生活的富足和优越感就写在他的脸上，还有那从容淡定的气质里。秋月悚然一惊：儿子将来不会也用这样的目光来看我吧？这么想着，秋月的心里咯噔一下，跌跌撞撞地奔了几步，赶紧靠向街边的一棵老橡树。

回忆像风一样呼啸而来，不留情面地撕咬着秋月。她觉得周遭的世界，像极了一张层层叠叠的网，她东跑西颠，兜来转去的，还是被网在了里面。当初拼了命，舍了钱，哭着喊着要到国外来，现在果真是站在了国外的土地上，却仿佛一步一步地落入了自设的圈套。秋月不由得恍惚了。

3

一九九三年，欧洲联盟正式成立，南斯拉夫四分五裂，俄罗斯新政确立经济改革方案，比尔·克林顿就任美国总统，以色列炮轰黎巴嫩，香港正式废除死刑，南美洲亚马孙河谷的蝴蝶们，一如既往地翩跹来去。这一年，温州街头一片祥和，出国的出国，打牌的打牌，卖皮鞋的卖皮鞋，与此同时，黑龙江几十万工人茫然失措，一步三回头地走出工作多年的车间和厂房。

几年之后，在地球的另一端——巴黎，这个让所有的欲望复苏和崛起的大都市，悄然出现了第一批有着东方面孔和身段的站街女，她们多半操着东北口音，在不同区域的唐人街上东游西逛，举步维艰，进退失据。

彼时，秋月所在的家乡沈阳，作为重工业转型的前沿阵地，正在经历一场波澜壮阔的改革大潮。国企的高层管理人员脚踏两只船，既有行政身份，又有企业头衔，在巧立名目的解构与重组中浑水摸鱼，中饱私囊。私企老板如雨后春笋般冒出来，轻而易举地与地方官员称兄道弟，里应外合。昨天的电视节目黄金时段里，风度翩翩的市长还拉着下岗职工的手嘘寒问暖，满脸忧患和同情，今天就在承包商们的簇拥下飞抵澳门，一掷千金。

到处是私企老板，满眼都是暴发户，而不管是下海捞鱼的公干，还是光脚上岸的农民，都与秋月一家搭不上干系。秋月和她那个老实巴交的丈夫，废料般被厂子剪裁下来，扔进城市的垃圾箱。随后两口子的社保收入加起来，每月不过三百块钱。儿子正念小学，各种名目的学杂费就去掉了小一半。工作无着落，物价却在飞涨，俩人一天到晚掰着手指头算过来，抠过去，生活仍旧难以为继。有时候，一家三口每天只吃一顿饭，大寒不得不去菜市场捡菜叶子回来对付。

旧历新年到来之前，家里凉锅冷灶，急火攻心的大寒跟几个下岗工人，不清不白地卷进了一场打砸抢。要过年了，抢点吃的喝的，也就罢了，可有一个愣头青，为了抢一个钱包，在昏黄的路灯下失手把人给杀了。其实那钱包里也不过百十来块钱。那死者的丈夫腰里别了把菜刀，红着眼满世界找人。大寒本是个胆小鬼，为五斗米竟惹下这么大祸，吓得连夜跑回老家躲了起来。那个失手杀人的，后来判了无期，一家人也就散伙了。

风声消停之后，大寒溜回家来，却躲在屋里不敢出门，更别提出来混生活了。

秋月楼底下有户中年夫妇，也遭遇了失业，两口子在家挨了大半年，始终找不到出路。男人突然脑中风，不省人事，女人在床上紧紧抱住男人，毅然打开煤气双双自杀了。这一幕，对秋月是个极大的刺激，她夜夜不敢睡觉，老觉着楼底下那对冤魂，时刻会从黑暗里窜出来，闷不吭声地叩响她家的房门。

这么着，秋月跟大寒一咬牙，就把房子给卖了。大寒带上儿子回了老家，秋月拿出一半的钱，跟早年的一个发小联手，到满洲里做起了生意。有了点积蓄之后，秋月便想做大。眼瞅着别人一趟趟往莫斯科跑，个个发了横财，秋月的心里直抓挠。那个时候的俄罗斯，像一块巨大的磁铁，吸引着无数东北小贩，跑一趟俄罗斯，就成了不折不扣的“万元户”，尽管这趟车上险象环生。可生意人一向认为，哪里有风险，哪里就有商机。于是秋月心一横，押上半个家当，只身带了一批货，沿西伯利亚大铁路到喀山去出手。

不料这趟国际列车，行至亚欧分界线上的名城——叶卡捷琳堡时，遭遇了一场罕见的持枪抢劫。整个车厢都被翻了个底朝天，秋月的货物连同腕上的手表，都被洗劫一空。幸亏她在保温杯里藏了几个钱，否则只能在异国他乡沿街乞讨。她呆坐在喀山的清真寺大教堂里，想到自己拼死拼活挣来的半个家当，转瞬之间血本无归，就恨不得一头碰死在真主面前。待西伯利亚的风吹干了她的眼泪，秋月一脸凄迷，她不甘心就这么两手空空地回去，便在喀山车站的一家中餐馆打黑工。主要是给大厨做帮手，摘菜、洗菜、切菜、杀鱼，兼顾打扫卫生。

勉强干了两个月，老板的小舅子从广州跑来投靠姐姐和姐夫。老板虽有些难为情，也只能辞掉秋月，而改用自己的小舅子。他就拐弯抹角地对秋月说：你切菜不行，杀鱼还可以，很少见女人下手有你这样的狠劲，真是手起刀落，干净利索！

秋月木然接过刘老板递给她的工钱，在刺眼的白光下，她的眼皮子有些痉挛，双膝因长时间杵在地下室而微微发颤。老板看出了秋月的茫然和困惑，真心诚意地建议她道：你在我这里反正也挣不了大钱，要想发财，还是去西欧闯闯吧。就给秋月引荐了莫斯科有名的蛇头老丁。

4

走投无路又挣钱心切的秋月，在刘老板的蛊惑下，揣上“蛇头”老丁的联系方式，乘火车赶往莫斯科南郊——与老丁的约会地点。刘老板还透露，老丁是职业“蛇头”，做过大批东北客，专门送往西欧各地，连莫斯科的温州人和福建人都找他。

出发前，秋月和老丁在电话里经过一番讨价还价，俩人初步达成了协议。老丁就嘱咐秋月带上证件和材料，说是巧得很，眼下正有一批签证要递送使领馆，幸运的话，说不定两周后就能成行。

要去哪个国家啊？秋月迫不及待地问。

老丁不愿在电话里细讲，粗声大气地说：见面聊！

地铁口醒目的美女广告牌下，秋月如约见到了老丁。俩人一照面，都吃了一惊，原来两个月前，他们是搭乘同一趟列车来俄罗斯的。在那趟历时七天七夜的国际列车上，虽然他们并没有坐在同一节车厢里，可在打热水上厕所的间隙，曾不止一次地撞上过。秋月清晰记得，有那么一次，他们在厕所门前相遇，彼此还定定地瞅了一眼，只是没搭腔。

这么着，老丁一甩手，说，都不是外人，去我那里坐着说话吧！

秋月便随老丁缓缓走了一段路，来到一条半新不旧的阔街上。秋月对莫斯科的风物景致毫无兴趣，她满脑子想的就是如何尽快找到挣钱的门路。可眼前的街道和居民楼，突然让她有种似曾相识的感觉，像是来到沈阳的某条街上。尤其一脚踏进老丁租住的筒子楼里，秋月恍如回到了她们一家三口蜗居的职工宿舍。多少年了，中国处处以苏联老大哥为榜样，连老百姓的幸福感也想整得齐刷刷一致！

老丁的房间兼办公室里没几样正经家具，简陋得像野外的露营地。干他们这行的，都是狡兔三窟，不得不留着一手。这种营生看上去钱来得快，可也处处担着风险。屋子虽简陋，却也暖烘烘的。老丁就感叹，俄罗斯这地方啥都缺，就是水电暖充足。

落了座，秋月忍不住提起她们那趟车上遭遇劫匪的事。正是那场可怕的抢劫，让她的发财梦，瞬间变成了一场噩梦。现在回想起来，心里还怦怦直跳呢。

嗨，别提了，老丁提高嗓门道，事发后不久，国内就派来了专案组，有个刑警不知从哪里摸到了我的电话，非要请我吃莫斯科大餐，是想让我提供破案线索！

你认识那伙人呀？那案子到底破了没有？秋月眼睛瞪老大，惊讶地问。

这些人起初也都是倒爷，渐渐地就走起了捷径。案子破是能破，就是不知猴年马月。这种事我以前也碰到过，所以上了车就把包厢外的门把手给卸了，听到动静死活不开门。可那伙人真他妈横，竟从车窗里跳进来。我干脆把钱包丢给他们，破财免灾嘛。可我带的那几个兄弟很惨，几乎被搜刮一空，有个老弟硬着头皮不给钱，差点送了小命。这不，为了继续投奔西欧，他们正在莫斯科街头打黑工、摆地摊，筹措下一站的路费呢！

老丁高门大嗓的东北话里，不时滑出老北京的胡同腔。秋月再次想起刘老板的介绍。老丁曾是北京知青，在北大荒插队时搞大了一个东北妹子的肚子，被彻底剥夺了回京的机会。他干脆娶了那妹子，在黑龙江成家立业，落地生根。老丁是个能人儿，可再有能耐，也挡不住东北衰落的步伐。想当年，作为老牌工业基地的东北，担当过新中国工业摇篮的使命，在计划经济时代做出过历史性的业绩。从长春一汽开出的瓦亮的红旗轿车，一直作为国家领导人的座驾和共和国阅兵的礼宾车，让多少人眼红和自豪啊。而辉煌一时的东北，仿佛一夜之间就变成了一根生锈的铁链条，与其待在半死不活的厂子里，不如自己干。这么着，老丁就跑起了单帮。起初，他不过是往俄罗斯倒服装、皮鞋、香烟、烧酒、打火机和鸡毛服，再后来就倒腾起了人。还美其名曰“海外劳务输出”。对东北人来说，俄罗斯无疑是欧洲的一块跳板，许多人的欧洲梦，就是通过莫斯科实现的。

老丁块头大，底气足，说话时既有北京人的见多识广，又有东北人的豪爽、强悍，话里话外还透着一股黑土地的骄傲。可骄傲又不能当饭吃，连老婆都留不住。由于老丁常年在外，老婆耐不住寂寞，趁老丁在莫斯科时跟人跑了。

秋月一抬头，留意到墙上张贴的曲里拐弯的线路图，老丁便指着戴高乐机场的结构图对秋月说，圈了红线的是厕所和海关通道，此外，对于机场海关人员的肤色、态度、发型和提问方式，老丁似乎都了如指掌。最后，老丁指着欧洲地图上的几个豆大的黑点，神情笃定地说：这里是巴黎、罗马、阿姆斯特丹和马德里，过些日子，你可能会出现在这其中的任何一个地方！

一个多星期过去了，老丁那边没有任何动静，心急如焚的秋月也在莫斯科街头摆起了地摊，挣一个是一个。可在广场背后的大街上站了两天，冻得直哆嗦，钱没赚到手不说，还被警察掀了摊子。半个月后的一天下午，老丁突然通知秋月，法国签证有信儿了，叫她立刻准备好其余钱款和机票费。秋月一听要坐飞机，估摸着自己身上的钱不够，就把藏匿在鞋窠里的一枚金戒，拿出去当了。

据说有个白俄罗斯官太太私下里与老丁合作，女人负责打通莫斯科境内的各种关节，帮老丁促成了一个又一个生意。传言看来是真的，要不，这签证咋能整得这么顺溜？再次见到老丁时，秋月不由得竖起大拇指：老丁，你老牛逼了！

老丁举着翡翠牌香烟，调侃道：俺个头大，风衣一罩，手提包一提溜，瞅着就来派儿，签证官一看，二话不说就给签了。不像福建广东的那些个农民兄弟，缩头乌龟似的，一看就是偷渡客。

法国，巴黎？哎呀妈，秋月心里的火苗登时一蹿多高。巴黎离这儿到底有多远？巴黎的活路好找不好找？秋月的问题像滚水中的气泡，一个个冒上来。终于挨到了出发这一天，秋月伙同八九个同胞，在老丁的护送下来到机场，于莫斯科郊外的晚上，懵懵懂懂地搭上了飞往巴黎的航班。

5

维也纳午夜的深巷，开皮包店的河南女人，在西站背后的跳蚤市场上，推销完了最后一只 LV 包，哼着小调朝自己的住处走。经过路口时，女人一眼瞥见立在路灯下的秋月。已经走过去了，女人又折回来，一脸鄙夷地操着河南话说：咦，你干点啥不好，非要干这个，这在家里可是犯法哩！

秋月就想起母亲说过的一句话：这世上的罪行只有一种，那就是盗窃。我不偷不抢，用自己的身体挣钱，碍着你啥事了。又想起河南人卖血的事，嘴角禁不住浮起一股冷意，便说：大姐，你可真是咸吃萝卜淡操心，有管别人闲事儿的工夫，咋不问问你老家人，卖血合法吗？你们河南都闹血灾了你知道不？

河南女人冷不丁打了个寒噤，不觉联想起自己穷得叮当响的娘家，仅有的两间房也是泥巴墙，茅草顶，连窗台都是泥巴糊的。村头的一户人家，为了供给孩子上学，老父亲卷起胳膊到医院门口去卖血。想到这里，女人拉起箱子匆匆离去。

秋月望着河南女人迅速消失的背影，心里稍稍平复，扭头见一个小个子男人，犹犹豫豫走了过来。男人黑头发，高颧骨，朽木似的脸，一副大烟鬼模样。这定是越南人了！秋月暗自揣度着。

果然，男人一开口，便用喑哑的德语自报家门，然后低声下气地跟秋月讲价钱。秋月斜了他一眼，报了最低价。兴许是第一次出来寻欢，男人进了屋，好奇而胆怯地打量着室内的一切。窗台上有中国制造的招财猫，身上的彩灯冲着他一闪一闪的。当他看到壁柜上挎大刀的红脸关公像时，眼珠子几乎从深陷的眼窝里抖出来。

午夜时分，男人经过好一番折腾，揪住秋月的脖子“哎哟、哎哟”地号叫起来，像是犯人挨了打似的。秋月付出了最后一丝忍耐，将男人一把推开，坐起来，勾着身子擦着自己的下体。空气里登时弥漫出一股腥味。秋月突然意识到男人号叫时发出的是汉语，便问：你是越南华侨吧？

男人睁开死乌鸦般的眼睛，喃喃道：我不是华侨，我老婆是中国人。

那你，怎么不在家里守着你的中国老婆？

男人抬起汗津津的头，说他们并没有结婚，但有一个儿子。儿子九岁时，女人跟一个退了休的奥地利老头跑了。说到这儿，越南人泛红的脸上闪着泪光。

你是怎么来到维也纳的？秋月好奇地问。

难民。越南人双目低沉，讲起自己的逃难史。越共统治时代，越南发生内战，老百姓纷纷外逃。他跟着父母逃到印尼的一个小岛上，后来由联合国斡旋，派遣船只解救了他们，继而向全世界分配。他和父亲搭上了开往欧洲的一条船，在海上漂流多日，父亲因心力衰竭死在了红海沿岸。最后，只他一个人来到了奥地利。

越南人的讲述里，有一种温暖的低沉、琐碎和忧伤，让秋月十分感动。因为这种低沉、琐碎和忧伤，在大寒身上也有。流落他乡以来，秋月还是第一次听一个男人讲这么多话。你有工作吗？秋月关切地问。

有。在韩国人的海鲜货行里当运输工，现在这家公司被中国人买了。

看来，这倒霉的越南鬼，跟中国人是脱不了干系了。秋月想。

去年夏天，秋月蹲在维也纳的露天剧场看过一场电影，因为是德语，她听不太懂，至今也不知那影片叫什么名字。只记得荧幕上充斥着湄公河，北部湾，路窄、房瘦、尖顶盖，所有的场景都在这一刻闪了出来。剧中有一对中越男女，俩人爱得死去活来。那女人因为回不了家，见不到自己的亲人，便毅然朝着家乡的方向跳进海里。那个独自蹬车去海边的男子，为留住他的中国妻子，不顾一切地追到海边。男人的痛苦，只有呼啸的大海可以理解。

6

莫斯科的老丁，将巴黎说得天花乱坠，仿佛满大街都铺满了金子。然而不会语言，没有身份，连中餐馆端盘子的活也轮不着你干。在巴黎，中国人仅有的工作机会都攥在温州人手里。温州人看不起东北人，嫌他们不肯吃苦，既懒惰又鸡贼。而感情上，他们是想把工作机会留给自己的同乡。

秋月在唐人街上转悠了几天，始终找不到正经事做。沿街上下，蔬果摊的芬芳与饺子馆的香味，古玩店的沉静与亚洲货行里传出的《喜洋洋》乐曲，在半空中交织盘桓，余音袅袅。秋月燃烧在心里的一团火，被巴黎街头的风渐渐冷却成一块冰，又凉又重地堵在胸口。

巴黎是炫目的，耀眼的，无论是惊鸿一瞥的繁华，还是尽人皆知的浪漫，这一切，跟她又有什么关系呢？六十年前一个叫亨利·米勒的美国作家，在巴黎逗留之时写道：巴黎像个婊子，在远处看她非常迷人，叫你迫不及待地想把她搂在怀里。然而五分钟过后，你便觉得空虚，你厌恶自己，觉得自己上当受骗了。

几天没吃上一顿热饭的秋月，望着美轮美奂的埃菲尔铁塔眼冒金花，脊梁骨直蹿虚汗。她像一粒泛着脏污的泡沫，被汹涌的人潮裹挟到一片粗陋的屋檐下。突然，一个声音从背后传过来：大妹子，东北哪旮沓的？

女人叫菊姐，和秋月一样，是昔日国有企业流水线上的一颗螺丝钉。如今流水线废了，人也就废了。出得来，算是有能耐。菊姐好歹搭上了一个来巴黎挣钱谋生的团伙。人还未落到国外的土地上，却已负债累累。在现实的催逼下菊姐抵抗过，挣扎过，终究没能奏效。万难之际也想过回去，可身无分文的，回去又能怎样？那边的“蛇头”天天守在家里逼债，女儿得交学费，一家老小怎么办？

每一天，从各个闸口泄入这个城市的人海中，就有不少是加入唐人街隐姓埋名踌躇满志的中国人。他们带着对巴黎的虚拟和幻想来到这里，不仅没有看到想象中的天堂，连阳光也很少见。他们一天到晚埋头切菜、洗碗、擦地板、当保姆、清洁厕所，不少女人，就操起了皮肉生意。无论晴天还是雨雪天气，女人们略施粉黛，羞羞答答地走向街头。

不管这个世界多么繁华、富饶，只要看到红灯区，看到红光照耀下搔首弄姿的站街女，你都情不自禁地联想到贫弱、不堪、荒凉与破败。菊姐的性子里，原本有股不输于男人的气概，可除了站街，她似乎别无选择。寒来暑往，菊姐用自己的身体，供女儿在北京念完了大学。宁愿死，也要撑起孩子的希望。这符合东北女人的性格，也符合中国妇女的天性。

秋月无声地听完菊姐的经历，就想起了自己的儿子。小寒正在老家念初中，很快就要参加中考。还有丈夫大寒。自从卷进了那个案子，大寒吓破了胆，成了十足的窝囊废。这个世界有能耐的人很多，却和她没关系。只有大寒知冷知热的，把她当回事。三个月前，大寒眼睁睁看着秋月踏上西行的列车，千叮咛万嘱咐，直到火车扑哧扑哧跑起来。这会儿，大寒正眼巴巴等着秋月往家里寄钱呢！

当人生的风雨扑面而来的时候，秋月跟菊姐一样，固执而顽强地揣着为亲人谋福的信念。彷徨之中，菊姐的一句话豁然点醒了她。命运就像强奸，你反抗不了就要学会享受。一个人再强，也强不过命。再清高的人，也得吃饭不是。见秋月仍旧犹豫着，菊姐又说，你看，这巴黎街上的花季少女还站街呢，何况你我！

说这话时菊姐的眼里没有悲哀，倒是有一种物尽其用个人价值得以实现的豁达。琢磨了两天，秋月最终说服了自己。事到如今她顾不了那么多了，挣钱要紧。这天傍晚，秋月退而求其次，磨磨蹭蹭叩响了唐人街上一家按摩店的红漆大门。

次日，秋月以按摩师的名义，走进了这家名为“回春园”的按摩店。说是按摩店，床垫混浊得看不清颜色，每个墙角都悬着一盏色调诡异的灯，粉红的墙上，横七竖八地张贴着令人脸红心跳的人体彩照。老板娘是温州人，中年偏老，一头西蓝花样的红色爆炸发式，见了秋月，老板娘喜滋滋地说：我就想听你这一口东北腔，先来一段二人转如何？带点颜色的。你们东北人不是有句俗话么，听二人转不浪，不如回家睡凉炕！

见秋月没吱声，老板娘细眉一挑，撩拨道：早年我在京城开发廊时就晓得：浙江的服装，四川的菜，安徽保姆人人爱，河南的民工把房盖，东北的小姐换得快。只要有小姐的地方，就有东北姑娘，只要有小姐说话的地方，就会响起东北女人高亢的二人转。

秋月听得刺耳，正要发作，帘子一撩，有位客人走了进来。

老板娘热辣辣地迎过去，领导来了，快，里边请！

改革开放初期，社会紊乱如江湖，小姐们把嫖客一律唤作“大哥”，几年后经济稍有起色，小姐们开始把嫖客改称“老板”。眼下，正是官商勾结最为猖獗之时，小姐们就把嫖客唤作“领导”。连国外的小姐们都谙熟祖国内地的风向标。

两周下来，秋月摸清了回春园的一切流程，大家心照不宣，各司其事。反正色情业在法国，就像抽大麻一样，处于合法与不合法的边缘地带。黄昏时分，秋月按部就班地做着一切，不带丝毫情绪。月影婆娑时，小单间的按摩运动进行到尾声，男人已被搓揉得坐不住了。一个跃跃欲试，一个推挡有度，你来我往的眼神交流中，顺水推舟就进入了角色。最后，秋月像一摊没有生气的肉，躺在男人身子底下呻吟。那人从她身上下来，付了钱，扭头离去。

这是周末，秋月洗完澡，换上衣服，甚至化了点淡妆，望着窗外的教堂尖顶，内心难以平静。可她必须让自己平静，而后与丈夫、儿子通起了电话，说自己在巴黎郊外的一家制衣厂找到工作了，熨烫衣裤，收入好，也不累。大寒在电话那头便对她说，儿子中考成绩下来了，差二十分不够重点学校的分数线。教务主任说了，只要能交上八千块钱的建校费，就可以让小寒入校。

为了能让儿子走进重点中学读书，秋月眼睛一闭，接纳了南来北往流水一样的客人。斯拉夫人，阿拉伯人，黑头黑脸的北非人，还有看不出来历的凶悍而粗野的汉子。因为没有身份，无法筛选客户，只能忍气吞声。一旦身份暴露，自己被遣送不说，还会连累其他姐妹。进店之前老板娘就有交代，愿意干，就接受这里的规矩，不愿干就滚蛋，甭给自己和姐妹们找麻烦！

秋月走出回春园，迎面碰上几个女子，大老远瞅着她高一声低一声地骂：有些女人，不要脸还能有钱挣，我们拼了命拿到学位，却工作无门。这些个不要脸的女人，坏了我们的名声不说，还让所有的中国女人遭人白眼……夹枪带棒的斥责里，成功嵌入一串污秽的法语，令语言不通的秋月目瞪口呆。别说东北女人豁达，万事不放在心上，此刻的秋月，被这种不期而遇的羞辱，碾压得几近流血。

开弓没有回头箭，秋月闭着眼继续朝前走。只要能在家人跟前瞒天过海，把自己的处境捂得密不透风，秋月什么都不在乎了。夜间，秋月侧身躺在床上，黑暗里像是有个声音对她说，人呀，得信命。秋月恍然觉得，这弥漫着精液臭气的床上，有她为家人为孩子打开的一扇门，两腿之间蕴藏着通往天堂的阶梯。秋月身子一缩，恨不得变成隐形人，淹没在这间不堪入目的房间里。

7

对秋月来说，离开巴黎前往维也纳的决定，来的意外而突兀。圣诞节前夕，巴黎出现了一浪高过一浪的难民潮和愈演愈烈的示威游行。由于说不清的原因，法国人那没完没了的激情，动不动就演变为街头纵火、烧车、恣意砸烂商店橱窗和交通牌，连凯旋门下都被闹得一塌糊涂。他们还与防暴警察发生了肢体冲突。法国警方不得不发射催泪瓦斯，来驱散那些气势汹汹的示威者。

局势虽然暂且得以控制，可每一个沿街而立的黑人，看起来都心怀不轨，十分可疑。秋月试探着走出小街，突然被一个皮肤漆黑、臂上肌肉硬撅撅的男人抱住，不由分说地将她揉进怀里。秋月像只蝴蝶，微弱的翅膀仅仅抽搐了几下，就被缠在了黑乎乎的蛛网里。她下意识喊了一声，男人一个恍惚，秋月瞬间挣脱出来，迅速冲到路灯下，死命地抱住路灯的石柱。男人的眼里泛着淫邪之光，紧追不舍，就在他再次扑来之际，秋月一个闪身，躲进街角的一家酒吧里。

吧台小姐似乎看到了这一幕，跟秋月使了个眼色，秋月便从灶间的后门溜了出去。她一口气跑回住处，惊魂未定之中，突然想起菊姐临终前对她的忠告。

那是七月，凯旋门，爱丽舍宫，香榭丽舍大道，声势浩大的国庆典礼与躁动之中，一位毛发粗重的突尼斯人自称“客人”，打通了菊姐的电话，并约好当晚来会面。月色盈帘时，菊姐在公寓楼的地下室门前，急切等待着。然而，客人没有等到，却等来了一个穷凶极恶的抢劫犯。

此前菊姐的女儿大学毕业后，四处求职，很幸运地找到了一份专业对口又体面的工作。可用人单位要求应聘者必须是北京户口。女儿隔着千山万水向母亲求助，说，只要能买下郊区的一栋小房子，哪怕是首付，户口就能落下。菊姐便寻思着无论如何要替女儿把首期付上。可首期刚刚凑齐，房价又飙升了。菊姐只能硬着头皮，来者不拒。

突尼斯人的雪铁龙 C3 就停在楼外，他大模大样地走进来，跟菊姐见面不到五分钟，男人突然掏出匕首，僵硬地顶住菊姐的胸口，逼迫她把钱拿出来。菊姐哪里肯从，男人便撕开菊姐的上衣，低头将她的奶头咬掉了。菊姐疼得直跳，抓起窗台上的弥勒佛就砸了过去。男人趁机打晕了菊姐，发泄完了还不算，又将菊姐藏匿在隐蔽处的现金，洗劫一空。

秋月赶到医院时，伤痕累累的菊姐像一具尸体，直挺挺躺在床上。她半个脸青紫，瘀血，左肋断了四根，胸前裹缠着层层叠叠的纱布。看到秋月，菊姐的嘴唇直哆嗦，泪水无声地滚落下来。秋月坐在床沿，看着奄奄一息的菊姐，也只有流泪的份儿。秋月起身告辞时，菊姐突然发出声音，她打着手势断断续续对秋月说：大妹子，想办法，走吧，到别的国家去！

弥留之际，丝丝缕缕的往事纷至沓来：七岁那年，她跟随父亲生活在吉林北部一个偏远的乡村。父亲常常从河套里挖建筑用的沙子，而后卖到集市上。父亲下河忙碌时，菊姐就沿着河滩的小树林，收集各种各样的蝴蝶标本，再将它们小心翼翼地保存下来。村里的孩子们发现了菊姐的宝贝，对着她那些五彩斑斓的蝴蝶标本，羡慕得直流口水。就问，能不能赏给自己一个？从此，蝴蝶就成了菊姐送给小朋友们的特殊礼物。菊姐十八岁那年，嫁给邻村一个彪形大汉。两年后，她生下儿子。不幸的是，孩子患有先天性心脏病，不到三岁就夭折了。隔了一年，菊姐生下女儿。男人嗜酒成性，动不动拿她们母女俩出气。菊姐强忍着，直到女儿考入大学，菊姐甩门出去，再也没有回头。

在菊姐的葬礼上，巴黎的姐妹们凑了一笔钱，为菊姐献上一个偌大的玫瑰花环。菊姐的女儿闻讯从北京赶来，她泪流满面道：我妈一直跟我说，她在巴黎的一家服装厂工作，待遇好还不累，每逢节日都给我寄礼物。想不到，谎言的背后妈妈生活得这样悲惨！

在巴黎圣母院沉郁的钟声里，菊姐去了另一个世界。但愿在那个世界，菊姐不再有焦虑和恐惧。次日，巴黎的一份中文报纸上现出这样一行字："可怜红颜薄命女，辗转他乡做夜花。"有个不知名的诗人，还写了首诗《怀念一只蝴蝶》：

一只蝴蝶在雨季死去
就在白天我还见她独自穿过巴黎的地铁
我担心她能否在天黑前赶回家中
那死亡被蓝色的闪电击中
金色茸毛的昆虫阳光和蓝天的舞伴
被大雷雨踩进一摊泥浆
叶子们紧紧抱住大树闭着眼睛
星星淹死在黑暗的水里
这死亡使秋天更忧伤阴郁的日子
将一直延续到春天
一只蝴蝶在雨季死去
怀念着一只蝴蝶

8

正当欧洲人忙着点燃蜡烛，唱响圣歌，一家老小围坐在餐桌前默默祈祷，而后享受团聚和传统美食的时候，秋月随几个同乡离开巴黎，悄然踏上一辆东行的夜车。次日清晨，几个人在薄凉的晨雾里，安然抵达秩序井然的维也纳。

依照吩咐，秋月蹲在维也纳西站的公厕里，将自己的护照撕碎，扔进马桶用水冲走，之后如愿以偿地被车站警员收容、带走，并住进城郊的难民营。难民营里有吃有喝，住的也不错，但是其中的两个同胞由于受不了管束，从难民营里跑出去，到中餐馆里去打黑工，不久又被抓了回来。秋月运气不错，她买通了一个年迈的台湾翻译，那人帮她成功递交了一份难民申请。

法律允许难民申请者在三个月后从事自由职业，性服务行业包括在内。除了顺理成章地进入情色行业，秋月不知道自己还能做些什么。这个时候，她已经没那么多忌讳，也不再觉得做小姐有伤风化和伦理了。饭都没得吃，还奢谈什么自尊呢！

维也纳精致、小巧，却有着向各个方向发展的潜质。因为它善于接受各种各样的不同。卖淫女总比极端分子强，这是奥地利当局对时下从事皮肉生意者的观点。比起极端分子带给居民们的祸害和恐慌，这些灯光下晃动的女人，遵纪守法，照章纳税，毫无攻击性。况且在奥地利历史上，性自由与性产业，自古以来就是十分兴旺的营生。十九世纪中期的维也纳，娼妓人数一度飙升到该市总人口的百分之四。那个时候的维也纳，没有歌舞厅和KTV，也就没有三陪女；没有提供性服务的桑拿和洗浴，也就没有按摩女。政府不允许街头拉客，所以没有站街女。就是简单的性服务，公开而合法的性服务。而眼下的维也纳早已今非昔比，各种产业花样百出，此消彼长，应有尽有。

时光流转，一晃就是两年。在无情的酷暑寒冬中，秋月站在打着立柱的地上流汗、发抖，风雨无阻。她那昼伏夜出不见阳光的细长的腿，每天从黄昏出发，扑向夜的黎明。秋月终究是挺过来了。

而今，她不仅应付各色人等的技艺大增，就连德语也敷衍得有模有样了。

这天傍晚，一对父女从秋月身旁经过时，瞬间勾起秋月的伤心事，眼前不觉闪出父亲早年那阴郁的眼神。

记忆中父亲很少正眼瞧她，他满心渴望的儿子没能如愿，就把一腔恶气撒在她们母女身上。父亲经常当着她的面，把母亲往死里打，边打边骂：我家三代单传，祖宗的香火就断送在你这臭娘们手里！

秋月十岁那年，母亲得了乳腺癌，动手术切掉了两只乳房。由于免疫力差，母亲手术后的刀口久不愈合，腋下半张着，像小孩子的嘴。母亲不得不用纱布套在脖颈上，同时提溜起两只瓶子，以便接刀口下不时渗出的血水。自从母亲得了重病，尤其少了两只乳房之后，父亲总是一脸的厌恶和不屑。

秋月初中毕业那年，母亲的身体每况愈下，秋月小小年纪，既要上学，又要照顾病中的母亲。她每天骑着自行车，在学校和家庭之间来回奔波，坐在课堂上听讲时，两眼盯着黑板，耳畔却隐隐传来母亲的呻吟，就有些恍惚，脑子里一片空白。老师皱着眉头走过来，敲着秋月的桌子问：你还想不想进重点高中了？

秋月担心自己不断下滑的成绩，会拖了班级的后退，更怕丢人现眼，况且入不了重点高中，将来考大学定是无望，索性不去上学，一心一意蹲在家里照料母亲。她幻想着用诚心和孝心，把母亲从死亡线上拽回来。

有天，秋月刚刚出了家门，父亲就把他的相好带回家来，在母亲的眼皮子底下寻欢作乐。这一幕，恰好被半途归来的秋月撞上。母亲哆嗦着青紫的嘴，愤怒像一条火舌，从她颤抖的身躯中喷射出来。可怜母亲已病入膏肓，面对丈夫的无耻，她只有喘息的份儿。秋月的心，由窗外呼啸的风雪，霎时凝结成冰，定格在那个零下三十二摄氏度的寒夜。

没有熬到春天，母亲便撒手人寰。

母亲的葬礼，在寒天冻地的院子里举行。沉厚的乌云滚下来一阵闷雷，深不见底，像一场阴谋。母亲枯枝般躺在棺木里，嘴巴半张着，仿佛有满腹的冤屈要说。亲朋好友齐聚堂前，出殡的时刻到了。秋月胸有成竹地拿出事先准备好的一盒录音带，当着众人的面，打开父亲与他的相好在卧室里寻欢作乐的录音。父亲狐疑着凝神谛听，那淫乱的声浪伴着一系列丑态，活灵活现地呈现在大伙面前。父亲的脸色，由白而红，由红而绿，最后对着黑框中的妻子大汗淋漓。

十五岁的秋月，就是用这种方式让父亲颜面扫地，气焰全消。而秋月不时爆发的冷与狠，不正是继承了父亲的血性吗？她永远忘不了接下来的夏季，父亲将一张存折递给她时的那份温软与战栗。也许是良心发现，父亲离家出走前，将自己全部的积蓄给了秋月，并叮嘱她照顾好自个儿。从此，销声匿迹。

9

玛利亚大街的橱窗下五光十色，名牌荟萃，从容传达着来自世界最前沿的时尚理念。贵气十足的表店对面有家画廊，巴洛克式的廊檐下摆着古灵精怪的工艺品，多彩的玻璃框内弥漫着一股妖冶而玄妙的蓝色，如同礁石中蛊惑人心的海妖。静候在画廊里的女侍者神情超然，脸色像加了肉桂的红酒。蓄长发的年轻画家们衣着随意，不苟言笑，沾满油彩的身上散发出松节油的清香。

秋月闲来无事，从背街晃荡到画廊跟前，带着好奇隔窗张望。秋月不懂艺术，就连“艺术”这个字眼，也是生僻的。那层闪耀着色彩、线条与光影的落地玻璃窗，仿佛是她永远无法穿越的隧道。这时，一群亚洲面孔的游客，从一辆中巴车上下来，随导游鱼贯进入了画廊。

不知为何，秋月伸手抹掉嘴上的血红唇膏，扯了扯衣裙，跟着就进去了。没有人注意她的存在，也没人把她放在眼里。而此刻的秋月，看上去跟人群里的几个女子，也没多大差别。

诸位，着半新不旧黄夹克衫的导游说话了：这个画廊里，陈列着奥地利最负盛名的画家古斯塔夫·克林姆的油画。当然，导游清了清嗓子强调道，所有真迹都藏在奥地利国家级博物馆，因为今天有国务活动，博物馆不对外开放，所以我只能带你们来这里，以便满足咱们这个旅游团里的高雅客人。可不要小看这个画廊啊，里面的画幅全都以假乱真。你看，这幅大名鼎鼎的《吻》，金色基调中紧紧相拥的情人，沉默中暗暗攥紧的右手，仿佛在讲述一段隐蔽的挣扎，炽热的感情与美妙的表情之下，女子已身处悬崖的边缘……

有人指着南墙上几幅扭曲变形的男女裸体画说，好色情啊，请导游顺便解读一下。导游点头道：埃贡·席勒，奥地利的另一个天才。有人把他誉为早夭的淫乱画家。这一刻，似乎有人注意到了秋月的存在，发觉她并不属于他们这个群体，就有些窃窃私语。秋月无动于衷，她铁了心，想听完导游对席勒的讲解。

导游继续说：裸体对于艺术而言司空见惯。实际上，众多冠着圣洁头衔的画家，却刻意绘制出供男性把玩的艺术品，比席勒低俗得多。当丰腴而诱人的雅典娜，幻化成世俗的女子，穿上世俗的衣裳，摆出真实的姿态，反倒成了色情的代表。貌似淫秽不堪，而对于艺术家来说，却纯洁胜过艺术史上无数缪斯。人们从凡·高的作品中看到了生命的热忱，而在席勒扭曲纠结所呈现出的抽象的花朵中，看到了死亡的郁结。

导游刚讲完，人们陆续走出画廊，不约而同地奔向对面的名表和首饰店。最后面出来的是一对年龄不相称的男女。女孩儿着白色连衣裙，挎着老男人的臂弯，娇声娇气地说：领导，我不要画，我要表。你答应过我的，这趟出来给我买一个 Chanel 包，还有一块欧米茄表。

老男人放慢脚步，伸手抿了抿花白的鬓角，压低声音说：买就买，我说到做到，不过，你今晚可要好好表现啊！

女孩儿细白的脸，顿时漫上一层红晕，觑了老男人一眼：讨厌！

秋月回味着画廊里的讲解，走到对面的电话亭边，抽出一支烟点上。月亮升上来了，喧嚷的街道渐渐拉开夜生活的帷幕。低洼处有片水，在月光下亮而黑，像一块镜子，一览无余地照出人生的苟且。此刻，秋月感觉自己就像席勒油画上的一个女人，她与她们有着天衣无缝的勾连。

能借个火吗？一句国语问话，让低头抽烟的秋月吃了一惊。原来是那位黄衣导游。导游不小心踏入了街心的积水，裤管湿漉漉的，看上去有些狼狈。他脸上挂着讪笑，不阴不阳地对秋月说：你也好好打扮一下，别让人家一看到你，就觉得是席勒笔下的卖淫女！

大哥，还说我呢，也不瞅瞅你自己，不就是席勒画上的男人，也只称席勒笔下的女人，你还巴望着克林姆画里的金色女人是咋的？

导游大笑。突然一声脆响，从表店门前爆出。白衣女挎着老男人的胳臂，大包小包地出了表店。作为一名往返于大陆和欧洲之间的资深导游，他见多了这类打着各种幌子外出逍遥的政府官员——时下最流行的领导与小蜜的勾当。

都是他妈的卖，还要故作风雅！秋月没听懂，正要开口问，导游喷出一口酒气，自言自语道：表面上人五人六的，背了人全是他妈的婊子，不过明里暗里罢了！

10

夕阳笼罩下，这家以黑色旋律为基调的酒吧，是一家同志酒吧。内部曲径通幽，每一处游廊和拐角都植入茂林修竹，靠窗的案上摆着一台老式唱片机和几件趣味盎然的东非木雕。前厅的两面墙上，悬了几幅席勒早期的油画。

酒吧的主人本是一位地道的维也纳人，他慷慨、豁达，骨子里的艺术气质让他经常拿出盈利的大部分，来资助那些流荡在维也纳的艺术家。他独具慧眼，看中了未成名时的席勒，并且成为席勒画作的最大收藏家。一个世纪过去了，酒吧几经易手，从塞浦路斯人到意大利人，到了二十世纪九十年代，酒吧被一位远道而来的中国人接手。

现任老板大河，祖籍广东，身上有四分之一的葡萄牙血统，他年方五十，脸上的皱纹，却如刺在原始部落人面部的花纹，深邃而醒目。一缕夕阳隔着老式天窗，落在酒吧的餐桌上，两个男人面对面坐在靠窗的沙发椅上，悠闲地聊着。窗外的路灯下，晃动着一位身材修长的站街女，那敏感的乳房，高翘的臀部，连同一双会煽情的眼睛，极富挑逗性。大河收回目光，压低声音对伴侣说：这是一位俄罗斯女郎，要是她能再年轻十岁，就是一株不折不扣的 Birke（白桦树）。

伴侣是奥匈帝国的混血儿，维也纳独立撰稿人，由于热衷性描写，被当地文坛贬为三流作家。当他看到女人跟客人打交道时，那轻松自若而又亲厚的表情时，用一种非比寻常的口吻说：娼妓不仅是一种生活方式，还具有很强的职业性。假如你多观察一会儿，就会发现她跟客人之间的调笑，如老朋友般充满了亲和力——即便听不到她在讲什么。因为笑声，是没有口音的。

大河默认了伴侣的说法，朝窗台上的剑兰吐了一口烟圈儿：每个人的生命遭遇不同，她们首先是人，我相信，是特殊的境遇把她们逼上了这条道。

伴侣不禁联想到自己的处境，叹了口气：靠文章吃饭，日子过得比风尘女子都惨。不知怎的，伴侣就提起了二战，有些激愤地说：直到今天，还有人挖掘希特勒反犹主义情结的根源，几十年来众说纷纭。据说希特勒当年，在奥地利的利奥波德城被一个犹太妓女染上过梅毒，因此恨死了犹太人，决定铲除他们。

大河干笑两声：希特勒当年穷困潦倒，他母亲得了癌症，还是一位犹太医生救了他母亲的命。后来的反犹主义者要打倒维也纳歌剧院院长古斯塔夫·马勒，但希特勒欣赏这位犹太音乐天才，执意将他作为瓦格纳的阐释者加以保护。

伴侣揶揄道：卡夫卡也是一位犹太天才，当年他正是坐在你的位子上说，自从有了物物交换，妓女便成为人类社会最长久的买卖，当她们走出希腊献祭的神庙，她们洁白的长裙下铜钱的叮当声，便在历史的长河里化成登徒子悦耳的声响。

大河兴致陡增，附和道：大西洋对岸的美国老南方，有个作家叫福克纳，他说艺术其实跟环境无关，作家最好的创作环境是妓院，而作家最好的差事，就是妓院老板。

伴侣兴许喝高了，盯着大河的眼睛说：大多数的性交易都没有人际交往，也不再寻求风花雪月的情调与意境，娼妓的职业荣誉和尊严早被破坏殆尽。传统上，她们就是为了那些心急如焚的上岸水手服务的。

大河不以为然：相比较，荷兰做得算是规范。娼妓的公开化与合法化，自尊与自信，令人刮目相看。你知道阿姆斯特丹大教堂的旁边，始终立着一尊橱窗女郎的雕像，她昂首挺胸，亲切坦荡，碑座铭文上写着："尊重全世界的性工作者。"

话音刚落，一阵猛烈的敲打玻璃窗的声音传来。大河探出头去，竟是那俄罗斯女郎，她一面敲窗子，一面怒不可遏地骂："Du Schweinehund！"（你这狗杂种！）

难道是过路客在偷拍她吗？大河猜测道。不是，原来是有个学生，背后的双肩包被人拉开了一条口子，钱包被窃走了。女郎是在斥骂跟在学生身后的窃贼呢。

11

偶尔走出公寓在街上揽客的斯塔，狠狠地骂过那盗贼之后，仰起一张略显粗糙的脸，眼睛一眨不眨地望着前方。斯塔面无表情的样子，像是T形舞台上的模特，猎豹一般盯着自己的猎物。那种势在必得的自信，仿佛能把任何一个男人钉在原地，动弹不得。

三十二岁的斯塔，从俄罗斯天鹅湖的故乡走来。她年少成名，十三岁登上《国际体操》的封面，两次夺得世界锦标赛亚军。退役后的斯塔，适逢苏联解体，社会动荡不安，物资极度匮乏，单凭体操教练的微薄收入，生活难以为继。竞技体育本来就是一项残酷的事业，许多东欧的运动员退役后，由于缺少谋生手段，沦落街头甚至滑向深渊者，不计其数。

俄罗斯人民欢庆民主的时候，他们的姐妹们不得不走上世界各地的街头，靠出卖自己来养活全家。那个时候的中国东北，歌舞厅发展迅猛，精明的哈尔滨人瞅准了商机，从俄罗斯引进一批俄罗斯小姐，于是那性感妖冶的躯体，修长飘逸的金发，频频闪耀在中国大陆的豪华歌舞厅和夜总会。有俄罗斯小姐的娱乐场所，犹如高档餐桌上端来的海参、鱿鱼和穿山甲一样，是档次和身份的象征，并且成为中国情色版图上一座醒目的地标。

彼时，斯塔为了改善家境，利用一份留学签证，经由海参崴来到哈尔滨。初来乍到的斯塔，不会中文，只能靠家乡的皮条客来介绍生意。由于生存需要，斯塔便白天学习中文，晚上出来接客。渐渐地，她那高挑的身影开始穿梭于京城的夜总会。金发美肤的斯塔，在暧昧的灯光下像一只会发光的萤火虫，不仅令驻京的外交使节惊艳，也让有钱有势的中国男人垂涎三尺。

可斯塔至今不明白，为什么中国嫖客在床上总爱大喊大叫？

他们都叫些什么？秋月迷惑不解地问斯塔。

斯塔大幅度地比画着，学着中国男人的姿态喊：中国铁汉炮打汉诺斯基！

近代中国史上，中国与苏联积累多年的恩怨情仇，似乎让这些男人在此找到了一个宣泄的出口：苏联老大哥垮了，中国开始富强了，操洋妞权当是一种胜利。

秋月捂着嘴，笑出了声。斯塔抖抖肩说：中国男人喜欢泡妞，可他们的技术实在太烂，令人厌倦。多数中国男人都很温和，会照顾人，没有暴力倾向，但他们见了我，裤子还没脱下来，就成了软蛋。斯塔坦言，曾有个中国男人告诉她，说她达到高潮时绷起的足弓特美。那人有恋足癖。

秋月不解地问：你在中国好好的，干吗要到这里呢？

斯塔神色暗淡，苦笑道，去年的夏秋时节，她在京城扫黄打非的一次夜袭中，被中国警方当场抓获。收入被没收不说，还被遣送回了俄罗斯原籍。斯塔说完，举起手里的摩尔猛吸一口，仰天吐了一连串烟圈儿，然后用涂着黑指甲油的拇指，摩挲着胳臂上金灿灿的软毛，略显风尘的眸子里还残留着一丝纯真。之所以再次奔走他乡，是因为俄罗斯经济持续低迷，她和家人仍旧挣扎在贫困线上。而一天到晚无所事事的哥哥，因混入光头党而犯了事。要养活年迈的父母，要拯救狱中的哥哥，这一切，都需要钱。

斯塔本不想重操旧业，因此她在一户奥地利人家找了份保姆工作。可那家的女主人，无意间发觉斯塔跟她的两个孩子玩耍时，有失检点，便偷偷查看了她的房间和衣物，总觉得骚哄哄的，不到月底，就辞退了她。

斯塔便不再有顾忌，开始以“蝴蝶”的化名，亮相于维也纳红灯区的网站上。她戴着眼罩的样子，十分妖冶，尤其左臀下的刺青——I love Sex，更是撩人。相比其他姐妹，斯塔颇受欢迎，收入也相当稳定。但她不爱待在一处，喜欢像蝴蝶那样，在维也纳、萨尔斯堡和菲拉赫之间飞来飞去。男人嘛，斯塔耸着肩感慨道，足球和啤酒对他们很重要，但他们不可能通宵达旦地喝酒、看球啊！

初到维也纳时，斯塔和秋月是对门邻居。为拉到客人，秋月起价很低，从十欧元做起。收费过低，不仅受到客人的侮辱，还会遭同行们的唾弃，指责她坏了规矩。只有斯塔理解和同情秋月，还将自己遇到的亚洲客人，统统介绍给秋月。

秋月也帮过斯塔。比如那晚，斯塔接待了一位貌似神勇的豪客。那人进门前已喝得东倒西歪，见了斯塔，迫不及待地去扯自己的裤子。可到了关键时刻，就是硬挺不起来。斯塔面露讥讽，被男人抬手给了一拳。想当年，男人曾作为乌克兰的种子选手，多次亮相于奥运会的拳击赛台上。他怎能忍受自己的无能和女人的轻慢！便从腰间掏出六粒春药，仰头倒进了嘴里。

结果，人还没爬到斯塔身上，就成了一摊烂泥。

秋月听到斯塔的呼救声，迅速跑来帮忙。秋月拿出早年谙熟的一套中医急救措施，又是掐又是拧，好一番折腾，男人最终活了过来。否则，这祸就闯大了。

12

这是个隆冬之夜，维也纳天边乱云飞渡，一轮残月若隐若现。秋月从一个卡车司机的驾驶楼里出来，踏着地上翻卷的落叶，乘地铁和有轨电车返回城里。近来，由于维也纳市政规划的调整，城中心不让营业了，怕有碍市容。多数红灯区已关闭，非法无照的站街女统统不允许出现。秋月只好另辟蹊径，到城市边缘的隐蔽地带，或是人工密集的厂房、公司和仓储门前去开展业务。于是，近郊的这家大型停车场，也成了她的流连之地。

淡淡的月光下，菩提树的阴影很浓、很密，一团一团地趴在地上，秋月踩着鬼魅似的影子走至寓所，拔出钥匙开门时，胳膊肘被人碰了一下，竟跟了个人。

面对秋月，这个精瘦的男人以大幅度的弯腰作为见面礼。秋月努了努嘴，男人跟着就进了屋。昏暗的灯光下，男人目光阴沉，直视秋月时狠嘟嘟的。他蓦然掏出一副白手套，长及肘腕，一丝不苟地套上，然后凑近秋月轻声道：你干净吗？价格多少？奶子够大吗？

男人说话时的声音和语调，谦恭而凝重，可他那蹩脚的汉语，连同袖口上含混不清的字样，让秋月恍然大悟，这是个日本人！早在东北老家时，秋月就听说日本人有种病态的性爱，从中折射出他们内心深处隐含的黑暗、阴郁和诡谲，秋月心里一沉，吼了起来：滚犊子，姑奶奶不伺候小日本儿，麻溜利索儿远远儿地滚！

男人被秋月吆喝着推搡到了门外，一路小跑，钻进了黑暗。秋月正待关门，突见廊檐下立着一个高个子。男人怯生生操着一口东北腔，每个字都吐得精细、柔弱，生怕泄露出太多元气。可这意外的乡音，让秋月心头一热，赶忙把他让进屋里，遂问：喝茶吗？绿茶还是红茶？

男人苍黄的脸上，现出一抹笑意。他头发脱落，身体单弱得像只皮影。听到秋月的话，男人僵硬的眼神立刻就红了，锥子下巴颤了几颤，要掉下来似的。

男人捧着杯子喝茶时，秋月发现他的白衬衫油腻腻的，而灰蓝色西服却是崭新的。秋月正思忖着，突然觉得男人的脖颈明显肿胀，便有些纳闷。这时男人喝完了茶，连连道着谢，一股沉溺已久的酸腐之气，从他的口腔里冒出来。未待秋月开口，男人摸出一副扑克牌，恳求道：陪我唠唠嗑儿，打打扑克儿好吗？顿了一下，他补充道：完事儿后我给你双份儿。

秋月正要问为什么，男人闪烁不定的目光突然瞟向窗口，他走过去掀开窗帘，东张西望。浓雾袭来，窗玻璃瞬间就模糊了，世界变得越来越封闭，房间里静得撕肝裂胆，振聋发聩。秋月突然意识到这人有事。可想不到，这人的事，究竟有多大。

男人此前是中国北方一家城市信用社的主管，兼财政局技改科科长。中国大地掀起投资狂潮的那一刻，男人抵不住诱惑，利用工作之便私下里做了一笔期货。结果血本无归。由于数额巨大，他知道事情一旦败露，准吃枪子儿，索性一不做，二不休，在总部查账之前继续铤而走险，巧妙划走了一笔款子。他是在一个远亲的协助下偕妻子一同逃往加拿大的，两年后随即辗转到西欧。为了藏匿身份，他们有护照不敢用，有病不敢医，连药都买不到。因为在欧洲，多数药房里的药需要医生处方，持有效证件方能见到医生。他宁愿病死，也不敢暴露自己的身份。久而久之男人的脖子变大了，眼球变硬了，并患上了间歇性青光眼。就在这时，年轻的妻子厌倦了这种逃亡和不见天日的生活，跟一个法国华商跑了。

夫妻本是同林鸟，大难来临各自飞。这双重的打击，彻底击垮了男人。欧洲虽好，却不是亡命者的圣地，他只能像死去一样地活着。

就在这个时候，中国公安部通过国际刑警组织发出红色通缉令，一张恢恢天网瞬间撒向世界各地。紧接着，一批被抓获的外逃贪官的名单，相继通过中国官方媒体昭告天下。这些消息对他来说，犹如晴天霹雳。琢磨别人的故事，敲打自己的人生。在没有尽头的忐忑之中，男人战战兢兢地徘徊到慕尼黑街头，停在一个摆摊的中国人跟前，掏钱给自己算了一卦。那人察言观色，信口胡诌道：继续往东走，定能逢凶化吉，遇难成祥！

他于是来到维也纳，却仍旧食不甘味，噩梦缠身。夜间他一次次梦见自己，被中国干警戴上手铐、脚镣，五花大绑地押赴刑场。曾几何时，他在体制的海洋里如鱼得水，盆满钵满，挥金如土，及至不可一世。而今，眼看带出的钱就要花光了，再活下去，就得四处打工，讨饭度日，那还不如一死了之。

黑夜秘而不宣，空气里蠕动着不可告人的秘密。秋月怎会想到，身边的男人是个异乡的求死之徒。太阳落山之前，男人一度坐在城市公园的绿荫下，颓然冥想，泪流满面。之后他沿着一条不知名的街道，茫无目的地走下去，走下去，从城堡剧院到市政厅，从流溢着希腊荣光的国会大厦，到气势恢宏的英雄广场，不知不觉步入了玛利亚大街。

事到如今，他已别无奢望，只愿在人生的最后一程，能遇到一个同胞，从中索取一点可怜的陪伴。他已经干不了什么了，在逃亡北美和欧洲的漫长岁月里，男人隐姓埋名，东躲西藏，见了戴大檐帽的便冷汗淋漓，天旋地转。他感觉自己就像一条狗，四处逃窜，无家可归，并患上了严重的心力衰竭。刚才在小街对面徘徊时，男人一眼看到路灯下的秋月，认定这是一个中国女人，就怀着莫名的激动走了过来。

在黎明与晦暗的间歇地带，男人翻身搂住秋月。他像个垂死的老人，手脚颤抖，气喘吁吁。由于用力过大，搂得太紧，要扼死人似的。秋月恍然一惊，脱口而出：不要轻易放弃，总有活路的！

男人听了，从秋月的大腿上滑落到地面。他慌忙摸出一根烟点上，竭力让自己稳下来。那黑暗中的最后一点微光，闪闪烁烁，最终随着黎明的到来黯然寂灭。这时，秋月床头的电话响了，男人一下子跳起来。秋月拿起电话接听之际，男人迅速披上大衣，拿起包，一溜烟消失得无影无踪。

三天后，男人的尸体在多瑙河边浮上来，被早间晨练的奥地利老人发现。

13

为了摆脱身上的晦气，也为了叙一叙乡情，维也纳街头的十几个东北女，齐聚玛利亚大街的“天上人间”。有个姐妹正当生日，赶巧一起过了。于是，她们备上蛋糕，点燃蜡烛，还断断续续地唱起了生日歌。

形形色色的女人里头，有为生活所迫的母亲，有蠢蠢欲动的少女，有跌落深渊却仍怀有一丝梦想的中年妇女。姐妹们在挂有中国结的餐厅里，背靠桂林山水，面朝竹韵花影，猩红屏风上的小桥流水人家，将那些遥不可及的风物景致呼啦啦送到跟前，更是勾起女人的思乡之情。

酒过三巡，菜过五味，女人们相互倾诉着背井离乡，流落街头，为陌生人提供性服务的各种诱因和来由。身世迥异的女人们，在万里之外都利用洋名字来做护身符，并且都有着同一个故乡——东北。某女说她之前干过纺织工；另一名说她当过质检员；还有一个说她在哈尔滨那会儿，就没什么正经工作，跟表姐同在一家夜总会坐台，姐夫下了夜班，就骑着三轮车到夜总会门口，将她们姐俩一块儿接回家去。

泪流满面过后，女人们放松了，欢声笑语即刻荡漾在空气里。她们似乎不再顾及远方，也不再为自己所从事的职业羞愧和烦恼了。言谈中，不知是谁突然提起了老丁，说是莫斯科的老丁被抓起来了。谁谁又插了句：挣了俺们那么多钱，抓起来，也是活该。除了协助偷渡，听说老丁还犯有别的事，比如对列车上的大劫案知情不报……秋月听到这里，一口酒差点喷到饭桌上。

这时，音乐慢悠悠地飘出来，一群游离在异乡的湿漉漉冷清清的灵魂，在酒醉的探戈里趺趺撞撞地扯起嘶哑的嗓音，全神贯注地唱道：

我是一只小小鸟，想要飞
却怎么样也飞不高
也许有一天我栖上了枝头
却成为猎人的目标
我飞上了青天才发现自己
从此无依无靠
每次到了夜深人静的时候
我总是睡不着
我怀疑是不是只有
我的明天没有变得更好
未来会怎样
究竟有谁会知道
幸福是否只是一种传说
我永远都找不到
……

午夜两点，秋月站在笙歌散尽孤独落寞的房檐下，于月光暧昧的光影里，凝望十字街头的夜游者，突然有一种恍如隔世的感觉。露水打湿了她的额头，秋月忍不住抖动双臂，想要紧紧抱住一切，却只能抱紧虚空。这时，一只手软软地搭在秋月肩上，说：秋姐，一起走吧，再唠会儿。

莎莎是秋月刚刚结识的一个东北妹子，今晚乐而忘忧的女人中的一个。俩人并肩走着，朝着地铁口的方向。一个棕红色毛发的男人，突然从旁街冒出，尾随在她们身后。莎莎斜了一眼，对秋月耳语道：他是便衣警察。

啊，警察？我们快跑吧。

不用怕，他是我的男朋友。

半年前“棕毛哥”在这条街上值勤时，对莎莎一见钟情。兴许是莎莎白狐似的媚态，抑或是她日本式的袖珍和眯眯眼儿，总之，“棕毛哥”被莎莎迷住了，进而深陷其中。这个巴尔干半岛的塞尔维亚后裔，生得粗眉大眼，挺拔壮硕。他多次表示，要娶莎莎，养活她，但条件是，不能再去做性买卖。莎莎就想，你那点钱哪够呀，除了住房和一日三餐，我还有个女儿在英国读书，光学费就是一大笔。

实际上，莎莎另有隐情。出国时莎莎走的是假结婚的路子。不料那“丈夫”，在莎莎来维也纳不久，突发脑溢血过世。由于婚前二人签有协议，莎莎固然得不到丁点财产，但她的合法身份就此焊在了身上。尽管法律上她已成了“寡妇”。

有了身份，又不必履行做妻子的义务，莎莎乐在其中。

“棕毛哥”在莎莎跟前晃了一下，走远了。莎莎心里得意，贴近秋月说：你以后尽量在这附近走动吧，保准没事，要是有什么检查，他会提前通知我的。

秋月觑了莎莎一眼：人家愿意娶你，干吗不嫁给他？

莎莎嘴一撇说：就他那点钱够干什么的！再说了，他是便衣警察，职业限制，也不能陪我一起外出、逛街，怕他同事认出我来。重要的还在于，他不能带给我所需要的钱。就这样保持关系不也挺好，需要时就见个面。

莎莎的人生似乎就是用来堕落的，她那一身的媚态，时刻充满了撒旦的诱惑。在那个男人眼里，莎莎的身上有一股来自远古的未被驯化的气息，土地一般芬芳馥郁。也许对一样东西迷恋久了，自然进入依赖状态，难以抽身，比如罂粟——酒红色的罂粟。还有性。

14

在陌生世界里飘来荡去的秋月，一直渴望在灯红酒绿的花花世界里，拥有一间自己的店面。秋月羡慕那些心有所归的维也纳人，即便是扎着围裙立在面包房的柜台后，也那样从容淡定，不急不慌。这个年末，秋月利用西班牙政府针对非法移民的大赦而巧妙赢得了欧盟的居留。有了五年的西班牙居留，也就保证了秋月在奥地利的临时合法身份。秋月开店的欲望，更加强烈了。

恰在此时，有个姐妹因为老娘中风，火急火燎地撂下店面赶回家尽孝去了。秋月就找来莎莎商议，俩人一拍即合，此时不接手更待何时！于是，便拿出所有积蓄，又招徕了几个姐妹入伙，七拼八凑的，很快凑足了所需费用，就联手将这家按摩店盘了过来。营业手续能过户得顺风顺水，也是得益于莎莎的奥国身份。接下来她们自己动手，将店铺改头换面，不出半月，按摩店隆重开张，大红灯笼高高挂，还起了个意味深长的名字“蝴蝶坊”。

蝴蝶坊的背后，是一溜老字号古董店，其间夹杂着一个烟铺和两家成人用品店。店面之上，即是五花八门的普通居民。自己的店到底开起来了，秋月和莎莎以保健医生的姿态，向客人推出健康而干净的服务。要说，这样的店在维也纳已开了十几家，慢慢树立起受人尊敬的形象。可不知是地段的缘故，还是由于原来的店在经营上的模糊与暧昧，光顾蝴蝶坊的客人，尽是些胳膊上刻有猫头鹰和夜游神的东欧男人，以及盘踞在车站附近的酒鬼和地痞。最倒霉的，是遇上那些面黄肌瘦的吸毒者和变态狂。很显然，这些人的到来，绝非为了缓解脖子酸痛和肩周炎什么的，他们需要的，是另一层放松。

清闲的时候，莎莎就跟秋月聊起自己初来乍到的生活。

“丈夫”过世后，学生模样的莎莎不仅站街，还断断续续地被一个华商包养过。她手提 LV 包，戴爱马仕围巾、浪琴表，时不时来中餐馆吃午饭。对于她的身份，青田老板娘心知肚明。或许是莎莎天真的模样，让年过半百的老板娘想起自己的女儿，就有些不忍，便问她家在何方，可话到嘴边，又咽了回去。老板娘忽地意识到，这些信息对于莎莎这样的女子，或许是雷区，就迟疑着用长辈口吻规劝道：你年纪轻轻，不能干点别的吗？

莎莎坦然道：你说我能干点什么呢？

比如你到我店里来，做个服务生什么的，也可以练练你的德语。

莎莎莞尔一笑：你一个月能给我多少钱工资？一千？两千？完了莎莎又补充道：端盘子端碗这类活，我可做不来，打小在家里就没干过。

是的，莎莎的母亲一直信奉女孩儿要“贵养”的信条。丈夫早早死去，她咬着牙独自把莎莎带大。无论家里有多艰难，她都自己揽过所有家务，洗衣做饭擦桌子扫地这类活，从不叫莎莎碰，以免弄粗了她的手，将来嫁人时自贬身段。秋季的一个傍晚，莎莎在街头公园里穿行时，隔着一层晚霞，她看到一个妇女动作麻利地撑开劳保大衣，一屁股跨到男人身上。莎莎简直不敢相信自己的眼睛，那个撩起大衣骑到男人胯部的女人，正是自己的母亲！

下了岗的母亲，竟然一直用这种方式，来维持她们母女俩的生活。

阴差阳错地，在地球的这一端，莎莎也干起了这一行。起初莎莎是抱有幻想的：干几天，赚够了钱就金盆洗手，然后把母亲接过来，跟她一起享享清福。可一旦上手，却如吸大烟般上瘾。莎莎像母亲一样好逸恶劳，眼高手低，顺理成章地恋上了这种方式——用肌肤、双唇和缠斗的躯体来挣钱。她已经没兴趣到正规行业里去摸爬滚打了。

不知怎的莎莎竟滋生了受虐心态，并且无可救药。在施虐者的粗暴中，莎莎任由身上的睡衣被撕烂，肉体被鞭笞，每次释放过后，她都从中得到一种被凌辱的快感。那快感莫名其妙地变成了一种安全感。莎莎不抽烟，不喝酒，唯有这么一个怪癖。

秋月心里的感慨正在酝酿着，莎莎又开口了。说她曾经碰到过一个日本嫖客，将她误认为大阪女子。为此，那个刚愎自用的日本人，用刀子亲自割下自己的阳具，裹在一条白丝巾里，连同一盘莫扎特磁带，寄给了她。

俩人正聊着，突然被一抹红光打断，循光望去，侧面楼上的窗帘下，一男一女正对坐桌前，两只高脚杯缓缓举起。也许是夫妻中的一个在过生日，桌子中央摆着一块花样别致的蛋糕。靠墙的壁炉熊熊燃烧着，那杂糅着木材的香味和火焰的气息，仿佛隔着一道街扑面而来。酒后，他们拥到沙发上，专注地看着那炉火。这温暖而充实的一幕，让秋月的心瞬间潮润。

15

马休·罗登来的这个晚上，秋月的眼前霎时一亮。深秋的气韵下，一身笔挺的灰色西服，还打着领结。西装革履，又那么规规矩矩地打着领结，据说去金色大厅和维也纳国立歌剧院，也不过是这样的行头。而这晚的马休，不光西装革履打领结，左边口袋里还插了一角玄色手帕。他体态安详、沉稳，说话时目光温厚、虔诚，举手投足间香气缭绕。

这就是传说中的绅士了。秋月想。

绅士怎会到我们这种地方来呢？可又一转念，绅士也是人。况且，也别小看我们的按摩店，地道的中国文化呢。巴洛克式的门楣之下，一栋四角见方的小院子，朱红墙裙，前厅的长条案上，供着红脸关公和慈眉善目的观音像。虽说喧闹了些，但与周遭店面相比，店里风情别样，尤其黄昏之后，各色人等操着不同口音闪身而入，曲径通幽处点缀着令人流连的格子间。再说了，不都是做生意吗，我照章纳税，依法守时，合情合理，哪一点比你们低贱。至于销售产品，你们费尽心机，花尽本钱，装修进料进餐具聘大厨，并招来音乐学院预科班的漂亮小女生，拿足了身段笑脸相迎卖弄风姿，大家半斤八两，彼此彼此吧！

在秋月店里感受了一番体贴和温存之后，马休竟爱上了这一口。对马休而言，与其说到健身房，去温泉池，都不如一步到位来这里让他感到妥帖和舒心。没承想又掺杂了一些感情。连带着感情的事，总叫人意犹未尽。一来二去的，马休不仅迷上了蝴蝶坊，还恋上了秋月这个人，也就成了蝴蝶坊名副其实的财神。

秋月自然不敢懈怠，心甘情愿跟着老绅士渐入佳境。

绅士做爱的时候，跟那些个囫囵吞枣的野汉子就是不一样。性爱对马休来说，不是自私的，侵略的，直奔主题的，而是手感轻柔，目光纯净，温情脉脉循序渐进的。花样翻新之前他会跟你商量，每一步都会征求你的意见，态度殷勤而周到。偶尔，马休的激情蹿上来，不小心碰了秋月，竟会一手轻抚她的脸，十分歉意地道着对不起，对不起！仿佛花钱的不是他，倒像是她。

秋月便想：这人跟人，怎会有这么大差别？经验告诉秋月，一个人的性是什么，他就是什么。只有和马休在一起的时候，秋月才觉得自己是一个正常人。

周日，秋月破天荒走出蝴蝶坊，跟随马休走进主街上的玛利亚大教堂。他们和众人一道端坐在教堂的木凳上，听神父肃穆而安详地做着祈祷。白衣少年举着烟雾缭绕的香熏灯，穿行于圣徒中间。与此同时，神父面色端凝地开始布道：切莫让黑暗及恐惧扰乱和控制我们的生活，不要对阴暗世界失去希望。这时，嘹亮的管风琴声骤然响起，一种神圣而美妙的感受，迅速传遍秋月的周身。

这天晚上，俩人都格外忘情，马休对秋月的身体简直到了顶礼膜拜的程度。身体上的喧哗与骚动过后，留下一片苍凉的宁静，像后半夜的月光，深不见底地漫过来，从两个明晃晃的肉体上流过。周围是一片坚硬的黑暗，俩人像两条鱼，互相攀附、绞缠，继而飘飘欲仙。

马休从床上下来，将自己整理一番之后，对秋月说：能请你吃饭吗？

为什么？

太美了，跟你在一起！

秋月受宠若惊，却又不失清醒。尽管心心念念，却沉默着。

见秋月犹豫，马休补充道：我多付一百欧元给你好吗？

秋月听了，一脸骇然。她还从未遇到过这样的好事。

秋月深知自己贫乏，会的德语有限，够不上跟马休深度交流。可说到底，男女间的许多表达是不需要语言的。六月的一天，马休居然约秋月外出，说好下午四点钟来接她，竟是分毫不差。即便跟她这样的人，马休也如此诚信、守时。秋月第一次感受到被人关怀与尊重的幸福。

夏日炎炎，维也纳暑热难当，马休用自己的宝马车拉上秋月，直奔多瑙河对岸的林荫处。秋月还是第一次面对面与一个欧洲人坐在异乡的黄昏，远处是多瑙岛的露天音乐会，铿锵的摇滚与舒缓的弦乐交织弥漫，相得益彰。秋月失神地望着马休的侧影，那脸面、衣裤、鞋袜，包括指甲也那么整洁、干净，连耳朵里窜出的毛都明晃晃闪着金光。马休吃饭时，刀叉握得优雅得体，嚼菜时一点声响也没有。秋月就想起马休在床上的姿势，禁不住脸红心跳。成熟和放浪，沉稳与癫狂，就这样集中在一个老男人身上。秋月突然有种想抚摸他的冲动，抚摸他棱角分明的眼窝、鼻梁，和他那微微突出的有些任性的下巴。

早晨的七彩晨光中，秋月睁开眼，肉体和思绪依旧荡漾在昨晚的多瑙河边，就不知不觉地陷入冥想。种种的可能性，以及纷至沓来的梦想与憧憬，让秋月沉静已久的心，如沸水般喧腾起来。

16

马休在维也纳老城，要算得上名人一个，无论是在富人堆儿，还是明星荟萃的娱乐界。他祖上世代经商，咖啡生意做得一枝独秀，并且不仅限于奥地利，还蔓延至周边许多国家。可到了马休这一辈，整个家族仅剩下两个男丁，他和弟弟马丁。含着金钥匙出生的哥儿俩，热衷艺术，迷恋音乐，唯独对经商不感兴趣。

父母宽宏大量，并不责难自己的孩子。马休和马丁也就各行其是，优哉游哉地做着自己喜欢的事。马丁娶妻生子，育有一对双胞胎女儿。而马休晃荡到四十五岁，才胡乱找了一个女人结婚。

由于长期缺乏精心打理，马休的家族产业渐渐衰落，父母去世后，咖啡生意彻底休战。可仅凭祖上留下的维也纳黄金地段的两处豪宅，和萨尔斯堡湖区的一座山间别墅，就够哥儿俩一世无忧。更何况他们手里还持有一些股票。想当年，马休年轻气盛，频频出入维也纳郊外的巴登赌场，差点血本无归。好在马休并未彻底昏了头，见坑却步，用房产的一部分投了两处地产，居然小有成就。这个时候，马休骨子里的艺术范儿让他见好就收，转而钻研起歌剧和器乐，加上小时候在贵族学校里接受的艺术熏陶，大提琴、小号和单簧管，他都能来那么几下子，兴奋头上，还能将普契尼的歌剧 *La Bohème*（又名“波西米亚人”）里的鲁道夫唱段，一字不落地唱下来，并能反串一小段女主人公的咏叹调。

殷实优渥的生活，并没有让马休变得趾高气扬，桀骜不驯，而是造就了他与世无争的散淡与随性。马休从不贪恋金钱，却也不缺钱花。他将自己手下的房产出租和管理，交由中介去打理，自己游山逛水，出入衣香鬓影，偕从三教九流，其放浪不羁的形骸内又不乏柔情似水。马休人花，不管走到哪儿都怜香惜玉，一路散钱，几乎来者不拒。什么名誉、地位、家庭、出身，在他这里都可以忽略不计。可这在维也纳，也并不受人诟病，只要他本人乐意，没人觉得奇怪。

不过，男性世界里也有着挫败的一面，马休的潜意识里是想回到他的子宫——温湿而安全的地方。然而，在瘫痪多年的太太身上，马休自然找不到这种感觉。许是太太生前对他管得太严，物极必反，太太病逝后，马休彻底解放。要说，以马休的身份根本不屑于这等小店，凭他的实力，什么样的女人找不来？可马休偏偏醉心于蝴蝶坊的温暖与安适。爷爷当年在巴西进口咖啡时，不也迷恋过一两个黑人妓女，还留下过一个私生子？连马休自己都想不通，这个陌生的东方女人，竟成了他梦田栖息的地方！

晚秋时节，马休竟带着秋月在金色大厅听了一场音乐会。雍容华贵的大厅，通体金色的女神像，盛装出席的观众和数不尽的鲜花，让秋月目不暇接，怦然心动。舞台上，身穿黑色燕尾服的长者一挥手，各种乐器集体轰鸣，那声音如同阳光照耀下柳树间的影子，又如松花江湍流的河水，继而似电闪雷鸣山呼海啸……秋月听得心跳加快，如热锅上的蚂蚁，而静坐身旁的马休，屏息静气，旁若无人，胸脯随旋律大幅度地起伏着。

一番惊涛骇浪过后，世界复归平静。休息间歇，秋月随马休来到厅前吧台，马休取饮料的时候，秋月偷眼打量款款走来的女人们，个个腰身婀娜，长裙拖曳，蓝绿色的眼神珠光宝气。秋月便想：看人家，是咋活的！

从金色大厅出来，马休意犹未尽，带着秋月就去了城堡剧院的舞厅。

别看马休这把年纪，一旦进了舞场，即刻精神抖擞，身体轩昂，舞步娴熟到位，一看就是这里的常客。秋月的目光，穿过音乐弥漫的空气，由低回的音乐到舞池中缠绵的男女，她的心湿湿的，热热的。当马休紧紧拥她入怀，跟着节奏分明的旋律笨拙地扭动身躯时，这生活中片刻的真实，旋即爆发出一股力量，使得秋月想竭力过滤掉自身由于长期浸在龌龊里而渗入的毒素。她一时忘情，结结实实地搭靠在马休肩上，欢畅和兴奋让她眩晕了。

恍惚之中秋月宛如搭上了一艘船——风雨飘摇中释放着温暖与安全的船。美好生活难道只能在心中描摹，而无法在现实里流淌，流淌下来的就只有眼泪吗？不知不觉地，秋月鼻子发酸，泪水顺着脸颊流到了马休肩上。这些年，她从俄罗斯到巴黎再到维也纳，一路走来，风雨飘摇，饱受皮肉之苦的同时，也承受着数不尽的屈辱与无常。秋月做梦都想靠定这样一个肩膀，让它成为永远的依傍。变幻不定的灯光摇曳生辉，也鼓励着秋月，让她一路畅想：如果跟定了马休，不仅能免去她在这个陌生世界里的惊恐与流离，还能过上自己向往的生活。

乐曲终了，马休发现搂在怀里的女人，活像变了一个人。

17

秋月的得意，不仅落在莎莎眼里，也落在一个隐蔽的男人眼中。那沉潜多时的幽灵，如同坟墓里飘出的一缕魂魄，在光天化日之下现身了。然而，这幽灵的现身，并未让秋月感到多么意外。

无数个夜晚，这个男人都在她身后晃来晃去，她早就习以为常了。

男人赤红脸，小平头，随意穿了件皮夹克衫。他觍着脸称自己是秋月父亲的朋友，几年前在沈阳进货时，偶然结识了秋月的父亲，并接受他的嘱托，再来东欧送货时，顺便帮他打听一下女儿的下落。男人多次在维也纳逗留，摸透了秋月的行踪，确认她是干这个的。

闻听是父亲的朋友，秋月将男人请进蝴蝶坊背后的一家咖啡馆。刚刚坐定，男人便开门见山地说：你大概不想叫你父亲知道你是干什么的吧？说这话时，男人脸上的肉直跳，嘴巴嚅动时露出两颗黄色门齿。

亏你还是我父亲的朋友！秋月在心里骂道。恶水缸里浸泡多年的秋月，啥人没见过，哪里肯吃这一套，就直视男人的眼睛问：你啥意思，到底想咋的？

男人不紧不慢地说：我这趟来维也纳押货，货款没能如期收回，也就是说我被骗了。男人说着，目光狡黠，波谲云诡。见秋月不接茬，便直截了当地说：不想叫你父亲知道也好办，那就陪我睡一觉！

秋月一下子火冒三丈：老娘凿不死你这个瘪犊子！抄起桌上的烟灰缸，起身就扣在了男人的脑门上。

没想到漂泊在外的女人，仍不失东北老娘们的气概，男人退缩了，捂着额头便撤。临了，挺着脖颈甩下一句话：你爸得了肝癌，没几天了！

不管秋月储存了多少对父亲的怨恨与不屑，这句话还是如平地一声惊雷，把她炸蒙了。只能说，血缘关系是这个世界最真实最残酷的存在，不管你承认还是不承认。

世事沉浮，曾经的一切遥远而模糊，却在这一刻，突然变得清晰起来。当年，秋月正是用父亲留给她的那一笔钱，走南闯北，东奔西跑，做过生意，也赔得一塌糊涂。跟大寒相遇后，秋月才踏踏实实地过起了自己的日子。如今，人在天涯，秋月本想竭力忘掉父亲，忘掉曾经的一切，可泪水一大滴一大滴地落下来，最后变成了啜泣。

一夜徘徊，秋月决定回去一趟。七年了，做梦都想回家去瞅一眼了。秋月于是将店里的事，对莎莎一一做了交代，匆匆买了张机票，次日一早便登上了回国的航班。

18

冬日降临的暮色中，秋月经过近三十个小时的日夜兼程，终于回到了阔别七年的家乡。她辗转找到了父亲所在的医院，然而，父亲在两周前已然过世，人也成了灰。在医院值班护士的协助下，秋月又找到了父亲与继母同住的职工宿舍。

人老珠黄的女人，兴许出于愧疚，对远道而来的秋月很是亲厚。没等秋月开口，她便讲起丈夫生前的种种痛苦与悔恨。并说：你爸病的时间长，家里的钱都花空了，也没能让他享受到他喜欢的水晶骨灰罐。秋月听了，与继母一道为父亲挑了一款质量上好的水晶骨灰罐，而后对着父亲的遗像上了三炷香，这才离去。

大寒见了秋月，暗淡的瞳孔缓缓张开，用异样的目光凝望突然归来的妻子，那神情仿佛核对久远的记忆，又像是咂摸消失已久的时光。秋月的心沉甸甸的，举手投足间一副引颈就戮的模样。

面对故土，秋月本能地有些心悸。故乡依旧破败，并且透着一股说不出的压抑。乡里乡亲的见了秋月，微妙的静默里，糅合了一丝好奇、疑惑和诡异的神情。秋月将奥地利的巧克力、法国的润肤霜，挨门挨户地送给左邻右舍，那凝聚眉头的疑惑似乎瞬间泯灭。而夫妻之间，似乎升起一道这个世界上最难跨越的鸿沟。

布衣暖，菜根香，恬淡平静的时光弥足珍贵。这是秋月渴望已久的日子。当秋月看到茫茫荒原上迎着夕晖升起的袅袅炊烟，她所有的苦涩，都被搁在了土墙外，远到山那边去了。在维也纳街头，秋月就曾怀念这些热火朝天摩肩接踵的日子，而背负着不堪回首的过往，她还有资格享受这些吗？她知道自己无论怎样努力，都难以抵达从前的坦然。

大寒攥着远方不断汇来的钱款，心里一度美滋滋的，觉得自己的媳妇老牛逼了。数钱的时候，大寒无暇多想，而今被人说破，他才实实在在品到屈辱的滋味。就是不久前的那个电话，彻底砸碎了大寒的梦——媳妇都卖到国外去了，人家是亲眼看见的，他还能再觍着脸逢人就亮出一副敦厚的微笑吗？

你走吧，大寒少气无力地摆了摆手，别回来了！他已经没有力气发怒了。几年前大寒在澡堂子里给人当搓背工时，脚底受了感染，得了一种奇怪的风湿病——浑身发软，四肢无力，终日病恹恹的。死不了，也活不好。

这不软不硬的一句话，像根针刺进秋月的神经。她了解大寒，一旦被现实击倒，即便再多的钱，也无法激活他心头的火星。没了梦和远方，还能靠什么苟且呢？俗话说，当了三天鸡，从良就是下地狱。对于漂泊过的人来说，真正令人心碎的，是当你怀着思乡情切回到故乡时，却发现，家已经回不去了。

秋月突然想起什么，含泪问：儿子呢？

他正在学校复习功课，就要参加高考了，这孩子争气，成绩一直挺好。

小寒显然得知了秋月在外“卖肉”的营生，拒绝和她见面。对于自己骨肉的嫌弃，秋月多年来小心翼翼维持的自尊轰然坍塌，一腔泪水，汹涌而出。多少次，她把自己打扮得体体面面端坐在电脑跟前，向他们描述着那个世界的光鲜与美好。大寒曾喜滋滋地告诉秋月，欠下的债还清了，还换了大房子。还指给她看家里雪白的墙壁。这卑微而脆弱的幸福感，转瞬之间却被人戳破了。

话又说回来，自己咬牙在外所做的一切，不就是要儿子摆脱父辈的命运，有个光明的前途吗？这么想着，秋月硬生生把眼泪吞进了肚里。出门前她塞给大寒一个信封，叮咛他道：好歹找个女人，等小寒考上大学走远了，你身边也好有个人呀。大寒别过头去，一声不吭地朝向窗外。

天上不知不觉地飘起了雪花，空气中浸透了彻骨的寒意。秋月眼睛一闭，掀开帘子走了出去。当初，她正是怀着简单的梦想和追求走出家门的，可不知为什么，走着走着却变了样。

19

回到维也纳三天了，秋月始终不见莎莎的影子。店里的姐妹说，莎莎出门时，只说是去国外旅游度假，除此之外，莎莎什么也没多说。秋月感觉有几分蹊跷。

旅游、度假，干她们这行的，即便有那个钱，也没那个闲心。竟然一下子跑到国外去逍遥，这是跟谁一块儿去的呢？秋月蓦然想起一个月前，马休顶风冒雪来到店里，他用手杖敲打着帽子上的冰碴，叹道：维也纳的冬季冷得叫人失望，乌鸦都冻得飞不动了！

秋月十分体贴地为他脱去大衣和鞋袜，并将马休的双脚泡进温热的水里。双脚被秋月拿捏得舒舒服服的这一刻，马休直视秋月说：圣诞节期间，我要去泰国度假，你愿意跟我一起去吗？

这句话，显然落在了屏风背后的莎莎耳朵里，她羡慕道：秋姐，你好福气啊！

难道是他们俩？想到这一层，秋月大惊失色。

秋月怎能料到，她前脚走，莎莎即刻就缠住了马休。谁不想跟定这样一个人，有身份，有财富，又那么一派绅士。就在秋月和马休你来我往之时，莎莎的如意算盘便拨得噼啪响了。就如同皇帝背后的妃子，俩人暗暗争起了宠。既不动声色，又刀光剑影。要说，莎莎更了解老外的心思呢。她知道老外最不喜欢中国人的弯弯绕，因而与马休打交道时并非百依百顺，而是审时度势，直奔主题。而秋月就不明白这一点，纵然是心里的小九九前仆后继，嘴上却忍着，让对方猜不透。

秋月走了不到半月，马休就被莎莎调理得神魂颠倒，服服帖帖了。当荷尔蒙制造的激情膨胀时，男人会不顾一切的。莎莎用她独有的一派清纯和放荡，将马休抚弄得生龙活虎，束手就擒。这样一来，莎莎陪着马休去泰国旅游、度假，自然成了顺理成章的事。何况关键时刻，秋月又不在，真乃天赐良机！

秋月在老家左右徘徊之时，莎莎正陶醉于泰国海滨宜人的风景，享受着神仙眷侣般的日子。莎莎傍依着马休，仰面躺在沙滩上，心境如当头的彩云飘忽不定，最后，莎莎暗下决心：马休是我的！一个转身，就趴在了马休身上，对着他的耳鼓轻轻吹了口气，不软不硬地说：秋月有丈夫，有儿子，她这一走不可能回来了！

入夜后的维也纳灯火凄迷，秋月躺在床上，无端地念起马休的百般好处，那种令人心悸的幸福感阵阵袭来。这些年，她在男人的胯下讨生活，多少男人，像牲口一样将她踩在脚下，野兽般发泄和践踏，直到遇见马休，她才感到自己是个人。正是跟马休在一起，才让她感到做女人的美好，并且体会到什么叫作有尊严的活着。谁解娼妇之心，有着怎样的煎熬与决绝。因为不堪回首，便把所有的赌注都押在了马休身上。起初，秋月不过是想有个合法的奥国身份，可眼下，她陡然间变得野心勃勃，千方百计想和马休绑定一生，甚至幻想以奥国人妻的姿态，融入这个妙不可言的国家。

想不到莎莎横刀夺爱，秋月感到猝不及防。

凭什么是她？秋月咬牙切齿地想。退去妆容，你也不比我强到哪里去！她觉得自己的内心遭了践踏。被别人践踏也就罢了，被莎莎踩在脚下，秋月咽不下这口气。一种急于摆脱过往展开安稳人生的欲望，是如此强烈而不绝如缕，把秋月逼到奄奄一息。新年的钟声骤然响起，秋月一个踉跄，撞倒了墙角的一只花瓶，她的心，跟着碎了一地。在愤怒和绝望的驱使下，秋月一步步顺应着自己的本性。就在莎莎与马休双宿双飞忘乎所以的时候，仇恨，符咒般在秋月的体内膨胀、挥发，漫无边际。她一把将腿上的黑丝袜扯下来，用语言的利刃割成条，然后勒住自己的脖子，一字一顿地说：谁想从我手里夺走马休，我就跟她玩命！

云淡风轻的午后，一身粉色休闲装的莎莎回来了。看得出她心情好极了，皮肤被泰国沙滩的阳光，晒得红彤彤亮堂堂的，既明丽又妖娆，微笑时轻薄躲闪的小眼睛，透着一丝诡异。秋月更来气了。你年轻，又不缺男人，干吗还要从我嘴里抢食吃？

莎莎一脸无辜地打开旅行箱，炫耀似的亮出一件件裙装和五颜六色的比基尼。正当莎莎翘起兰花指，将明黄色的比基尼，在自己胸前比画过来比画过去的时候，秋月死盯着莎莎无名指上的红宝石戒指——分明是一只订婚戒！在莎莎半敞着的箱子里，秋月又瞥见一条白纱裙——自然是婚纱了。秋月的心被狠狠地蜇了一下，本来还有些犹豫的秋月，二话不说，折身取出早已备好的刀子，一个箭步，照准莎莎的胸口连捅了几下。

莎莎应声倒地，血咕咕外流，嘴巴一张一合，可到死都没吐出一个字来。

总算做回了东北女人，爱咋咋的！秋月痛快淋漓地想。

料定莎莎已死，秋月将尸体用床单裹住，套进黑色塑料袋，吃力地塞进床垫下的柜子里。做完了这一切，秋月抱紧双膝呆坐床沿儿，眼睛直勾勾望着窗台上的一只乌鸦。明暗交错的光影里，乌鸦啊啊啊地叫着，扇扇翅膀飞走了。

20

秋月是早上四点来钟冲出房间下楼去的。不知出于什么心理，就在小街尽头折身转向玛利亚大街的瞬间，秋月回过头来，望了一眼灰蒙蒙的蝴蝶坊。

仅仅十几分钟，秋月就到了维也纳西站的月台上。她原本是想去匈牙利躲起来的，却在慌乱之中买了一张去布拉格的车票。当黎明的曙光一点点染红车厢的时候，秋月将睡眼惺忪的维也纳，彻底甩在了身后。列车开出去大约两个多小时，秋月一个激灵，在一个陌生小站下了车。

这是个前不着村后不着店的地方。秋月要的正是这种地方。荒凉与空旷对秋月而言，意味着安全与踏实。车站周边零星地晃动着几张面孔，他们用呆滞的眼神、敏感的鼻孔，表达着惊讶和温情。秋月抬眼望去，颓败的房舍，空洞的院落，杂草丛生而无人问津的土地，仿佛还停留在亘古开天、巨野洪荒的时代。一只锦鸡飞过，像荒野中的一把火。

秋月不停地走，只要有路，就走下去。锐利的风在树尖奔跑，树叶喧哗着、嘶叫着，在一条通向天边的山道上，秋月拖着疲惫的欲望，渐渐走近一座圆顶小教堂。此刻，她像一辆散了架的货卡，再也走不动了，便在夜色的掩护下翻过教堂的矮墙，落在院内茂密的草坪上。酣然之中，秋月登上一座小岛。小岛四面临水，毫无依傍，孤零零淹没在海天深处。在一间昏暗的房间里，秋月应酬着各色男人的需求，却没一个人能够给她安慰，也没有人来解救她，眼看就要困死岛上，秋月一个纵身扎进了海里。

教堂清脆的钟声，豁然间剥开晨光，将秋月从纠缠不清的梦魇中唤醒。

秋月醒来，发现自己像根绷紧的琴弦，蜷缩在教堂的地下室。她搞不清楚自己是如何来到这里的，是怎样的迷乱把她丢进了这清寒的天堂。秋月犹疑着迈上教堂的石阶，推开沉重的黑漆大门，目光不是落在斑斓的穹顶，而是伸向恓惶的内心。十字架上受难的耶稣像，让秋月心里一阵紧缩，眼里顿时储满混浊的泪。

自以为经历了很多，看穿了世间百态，什么都可以拿得起放得下了，而事实，并非如此。人终究无法跟记忆决斗，那不堪的过往里，凝聚着秋月全部的憧憬和希望，也隐含着天大的灾祸与深渊。面对上帝，秋月第一次充满了敬畏，并意识到自己杀了人，杀了昔日朝夕相伴的同胞，试图夺回自己梦寐以求的男人。为此她失去了一切，连同内心永恒的安宁。

回到地下室，秋月见床边的小桌上，有人给她送来了简单的早餐。是谁呢？秋月的眼前倏地闪过回廊下嬷嬷的身影。秋月二话不说，端起盘子吃了个精光。一缕阳光爬进来，不留痕迹地平铺出一片恬静，惯于和黑夜为伍的秋月，惊诧于阳光的妩媚与动人，她的情绪被阳光点亮了，心也跟着澎湃起来。

在和自己纠缠和搏杀的过程中，秋月虔诚地走进教堂，吃力地辨别着神父祈祷时那一连串的念辞：不幸的灵魂，唯一能够做的就是自我表白和忏悔，从肉体和精神的溃烂处拈出灵魂中的罪恶之虫，并一条条地展示给我们看。

据说神父的祭坛里有个圣像，可以显灵，从而实现人们的愿望。只有忏悔可以消除罪恶，让心变得安宁起来。秋月便试着跪在神父面前，默念自己的罪过，祈求得到原谅和宽恕。冥冥之中，是上帝把秋月引领到这里，继而用无上的力量来试炼她，不但剥去表面的洁白，还拷问隐身其中的罪恶，以及罪恶之下的良知。

日子一天天过去，在这个静如处子的世界里，那些面无血色心如止水的嬷嬷，能够用信仰来填充她们的日常，可秋月做不到。她压根儿就不知道什么是信仰。可她实实在在感受到了一种东西，磁场般吸引着她，那种无人能够躲过的力量像一把火，这火焰一路燃烧，有力地推着她往前走。与此同时，秋月的眼前不时闪出血泊中莎莎无辜的双眼，以及迷惑中那一缕气绝的呻吟。

秋月颓然倒向窗口，山谷村落中的一汪深潭里，突然冒出那个葬身于多瑙河畔的逃亡男子，他两眼黑洞，抖落掉身上的水渍，正不慌不忙地朝山上走来。秋月一把拉上窗子，用枕头捂住嘴，战战兢兢地号啕起来。秋月被这张永不消失的惊恐和不安所编织而成的天罗地网，牢牢攫住，难以逃脱。

与其死无葬身之地，不如豁出去了。东北女人的血性，再一次占了上风。

秋月明白自己该做什么了。一个电话，打给了马休。

21

二十一世纪的第九个春天，蝴蝶坊闲置多年而留下的污垢、蛛网以及血腥，被清除净尽，连同门前的枯枝败叶。修整过后，蝴蝶坊在这一年的春天开张了。

然而，它不再是作为按摩店，而是在“世界卫生组织”的关照下，由奥地利“红十字会”牵头，特设在维也纳内城的一个服务点，旨在救助那些于奥国谋生的中国性工作者。经过一番考察、争议和筛选，协会最终接受了马休的捐赠和提议，将这个针对中国女性的服务站定在了蝴蝶坊。

十年前，这栋楼上的居民曾集体发出一次抗议，抱怨那些来自亚洲的女人，在光天化日之下搔首弄姿，不顾廉耻，让儿童目睹她们每天上演的丑行——伴随着争吵、推搡和撕扯。除此之外，他们还抱怨这栋楼的底层有一种被诅咒的气氛，因为那一年的冬季，楼下的一间卧室里发生了一起骇人听闻的凶杀案。

复活节当天，在斯蒂凡大教堂豁亮的钟声里，悬着“红十字”标记的蝴蝶坊，前门大开，迎来了不少中国女人。她们多半操着东北口音，交头接耳，喊喊喳喳地排着队，等候工作人员发放卫生用品和药物。昔日玛利亚大街的一个姐妹，突然惊叫一声，因为她发现蝴蝶坊的工作人员当中，有一位似曾相识的面孔，她身着淡蓝色制服，头顶蓝色头巾，默默向姐妹们发放着避孕套、避孕药，并给她们讲一些预防艾滋病感染的最新常识。她有条不紊地做着这一切，俨然东北某医院的一名护士。因为不存在语言障碍，也不存在文化差异，重要的是，她曾经作为她们中的一员，切身感受过她们的难处，明白她们怀揣怎样的梦想远走他乡，又是如何沦落于此，并且由于身份的缺失，遇到歹徒不敢站出来维护自己的权益，害怕暴露身份，害怕被遣送回国。

没错，这个女人正是秋月。

早春二月，秋月走出没有死刑的奥地利监狱，在难民营里做了一段时间的义工。四月的阳光打在她忙忙碌碌的身上，苍黄的脸似乎多了一丝生气。在马休的鼎力相助下，秋月被允许作为蝴蝶坊的一名志愿工作者，为这些散居在维也纳的女性同胞提供服务，并栖身于此。

眼下，随着东欧难民的不断涌入，针对亚洲性工作者的暴力事件与日俱增，令当地政府忧心忡忡。为了避免恶嫖客的为所欲为，蝴蝶坊作为华人性工作者的娘家，渐渐成了她们的心灵庇护所。除了竭尽全力提供服务，秋月还现身说法，规劝姐妹们尽早脱离苦海，摆脱这一行，学习语言和技能，用自己的双手挣钱，像普通人一样生活。

一切都没有结束，生活只能继续。

秋月似乎对所有的色彩都失去了兴趣，身边的城市，早已退缩为模糊的背景。只有当教堂的钟声响起，秋月的心会条件反射般颤抖，在她感知到美好与虔诚的同时，全身心好似沐得了天际的光辉和神的恩典。秋月便情不自禁地走过去，安心坐进教堂，跟大家一道翻开《圣经》，唱响圣歌。

维也纳，这座举世公认的艺术之都，一如既往地弥漫着皇城脚下的贵族气息。它的优雅、包容和无处不在的城市弹性，使得慕名而来的人川流不息。仍有许多姐妹，前仆后继地踏上这条路，而后卷入不知名的旋涡。日落时分，依傍夜生活而生的人，开始了新一轮希望，以及绝望。秋月登上阳台，平静而友善的目光掠过街道和树梢，落在幽暗处的女人身上。

姐姐的婚事

问题不是出在我们头顶的星座，而是出在我们自己身上。

——莎士比亚

1

姐姐终于答应来欧洲旅行，确切地说，是探亲加旅行。这真叫我喜出望外。假如是去年，或者八个月前，想都不用去想。我和罗杰斯·布登完婚并定居斯图加特以来，一直努力试图说服姐姐，我的意思是，让她到欧洲来住上一段，四处走走，看看这边的人是怎么生活的，开开眼界，调整一下心态，彻底摆脱自己设置的种种精神桎梏，以便投入新生活的曙光。

面对这个话题，姐姐的表情如同穿行在枪林弹雨之中，战战兢兢，躲躲闪闪，而后垂首沉默，脸上现出无奈又不屑的表情。我不死心，拍着胸脯担保，又不要你花钱，飞机一落地，一切皆由我负责。姐姐避开我的目光，迟疑着，而后隐隐约约地表示：让我将大把大把的钱撒在天上，这不是拿小刀子剜我的肉吗？

我恍然大悟。明确告诉姐姐：你从北京飞往斯图加特的机票，也由我来承担。

又是一阵沉默。这很符合姐姐的惯例。她怕花钱，要是我送她件衣裳，说这不是花钱买的，而是一个意外的机会从街上捡来的，她会相信，穿在身上也会格外轻松和舒坦。很多女人情绪低落时往往以疯狂购物来排遣、发泄，这一招对姐姐肯定不灵。她要是那样的话，情绪会更糟。因为她偶尔买回一件服装，总像喝醉了酒似的，脸涨得通红，对着镜子左顾右盼，魂不守舍的。一夜纠结，待她彻底清醒过来，却如同做错了事，悔得脸都青了。这个时候姐姐会死盯着新买的衣服，不是发现上头的针脚不均匀，就是扣眼不对称，抑或是色调出了问题，总之她有一千个理由去商店退货，否则，接下来的日子，很可能是一场灾难。

每次和姐姐对视，我都觉得凄冷和辛酸像把刀子，刻在她的脸上。可她还要强打精神向我展示她的幸福与满足。看她表演，我心里很不是滋味，犹如凝望瞎子阿炳吃力地操动手中的琴弦。很长一段时间，我都不再奢望姐姐还能改变。有人说，世界上的事情，其实早就安排好了，一辈子该着受穷的命，给你戴上顶皇冠也逃脱不了。

我曾试图跟姐姐谈谈，谈谈过去和当下，附带着展望一下未来。而她却像是一个梦游的人，死心塌地地沉浸于自己的世界。有个瞬间，姐姐好像被我的话惊醒了，猛地一颤，啥？你说啥哩？而后就笑了。

姐姐笑起来像个孩子，冷起来，像个谜。

然而，终究，姐姐的心还是松动了。

再过一周，姐姐搭乘的国航班机就将落在德国西南的斯图加特。不知怎的，随着姐姐抵达日期的迫近，我的情绪竟陷入一片困顿。近来罗杰斯说我夜间常有梦呓，嘀嘀咕咕，唏唏嗦嗦，咬牙切齿的。我确信自己梦呓时讲的是母语，而不是德文，便稍稍有些宽心。这会儿，我和罗杰斯端坐在莱茵河畔的啤酒园里，他望着对岸的森林和一座苍凉的古堡再次提到我的梦呓，并认真问起了姐姐。实际上我和罗杰斯在中国工作那会儿，他见过姐姐，碍于语言，仅限于点头致意，却无从交流。兴许是爱屋及乌，兴许是姐姐离奇的人生激起了他的兴致，这个憨厚执拗的德意志人，恳请我讲一点姐姐的故事。

怎么说呢，这得从姐姐的第一次婚姻说起。

2

一九七五年的早春，家门口戛然停下一辆大卡车，屁股后头冒着青烟，热气腾腾地咆哮着，很壮观，很轰动。街坊四邻不约而同地掀开竹帘，探出脑袋，好奇的目光里透着狐疑。小孩子们不管三七二十一，呼啦一下聚拢过来，把个张牙舞爪的车头团团围住。胆子大的，踮着脚尖儿去拽车头上的大红花，孩子们就跟着哄抢、揪扯，大呼小叫，杀猪似的。大人们跃跃欲试地围拢过来，指着我家门上突兀冒出的大红“喜”字窃窃私语。

一直以来被我们称作大哥的这个高壮粗黑的男人，罩一身硬挺的深蓝色中山装，亲自开车来接走了姐姐。他原本就是个司机，十几岁上跟着父亲走南闯北，奔波在外。有一年暑天，他父亲刚满五十岁，在大日头下运煤时突发脑溢血，死在了半道上。他便接替父亲，成了豫北煤矿名副其实的运输工。这一次，他从五百公里外把车开回老家，用大卡车亲自娶走了媳妇。

父亲是个胆小怕事的人，那些连缀着家族渊源的历史旧账，长年累月，翻来覆去，把他彻底锻造成一只惊弓之鸟。即便对女儿嫁人这种光明正大的事儿，父亲也有着本能的萎缩与躲闪，及至迎亲的车轰隆隆开到了家门口，父亲才吩咐大哥，挥笔写下那个单薄的“喜”字，匆匆忙忙地张贴出去。一挂鞭炮噼噼啪啪地响过，空气里登时弥漫着浓烈的火药味，呛得人嗓子眼儿发痒。上了年纪的人，捂着嘴没完没了地干咳，紧蹙的眉宇间难掩喜色。人们顾不上这些，纷纷穿过烟雾涌入我家小堂屋，一面嗔怪我父亲的沉默，一面捧出裹了大红封条的毛巾、枕套或床单，喜滋滋地递到姐姐手上。父亲满脸笑意，端起竹筐大把大把地分散着花生、瓜子和糖果。

我隐隐约约地意识到，姐姐的出嫁，对我来说绝非好事，就涨红了脸挤到卡车背后，踩着轮子往车斗里张望。车斗中央的小方桌上，铺了块红布，两盒“大团结”和几挂红衣小鞭炮，散落在皱巴巴的红布上。车斗两边残留的煤屑，犹如两道黑色的飘带，在斜射的阳光下灼灼发光。又是一挂鞭炮，震耳欲聋，狼烟四起，姐姐在婆家小姑子的簇拥下，披红挂绿地走了出来。

闺女，长大成人了，给恁爸鞠个躬吧！邻居王婶大声喊道。姐姐当众向父亲连鞠三躬，泪流满面地涌进车头的驾驶楼里。卡车在一片纷乱的热闹里，碾过地上细碎的炮皮和纸花，一阵风似的刮走了。

可不知啥原因，姐姐的这桩婚事只维持了大半年，便无疾而终。

婚后没几天，姐夫就返矿了。姐姐和婆家人挤在一处，住在城北一个四世同堂的大杂院里。在地图上，宋城是陇海铁路线上的一个点，冰冷的铁轨将小城一分为二。铁路南沿儿紧靠货场的这条街上，住了二十来户人家，一群半大不大的孩子常常粘在一起，四处疯跑。我和二哥是其中跑得最欢的两个。小街背后是宋城的货运站，总有几辆拖着黑色车皮的火车，停靠在无声的轨道上。沙子、水泥、石灰、煤炭、木材，以及面粉、砂糖和大米等，源源不断地从车斗里滚下，装卸工们一哄而上，把货物分装在各自的车上，然后吭吭哧哧地拉出去。父亲就是这些装卸工里的一员，每天一大早出来装货，而后拖着满满一车货物，送往指定地点。月色朦胧时，父亲拖着疲惫的身子回到家，累得话都懒得讲，人未躺下，呼噜声就起来了。

隔三岔五地，姐姐常常骑上她那辆加重“永久”从城北到城南来看我们，并且带着五花八门的小东西：牙膏、香皂、洗衣粉、裤头、背心儿、雪花膏，都是姐姐上班的那家日用百货商店的处理品。商店里总有些残缺不全的商品，不是喜鹊登枝的脸盆上磕掉一块瓷，就是海鸥牌洗衣粉的纸袋子磨损了一角，便会在员工内部减价处理。此外，姐姐会给父亲带上一包油汪汪的糖三角。父亲爱吃甜食，一看到姐姐手里那个油渍斑斑的牛皮纸袋，即眉开眼笑。没东西可带时，姐姐就塞给父亲两块钱，叫他自己买点好吃的，补补身体，并叮嘱父亲把钱藏好，别转脸叫小弟给摸走了。

只要父亲不在家，十岁的二哥就满世界踅摸父亲的藏钱处。褥子下，鞋窝里，房梁后，没他翻不到的。父亲一旦发现自己的钱不翼而飞，便抄起那根僵硬的棕褐色牛尾巴，满大街追打二哥，边打边骂：个畜生，我就是把钱藏到牛屄里，你也翻得出来！

秋后的一天，父亲跑远路，我和二哥挨到天黑仍不见父亲的踪影，便一溜小跑朝姐姐住的方向奔。过了火车闸口，沿铁道背后的老街走上几步，拐入一条坑坑洼洼的胡同里。及至摸到姐姐住的婆家小院，天都黑透了。姐姐见状，又惊又喜：你俩咋这个时候跑来了，黑灯瞎火的，父亲晓得吗？不等回答，姐姐已从柜子里摸出点心盒，叫我和哥坐下来慢慢吃，别噎着，带上门就出去了。眨眼工夫，姐姐进来时左手夹了两个温乎乎的花卷儿，右手托了只粗瓷小白碗，里头盛着黑黝黝的大头咸菜。

我抹掉下嘴巴上的水渍和馍花儿，起身打量姐姐住的房间。床头搁着家里陪送的樟木箱子，箱子面上搭了块粉底白花的塑料布。我贴着床沿摩挲着姐姐收拾得平展展的床，一股冷香扑鼻而来。这是我熟悉的姐姐身上的味道。姐姐走过来扳过我的脑袋说：看，几天没梳头了吧。拿起床头柜上那把檀香木梳，轻轻地为我梳理起来。

3

母亲出事前的那个春节，姐姐搭便车回家来过年。母亲高兴之余，却又显得心事重重，就忍不住问：大妮子，你和小孙到底咋个认识的？

姐姐微微泛红的脸立刻别转过去，她假装整理自己的挎包，回避着母亲询问的目光。过了一会儿，姐姐轻描淡写地说：妈，你知道的，我是矿上的过磅员，出货的司机们装完了货，都要经我那里过磅，一来二去的，就认识了。

而事实上，那个孙玉祥是在姐姐演出时，瞅准了时机跟姐姐拉上关系的。那段时间，矿上忙着排练样板戏《红灯记》，姐姐被选去扮演李铁梅。被分配到矿上之前，姐姐在西岭乡镇插队时，已是远近闻名的李铁梅了。矿上之所以那么痛快地接受姐姐，就是看重了她作为文艺骨干的特长。再说了，姐姐生得又美，眉眼、身段，端庄里透着一股妩媚。孙玉祥自是眼光不凡，可他凭什么？皮肤黑不说，最叫人看不惯的，是他那宽展的鼻头上常年挂着点点赭红。可姐姐说他勤快，体贴，脑子灵活。可不是吗，当他得知姐姐跟他是同乡，又爱吃家乡的皮蛋和五香花生米时，就在姐姐演出后的那个晚上，将四个皮蛋和两斤五香花生米，变戏法似的送到了姐姐手上。

再过磅时，孙玉祥就有了数不清的理由与姐姐搭讪和攀谈。每次回老家之前，他都要亲自跑来问：可有什么要捎回家的？或者家里有什么事要办？春节前夕，孙玉祥千方百计赢得了一趟陇海东线的运输任务，宋城是必经之地。不用说，姐姐想方设法告了几天假，顺理成章地搭上他的车，舒舒服服地回家过了个年。

就在这个节骨眼上，母亲干活的工地上出了事故。那是午后，太阳偏西时，母亲弓着腰在工地上收拾砖头瓦块，突然被一桶从天而降的灰浆不偏不倚地砸在了背上。母亲就此躺倒，再也没能起来。勉强熬到第二年冬至，枯瘦如柴的母亲已到了弥留之际。父亲连发两封电报，把姐姐催了回来。那一刻，瘦得脱了形的母亲塌陷在一张被褥里。她目光涣散，干张着嘴，就是说不出一句话来。

办完了母亲的丧事，姐姐含泪返回煤矿，经过一番努力，调回了宋城老家。母亲的去世，也无形中加快了姐姐的婚期。

那个周末，姐姐照例从婆家骑着自行车回到家。我站在门洞里，瞧见姐姐的脸色白得像糊在墙上的纸。姐姐径直走向父亲的房间。不一会儿，嘤嘤嗡嗡的哭诉，从父亲的房间里传出，而后被一阵汹涌的啜泣所淹没。接下来父亲的长吁短叹，一阵紧似一阵。我和二哥猫在厨房，偷偷注视着家里的动静。不知沉默了多长时间，父亲用他那惯常的沉重的语气，为姐姐下了结论：不中，就回来吧，还跟恁妹妹睡一张床！

第二天早上，姐姐低着头做饭时，我看到她的双眼，红肿得像主席像前摆放的那只泥塑供桃儿。

姐姐又可以每天回家了，我和二哥都欢天喜地。自从母亲去世后，父亲难得有过笑意，胡子也没再刮过。父亲嘴上接纳着姐姐的回归，可他那张皱纹密布的脸，却越发阴沉，越发沉默了。实际上，姐姐的离异，让父亲始终长吁短叹，夜不能寐。父亲不抽烟，不喝酒，每晚回来只不说话，靠在床头摸出老花镜戴上，捧起他那本油脂麻花的《三国演义》闷读。以前，父亲读上两段，就唤我过去听他讲三顾茅庐、空城计和千里走单骑什么的，讲到兴头上，父亲两眼发光，声音微颤，忽地把眼睛从老花镜里伸出来，见我依着床帮呼呼大睡，正要发作，却改变主意说：去，到曹家胡同喊你张大爷来，我给他讲吕布戏貂蝉的故事！

眼下父亲说书的兴致大减。他捧读《三国演义》的时候不再招呼我，也不再嘱我去曹家胡同喊张大爷，而是一个人枯坐着，偶尔掀几页，便定定地望向窗外。窗外群星闪烁，父亲张着嘴鼾声大作。姐姐走过来，把父亲手里的书轻轻移开，黯然退去。

4

街道对面，有座引人入胜的大院子，院子周边没有围墙，而是由沿街一溜三层楼护着，将院里院外分成截然不同的两个世界。底楼中间划出一条拱廊，廊下的绿色水磨石地板上，镌刻着富丽堂皇的大红牡丹，裹挟着金丝银边，格外诱人。高高的廊檐下，挂了一块雪亮的牌子，上头红漆行草端方周正地写着：宋城地区豫剧团。

那个年头，因为没有像样的文化生活，地方戏曲团体就成了大众文艺的主角，担负着百姓娱乐的重头戏，地位和风头十分了得。院子里出出进进的男女，器宇轩昂，顾盼生辉，比今天的电影明星都耀眼。演员们每天闻鸡起舞，不是对着山墙"咪咪咪，吗吗吗"地吊嗓子，就是扎紧了腰练身架、拿大顶，憋足了气踢腿、压肩、翻跟头，一招一式都叫人陶醉。有时剧团排练整出的戏，声势浩大，紧锣密鼓，气象万千，把我激动得像触了电。只要对面的锣鼓一响，我就奋不顾身地冲过去，挤进人群，一观就是大半天。由此我也学会了不少著名的唱段，唱腔和动作都模仿得惟妙惟肖。最馋人的要数剧团外出巡演，瓦亮的大轿车横在楼下，沉甸甸的戏箱子一个接一个地搬上车，演员们披着霞帔从院子里款款而出，把我眼热得只想死。

对姐姐而言，对面院子里那个镶着水泥搓板儿的方形自来水池，似乎更具魅力。既然是对门邻居，近水楼台先得月，家家户户都想端着衣服去那里洗。去的次数多了，人家就有些不耐烦，剧团的看门儿老郭，便不客气地轰我们。后来干脆在门上落了锁，一律不准外人去洗衣服。但是，姐姐好像是个例外。她照样端着衣盆走过去。一顿饭工夫，就端着水淋淋的衣裳，在左邻右舍艳羡的目光里走回来。

姐姐自由出入剧团洗衣服的事儿，像三月的风，从各家门缝里刮起来。这天，姐姐下班回来，照例端起衣盆就走。父亲一反常态，拽了一下我的衣袖说，去，跟着你姐去！

姐姐甩了甩齐腰长的辫子，众目睽睽之下三步并作两步来到斜对面。那扇紧闭的红漆大门仿佛有感应似的，倏地就开了。出来开门儿的还是老郭，却和颜悦色，满脸堆笑。姐姐将盆里的衣服呼啦一下倒进池里，拧开水龙头哗哗淌着。她将两条辫子轻轻拢到脑后，扯出一条月白手绢，拧成蝴蝶结。姐姐端庄娴雅，楚楚动人，即便置身于演员们中间，也毫不逊色。眼看池子里的水满了，姐姐俯下身搓揉起来。我站在一旁很不耐烦，就溜到院子深处的泡桐树下，看乐队学员蓝妞儿伸着五个指头弹琵琶。再抬头时，姐姐对面多了个男人。他相貌堂堂，干净利落，有一种说不出的风度。但在我看过的几出戏里，像是没有他的影子，那些热闹的男欢女爱，似乎与他无关。

后来听姐姐说，他专唱老生，从不演现代戏，眼下已改做编剧。

老生站在姐姐对面，不紧不慢地搭着话，姐姐笑吟吟地应着，并不停止手里的搓洗，偶尔抬头俩人相视一笑，很默契的样子。我站在树下，虽看不清他们之间流动的眼波，可那股子秘而不宣的气氛，叫我着迷。院子里的泡桐花似开非开，空气里弥漫着甜丝丝的清香，几只蜜蜂在柔荑的花序间嗡嗡地闹着。蓝妞儿调了调弦，悠悠地弹起了剧团正在上演的《苗岭风雷》。这是一出苗家山寨闹革命的故事，带着浓厚的少数民族风情，很好看，很热闹，也很革命。单是剧里那些鲜艳夺目的民族服装，就叫人赏心悦目。我突然想起姐姐有一张穿着苗族裙装的彩照，被她珍藏着，化了妆的，像剧照一样。

老生不知跟姐姐说了句啥，姐姐骤然低下头去，好半天也没抬起，只有白色的蝴蝶结在她脖颈后时隐时现。蓝妞儿调子一转，叮叮咚咚弹起《红灯记》里的唱段。随着她手指的轻扬，“听奶奶讲革命，英勇悲壮”的旋律袅袅而出，似桐花抖落。我一时忘情，和着蓝妞的曲调放开嗓门儿唱起来，直唱到“打不尽豺狼，绝不下战场”。

老生不见了。姐姐正拿眼神招呼我过去呢。我会意，撒腿穿过院子，来到姐姐跟前。姐姐把肥皂盒递给我说：走，去他那坐一会儿。我跟在姐姐屁股后头，走至楼下的回廊尽头，门上的竹帘“唰”的一声开了。姐姐一弯腰，将衣盆搁在墙角的地上。老生见了我，夸赞道：丫头，唱得好！

我红着脸低下头，闪到姐姐背后，饶有兴趣地打量起他的房间。这是个光线充足的单人间，水泥地面洁净如洗，靠窗一张单人床，浅绿色格子棉被叠得棱角分明。一切都清清爽爽的，跟他的人一个样。床头的那面墙上，挂着几张黑白剧照，规规矩矩地镶在木头框里。不用说，是老生的演出照，我踮着脚尖仔细瞧看。

姐姐被老生客气地让到一把椅子上坐定了，双手叠放在腿上，含笑望着他说：一心一意想考你们剧团呢。你费心给问问，戏校啥时招学员，叫她去试试行吗？

像我们这种街道上长大的女孩子，注定了姐姐的随和温情、善解人意。姐姐适时地矜持着，却又不失大方。老生看了姐姐一眼说，想考戏校啊，我看中，丫头嗓子可亮，跟你一个样。老生讲话的声音很特别，浑厚低沉，圆润饱满，不像是从嘴里发声，倒像是从带弧度的胸腔里滚动出来的。可他突然偏了头凑近姐姐道：怎么长得不像你呢。老生的声音压得极低，形同耳语，可我还是听见了。姐姐是我们这条街上出了名的美人，可作为同胞姐妹，我却生得其貌不扬，活像一只丑小鸭。

老生怜惜地瞄了我一眼，关切地问，多大了，可上学了？姐姐叹声道，这不，上周带她去学校报名，校长一看户口本，差俩月才满七岁呢，死活不收！

老生拉过一把椅子，坐在姐姐对面，笃定地说：去年团里演《智取威虎山》，魏校长还找我要过票哩。回头我问问他，兴许能破个例。

姐姐双眸一挑，含笑道：我那里有刚进的大中华牙膏，你给他带上两管，用票证都买不来的紧俏货呢。老生把手一扬，阻止了。

5

隔了两天，姐姐换上她那件藕荷色上衣，扯下我身上的汗衫说，家里的衣服又该洗了，拉上我就走。我乐不可支，麻雀似的在她屁股后头飞来飞去。姐姐对着镜子把刘海抿了又抿，将两块双峰牌香皂塞进衣盆，忽地沉下脸来对我说：跟我去可以，但不许向爸透露咱们去老生那里的事。我使劲点了点头。

衣服不多，姐姐三下五除二就洗完了。但是很奇怪，廊檐下那间挂着帘子的房门，为何一点动静都没有？我正自纳闷儿，姐姐端起衣盆，扯了我就朝走廊尽头走。那竹帘“哗”的一声又开了。只见老生的腰里系了条蓝围裙，双手沾满面粉，正忙着包饺子呢。姐姐一弯腰将衣盆丢在门后，说了声“让我来吧”挽起袖子就去揉面。老生和颜悦色，伸手解下自己的围裙，拦腰给姐姐系上。俩人面对面站在那张齐腰高的桌前，一个擀皮，一个包馅儿，四目相对，含情脉脉的。

这是个无风的下午，院子里很静，往日热闹的泡桐树下静悄悄的，只有团里的美工在聚精会神地画布景。这是一幅山水相间的远景图，一轮红日穿云破雾，从黑魆魆的山巅迸出来。拐角楼上的琴房里隐隐地飘来一支曲子，仿佛是从不知名的远方流淌出来的。老生把煮好的饺子端上来，招呼我和姐姐先吃，他忙着煮完第二锅，才坐下来和我们一起吃。阳光隔着竹帘轻柔地筛进来，影影绰绰的，房间里弥漫着光滑和温润的气息。几十年过去了，我还清晰记得那顿芹菜馅儿饺子的味道，可真是好吃啊！

老生收拾面板时，姐姐瞅见他前襟上的一团面粉，走过去亲昵地替他弹掉。他们聊着什么，时不时咯咯地笑，我听得莫名其妙，丢下碗筷就溜了出去，循着琴声悄悄上了二楼。琴房里坐着一位秀发齐肩的女孩儿，她对着窗外的泡桐忘情地弹着。她的背影优美而略带弧度，那弧度随《红色娘子军》的旋律激越地颤动着，一头泼墨似的秀发，在窄窄的肩头飞舞。她大概被自己感动了，边弹边唱：“向前进，向前进，战士的责任重，妇女的冤仇深……”

周日这天，姐姐应老生的邀请去剧团看《桃园春秋》的彩排。因为省里的领导来审查，市里许多领导跟着作陪，小孩子一律不准入场。我憋了一肚子气，困守在家里等姐姐。父亲见家里没人，用一包虎皮蚕豆和两个松花蛋，轻而易举地收买了我。在父亲的软硬兼施下，我很快背叛了姐姐，一五一十供出了她和老生的隐情。

饭桌上，父亲气得脸色铁青，浑身颤抖，他握着家里那把小腿肚儿粗的擀面杖，死命地朝桌沿“啪啪”两下。我从未见父亲露出这样一副狰狞可怕的神情，他似笑非笑地说：一个唱戏的，整天涂脂抹粉描描画画咿咿呀呀的，像啥话，啊？还有你，父亲“咚咚”敲打着我跟前的桌子腿，狠狠地说：从今天起，你再敢动考剧团当戏子的念头，我就打断你的腿！我低头盯着碗里的面条，大气都不敢出。父亲怒视着头顶的横梁自言自语道：戏子无情，婊子无义。黄酱掉到裤裆里，不是屎也是屎。而后拖出碗里的面条，呼噜呼噜往嘴里送。我偷偷扫了一眼姐姐，她斜着身子，无声地抹着眼泪。

次日黄昏，低挂的云层里起了一阵风，几片焦黄的梧桐树叶，羽毛似的从对面楼上飞过来，卷起墙的主席像的边角。一个披头散发的中年妇女，突然斜倚在门前的梧桐树上，一手掐腰，一手指着我家的门，喊道：个不要脸的狐狸精，你出来！宋城的男人都死光了，你偏就看中了俺男人？

女人背光站着，清癯高挑，苍白的脸被竹帘的缝隙割裂成一绺一绺的。她霍地撩开身上的外套，吧唧吧唧捶打着自己干瘪的胸，冷笑着继续喊：瞧见了吧，老娘的身子骨有多硬？我告诉你，就是到死我也不会同意离婚的，你就死了这条心吧！

二哥像一根炮仗，嗖地跳起来，他从后院拎出一根齐腰长的树干，欲欲跃试地攥在手里，一副蓄势待发的架势。父亲脸色蜡黄，闷声喝住二哥，瞪着一双血红的眼将二哥逼进里屋。这时，有人突然从后头拦腰抱住了女人，撕撕扯扯的，女人被踉跄地拖进对面的院子。如同狂风大作瞬间卷起满街的尘土和沙砾，我感觉眼前一阵昏暗，耳畔却被姑娘留下的一串话点醒了：妈，你这是干啥呀？你越是这样，我爸就越是要和你离婚！我猛然觉着姑娘的背影好生面熟，莫不是琴房里的钢琴手？眼前霎时掠过那带着弧度的优美曲线，和那一头泼墨似的秀发。

从此我和姐姐再没踏进对面院子里半步。直到唐山发生大地震，整条街上都搭起了奇形怪状的防震棚。那天早上，我在防震棚里被一阵翻江倒海般的哭声惊醒，循着哭声我来到对面。只见院子里的男男女女，簇拥着一幅毛主席像你推我搡，哭作一团，边哭边喊：毛主席呀，毛主席，恁老人家不能走呀！女演员们捶胸顿足的同时，在院子里走起了碎步；男人们伸出双臂，对着一轮旭日仰天长啸。人群里我忽然撞上一对熟悉的目光，那目光也认出了我，我们仿佛都被对方惊扰了，不约而同地怔了一下，继而扭过头去，迅疾避开了。

6

家里的脏衣服积攒得像座小山。姐姐终于端起衣盆，在街坊们的注视下，到铁路公寓背后的河塘边去洗。好久没来这里洗衣服了，不知谁家在塘里养了一群鸭子。鸭群的落户，使得河里的水藻一涌而起，越来越繁茂，远远地看上去，水面上好似起了一层雾，又像是发了霉。

洗着洗着，姐姐盯着两只鸭子怔住了。一条蓝毛巾从她手里滑落到水里，姐姐也没有感觉。我慌了，轰走喊喊喳喳的鸭群，扯住姐姐的衣袖大喊。回到家，父亲冲着姐姐的背影说：山不转水转，还是叫你弟弟妹妹打水回来，用家里的木盆洗衣服吧。我和二哥便扯出屋里的四轮小车，到半里外的公共水站去买水。三分钱一桶，我和二哥拽着两桶水的小车往家走。装满了水的铁皮桶，被崎岖不平的路面颠得东倒西歪，桶里的水花像音乐喷泉似的，欢蹦乱跳。

姐姐蹲在木盆前洗衣时，我忍不住对她说：你知道吗，你和老生的事，都是三丫捣的鬼。姐姐剜了我一眼道：别胡说，你咋知道？

我就是知道！我愤愤不平却又得意扬扬。前天晚上，我去厕所的路上，听见三丫跟那个疯女人在墙外说话。疯女人到咱家来闹事，也是三丫鼓动的，她什么都知道。姐姐思忖半晌，恍然大悟：怪不得大鹏又跑到百货商店来纠缠我，哼！

大鹏是三丫的哥哥，一个东流西窜游手好闲的小子。跟他那个开食堂的爹一样，抽烟，喝酒，还乱搞女人。即便没有老生的事，姐姐也不会跟大鹏好。可他仗着跟姐姐是发小，又是低头不见抬头见的街坊，一厢情愿地认定和姐姐青梅竹马，发誓要把姐姐娶到手。他爹娘几次三番托了人来提亲，都被父亲婉言谢绝了。

剧团的琵琶女蓝妞竟来了，她犹犹豫豫揭开我家的门帘，说是有一封信，要亲手交给我姐。姐姐听见了，慌忙从东屋出来，接过信，十分感激地拉了拉蓝妞的手，俩人对望着，心领神会。蓝妞走后，姐姐一头扎进东屋，顺手关上了房门。

不知道老生会写些什么，为那天的事道歉、解释，还是要姐姐坚定不移地等着他？他传递给姐姐的是温情、冷漠，还是一份不容置疑的承诺？这份心照不宣的情感对姐姐而言，是聊作排遣还是不折不扣的救命稻草？我当然不得而知，也不可能理解。若干年后，当我大学毕业，情窦初开即陷入一场肝肠寸断的三角恋情时，我在两个男人之间一路无知而愚蠢地走了很远。痛定思痛，我恍然顿悟：姐姐和老生是爱着的，他们爱得深情款款，爱得温绵无力，爱得茫然失措。

秋荷敲打着窗子来喊我，说是货场的第九轨道上卸了一车骨头，问我去不去捡骨子儿？抓骨子儿是我们豫东女孩儿迷恋的一种把戏，那些来自羊腿膝关节处的一块奇妙的小骨子儿，五个一组，被我们磨得溜光水滑，染上颜色，而后围在一起抓着玩，其乐无穷。我已攒了三枚，再有两枚就能凑成一组。我二话不说跟着秋荷便往货场跑。在堆积如山的动物骨架里，我和秋荷忍着刺鼻的腥臭，找寻着属于我们自己的童话。至于姐姐与老生的事，早被我忘到了九霄云外。

昏天黑地时，我带着满身的腥臭回到家。月光如华，照在姐姐胸前的紫红色被单上，借着溶溶月色我窥见姐姐半掩着的脸，平静光润，像是睡熟了。我悄悄返回厨房洗了脸，啃了块花卷儿，蹑手蹑脚地钻进被窝。黑暗中，我感到姐姐的胸脯剧烈地起伏着，我正要翻身，姐姐用她绵软而滚烫的胸膛，一下子裹住了我冰凉的双脚。

7

姐姐终于嫁人了。但不是老生，而是青海建设兵团的一名钻探队员。

春节期间，姐姐经人介绍跟董国庆见面时，发觉对方是自己小学时的同班同学。如此一来，无须预热俩人的关系便迅速升温。姐姐一门心思地想把自己嫁出去，越快越好，可到了关键时刻，竟犹豫了。当初从豫北煤矿调回宋城老家，就是为了照顾年幼的弟妹，真要嫁给这位钻探队员，势必跟着他去大西北，那弟弟妹妹咋办呢？

父亲一声苦笑，厉声道：你要想叫我多活几天，就别再拖下去了。我看国庆这孩子有专业，脾气也不错，你弟弟妹妹的事，还有你大兄弟呢，他插队回来可以接替你照顾这个家。再说了，国庆迟早是要转业回来的！

既这么着，董国庆便趁着在家，积极有效地与姐姐培养着感情。眼看到了归队期限，姐姐终于下定决心，嫁给他。于是双双瞅了个好日子，很快就把结婚证给领了。国庆在西宁的兵团领导发来贺信，给他续了两周的婚假。婚假期间，姐姐的随行准备也在紧锣密鼓地进行着。因为是军婚，又属于国家建设的支边项目，宋城地方领导态度鲜明，既支持，又配合。这是个难得的暖冬，天气始终温吞吞的，可就在姐姐临行的前一天，半空中若无其事地飘起了雪花。早晨的车站月台上，白花花盖了一层雪。姐姐挡住风口，把脖子上的大红围巾解下来，给我围上，并拉起我的手嘱咐我好好念书，听爹的话，而后裹了裹身上的军大衣，一步三回头地登上了西行的列车。我不顾一切地追上去，拍打着姐姐的车厢边哭边喊。火车渐渐提速，我跟着车没命地跑，直到二哥将我从呼啸的风中，一把拽回来。

父亲病重之时，姐姐千里迢迢赶回家来。姐姐为我织了件胸前带梅花鹿的钻头毛衫，给父亲带回了一件沉甸甸的绵羊皮袄。父亲振作精神把羊皮袄抖落开，一股浓郁的腥膻味直往鼻孔里钻。这是姐姐特地请当地裁缝照父亲的尺寸定做的。混黑色的面儿，斜纹布，里子是西宁纯种绵羊皮。雪白卷曲的羊毛打着卷儿，把父亲手上粗粝的皮，刮得刺刺啦啦作响。这一刻，父亲深陷的眸子闪出光亮，满脸的褶子一条条地展开了。他不断地将手臂埋进袖筒的羊毛里头，享受着毛茸茸的温暖与幸福。

记得姐姐远行的那个晚上，父亲在饭桌上痴痴地朝着窗外，声音微颤地说：青海虽说远了些，可那里的羊多，羊毛好啊！

父亲一年四季在街上拉货，夏天的毒日头，把他的后背晒成了一张鳄鱼皮。寒冬腊月，滴水成冰，父亲弯腰低头，顶着风在街上一小步一小步地挪动。有一次，父亲披着雪花跑回来喊我，说下午要拉一趟伊拉克蜜枣，叫我跟他去推车。伊拉克蜜枣，光听这名字，就能激起我无限遐想。我紧紧跟在父亲车后，一面使劲推，一面拼命吸气，试图从麻袋的缝隙间捕捉丝丝甜香。车子走在无人的背街上，父亲突然停下来，左顾右盼，迅速搜寻着麻袋的破绽。好半天，父亲对准一个稀疏的小口，用食指顶进去。天寒地冻的，蜜枣冻得石块似的，父亲抠了好半天，才抠出一颗狭长的枣子，一把塞进我嘴里。我将枣肉一点点吸进胃里，将那核儿含在嘴里大半天，直到傍晚才恋恋不舍地吐出来。许多年后，当我在欧洲的超市里见到油汪汪的伊拉克蜜枣时，总是屡屡买来吃，父亲当年隔着麻袋为我抠蜜枣时的情景，便历历在目。当时我曾试探着问，爸，还能再抠一个出来吗？父亲摇摇头说，不中，要是被人发现了，我这活儿就干不长了。一阵风刮过来，父亲脸上的汗水与他的山羊胡子凝结在一起，冰棍似的，在他的嘴巴下晃来晃去。

能穿上一件货真价实的羊皮袄，是父亲此生的夙愿。姐姐成全了父亲。父亲挣扎着从病床上站起来，笑眯眯地盯住皮袄，任由儿女把它套在自己干枯的躯体上。父亲直直地挺起胸膛，盯着自己的衣袖在屋子里走过来，走过去，并推开房门走到医院的长廊下。父亲盯着袖口的羊毛，一字一顿地说，我死了，就给我穿上这件皮袄，我要穿着它去见你妈。三天后的一个早上，父亲果真穿着姐姐带给他的这件绵羊皮袄咽了气。他那刀刃似的青灰色脸上，显得十分安详和满足。

8

父亲出殡的前一天，姐夫从西宁赶了回来。这是个沉默寡言的男人，脸庞精瘦，表情温软，不笑不开口。不知怎的，小小年纪的我，竟对男人生出那么一点混沌而固执的认识：男人最好雄浑、粗犷、憨厚，即便不太细腻。

有一次，姐姐拉着我到东街的公厕去解手，正午的阳光坦荡而霸气，不动声色地让整个世界现了原形。我低头打量姐姐时，无意中发现她胯下的一大块青紫，都淤血了。傍晚吃饭时，我向姐姐问起此事，没想到她听后，顿时慌了阵脚，东拉西扯地掩饰和搪塞。第二天，姐姐特意从婆家跑来叮咛我，可不要跟你哥提起这事。我望着姐姐那不再光洁的皮肤，心想，才走几天，竟变成这样。不是说青海是个好地方吗？雪山之巅，江河之源，想想都叫人心旷神怡。除了湖光山色之外，也许那些寸草不生的荒漠，一眼望不到边的戈壁滩，一日三餐伴着凶悍的沙尘，才是姐姐生活的实质吧。

爹娘不在了，哥哥姐姐自感责无旁贷，义无反顾地承担起养育我和二哥的责任。大哥结婚后，在简陋的工厂宿舍筑起了自己温暖的小巢。父亲临死前，抓住大哥的手说：你要亲自拉扯你弟弟，管教好了，他还能混碗饭吃，不然，会闯大祸！既然二哥跟着大哥生活，那么我就该跟姐姐走。但我执意留在宋城小学念书，死也不肯跟着她到大西北去。我的固执和倔强让姐姐十分为难。那些日子，我隐约觉察到，姐姐和姐夫为了我的去留问题，明里暗里，争吵不休。

这是夏季，一场雷雨过后，水从大街上灌进了屋里，我和二哥抄起家里的盆盆罐罐轮番往外刮水。我在厨房开煤炉时，发现后山的半截土墙塌了一角。为了防止墙洞蔓延，二哥搬来一块石头，裹上一条破布，含含糊糊地塞住窟窿。邻家的肉香顺着墙缝飘进来，我和二哥咽了咽口水，决计自己动手炸油条。我掏饬面的时候，二哥把油锅支了起来。我在案板上精心揉搓着面团，然后切成条形，两条叠起来一扯，丢进翻滚的油锅里。这时，一阵含混不清的敲门声传了过来。

门开了，一位端庄清素的陌生女人，笑盈盈立在我家门前，手里提着一包点心。你找谁呀？我眉毛一挑问。女人温和地回答，找你们兄妹俩呀！二哥从油锅里夹出一根油条，仰脸瞅了一眼女人。女人目光纤弱、持重，黑亮的头发搭在肩上。她轻手轻脚地靠在门框上，饶有兴趣地看我们忙活。我快速揉搓着面团儿，扯开，拉长，丢进锅里；二哥用筷子不停地翻卷，直到挑出最后一根油条。女人如释重负地松了口气，脸上露出淡淡的喜悦。二哥夹起一根油条请她品尝。女人伸手拿起来咬了一口，惊讶道：咦，好硬呀！

我竟然忘了放老面头（那个时候，用来发酵用的）。女人像是家里的一口人，和我们一点也不生分。二哥递给她一张小板凳，并问，找俺有啥事儿？女人淡弱的面颊浮上来一层红晕，坐姿也不大自然了。昏暗的小屋里静极了，一向热闹的街上似乎也停止了喧嚷。太阳从西间的窗口泄进来，在我们之间形成一道倾斜的光柱。亮晃晃的光柱和空气里的粉尘，在我三人的凝视中上蹿下跳，闪烁不定。女人欠了欠身说：我是一个人过日子，顺道过来看看你们，听说你俩的爹娘都没了。

我和二哥脸一红，不知说什么好。女人就问起我们读书的事。当时我正在念小学三年级，成绩还不错。二哥读小学五年级，喜欢逃学。女人就那么闪闪烁烁，吞吞吐吐，到底没说出她的真正意图来。告别时，我和二哥将她送至门外，看着她细弱的背影，渐渐消失在十字街头。

董大娘一撩帘子进来了。她开门见山地说：今儿来你家的那个女人，可是个好人呀。她工作好，工资高，就是孤零零一个人，没儿没女的。你俩要是跟了她，吃穿还愁个啥哩！

原来女人是想给俺当妈呢。那怎么行！父亲死后，有六个儿子的张大爷，一直想把我领走，哥姐死活不同意，哪差是个陌生人呢。哥姐得知后，一口回绝了董大娘的好意，说：只要俺俩还有一口饭，就不能把弟弟妹妹送人。可那女人也着实命苦，丈夫在外当兵提了干，却不回家来。女人不生育，结婚十几年也没个一男半女，丈夫用这种方式逼迫她自动提出了离婚。女人伤透了心，也绝望了，不打算再嫁人了。

这件事促使姐姐做出一个异乎寻常的决定。

9

为了我，姐姐决定暂不去青海，而是留在宋城。她工作的那家日用品百货商店，刚好扩大营业范围，将营业地点从道北迁往道南。姐姐被分配到城南的百货大楼去上班。鉴于姐姐有孕在身，姐夫思索再三，勉强答应了。说是等孩子生下来之后，再做打算。

一个阳光倾斜的日子，姐姐带着我来到她的婆家。她先是拉着我的手在她婆婆跟前跪地磕头，并让我管她婆婆叫“妈”。称呼母亲之外的女人为“妈”，我心里很别扭，虽然当时我只有十一岁，但我已经有了自己的意志。我叫不出口。姐姐的婆婆白净、纤细，不愠不火，通身弥漫着富贵人家的气息。她那一头自然弯曲的短发，修饰得恰到好处，说起话来慢条斯理。不知是服装的款式，还是沙发的光泽，把她衬托得坦然自若。她垂下眼帘看我的眼神里有怜惜，有同情，也有些居高临下。就在姐姐低声逼我喊她妈的当儿，婆婆的目光躲闪着，薄而窄的嘴唇嚅动了一下，很不情愿的样子。

姐姐一定要我这样做。她有她的道理。姐姐之所以叫我喊她妈，不过是要我用这种卑微的方式，唤起婆婆对我的母爱，好让我顺顺当当留在那个家，安安稳稳地生活与读书。家里的老房子，在秋后的几场雨中变得弱不禁风，几近瘫痪，说什么也没法再住下去了。面对姐姐不依不饶的目光，我缩头弓身小眼珠直往上翻，涨红了脸，终于喊了声妈。婆婆听了，表情淡淡的，她以一个中学老师的口吻，向姐姐表明家里有多少人口、开销有多大，以及家里的住房并不宽裕，云云。但终究考虑到姐姐刚过门不久，多少碍于婆媳情面，并且顾及远在西部的儿子的情分。她从头到脚打量了我一番，瞬间露出温婉之色，勉强点了点头，算是答应了。

姐姐的公公五十岁开外，鬓角花白，做事认真而敏捷。不知他在外头做些什么，好些天才回一趟家。一旦回到家，他便一刻不停地忙。买菜做饭，收拾家务，样样都不含糊。只要公公在家，白面馒头就蒸得暄腾腾的，小米粥熬得黏糊糊的，黄豆芽炒得像一根根从油锅里捞出来的。一上饭桌，我的两眼便身不由己，直勾勾盯着桌上的饭菜，旁若无人。姐姐就拧我的肉，并压低嗓门儿敲打我：你就不能斯文点？

对这个家庭来说，我的出现，就像鸟笼之外扎进来的一只野麻雀，极不受待见。由于我的存在，姐姐在这个家里似乎矮了三分。她始终谦虚谨慎，对婆家的兄弟姊妹笑脸相迎，做事拣最脏最累的干，洗衣服尽量照顾到每一个人。老太太每次听到我喊她妈，不是机械地敷衍一声，就是不耐烦地掉过头去。我搞不懂问题究竟出在哪儿，使得我和这个家庭之间有一种与生俱来的隔膜。有时候，他们一家大小坐在一起聊得正热烈，见我过来，霎时变得鸦雀无声。对我而言，只要吃得饱穿得暖，不误上学、念书，至于他们的脸色，我一点都不关心。连他们自己也不是那么友善、和睦，兄弟姊妹之间常常为点小事相互埋怨，动不动吵得面红耳赤。

姊妹里有个叫雅敏的，排行老三,十五六岁，生得面目清秀。自从我进了这个家，雅敏从未拿正眼瞧过我，饭桌上也从不搭理我。可她有个爱脸红的毛病，尤其是每天早上，当她把那个湿溜溜的小褥子从床上拎出来，跟自己侄子的尿布搭在一条绳上晾晒时，她那张细嫩的瓜子脸，瞬间涨成了紫茄子。那条棕褐色的小褥子，由于长年累月被一个近乎成年人的尿液浇灌、浸渍，上头的尿碱如老墙上的秋霜，花里胡哨的。太阳一出来，褥子上的骚臭，青烟似的袅袅蔓延。使得来来往往的邻居们，捏着鼻子一路小跑。

我盯着褥子发呆时，问姐姐：都多大了，为什么天天尿床呀？

姐姐说：这是一种病，跟年龄大小没关系，结了婚就好了。

我依然迷惑不解。有天早上，雅敏照例拎出她的褥子往绳子上搭晒，我一不留神，将心里的好奇泄露在了脸上。雅敏察觉到我的表情，掐着腰冲过来，狠狠剜了我一眼，撩起头发扬长而去。我不知哪来的勇气，毫不示弱地回敬了她一眼。这是我唯一一次扬眉吐气的时刻。没想到我的表情落在了姐姐眼里，她不动声色地揪住我的头发，死命地将我拽进屋里，关了门点着我的额头训斥：谁让你去看的，你傻不傻？

10

转眼熬过了盛夏，姐夫那边传来了好消息。他的工作已从青海调到本省的南湾油田，离得很近了。姐姐听到这个消息，抱着孩子在院子里扭起了秧歌。国庆节前夕，姐夫忽然来信说，和他同住一个宿舍的室友，打算回上海探亲，叫姐姐带上半岁的儿子，去南湾小住。

姐姐不在的这几天，我牢记姐姐的叮嘱，放了学就回来写作业。婆婆的大女儿雅琴从外头插队回来了。那实在是一个艰苦的地方，吃的、住的都不尽如人意，想吃点猪肉和鸡肉，得骑上自行车跑十几公里外的镇上去买。雅琴不停地讲着，活儿也很累，一天要做十多个小时，连个正经休息日也没有，常常累得腰酸腿疼。雅琴圆嘟嘟的脸上泛着青春的红润，她一直讲到哽咽。光线暗淡的屋子里，我看见婆婆眼里的两包泪，无声地滴落下来。雅琴见状，戛然而止。

为了补偿女儿在外的亏欠，母亲亲手为女儿洗衣服。公公更是杀鸡宰鱼，忙得不可开交。餐桌上摆满了诱人的饭菜，我独自一人和他们围坐在桌前，享用了一顿无比丰盛的晚餐。饭后，婆婆扬手从腰里掏出一串钥匙，抽出其中的一把，小心翼翼地打开立在屋角的立柜，从里头捧出一只铁皮盒，抱着它放在餐桌上。在大家的注视下，婆婆从盒子里掏出几样点心，摊在桌上，两手一摆说：吃吧，都吃吧！

有爹娘的孩子真好！我看着他们一家老小有说有笑，其乐融融，羡慕之余眼睛里潮乎乎的。我凝望窗外滚圆的月亮，浑身竟哆嗦了一下，懵懂的心霎时觉醒了。我意识到自己在这个热烈而温暖的氛围里，是那么孤单、可怜、多余，就起身退了出去，孤零零回到自己的房间，缩进床头一角迷迷糊糊地睡去。

一觉醒来，我被一阵大大咧咧的穿衣声惊醒了。原来雅琴跟我睡在同一间房里。姐姐和外甥不在家，房间里正闲着一张床，她自然应该睡在这里。待我反应过来，慌忙起身，抓起枕边的衣服飞快往身上套。雅琴不慌不忙地走到我跟前，指着地上的尿盆对我说：

去，把尿盆倒出去！

我一夜熟睡，并未使用，就不软不硬地抗拒着：我没用，凭什么叫我倒？

叫你倒就得倒，在俺家住着，讲啥价钱！雅琴吼道。

不是我尿的，凭啥叫我倒？我不识时务地分辩着。

雅琴铁青着脸，一把扯起我的衣领，顺手给了我一巴掌。

我哭着和她争辩起来。听到屋里的争吵，婆婆的二儿子，一个十八九岁的大小伙子，立刻跑过来为姐姐助威。他红着眼对我破口大骂，一面把我往外推，一面高声喊：滚，滚出去！

我的哭声引来了一群孩子的围观，姐弟俩恼羞成怒，挥舞拳头驱赶前来看热闹的小孩子。我不知哪来的勇气，端起那个尿盆，照着姐弟俩就泼了过去。穷人家的孩子就是这样，温顺的时候很温顺，而内心却始终蕴含着一股神秘而黑暗的力量，一旦遭受欺辱和攻击，瞬间就会恢复本性，应对事态的方式很直接，也很草根。如此这般，一场不可避免的厮打便拉开了序幕。我当然不是他们姐弟俩的对手。他们的拳头和巴掌，雨点般泼洒在我的头顶和身上。我拿出唱戏的高门大嗓，没命地号叫。

四邻的男女老少都围拢过来了，人群中传出一声愤怒而老迈的斥责：太不像话了，姐弟俩欺负人家一个没娘的孩子！

11

那个时候，我实在太小，还不懂得人在屋檐下、不得不低头的道理。可怜大姐由于我的懵懂无知、惹是生非，回到家便与婆婆一家闹翻了。不蒸馒头，争口气，姐姐抱起孩子拉上我，很快搬离了婆家，在宋城郊外一个村子里，租了间九平方米的小屋，单门立户地过起了日子。

自从住进这片村落，我上学的路远了好多，却也远离了寄人篱下的日子，并有机会接触田野、农庄、鸡鸣狗叫、市声嗡响，生动而热闹，我和姐姐都恢复了中断已久的自由与欢畅。放学回来，我抱起小外甥就朝茂密的庄稼地走，那里草木葳蕤，榆树、洋槐、石榴花，伸手可及，清秋的气息叫人陶醉。不光植物，那泥土也像是有生命的，它孕育一切，吸纳一切，包容着我的天真与稚嫩，它比人似乎更富有感情。

姐姐单挑独斗地拉出来之后，几乎一无所有，样样都要重新添置和经营。过日子比树叶还稠，孩子、保姆、再加上我这个甩不掉的包袱，姐姐必须精打细算，未雨绸缪。日复一日，姐姐的心态就有些奇妙和异样。救妹妹于水火，养育我长大成人，供给我读书学习长知识，姐姐的眼神里就添了一种神圣感，一种舍生取义大义凛然的悲壮。我的形影不离，像个讨债鬼，一日三餐，吃喝拉撒，一切用度，样样都要姐姐亲自操劳和付出。姐姐就有些喋喋不休，见谁都想说说自己的使命，真是道不尽的辛酸和苦楚。

年关到了，姐夫从南湾回家来探亲。姐夫的到来，使得我们这间逼仄的小屋，更加逼仄了。保姆是本地人，回自个家去了。我呢？姐姐就到村子里找她的要好云嫂。云嫂人善良，家里又宽敞，就叫我跟她女儿睡在一张床上。睡在哪儿我当然不在乎，为难的是每次去云嫂家，多要从安放着她公公棺材的穿堂里经过。冬季的夜晚，天色黑得出奇，凌厉的风卷起地上的枯叶，刺刺啦啦地刮擦着我的脚面。四下里没有一个人，我缩着脖子，从黑漆漆的棺材旁经过时，毛发直竖。我一个激灵，死命地喊：云嫂——！云嫂——！云嫂听到我的呼叫，高声答应着，说，不怕！进来吧。

我便火苗一般，“嗖”地蹿过去。

饭桌上，姐夫时不时与我搭讪，有些问寒问暖的意思。他表情温软，满脸笑意。可不知为啥，我却感到一股莫可名状的冷。放学回来，姐夫手里正攥着一支圆珠笔，对着桌上的一个牛皮本子演算着，并言之凿凿地问姐姐：半年前的账目可不对头呀，错了十几块钱哩！姐姐一面往孩子嘴里塞白面馒头，一面回答姐夫的问话。姐夫每个月都往家里寄钱，孩子大人保姆连同我这个累赘，不管姐姐如何精打细算，日子依旧过得紧巴巴的。既然月月都往家里寄钱，就有权知道这些钱的下落。姐夫是个精确到头发丝的男人，每一分钱的来龙去脉，都问得理直气壮。

我突然明白，姐姐为何每天晚上等孩子熟睡之后，仍旧靠在床头苦思冥想，只为记下当天花费的点点滴滴。有时候，姐姐搂着孩子一觉睡到大天亮，第二天晚上就要靠回忆，重新把账目补上。

2月5日：锁2角
2月6日：面1.2元
2月7日：肉1.85元
2月8日：卫生纸4角
2月9日：豆腐1角5分
2月10日：萝卜、白菜、大葱共7角
……

3月1日：油、白糖3.2元
3月2日：灯泡、火柴9角
3月3日：鸡蛋、米，3.2元
3月4日：肥皂、洗衣粉1.9元
3月5日：红薯淀粉4角、麦仁1.6元
……

4月5日：花生米2元
4月6日：大煤球6.5元
4月7日：茄子、辣椒7角8分
4月8日：孩子看病一次6.3元
4月9日：感冒药、咳嗽糖浆等3.5元
……

从姐姐这里，我感觉婚姻的本质不过是一桩精心算计的事务。在姐夫和姐姐频繁的质问和应答中，房子里的温度逐渐冷得可怕。再好的感情也会由此沙化、流失，变成一块寸草不生的盐碱地。

姐夫嘴角的纹路骤然聚拢起来，他专注地盯着本子上的蝇头小字，一笔一笔地算，可怎么算，也算不够头。真奇了怪了，姐夫拧着眉头说：还差十几块钱对不上账呢，你到底都做啥了？姐姐一愣，盯着孩子耳根处的绒毛，煞有介事地想了想说，我给孩子买了两袋奶粉，换了一个奶瓶，忘记写了。那也不对呀，两袋奶粉一个奶瓶能使几个钱？你再想想，到底还干啥了？姐姐的柳叶眉一拧，又是一阵思索，而后不耐烦地说，这么久了，一天到晚忙得团团转，我就是浑身上下化作算盘珠子，也不能啥都记得那么清！

晚饭后，我离开家时姐姐拽了拽我的后襟，说，你不是害怕吗，我送你去云嫂家。我们摸着黑深一脚浅一脚地往村子深处走，姐姐在黑暗中叮嘱我说：明天一早，你就去我们单位找你梁姐，就说上个月她家有事，借了我五块钱；然后再去找小韩，跟她说，我给她四块钱，托她给孩子买进口炼乳呢。

为啥呀？我迷惑不解。你忘了，上学期你参加学校的运动会时，我不是给你买过一双白色回力球鞋吗？这个是不能叫国庆知道的。他和我约法三章，只供养你吃、住和读书，添置衣服之类的，由你哥负责。我向他撒了谎，所以担心他会跑到单位去核实。你告诉小梁和小韩一声，让她们心里有个思想准备。

我忽然明白了姐姐的良苦用心。实际上，姐姐还给我买过一斤铁锈红毛线呢，让梁姐给我织了件提花毛衫。姐姐挖空心思调动一切智慧和手段，与自己的男人斗智斗勇，只是为了让自己的妹妹，在人前人后不那么寒酸、可怜。我套上那件铁锈红提花毛衫儿，看上去很美，含着的胸突然就挺了起来。

12

这年的春夏之交，我顺利考入宋城重点中学。姐姐的心血总算没有白费。下了学，我抱起两岁的小外甥，跑向村东头的麦地，在那片青草蔓延的田埂上捉蚂蚱，寻草蝉，与村里的孩子们疯跑，外甥笑得嘎嘎的。

午后，我顶着金灿灿的光线，趴在床上做作业。保姆觑了我一眼说，一个大闺女家，咋能趴在床上呢？姐姐忙说，她才多大呀，哪里就是大闺女了！这时云嫂托着几个青皮嫩玉米走进来说，趁早焖锅里煮了吧，你们姊妹也好尝个鲜。云嫂顺势坐在床上，一眼瞥见姐姐隆起的小腹，惊喜道，国庆这趟回家，成绩不小。几个月了？

五个半月。姐姐淡淡地应着，脸上的笑意如四月的麦田。可那笑里又分明浸着一丝不易察觉的苦涩。咋，你不高兴呀？云嫂仰着脸问，有了个小子，开春再添个丫头，不就齐全了。

姐姐忧心忡忡地说：齐全倒是齐全，可你知道咱这儿的规矩，孩子是不能生在人家屋檐下的，犯冲，会给人家带来血光之灾。坐月子的时候我们必须得搬走。国庆也说了，他在南湾的子弟小学为我找了份工作，我是高小毕业，当个小学老师应该不成问题。那边的房子也收拾得差不多了，过些日就来接我们呢。

那还说啥呀，该走就走呗！云嫂爽快道。可我这一走，小妹咋办呢？姐姐轻抚着自己的腹部，喏喏地说，我想带小妹一起走，跟我到南湾油田去念中学……我霍地从床上弹起来，带着哭腔道：我不会跟你走的，我决不离开宋城中学，不用你操我的心！

这是个有风的日子，房东家的院子里堆满了干爽的玉米秸，四角的草垛子上挂着金灿灿的玉米棒。风过处，玉米秸哗哗地响成一片。房子已经空了，家里所有的物件，都被姐夫分门别类装进几个大纸箱，托运走了。姐姐抹了把眼泪，挺着笨重的身子，跟着姐夫头也不回地走了。

我蓦然意识到，这一次，姐姐是真的离我而去了。

当晚，我扛着包袱住进沈美茹的单身宿舍。美茹是我的同班同学，父母离异后她划归父亲。后妈进门后又添了个小弟弟。要说后妈并不排斥她，可美茹喜欢一个人生活，她自信有这个能力。父亲拗不过，就把自己铁路公寓的一间单身宿舍留给了美茹。公寓有食堂，吃饭不成问题。姐姐下决心离开宋城去南湾时，我嘴上虽硬，可在课堂上却常常泪流满面。善解人意的美茹得知我的处境后，建议我跟一起住，反正她也是一个人。

升入高中后，我搬进学校为困难生准备的学生宿舍。三年后，我通过高考顺利迈入自己梦寐以求的大学校园时，美茹嫁给了一位开婚纱影楼的老板。大二那年，我来到宋城的繁华地段，从乱糟糟的商业街上找到了美茹和老公经营的婚纱影楼。五光十色的橱窗内，悬挂着美茹的大幅艺术彩照，照片里的美茹美艳动人。在一间宽阔的办公室里，我见到了她。走进婚姻的美茹成熟了许多，举手投足间显得干练而老道。只是笑的瞬间，妩媚的脸上平添了一股沧桑。听说我考上大学，美茹表情复杂，动人的眸子里似乎闪动着泪光。她在对面的加州面馆请我吃了顿牛肉拉面，还要了两个小菜，一瓶啤酒。不知怎的，美茹端着酒杯饮酒的姿态，叫我想起荧幕上那些失魂落魄的女影星。我问她过的还好吗？美茹盯着杯子里的酒，坦然道：等我女儿再大些，我就和他离婚，到三亚开花店去。

13

大学毕业那年，我思念姐姐一家，就独自乘火车去了一趟南湾。

那是仲夏时节，我从宋城出发坐了七八个小时的火车，再倒长途汽车，一路颠簸，到达南湾油田所在的铁牛镇时，天已黑透了。姐姐学校的电话早没人接了，我站在夜幕下，心里直打鼓。售票员见我站在街口六神无主，便说：妹子，不能走了，我家楼上的房间空着，住一夜，明天一早再赶路！

我问了价钱。大嫂说，你是学生，收你十块钱吧，早饭免费。我迟疑着，跟着大嫂拐入临街的一栋二层小楼。进入楼上的房间，我用靠墙的一张实木桌子抵住门儿，衣裤也没敢脱，枕着自己的包裹就躺下了。次日天亮，女人做好了饭菜，叫小女儿到楼上来喊我。我和他们一家大小，在廊下的石桌上吃完了早饭，女人把我领到门口，她拦住一辆手扶拖拉机，看着我朝南湾油田驶去。

油田家属区依山而建，偏僻、幽静，像一个与世隔绝的小镇。油田是男人的世界，在这个男性充斥的天地里，女人是焦点，尤其是漂亮女人。姐姐的美貌、出众，在这个封闭的世界里有点鹤立鸡群。我在姐姐家住了两周，其间赶上油田礼堂举办的交谊舞会，机会难得，姐姐便有些跃跃欲试。姐夫不动声色地拿眼白警示着，只是碍于我，没好意思发作。

我和姐姐在舞场里听了会儿音乐，目睹矿上的男女翩翩起舞，心里痒痒的。矿长是位颇有风度的中年人，并且有些文艺范儿，见我是个陌生人，十分友好地邀我进入舞池。我的周身洋溢着大学校园的激情，踩着熟悉的旋律跟矿长轻舞起来，一曲终了，再来一曲。这时，暗影里突然冒出一个人来，他撕扯起姐姐的后襟，一面往外走，一面闷声骂道：跳啥跳，都是流氓！

两年后，我考取德国斯图加特大学经济管理的研修机会，踏出国门之前，我又来到南湾油田。不曾想，姐姐见了我，眼睛里好似裹着两团浑水，忧伤而悲戚。起初我还以为是姐姐舍不得我远行，忧心伤怀，细问后才知，姐姐刚挨过一顿打。欣欣眼里闪着泪光跟我说，妈妈常挨打，但这一次，打得最狠。你看，欣欣从妈妈的卧室里出来，手上举着一团乱糟糟的头发，说，喏，这是我爸从我妈头上拽下来的！

我咬着牙将姐姐的乱发攥进拳头，同时暗暗思忖着接下来要采取的行动。

次日中午，二哥竟来了。二哥参军入伍转业回到宋城之后，被分配到煤建公司当了一名业务员，南湾附近的大小煤矿都是他们的供货商。这次二哥来矿上验煤，知道我来，就顺势拐到姐姐家。二哥拎了两只白条鸡和一块猪排，二话不说，直奔厨房开火做饭。晚饭后，我把二哥喊出去，将姐姐挨打之事说给他听。二哥听后，身上像着了火，提着拳头就走。被我扯回来，你想干吗？二哥说，我揍死这个龟孙！

你今天打了他，咱俩一走，他会变本加厉，你能天天守在这里吗？

二哥迷惑了，一双剑眉簇成了疙瘩，翻着眼珠子说：你说咋整？

明天是周末，哪儿也别去，等我的消息。

次日午后，天色晴好，只有山风轻轻扑打着门前的纱帘，树上的知了像是商量好了，一下子停止了聒噪。矿长办公室秘书来了，姐姐学校的教务处主任来了，姐夫的科长也来了，前后邻居也来了两位。时机已到，我站起来一字一顿地说：自从爹娘去世，我们兄弟姐妹相依为命，姐姐对我来说形同母亲，我不允许自己的母亲挨打受气。这个男人，我指着董国庆质问道，你凭啥动不动就打我姐？

大家听得瞠目结舌，说，你姐夫温文尔雅，谦恭礼貌，怎么可能打你姐呢？

我一把亮出拳头里的头发，再扯起姐姐的后襟，露出她臀部上的两块黑紫。众人看了，无不面面相觑，唏嘘不已。二哥噌地站起来，对着姐夫就是几拳。二哥嘴拙，他只有拳头。当初我被姐姐的婆弟打出家门时，二哥就拼了命要找上门去打架，被大哥喝住了。后来那婆弟到煤厂买煤球时，刚好撞在二哥的眼皮子底下。小子在灰扑扑的煤堆里候了一天，黄昏日落时终于排到了前头，二哥走过去伸手关掉了电闸，明确告诉他说：看在俺姐的面上，今天就不揍你个龟孙了，拉上你的车滚！

姐夫被二哥三拳打得鼻青脸肿，血丝顺着腮帮子往下洇。众人愕然，惊慌之余赶忙上来劝解。一番劝解之后，作鸟兽散。夜里，姐夫捂着脸拍打我和姐姐住的房间，说他到处找消炎膏，都翻遍了，就是找不到。我摁住姐姐的胳臂说，别理他！我总不能看着他去死吧。姐姐披上衣服就去给他找药膏。

自此油田上下像炸了锅，说，一个男人，闷声不响地把人家姐姐打成那样，人家弟妹来了，不打你打谁？再说了，小舅子打姐夫，官司打到法院里，也是断不清的。

14

时光仿佛追着风，一路呼啸而过。再次和姐姐生活在同一个屋檐下，已是二十世纪的最后一个深秋。此前，我在德国西南的斯图加特边学习，边打工，断断续续攻下了经济学硕士，而后受雇于西门子亚洲市场开发部。次年早春，我被公司总部派往中国内地，协助亚洲市场总裁罗杰斯·布登，搭建中原地区的市场开发平台，立足郑州，向全国辐射。工作稍微有了点起色之后，我时不时回宋城，与兄弟姐妹们团聚。

四月的一天，我攥着姐姐抄录给我的住址，摸到宋城南郊的城乡接合部。我想亲眼看看姐姐一个人是怎么生活的。这是条疙疙瘩瘩的土巷子，逼仄的巷道里充斥着挤挤挨挨的旧房舍，偶尔冒出一两栋三层小楼，瓷砖贴面，门楼高耸，迎门墙上刷着猩红的图案。十字街头的垃圾堆上，猪刨鸡挠，纸屑横飞，暗立在墙角的露天茅房，风一吹，臭气熏天。有个抱孩子的少妇坐在廊檐下的小马扎上，敞开乳房给孩子喂着奶。女人抚摸着婴儿汗津津的额头，抬眼看了我一眼，在她的身后，我发现了自己要找的门牌号。

姐姐离婚后，回宋城做了一家私立小学的老师。这会儿，姐姐上课还没回来，我就在廊檐下等她。院子里住了好几家房客，有裁缝、鞋匠，还有家卖凉皮的。有了这些个小生意人为邻，姐姐的日子也许不会寂寞。从门缝里我看到姐姐挂在墙上的一件白色汗衫儿，姐姐身上的气息，似乎隔着门缝弥散过来。

邻舍的门吱呀一声开了，走出一位老人。老人抿了抿蓬乱的白发，冲我笑着说，闺女，来找你姐吧？咦，你咋知道？我惊奇道。

恁姐见天里念叨你，说是有个妹子在国外念过书，可出息啦！还拿出好些你在国外的照片给我们看哩。老人的话惊动了左边的裁缝，女人伸出脖子瞧了我一眼，奇怪地笑了笑，又把门虚掩上了。老人走近两步对我说：闺女，你上国外念过大学，老有能耐，赶快把你姐接走吧。

我眉心一拧，正要凑上去问个究竟，姐姐的自行车像小船一样，划进了院子。

说是单人房，不过是个密闭的小空间，连扇窗子都没有，要想透透气，只能把门敞开。房间里除去一张床和一个三斗桌之外，仅搁得下一罐煤气和一个小型煤气灶。楼下走廊上有个水龙头，连着一个方形水池，几家房客洗洗涮涮都在那里。姐姐见了我，自是高兴，端起铝锅下楼接水去了。我的目光落在靠墙的桌上，两摞小学生作业本，齐刷刷摞了老高。我下意识翻开几本浏览着，是语文和算术，小孩子的字体虽显幼稚，却写得工工整整，算术题也做得有模有样。再看姐姐的批改，用由红色钢笔留下的字迹，清晰而富有温情，字字句句，一丝不苟。我怀着莫名的好奇，拉开桌下的两个抽屉，不禁大吃一惊：满满一抽屉干硬的馍头，半半拉拉，全是吃剩下的；另一个抽屉，还是馍头，多半带着黄黄绿绿的霉点。

这时姐姐端着锅上来了，我忙接过来放在灶上。姐姐打开火，扭头见两个抽屉敞开着，脸一红，慌忙把抽屉合上，扶着桌面说：不是所有的馍都硬，开水泡泡还能吃。

我一时语塞，心头发酸。突然想起刚才那位老人的话，就对姐姐说，马上离开这里，咱租间像样的房子，瞅瞅你住的这叫啥地方，一个月房租，才五十块钱！

姐姐瞪了我一眼，纠正道，谁说五十块钱？不对，是六十！

那段日子，适逢欧元汇率节节攀升，欧元与人民币的兑换率一路飙升，令人欲欲跃试。我一个闪念，把手头的欧元悉数兑换成人民币，在宋城的花园小区购下一套高档住宅。我用了当地最好的工艺、设备和材料，把房子装修得宫殿一般，让姐姐舒舒服服搬了进来。

15

姐姐的思维和做派，在时光的返照下，显得漫无边际，甚至有些荒唐和离谱。或许是远离异性及容貌消退的缘故，姐姐看上去总是那么小心翼翼，忧心忡忡的。她倒不怎么放纵自己的脾气，她隐忍着，沉默着，苦辣辣得叫人心疼。

无缘无故地，姐姐把冰箱里的鸡蛋一个个点上红点儿，既不逢年，也无喜事，为何点这个？我迷惑着。两天后，姐姐把新买的一瓶香油，倒腾到四五只药水瓶似的小瓶子里，吃的时候，像挤眼药水似的一滴滴往外挤。厕所里的卫生纸常常不翼而飞，剩下的尽是些不知从哪儿弄来的一小卷一小卷皱巴巴的碎纸头。无论遇着啥事，姐姐都要拐弯抹角，心神不定，其实满脑子琢磨的尽是钱：如何少花钱，不花钱，花出去几个钱，务必再找补回来，否则，她会陷入一场旷日持久的沮丧。那沮丧的影子，鬼魅似的笼罩着她，经久不散。

姐姐对陈年旧物，有着难以言说的沉迷。她保存那些小东西时所倾注的认真和细致，有股子收藏家的执着，令人肃然起敬。在她眼里，那似乎不再是破衣烂衫，而是价值连城的稀世珍宝。姐姐将崭新的衣物存放得锈迹斑斑，直到散发出陈年的霉味，依旧无微不至地侍候着。她对所有过手的东西，都怀着一腔深情，不厌其烦地凝视、端详，仿佛面对的不是物件，而是相互依恋的情人。夏日，姐姐每天在烈日下骑着自行车来来往往，看上去甚是辛苦。我便给她买了辆电动小摩托。姐姐先是惊讶，而后欣然接受，战战兢兢地就骑上了。几天后，我从楼上一眼瞥见从外面回来的姐姐：遮阳帽，太阳镜，花披肩，还有一副长及肘腕的白手套，乍一看，跟养蜂专业户似的。可是，摩托车不见了，姐姐屁股底下骑着的，依旧是她那辆破自行车。自行车的网篮里，堆积着五颜六色的旧报纸和广告页，横梁上缠着层层叠叠的塑料布。

姐姐见了我，表情内敛而矜持。摩托车哪去了？我劈头就问。姐姐的目光闪过一丝警觉，继而陷入一阵可怕的沉默。见我紧追不舍，她低着头说：卖了。

我听了，身子一凛，如同当头遭了棒喝，一股万念俱灰的感觉从心头涌起。我“咣”的一声甩上门，瞬间来到楼下，徘徊于竹林环绕的小花园里。花园笼罩在夕阳下的薄雾里，浓艳的海棠和三色堇开得正妍。郁郁葱葱的竹林背后，掩映着一泓潭水，水里的热带鱼泛着粼光，悠然穿梭于茂密的水草间。我呆呆地坐在石凳上，怀着难以收拾的心情，想起姐姐的年轻时代。那个时候的姐姐，坦荡，自信，无私无畏，光彩照人。而这些，随着时光的流逝，在姐姐身上已荡然无存。

楼上的女邻居牵着一条灰毛小京巴，含笑走过来，若无其事地问：你姐姐是不是从新疆回来的？

新疆？为什么？我不解地问。

咱们市里，前段时间从新疆返回一批老乡，跟你姐一个样。

什么样？我追问道。

这批从新疆返回故里的老乡，原是多年前响应党的号召扎根边疆的。树高千尺，叶落归根，如今千里迢迢携家带口地回到家乡，大家从感情上接纳着他们，却也心照不宣地觉得这批“新疆人”有些不伦不类。他们不仅口音变得南腔北调，衣着打扮也还停留在七八十年代，说好听点，是与内地人严重脱节，往刻薄里说……她突然意识到什么，顿住了，低头去呵斥脚下的小狗。我接过她的话说，往刻薄里说，就是一副穷酸相，对不对？

周末我停止一切活动，拉着姐姐就进了商场。里里外外，春夏秋冬，一股脑为姐姐买下三套服装。姐姐来者不拒，照单全收。她一遍遍地试穿，在镜子跟前左顾右盼，犯了病似的失魂落魄，而后精心挂起来，束之高阁。隔了一段时间，当我再见到姐姐时，她身上穿的，依旧是那两件破衣服。

姐姐不在家时，我打开那个被我忽视已久的储藏室。呼啦一声，从高处的堆积物上滚下两个黑袋子。我顺手把袋子拎到客厅中央，解开捆扎着的布条，一股呛人的霉味扑鼻而来。我揪住袋子头朝下一颠，三四十条崭新的毛巾被抖搂出来。红格格，蓝条条，牡丹、月季、山茶花，在客厅里泛着暗淡的光。二十几年前，每个国营单位都发放这些劳保用品，许多人把它们攒起来，缝成毛巾被使用。而姐姐的毛巾，由于天长日久，已整整齐齐地粘在了一起，上头的叠痕氧化成了锈迹。而另一个袋子里，有件黑色人造革大衣，皮子脱落得像叫花子身上的棉袄。当我抖出皮衣下一件深蓝色毛背心时，里头的小虫子被强烈的日光惊扰了，从毛线的洞孔里爬出来，四处逃散。

姐姐回到家，见自己的珍藏被赤裸裸展示在客厅里，表情复杂而僵硬，仿佛我不该知道她的秘密。她快步走到窗口朝楼下的垃圾箱张望。我不知哪来的勇气，指着窗口对姐姐说：你要是把下面的那个袋子再捡回来，我就从这里跳下去！

姐姐被镇住了。过了一会儿，她不声不响地拿出两条红“双喜”毛巾，放在鼻子前嗅了嗅，走进卫生间，替换掉她那两条带鱼似的洗脸巾。可次日早晨，当我扒开姐姐的衣柜查看时，发现那件光怪陆离的人造革大衣，竟然挂在里头！

有位西方学者说：贫穷是一种生活方式。既然富裕是一种生活方式，贫穷也是一种生活方式，这跟钱没关系。姐姐对贫困生活的坚守，仿佛与生俱来，血肉相连，根深蒂固。省钱，存钱，搜寻，囤积，除此之外，她似乎没有别的兴趣。守着一座豪华无比的房子，孤零零过着穷愁潦倒的日子。厨房因长期舍不得用水，管道堵塞，厕所里臭气熏天。姐姐独自在家时，房间里常常黑灯瞎火，为了节省煤气，她几乎不做饭，也不用水。家里来了人，姐姐会显得局促不安，自己不吃，也害怕招待别人。她对别人苛刻，对自己更苛刻。一日三餐不是享受，而是负担和累赘。如果能把血挤出来存入银行，我相信姐姐也会这么做的。一分钱一分钱地从她骨头缝里榨出来，小溪般汇入账户。每当摊开存折，姐姐眉头舒展，呼吸均匀，那种快乐，不言而喻。

姐姐就这样把日子过冷，过硬，过死，一步步远离生活的乐趣。除了钱，她几乎忘了这个世界上还有其他更有价值的东西。眼睁睁看着姐姐拐进一条死胡同，在自设的冰天雪地里冷缩。这不是金钱和物质上的窘迫，而是一种心理和思维惯性。姐姐时常提着一个枣红色尼龙袋，凭借这个袋子她从街上捡拾空瓶、塑料袋、硬纸壳和碎木板。不到万不得已，她大小便必绕到楼下建筑工地的公厕去。在一门心思的节省中，在一个人独往独来的孤寂中，姐姐的性情日渐阴郁和偏执。她所有的喜怒哀乐，只跟钱有关。围绕她生命的像一块失掉水分的土壤，现出道道裂缝。长此以往，亲人们就像躲瘟神似的避开她，连同自己的儿女。

多少次，我摊开手掌对姐姐说：咱们过去吃苦受累是为了什么？不就是为了今天能过上好日子么？瞅瞅你穿的，还不如楼下打扫卫生的清洁工！

张爱玲说，没有哪一种爱不是千疮百孔的。渐渐地，我的逆反心理开始作祟，她拘谨，我豪放，她吝啬，我挥霍，她小心翼翼，我痛快淋漓，让她看到自己的反差，看到自己的对立面。她越是抖抖索索地省俭，我越是大手大脚地挥霍，我一掷千金，挥金如土，处心积虑地和她对着干，我要让她知道，这个世界还有另外一种活法。

16

是怎样的岁月一寸寸腐蚀掉姐姐的从容大气，在她心底留下如此可怕而难以治愈的疤痕？是什么促使她从无所畏惧到躲躲闪闪，从爽快自信到扭曲萎缩？终日的暴力、放逐、没有关爱的日子天长地久一步步吞噬掉她的自信，盘剥走了她的安全感？

作为姐姐生活的知情者，欣欣说：从生活的角度来讲，妈妈倔强、坚韧、独立，从不依靠他人苟且偷生。可是妈妈的内心却脆弱得不堪一击。骨子里，妈妈是一个极其爱美的人，对美的追求像一团永不熄灭的火焰，时不时跳跃着。一面是妈妈拼命展示自己的欲望，一面是爸爸不由分说的高压，妈妈便偷偷摸摸打扮自己，头花、发卡和丝巾，而这些东西一旦被我爸发现，就会被一把夺走并毁掉。长年累月的相互克扣和提防，加上一场马拉松式的离婚，妈妈的吝啬和扭曲也就顺理成章了。

可悲的是，婚都离了十几年了，姐姐依旧扭曲着。

十三年前的那个夏季，董国庆突然和颜悦色地对姐姐说，我借了辆摩托，走，带你到镇上兜兜风去。姐姐兴致勃勃地跨上摩托车，转瞬之间，俩人就到了镇上。不是来转转吗，怎么开到了司法所的院子里？姐姐瞅着门楣上缀有金黄麦穗和红五星的国徽，以及白色迎门墙上“执法如山”的字样，忐忑不安地问。

急啥，一会儿不就明白了。国庆气定神闲地回答。

俩人一前一后进了走廊尽头的一间办公室。董国庆满脸堆笑，对迎面的一位警员说：喏，这就是我媳妇。说完，带上门就出去了。姐姐狐疑着，被穿制服的女警员让到一张座位上。女警员顺手从柜子里拖出一沓材料，摊在姐姐跟前说，这是你丈夫前几天交来的，还有他的离婚诉状。

姐姐心里打着鼓，一页页翻看那些纸张，手脚顿感冰凉，及至读了签有董国庆名字的离婚诉状，整个人就哆嗦起来。工作人员见状，忙递给她一杯热水，叫她稳稳神儿再说，并告诉她：你丈夫跟我们讲，这存折上的钱是你们夫妻的共同财产，他提出离婚，并要平分存折上的所有钱款。

桌上摆着十二本存折的复印件，林林总总一共四万出头。四万元人民币，在一九九〇年的那个夏季，是一笔不小的数字，至少在董国庆眼里，相当可观，值得他日夜观察和琢磨，并瞅准了时机，从姐姐藏匿的枕头套里偷出来，而后不顾十几年的夫妻情分和两个尚未成年的儿女，一纸离婚诉状，递到了司法所。

姐姐喝完水，胃却剧烈地抽搐起来。她拼命抵住腹部向警员哭诉道：我和丈夫的工资十几年前就分开了，我们分工负担家里的开销。存折上的钱是我从骨头缝里挤出来的，我每个周末翻山越岭去给人做家教，省吃俭用存了这几个钱……姐姐哽咽着说不下去了。女警员沉默半晌，对姐姐说：要想保住你的钱，只有一个办法，坚决不离婚！

出了司法所，当头的阳光把姐姐的眼睛晃得生疼。她望一眼远处的矿区，再一次哭成了泪人。不知过了多久，姐姐像一片枯叶，飘飘荡荡落在了储蓄所的柜台前。经查询，存折上的钱还在，姐姐松了一口气。男人拿走了存折，却没能搞到她的身份证，所以钱还在。可姐姐也无法动用这笔钱，因为存折原件，牢牢攥在董国庆手里。

姐姐不吃不喝在床上躺了两天，浑身垮塌，酸软无力，眼睛都塌陷了。董国庆一日三餐该吃吃该喝喝，对姐姐的存在视若无睹。姐姐看他吃得有滋有味，痛斥道：不要脸！咱俩的工资早就分开了，一个大男人，要离婚就离婚，凭啥非得讹走我的钱？

因为攥着存折，董国庆底气十足。他挤出一脸笑意说：你别做梦了，你的钱就是我的钱，不信，你取取看？姐姐哀叹道：你比谁都清楚，那是我十几年的心血，你要是得逞了，我就去死。

国庆走到姐姐跟前，指着窗外的一条壕沟轻声道：从那里跳下去，再省事不过。

姐姐扫了一眼窗外，突然咬破嘴唇道：我就是死，也不能叫你得逞！

半年后，姐姐收到一张传票。董国庆的离婚诉讼，递到了南湾市中级人民法院。

旧历新年到来之际，欣欣从南湾县高中考完试，如期回到家。见母亲的眼泪如秋冬的雨点，把一张曾经动人的脸摧残得破败不堪，精神也扭曲得不成样子。欣欣难过极了，她瞥了一眼窗外的冷云，缓缓道：妈，别着急，面包会有的，一切都会有的。

杜拉斯说，夫妻间最真实的东西，就是背叛。两天后，董国庆发现他的一本硬皮笔记本不翼而飞，顿时大汗淋漓，血色尽失。他死都想不到，自己从十二年前处心积虑记录的字字句句，会变成日后对付自己的一把利器。他的日记里，详细记录了夫妻二人从某年某月开始，经济便分开了，并且各自分担家里的开销。可笑的是，他自己也存了一笔钱，比姐姐的还多，有七万元呢。

至此，夫妻俩经济上泾渭分明的事实，昭然若揭。白纸黑字，铁证如山。董国庆虚张声势、处心积虑地喊了这些年，不过是贼喊捉贼，等于自己扇自己一个大嘴巴。

周末，董国庆破天荒买回了鱼和肉，亲自做了几个菜，孩子大人饱餐一顿之后，董国庆笑嘻嘻地对姐姐说：其实咱俩真没到离婚的程度，只要你把钱交给我来保存，不就完事了，还有啥闹头？

姐姐丢下饭碗，扭头去了房后的菜地。地头的枣树被最后一抹夕阳涂抹得晶亮，稠密的叶片在微风中哗哗地抖动着。明暗交错的天空下晃动着几朵云，壁立的山峰斜着身子压过来，姐姐大叫一声，狂奔回家，她不知哪来的勇气，一下子铁了心：离！

南湾市中级法院开庭前，姐姐狠狠心，买了两条大中华提前送给法官。开庭那天，姐姐当庭陈述：离了婚我就回老家，毕竟夫妻一场，我为他们董家生有一双儿女，他总该让我有个遮风避雨的地方吧，哪怕有半间瓦房呢。姐姐说得振振有词，合情合理。法官和书记员听了，频频点头。

董国庆站在一旁，心里被刺得直发凉。他略加思索，忽然一反常态，坚决不同意离婚，要当庭撤回诉讼。理由是：经过思考，我终于意识到我们夫妻的感情还在，夫妻生活还一直过着呢。如果女方一定要离婚，那她必须赔偿我这些年的青春损失……没等董国庆讲完，法官指着他的鼻子骂道：你他娘的是个啥龟孙种？我办了几十年案，第一次听说男人问女人要青春损失费，去你娘的！

八年抗战，鬼子都赶跑了，我们的婚终究还是离了。姐姐平静地说。

那个秋后，姐姐的学校动员四十岁以上的老师内退，姐姐思前想后，毅然递交了退休申请。冬去春来，欣欣在城里的高考中顺利考入河南大学英语系。姐姐无牵无挂，一咬牙就回了宋城。

17

挫折和绝望结束了，姐姐本应翻过这一页，开始新的生活，然而经过这番折腾，姐姐的钱虽未流失，但她的心已变得支离破碎。八年来，姐姐一直穷于应战，被各种各样的力量牵制、撕扯，驱动她行为的有周围的目光和舆论，有孩子的困扰和压力，更有一股溶化在血液里的约定俗成的势力。迎战和抗争本身，成了生命的全部，打官司的过程消亡了结果，一跃而成为生活的目的。我痛苦地意识到，姐姐常年钙化的思维和生活惯性，并不是眼下的安逸和舒适，可以轻易扭转的。

西格蒙德·弗洛伊德对受虐狂的成因是这样解释的：人若落入一种无力摆脱的痛苦，就会转而爱上这种痛苦，把它视为一种幸福，以便使自己好过些。

这天，姐姐在农贸市场买菜时，接到一条短信：老太太去世，你是否来吊孝？

老太太？姐姐盯视着手机上的陌生号码，心里直犯嘀咕。她搞不清这好无厘头的问话来自何许人也，老太太指的又是谁？正要询问，对方不露声色地回复道：老太太就是你以前的婆婆。

给她吊孝？姐姐将左手里的土豆和芹菜挪到右手上，脸上的肌肉直颤。婚都离了这十几年了，井水不犯河水的，我凭啥急赤白脸地去给他妈吊孝？

对方自此消失，再也没有回应。

当天夜里，姐姐躺在床上辗转反侧，一宿未眠。次日早晨，她站在模糊的镜子跟前，端详着眼窝周边深陷的暗影，默默做出了一个惊天决定。她认认真真地把自己修饰了一番，精心套上她那件束腰黑西服，一板一眼地下了楼，拐到街上买了两沓纸钱和质量上乘的百合香，逆着风朝东城方向走。

按照我们当地的习俗，死了父母的儿女们，甭管是谁来吊孝，都得给人家磕头、谢恩。这年头，肯为自己父母下跪的人，就值得你下跪。八十四岁的老母亲归西，这是大丧，老家旧户儿孙满堂，前来奔丧者络绎不绝。董国庆披麻戴孝，统领兄弟姐妹和晚辈子孙几十口人，在白绫悬空的露天丧棚里折腾到了第七天。姐姐的蓦然现身，惊住了这一家老小。这一惊非同小可，他们顾不上错愕，哗啦一声，在姐姐面前跪倒一片，轰轰烈烈的哭声，此起彼伏。

姐姐面对老太太的照片也跪下了，她的泪水夺眶而出。自从走进这个家，她一度为父亲，为兄弟姊妹，为自己的一双儿女，委曲求全，忍辱负重，从来都是低头干活，不多说一句话，却从未得到过应有的尊重和待遇。八年的离婚大战，险些要了她的命。如果说夜间盘桓时做出前来奔丧的决定，是出于泄愤，出于展示，出于人性中的暧昧不明，那么此时此刻她已搞清了跪倒在这里的缘由。新仇、旧恨、说不清道不明的种种隐痛，一涌而出。姐姐的腿一经着地，便哭得稀里哗啦，哭得扒心掏肺，哭得肝肠寸断，最后从喉咙里竟呕出一口血来。

董国庆趿拉着一双白布鞋，躬身低头走过来，俯身搀起长跪不起的姐姐，并恭恭敬敬递上一张纸巾，说：你来了，这些年，你还好吗？

姐姐起身站立，闭着双目活动了一下麻木的四肢，泪眼模糊中她接过董国庆递过来的纸巾，使劲儿擦了把鼻涕，这才抬眼打量跟前的男人。她突然觉得，面前这位满目沧桑、头发灰白的老男人，不再是那个对着她咬牙切齿、斤斤计较、为了几个钱就对她大打出手的人，而是一个完全不相干的陌生人。

姐姐定了定神，响亮地拍打着膝盖上的尘土，头也不回地走了。

18

时隔半年，我从斯图加特出差回来，见姐姐的双颊洇着一层浅淡的红，走动时像是带着一股风和激情。恍然间，我好似回到了从前：姐姐肤色光艳，双目含情，两条乌黑的大辫子甩在屁股上，走起路来，如风中杨柳。

仿佛与时间赛跑，姐姐加快了节奏，都有些只争朝夕了。她开始打扮，晨练，一大早便去街心公园踢腿、下腰、拉单杠。周末出门之前，从柜子里找出她那副有模有样的文胸戴上，寸步不离高跟鞋。还瞅准了日子，将珍藏多年的玫红色锦缎旗袍套在身上，并佩上一条精致的珍珠项链，在镜子跟前走来走去。

又过了些日子，姐姐收起了寻常的表情，十分庄严地伸出左手，翘起无名指上的戒指给我看。这是他给我买的。姐姐说这些的时候，目光闪烁，皱纹细密的前额，突然显得饱满而亮晶晶的。她那戴着戒指的无名指翘得老高，给自己，也给我，炫耀着。掠过姐姐那一头毫无杂色的黑发，我仿佛看到一束光环，从她的脑后冉冉升起。

爱，只有爱，可以彻底改变一个女人，并从根本上动摇一个女人的意志。女人是天生的情感动物，只要一息尚存，不管在人生的哪个阶段，一颗心都会破土而出，生出新叶来。从姐姐的眼神里，我看到她被关切、怜惜和欣赏。又隔了些日子，姐姐羞涩而神秘地告诉我：他周末来了，带着红酒和白酒，给我做了满桌的菜。他每次来，都亲自带我去丹尼斯超市采购，说那里的大虾和螃蟹新鲜，还买了好多我叫不上名字的昂贵的水果。

这是一份名副其实的爱情。有好多细节可以显示他们是爱着的。晚间的饭桌上，姐姐拿着馒头的手停在唇边，笑吟吟地对我说，他可会做菜了，他蒸的蟹恰到好处，他包的饺子，他包的芹菜馅儿饺子……姐姐豁然打住，像是一时说漏了嘴，脖颈处现出一片潮红，慌忙低下头去。

大千世界，沧海桑田，人生真如一系列的怪圈，环环相扣。在宋城，除了老生，还能有谁对姐姐知根知底，又有谁，能如此理解和包容她的琐碎和畸形的节俭呢？

眼下，他们之间已不存在任何障碍了。可姐姐死活不答应老生的求婚。孩子，住房，钱，还有什么是姐姐无法逾越的鸿沟呢？我百思不得其解。面对我的困惑，罗杰斯灰蓝色的眸子闪了几下，他两手一摊道，让姐姐到斯图加特来住上几天，你们姐妹俩好好聊聊，问题也许会容易解决一些。

这个六月，整个斯图加特都沉浸在夏日的狂欢。姐姐经过九个半小时的飞行，穿云破雾，很快就要降落在绿荫环绕的斯图加特机场了。我和罗杰斯置身于接机人群当中，目不转睛地盯着电子显示屏，忐忑而兴奋。

（刊载于《天津文学》2016 第 10 期）

蝴蝶飞过的村庄

1

在约克镇的妇产科诊所，陆以旋隔着两个大腹便便的德国村妇，一眼瞥见了从林荫道上疾步走来的韩若曦。一张不容置疑的中国脸，又都是女人，俩人不约而同地相视一笑。

德法边界的这个不起眼的小镇，勉勉强强的几百户人家，不是散居在莱茵河狭长的谷地，就是点缀于错落有致的森林间。久负盛名的黑森林古老而又神秘，从罗马时代起就护佑在小镇周边了，远远地望上去，黑压压地盖过来，颇有些金戈铁马严阵以待的威仪呢。镇上的人经历了这里的山风日照，肤色多半呈现出一种粗糙的暗红色，像熏过的小牛肉一般；表情也木木的，有点远离尘嚣的意味。眼下，以旋就是这种肤色，乍一看，疑似东南亚女人。

若曦眼毒，一眼就认出了自己的同胞，她幽深的目光随即穿过前廊，落在亭子间的候诊室里。五六个女人若无其事地静候着，或捧一本自带的小书，或随手撩起茶几上的画报杂志浏览着，悄无声息。四角的空地上摆了几盆马蹄莲，葱绿的枝叶托起妍妍的花朵。雪白的墙上有两幅油画，一幅是凡·高的向日葵，另一幅是莫里斯笔下的美少妇。若曦是无锡人，骨头缝里嵌着那么一点小资，无论走到哪儿，都喜欢用挑剔的眼光打量周围环境，尤其是陌生环境。她款款走进候诊室，在一张空位上坐定了。

万里辞家，举目无亲，有数不清的理由让两个素不相识的中国女人一见如故。俩人斜对着眉来眼去，隔空喊话似的压低了嗓门聊起来。

以旋：两个多月没讲汉语了，嘴巴里都要发霉了。

若曦：女人每天不讲够五千个字，会影响健康的。

以旋：我早习惯了，每天翻来覆去就那么几句话，无论如何是达不到标准了。你也住在约克镇呀，来德国多久了？

若曦：这是第三年，你呢？

以旋：六年了。可前几年我们不在镇上，在小镇北部的卡尔斯沃。

若曦：我也常去卡尔斯沃，好歹是个城市，老待在这里，我都要疯掉了。

以旋：你也是来检查的吗？

若曦：哦，我吗，不全是——

以旋眼风一挑，像个巨大的问号，挂在她喷砂点点的脸上。有人不加掩饰地白了她们一眼。俩人面面相觑，迅疾压低了不经意间拔高的音调，尴尬地笑了笑，便又鸦雀无声了。一阵风从山巅吹过来，几片树叶打着旋儿从敞开的窗子飘进来，带着松枝云杉的缕缕馨香。

护士推门进来，响亮地喊了声“Frau Lu Yixuan，Bitte！”这是请以旋过去就诊了。以旋答应着起身跟护士向指定的诊疗室走，一面回头朝若曦歉意地挤了挤眼。

这是约克镇上最大的一家妇科诊所，有个很诗意的名字，叫“金十字”。去年弗雷德第一次带以旋到金十字来做年度检查的那天，是个午后，掩映在绿荫深处的金色小楼，在秋日的阳光下熠熠生辉，以旋顶着万道金光走过去，抚摸着镌刻在白色大理石上的花体德语 Goldenes Kreuz，顷刻间内心涌起一股难掩的神圣感。

这些日子，种种迹象表明，以旋千呼万唤的亲骨肉，在自己和丈夫的不懈努力下似乎指日可待了。以旋的幸福感像山里的新鲜空气，扑面而来。她瞅着四野的青葱与墨绿不知不觉冥想起来。时间过得多快呀，一晃就是三年，她自己都说不清楚，她的人生是如何一点一点被焊在这个村子里的。实际上，以旋最初来德国时不在约克镇，也不在紧贴小镇的卡尔斯沃，而是在举世瞩目的大学城海德堡。那是德国二战后期未遭盟国狂轰滥炸的为数不多的一个文化名城。盟国深知海德堡的名气，出于对知识的尊重，而打消了对这个城市的摧残。以旋恍然大悟，原来知识不仅能改变一个人的命运，也可以改变一个城市的命运呢。

那个时候，弗雷德也不是约克镇的铁路调度兼站长，而是卡尔斯沃铁道总部的一名工程师。弗雷德父母去世早，连个兄弟姐妹都没有，唯一的亲人便是伯父老约翰。老约翰就住在约克镇的一座山上，常常背着他那杆来复枪出没于黑森林。那年春上，伯父在晨雾里追猎一头雄性赤鹿时，突然心肌梗死，猝然过世。伯父一辈子没结婚，也没留下什么子嗣。依照德国的地方法律，伯父山上的一套老宅，连同四头奶牛和一只八哥犬，自然而然就落在了弗雷德的名下。弗雷德年轻时跟一个白俄罗斯女人结过婚，生下女儿尤利娅之后没几年，那女人莫名其妙地就离开了弗雷德。伯父的去世，让弗雷德思想斗争了好些天。他本来就向往黑森林的神秘与清净，像伯父一样热衷狩猎，天生喜欢在丛林里窜来窜去，厌倦了没完没了地在铁路沿线上敲敲打打的日子，就向单位递上一份工作调动的申请，同时做通了妻子的思想工作，夫妻俩退掉城里的租房，举家搬到了伯父山上的老宅里。

诊疗室的门无声地开了，以旋从医生那里做完了检查，满面春风地走出来。此刻她脑子里只有一个念头，让刚刚结识的中国同胞来分享自己的幸福。

候诊室里只剩下两个病号——中国女人不见了。以旋张了张嘴，怅然若失。她从候诊室的衣架上取下自己的外套穿上，接过护士递过来的医生给她开具的保胎药方儿，转身告辞时，接待员忽然叫住了她：陆女士请留步，这儿有张纸条，是刚才那位中国女士留给您的。

2

约克镇虽然名不见经传，但山下那条举足轻重的铁路线，让小镇四通八达，又神气活现。虽说每天定时路过的几班列车，在此逗留的时间不过三两分钟，然而登上它一路地开出去，往西一顿饭工夫就到了法国重镇斯特拉斯堡，朝南打个盹儿便是瑞士金融中心苏黎世。当然，约克镇总的来说隶属德国巴登－符腾堡州，州府斯图加特是盛产奔驰的工业基地。小镇特殊的地理位置，让以旋联想到中国历史上的三国——那种三足鼎立的局势，有股子霸气在里头呢。

以旋夫妇的宅子，在小镇东头的一座山上，刚好位于黑森林纵深地带的接口处。以旋顶喜欢山里的夏天，清凉，舒适，山花烂漫，只是稍嫌短暂了些。时光在以旋的忙忙碌碌中缓缓流淌，犹如绕膝而过的莱茵河水。初来乍到的日子，以旋常常站在自家的院落前放眼四望，天空辽远，森林壮阔，心也随之爽快而明朗。早年间，以旋在电视节目里看过几档欧洲的风光片，详细描述了德国和瑞士的风情与民俗，以旋陶醉其中，内心充满向往。她做梦都想不到，眼下她每天都沐浴在这样的湖光山色、天光云影中，过着自己一度向往的日子。

晚上，弗雷德按时下班回到家，以旋将准备好的饭菜端上来。饭桌上，两颊红晕的以旋，将自己怀孕的确切消息透露给丈夫——没承想，这天大的喜讯在弗雷德这里并未引起意料中的那份惊喜。他一如既往地喝着碗里的奶油洋葱汤，胡茬上挂着亮晶晶的汤汁，专心致志地嚼着。以旋顿感失落，瞪了丈夫一眼，委屈的泪水直往上涌。她转身回了卧室，从包里翻出若曦白天留给她的纸条，琢磨了一下上头的电话号码，毫不迟疑地拨了出去。

一番寒暄之后，俩人一拍即合，遂约好了见面的时间和地点。

下一天午后，以旋和若曦在镇政府对面的露天咖啡馆接上了头。天高云淡，花木扶疏，两个中国女人衣着光鲜地相对而坐，遥看花圃里争奇斗艳的玫瑰、百合和三色堇，各怀心事。风从教堂的圆顶上嗤嗤地刮过来，凉津津的，将若曦搭在肩上的水墨画丝巾荡得遮住了眼帘。以旋担心孩子会着凉，慌忙拿出包里的毛外套，往肚子跟前裹了又裹。

若曦的爆炸性决定，是随胸前那一缕风吐露出来的。这让以旋犹如遭了严霜，顿时掀起一阵秋风乍起的寒意。她好看的杏仁眼一下子瞪得多大，错愕地盯住对面的若曦，反复问道：什么什么，你想打胎？疯了吧你！

初次约见，两人便如此推心置腹，口无遮拦，真乃缘分使然。有许多生活在外的同胞，相互间都把心事捂得紧紧的，表面上看起来光鲜无比，而关上门生活得究竟怎样，只有自己才清楚。实际上在哪儿不一样呢，人和人挨得那么近，心却远隔山水。以旋和若曦倒是个例外。特定的环境和心态让她们自愿丢掉包装和伪饰，心无旁骛地相互贴近，开心见诚。也许在诊所碰面的那个瞬间，彼此就已认定了对方，今生今世可做掏心掏肺的姐妹呢。

以旋定了定神，表情凛然地对若曦道，你流产的原因我暂且不问，可你是否知道，德国是不可以随随便便做人工流产的，除非自然流产。否则，你不仅要支付高昂的医疗费，还要给出充分的理由。你打胎的事，和你老公商量过吗？

若曦沉默，拉下眼皮瞄准自己的鼻尖，暗自诧异了半晌，才平静地问，真有这么复杂么，打个胎就这样困难吗？

以旋白了她一眼，嗔怪道，你以为，这是在咱们中国呀？

若曦长叹一声，慢悠悠地靠在座椅上，没敢接话。以旋默默打量起广场上的一座老建筑来。古旧的石拱门下立着两尊咖啡色大理石雕塑，三角门楣上的四个小天使，正张着翅膀凌空欲飞。以旋的思绪霎时飞得很远，很远。她想起含辛茹苦的姐姐，想起年幼时跟姐姐一家挨过的那些日日夜夜。以旋不到八岁，父母便相继病逝。出门不久的姐姐，说服姐夫接纳了她。两口子骑着自行车，把以旋从家徒四壁的房子里接走的。为了供给妹妹生活和读书，姐姐含辛茹苦，委曲求全。小外甥女儿三岁那年，姐姐怀上了第二个孩子。夫妇俩欣喜若狂，因为透过 B 超已看出小家伙的屁股底下，明显拖了个小尾巴。婴儿在姐姐的肚子里拳打脚踢时，外头的计划生育一阵紧似一阵。孩子接近六个月大时，姐姐单位的人事科长开始盯死着姐姐那日渐隆起的肚子，从和颜悦色的动员到苦口婆心的奉劝，到后来，就变成了赤裸裸的强制。姐姐死活顶着，眼看孩子到了七个月，突然有一天，姐姐和姐夫双双收到了一纸红头文件——计生委和人事局联合下达的引产令。期限三天，否则，后果不堪设想。胳膊毕竟拧不过大腿，夫妻俩终于意识到事态的严重性——不仅公职会尽数丢掉，钱财名誉乃至孩子将来的前途，连带着妹妹以旋，也要从县重点高中里退学……一夜之间，姐姐的头顶白了一片，天不亮就跟着计生委的工作人员走进了引产医院。

若曦忽地碰了碰以旋，盯着她问道：想啥呢？看你这副严肃劲儿，好像要打胎的是你，而不是我。

以旋说，你太年轻了，许多事不是你能理解得了的。咱们的计划生育政策让人工流产变得合理合法，平常得如同一日三餐。不过话又说回来，那个时候要是没有实行计划生育的话，今天的中国不知道是个什么样子。德国则不一样，经历了二战之后的教训和反思，他们对生命尤为珍视。觉得任何死亡，都是一种变相的谋杀。每一条生命都应该得到体恤和尊重，随随便便地终止妊娠，是极不人道的。眼下这个国家的人口增长率，连续几年都是负增长。也不知为什么，这样富有的地方怎么都不愿生孩子呢？反而是穷困潦倒的国家，孩子铺天盖地，人口多得没办法。知道吗，德国政府为了鼓励妇女生孩子，给婴儿和哺乳期的母亲种种奖励和补贴呢。许多带园子的小别墅，都特价提供给有孩子的家庭。

若曦一下子抱住以旋，说，你太了不起了，把德国的政策搞得这么清楚？

傻丫头，这都是些最基本的常识。既然来到这里，生活在人家的一亩三分地，就有义务活得明明白白。其实我也知道，这片土地上不尽如人意的地方也不少，但人与人之间毕竟单纯得多，万事都透亮透亮的，没有那么多的是非和算计。

可是，若曦执拗地说道，这个孩子我还是不打算要，我有我的原因啊。

无论什么原因，以旋咬牙瞪着若曦，你可千万别犯傻，这不是做买卖，还有价钱可讨，这是条生命。你要三思而后行啊！

若曦把染成了栗色的波浪长发撩到胸前，翻来覆去地抚弄着，像是对以旋又像是自言自语道，这个世界很精彩，也很奇怪，一言难尽啊。

这个世界还有比孩子更重要的吗？以旋下意识摸了摸自己的小腹，心想，真是造化弄人。十年前她要是有个一男半女，那场婚变恐怕也不至于发生，她也不会人到中年还要背井离乡，来到这万里之外的深山老林里。

3

出国前，以旋是一名出色的高中英语教员，受人尊敬的人民教师，亲手送走了一届又一届的毕业生，算得上桃李满天下了。可她自己家里的那棵树，寒来暑往，年复一年，不仅没有开花结果的迹象，连青枝绿叶都勉为其难。夫妻俩在近乎八年的婚姻里，始终如蜻蜓点水，若即若离的。以旋曾试图努力改善一下他们的夫妻关系，可就在这个节骨眼上，丈夫金睿赢得了一个千载难逢的好机会。

作为省教委的一名业务骨干，金睿凭借良好的外语优势，顺利通过了行业内的层层筛选和考核，直至被国家教委选中到中国驻印尼大使馆做教育参赞，一走就是两年。虽说在丈夫外派期间，以旋曾两次踏上那个海水浸泡的岛国，与丈夫例行公事般地团聚了几日，而他们之间的温度，却丝毫不像南亚的天气——恒定而持续高温。

丈夫在印尼的工作顺风顺水，两年后如期回到北京时，适逢一批亟待实施的教育项目，他继续留在了国家教委，并且被委以更高的重任。是谁说的，中国人一旦当了官，首先就没了长相，而是有了统一的官相，其次是没了名字，也没人敢喊他的名字，他也不乐意别人再喊他的名字。以旋发觉丈夫自从进了京，自从他的姓氏后面被拖了个“官衔儿”，夫妻俩每次相见，金睿那油浸了似的脸上都怪怪的，体态也四下里拓展了。原本清晰的五官有些朦胧了，眉眼模糊得如同抽象派画家笔下的一张脸。夫妻俩的感情，本来就有些微妙，这样一来就更微妙了。

他们居住的那个城市，离京城需坐七八个小时的夜车。春夏之交，以旋去北京参加一个教研方面的培训，说不清是出于什么心理，她事先没把消息告诉丈夫。五天的培训很快就结束了，以旋粉面含春，淡妆素裹，不言不语地搭上一辆公交车，径直朝国家教委对面那栋现代化住宅楼奔去。午后的京城花红柳绿，草长莺飞，令人赏心悦目。以旋的衣袖被窗外的风鼓荡着，身心有些轻飘飘的。她暗想，这次培训真是天赐良机，又处在这不冷不热的季节，正是夫妻团聚的好日子。下了车，以旋三步并作两步地走了一小段，接近黄昏时她已站在丈夫租住的宿舍楼下，一抹淡金色的光正投在二十三层的那个小窗口上，看上去温馨无比。那一刻，以旋的心柔软得无力跳动，她拉起小箱子冲进了电梯口。

房门打开的刹那间，以旋怔住了，本来就不大的房间，这会儿显得异常拥挤，异常凌乱。以旋滚烫的心一下子降至冰点，红扑扑的脸由灰而青，由青而黄，手里的拉杆箱咔嚓一声摔落在地上。以旋一屁股跌坐在沙发上，脑子里像有个留声机，哧哧地转动着，放的全是戴安娜王妃当年面对全世界黯然吐出的那句话："在我的婚姻中，有三个人存在，这显得太拥挤了。"

以旋回去后，把自己幽闭起来，不吃不喝将近一周。终于平静下来，她似乎想通了。怎么就没想到呢，迟早会有这一天的。事到如今，只能硬着头皮让自己接受现实。纠缠，责骂，央求，能换来什么？这个世界最终还是要靠自己体恤自己。她别无选择。哭完了，以旋噙着泪给京城的丈夫发去一封措辞坚决的通牒，大意是：我希望尽快离婚，但条件是，你必须把我办出去，随便哪一个国家都行。

在以旋心里，法律上还依旧是她丈夫的这个男人，早已形同路人。以旋曾一直认为，丈夫有知识，有思想，有能力，只是有点爱算计，把钱看得有点重而已。现在想来，他在他们俩睡过的那张大床上公然招来了另一个女人，事后竟一言不发，安之若素。她太低估他了！既然一颗心在喧嚣和孤寂中荡来荡去，没着没落的，不如干脆把自己置之死地而后生。以旋只剩下一个信念，尽快离开这个世界，把所有熟悉的面孔和环境统统甩向脑后，到一个完全陌生的世界里去。她只想远离这一切。以旋不是个自我意识很强的女人，但她把尊严看得高于一切。她鄙视同类中把男人拖死，连带着把自己也拖垮的那些女人。既然天寒地冻，就没有必要临出门还要把身子靠向火堆，直到把自己烤得皮开肉绽才肯拔腿——何苦呢！她是个含蓄得体讲究分寸的女人，不管是素有的秉性，还是为人师表的身份，都不允许她为了这桩名存实亡的婚姻，撒泼打滚儿，颜面丢尽。她不愿在这个本已落魄的世界，再失去内心这最后一点高贵。

正如以旋所料，丈夫没过多久便爽快地接受了她的条件——但条件是，家里那套价值四十万元的房产，俩人平分。

来到德国西部的卡尔斯沃，是以旋在这个陌生的世界几经辗转的结果。最初，她根据前夫的安排去了匈牙利的布达佩斯。在遍布温州人的中国城里找到一份小商品批发行的理货员工作，并租住了商场附近一条老巷子的地下室。通风不畅的小房间既阴且潮，尤其秋冬之交。湿气如墙角的蜘蛛网，在房间的四壁悄然蔓延。青苔在背阴处的地面上渗出来，并沿着她的躯体蠕动。住到第九个月时，以旋在夜间的一个梦里，看到自己变成了热带丛林里的一棵树，浑身上下长满绿油油的胡子。早晨醒来，以旋掀开大腿处，发现细腻白净的皮肤上起了赤豆色的斑点，大有星星之火可以燎原的趋势。以旋的心里起了恐慌，情绪也郁闷到了极点。

老板娘一向苛刻，把同胞的工资压到不能再低的程度，但私下里对以旋吐了真情：你这都是压抑出来的毛病，跟我十年前初来乍到时一个样。女人家不容易，孤身在外，连个说话的人都没有，万事憋在心里。不像男人，可以撕开脸面打野食儿。你想想看，白天忙活一天，到了夜间，心里跟猫抓似的。我就是那个时候学会抽烟的，最难熬的时候一天两包万宝路。想办法找个男人吧，解一解燃眉之急。只要你愿意，这横七竖八的唐人街上，有上千个汉子等着你呢。

以旋左思右想，决定采纳医生的建议：尽快搬出阴暗潮湿的地下室，换一份远离塑料化纤尼龙制品的工作环境。由于签证的局限，以旋只能沿着东欧的社会主义国家打转转。在一个东北同乡的帮助下，以旋很快去了捷克，在布拉格一家中餐馆做起了跑堂，并和江西的一个女孩儿合租了楼上的一个两套间。以旋特意把自己的床摆在一张大窗户底下，只要时间许可她便敞开窗子来通风，阳光无私无畏地照进来，以旋的心为之一颤，她已经记不清有多久没有看到阳光了。恍恍惚惚地打量着窗外的世界，蓝天飘浮着大朵大朵的白云，眼前的布拉格比传说中还要美，画廊似的建筑群下游人如织，小巷子里流淌着音乐，以旋出神地望着，一颗心豁然开朗起来。

这天晚上，酒店的餐桌上来了一位德国客人，他要了份肉排、酸菜和烤馒头片，外加一杯捷克黑啤。完了，又添了一杯。以旋老远打量着他，心想，这个德国佬，胡子拉碴的，一个人喝着闷酒，都深更半夜了，但愿不要再喝下去吧。德国人似乎读懂了她眉目里的潜台词，打个手势要和她结账。以旋微笑着收了钱，转身之际，却被男人压低声音叫住了：女士，您少收了我十欧元。以旋恍然大悟，连连道谢，慌乱中竟脱口问道，先生，您从哪里来？男人回答，德国，卡尔斯沃。

以旋最终决定到德国来，是受了她的室友慧心的一番暗示。慧心早年在德国的大学城曼海姆攻读MBA——工商管理硕士，是个不折不扣的德国通。眼下她因为居留问题，临时搬到了布拉格。在慧心的引导下，以旋不顾一切地来到曼海姆，在这座古老典雅的大学城里一面学德语，一面寻找打工的机会。闲暇时光以旋开始背着包四处游览，走来走去就走到了卡尔斯沃。春光正好，卡尔斯沃的大街小巷花团锦簇，生机勃发。市中心那座红色尖顶小教堂里，像是在举办一场新人的婚礼。以旋一向喜欢西式婚礼，经由牧师主导下的那种庄严、肃穆和圣洁，让她倾慕已久。人群里有个似曾相识的德国人，着一身蓝灰色的西服，右手托着一袭婚纱的年轻姑娘，从闪开的人群中向教堂的正前方走。以旋看清了，这人是新娘的父亲。他一脸庄重，步伐沉稳，在瓦格纳的《婚礼进行曲》中，将女儿的一生隆重托付给牧师身旁的那个青皮小子。

婚礼结束了，新郎和新娘携手走出教堂，披着雨花似的玫瑰花瓣和父亲拥别，而后踏上一辆黑色的敞篷轿式马车，扬长而去。欢乐的人群如四散的鸟，瞬间消失得无影无踪。唯有那德国人目送女儿离去后，靠在教堂门外的一棵菩提树下，如释重负地吐起了烟圈儿。乌云从山巅荡过来，转瞬之间，豆大的雨点吧嗒吧嗒落下来。以旋撑开手里的红伞走过去，在男人的头顶举了起来。

半年后，弗雷德牵着以旋的手再次来到这座教堂。众目睽睽之下，这对跨国婚恋的男女主角儿，以不容置疑的句式，郑重回答了黑袍牧师的提问：

你愿娶她为妻，温柔耐心地来照顾她、敬爱她、保护她，并尊重她的家族为自己的家族，不再和其他人发生感情，恪尽你做丈夫的本分吗？

你愿意嫁给他，以温柔端庄来顺服这个人，敬爱他、帮助他、唯独与他居住，尽你做妻子的本分直到终身，并且对他保持贞洁吗？

4

以旋私下里觉得，若曦很美，而且，不是一般的美。若曦的美并非出自沉鱼落雁之容，而在于身段、气质以及她那幽暗细腻的肤色。若曦的肤色，暗合了欧洲女人花钱费时跑到地中海沙滩上烘烤出来的性感之色。除此之外，若曦的唇肉感红润，微微闭合时那随之淡然下沉的双眸，竟透出一股子风尘味，有种勾魂摄魄的力量呢。若曦生在无锡长在太湖边，大学生涯却是在上海交大度过的，高校与海派文化的双重熏染，点化了若曦智性而洒脱的气质。在乡风保守的德国西南小镇，若曦这含着点野性的东方美，就格外地引人注目。

安茨乐的母亲曾当着儿子的面，隐隐约约地敲打她这位中国儿媳，一个女人，重要的是端庄，家里有客人时，不能穿的太露。这叫若曦想起三年前，她和安茨乐在上海金茂大厦举行婚礼时，安茨乐十分动情地盯着她说，亲爱的，你既柔弱，又性感，既依赖，又独立，太完美了。而彼时，若曦眼里的安茨乐，既浪漫又固执，既爽直又刻板，矛盾得简直不可理喻。但若曦认定了这个男人，并坚信他们的相遇，是天作之合。

可是以旋怎么都想不通，神仙般的一对眷侣，在德国这块土地上才共同生活了三年，怎么说冷就冷了呢？作为同胞，也作为老大姐，以旋拉开苦口婆心的架势，劝慰若曦道，你虽年轻，可女人家像根草，转眼就枯萎了。趁年轻力壮把孩子生下来，女人的一生不能没个寄托。否则，终究不圆满。

若曦不为所动。她甚至用怜惜的目光端详以旋那皱纹密布的眼角，反而对以旋道，人生圆满不圆满并不取决于孩子。不错，生孩子是女人的天职，可不生孩子就不能拥有圆满的人生吗？你看欧洲有多少女人，一心一意只享受两人世界，动不动游山逛水，天马行空，活得多潇洒。难道人家的人生就不圆满？

可是，以旋不屈不挠地说，咱们住在这里，山高皇帝远，总是清寂无聊的时候多，有个孩子在跟前跑来跑去，热热闹闹的，这一日三餐也就多了几分色彩。所谓好山好水好寂寞，你不觉得吗？

我正是个耐不住寂寞的女人。若曦眯着眼对以旋说，可你我打发寂寞的方式不尽相同。不瞒你说，我总觉得我和安茨乐的婚姻过不到头，能跟他在这深山老林里待到今天，已经是我俩的造化了。实话告诉你，我已到了度日如年的地步了。

看你说的。许多欧洲人不也喜欢到这深山老林里来吗？你没注意到，越是大雪封山，他们越是争先恐后地往山里跑，我真不明白，他们跟雪怎么能玩出那么多花样来？咱们不出门就能与雪为伍，登上雪橇漫山遍野地跑，倒也乐在其中。再说了，想什么时候进城娱乐消遣逛商场，开上车就可以去。这难道不是城里人梦寐以求的日子吗？

若曦竟同情起以旋了，说：你是真的爱上了这个山村。尽管如此，仍有千百种理由让我发疯。我是天生的都市女人，喜欢时尚、繁华、咖啡馆、音乐厅、歌剧院……要是让我在这儿待一辈子，那还不如杀了我。我真心佩服你，无论身居何处，都能随遇而安，独享这份宁静与清寂。空气、山林、松鼠、麋鹿、萤火虫，对你来说可能具有永恒的魅力，而与我，最初的新鲜感过后，它们就是“死寂”“荒凉”的代名词。

以旋明白，这个世界的确有那么一种女人，生来就是与商场餐馆酒吧舞厅连在一起的，她们活色生香，千娇百媚，热衷礼服加身，被男人簇拥着在舞厅里翩然起舞。她该知道，比自己小了整整一旬的若曦，无论个性、学识还是内在追求都与她大相径庭。她没有理由将一个年轻的现代女性，与她这个老气横秋的中年妇女相提并论啊。

若曦大学毕业后供职于一家中美合资企业，作为总经理助理，若曦洒脱、干练，深得老板信任，干到第三年就被提升为人力资源经理，在偌大的企业独当一面。所谓白领、骨干、精英，名副其实的“白骨精”。那年的圣诞之夜，若曦和两个姐妹在外滩的一个酒吧里欢庆她们的三十二岁生日，怀着穷途末路的哀叹，跻身于沪上不断壮大的单身贵族行列。在感情上屡遭波折的若曦，虽然未产生嫁不出去的焦虑与恐慌，但她预感到自己的漂亮、干练和高薪，在众多男人的眼里并非优势，而是罪过，他们瞅你的眼神都像是一个个问号。若曦看透了这些个男人。你温柔贤惠，他说你缺乏个性，你能干高薪，他又觉得你可疑。反正横竖都是你的错。若曦含泪饮完一杯马丁尼，心一横，当夜刷新了自己的求偶标准：把目标锁定在西方男人的圈子里。大千世界，只要精通外语，胆大，心细，即便没有姿色也用不着灰心，山不转水转，东方不亮西方亮。

中国改革开放的标志之一，不就是拓展了女人的择偶天地吗？中国产品连同中国文化都在处心积虑地往洋人堆里扎，她怎么就不能轰轰烈烈地走出去呢？凭借她上海交大英语系的资质和四年合资企业白领阶层的阅历……若曦的信心犹如飘扬在江边的那面五星红旗，在海风中剧烈地抖动着。为了寻找猎物，若曦能出差就出差，尽量往陌生人群里扎，并不惜花大钱外出旅游，专拣那种服务于西方客人的高档项目，三亚的五星级海景房，北京上海的皇冠假日，以及深圳珠海的希尔顿和香格里拉。找准了下午茶光景，夹本书旁若无人地踱进咖啡厅，一面啜饮咖啡，一面暗自打量。

诱饵就这么下出去了，若曦收获的那个季节不在金秋十月，而是人间的四月天。在重庆和武汉之间的三峡豪华游船上，四天三夜的行程中，若曦显得游刃有余。每天黄昏，她都气定神闲地靠在甲板的栏杆上，披着晚霞欣赏沿途风光。她的一举一动，招引得四下里的蓝眼珠暗暗惊叹。若曦心里明镜似的，这个时候的她，本身就是一道不可多得的风景。

猎物终于上钩了。俩人一照面，就如电光火石，即刻火花四溅。不到三个月，若曦和安茨乐这对跨国新人的婚礼，便在上海金茂大厦的露台上隆重举行。

5

《五杂俎·地部一》：“水田自犁地而浸种，而插秧，而薅草，而车戽，从夏讫秋，无一息得暇逸，而其收获亦倍。”

以旋披着薄雾目送丈夫下山时，脑子里突然就迸出了这段话。她手搭凉棚站在敞开的宅院前，感觉整个山头都成了自家的院子。四头奶牛和一辆小型拖拉机，还有活蹦乱跳的八哥犬，这就是他们的全部家当了。以旋望着当头的大朵白云，将奶牛一头头赶到坡下去撒欢儿，然后操起家里那台半旧的割草机，伴着机器的轰鸣，在绿浪翻滚的草坡上走来走去。奶牛们闻到了新鲜的草腥味，晃荡着大奶追过来，在女主人的屁股后头边走边嚼。

搬到山上不久，以旋便在场院一角开出一片菜地来。西红柿、辣椒和黄瓜，不日从肥厚的地里钻出来。山上凉爽，热度不够，但它们还是长得郁郁葱葱。第二年以旋回国探亲时，姐姐应她的要求老早预备好了豆角丝瓜和韭菜种子，以旋回到山上，也都撒上。入夏，长势良好的蔬菜将园子撑得越来越大，像模像样了。饭后以旋喝了小半壶铁观音，歇息了两个时辰，就套上那双黄色橡皮手套，到菜地里拔草，顺便摘了把豆角，掐两根丝瓜，弯腰拽下一疙瘩蒜，进屋丢在厨房的菜板上。她想好了，等弗雷德晚上回来，叫他品尝新鲜的中国小炒。今晨夫妻俩对在桌前吃早餐时，弗雷德好像特意跟她说，想念自家园子里的青菜啦。

以旋忙完了一切，就在草地上铺块绒毯子，躺下来享受一番山上的静谧与安适。正是夏秋之际，天空是那种澄澈耀眼的蓝，森林之巅盘踞着硕大而缭乱的云，犹如不规则的冰山雪峰，变幻莫测。要说，以旋生来就喜欢安静的，然而这里的静，是接近死寂的。幸好院子里有一群畜生，寸步不离地围在她身边，恋人似的与她亲切耳语。以旋就和它们说话，絮絮叨叨的。八哥犬顽童似的在她身上蹭来蹭去，不高兴了，就没完没了地和她厮打。有时候，以旋摩挲着牛背情不自禁地哼起家乡的小调。

小妹妹送情郎啊，送到那大门外，手拉着（那个）手儿，问郎你多咋回来。回不回来，你定要捎上封信儿啊，免去了我小妹妹时常挂心怀……

到了黄昏，以旋像庄户人似的扯起嗓子吆喝几头奶牛归圈。八哥犬机灵，夹紧尾巴一个跟头跌进客厅，对准墙角的食料罐儿猛扑过来。以旋这才意识到，自打跟弗雷德来到山上，住进伯父留下的这套老宅，不知不觉就在欧洲大陆的山水之间，过起了农户般的日子。可话又说回来——以旋喜欢这么安慰自己，世上的农民千千万，农民与农民是不可同日而语的。跟祖国土地上的那些个农民弟兄相比，德国的农民从耕种到收获一年四季，春华秋实，即便喂牛、挤奶、制奶酪，都是伴随着一系列机械化运动。除此之外，家家户户的院落里或新或旧都停着一辆小车，山下的柏油小马路直通到高速路口。那种脸朝黄土背朝天的景象在德国这地方当然有过，但恐怕要追溯到上上个世纪去了。

前天，山下的艾里希夫妇给他们送来了一筐甜菜疙瘩。温良朴素的艾里希太太，和以旋是同龄人，脖子那儿却老得不成样子了。以旋记得刚搬来那会儿，弗雷德带她到镇上的馆子吃饭，曾和艾里希夫妇碰到了一起。艾里希夫妇还共同举杯，庆祝他们的乔迁之喜呢。以旋真不知道如何享用这种新鲜的甜菜疙瘩，就诚心诚意向对方请教。艾里希太太十分耐心给以旋讲解，并掏出一张打印好的单子，上头仔仔细细注明了烹饪的方法和步骤。这就是德国人的风格啊，以旋心里说。还是在前些日子，以旋和弗雷德一同散步时，见艾里希夫妇在莱茵河畔平原上种的甜菜，有十多公顷呢。以旋掰着手指头一算，大吃一惊。十公顷，一百五十亩地，多大一片地呀！夫妇俩就那么各自开着一辆收割机，来来回回几天，就把十公顷甜菜堆成了一座大山。

每隔一周，以旋把牛赶到房子后头的坡上之后，便顺着山道盘旋而下，穿过林子往镇上去。总有一些小东西需要添置，比如起居室、卫生间以及大厨房里。今天的镇上好不热闹，像是在举办一场什么活动。好些年轻人穿得奇形怪状，裸着的上身涂满了一道道的彩漆，在小广场上摆出各种造型，还不时挑逗一下站在旁边维持秩序的公干。以旋明白了，这是在用人体彩绘给什么产品做广告呢。溜溜达达的，很快就到了黄昏。回家的路上，以旋穿过一条遮天蔽日的林荫大道。西沉的晚霞从背后穿透林子，照亮了草丛里的花花草草，光怪陆离的，仿佛晨光透过的三棱镜。

怀了孕的女人，看什么都像是亲切、柔和与安妥的。时光匆匆，以旋的外表和体形渐渐起了变化。腹部隆起的同时，脸颊和腿脚似乎也不再受她的支配，模样变得怪怪的，像是忽然间脱离了从前，要变成另一个自我。以旋在电话里跟姐姐唠叨，说自己变得越来越丑了。姐姐大喜，在电话那头兴冲冲地对她说，你怀的八成是个小子。常言道，女儿是妈妈的梳妆台嘛。以旋满心欢喜，眉眼之间的皱纹都是蜜色的。

6

弗雷德不是不喜欢孩子，而是对孩子的到来有些恐惧和胆怯。

那天的晚饭桌上，以旋将自己怀孕的消息告诉弗雷德时，他在回家的路上刚刚听完了女儿尤利娅的哭诉。尤利娅声称自己的婚姻长不了，没准儿哪天就带着儿子跑回父亲这栋老房子里来避难。女儿还说，她的男人是个浑蛋，越来越不着调了，工作不顺心就拿她撒气，对儿子几乎不管不问，好像这孩子根本就不是他的。这个南斯拉夫杂种。女儿对着电话听筒连哭带骂。

这孩子从来就不是一盏省油的灯。弗雷德独自哀叹道。沮丧与无奈让弗雷德不由得想起了前妻。只有他最清楚，女儿尤利娅不仅继承了前妻的美貌，也延续了前妻的做派，母女俩如出一辙。自从前妻无端地离他而去，弗雷德便独自一人带着女儿生活——那可真是劳心劳神，百般曲折的日子啊。他知道自己不是一个称职的父亲，因为在对待孩子的问题上，他往往缺乏耐心，极易冲动。但他是问心无愧的。他一直竭尽全力地照顾女儿，让她吃好，穿好，好好读书。可到头来，竟事与愿违。女儿脾气暴躁，大胆任性，我行我素，好像什么都敢做，就是不把心思放在读书上。中学没毕业就和一个德国小子眉来眼去，出双入对，动不动就在外头住，没过半年俩人就腻了，说崩就崩。女儿有一张人见人爱的脸蛋儿，从来就不缺少男孩子。十六岁那年，尤利娅和几个同学混进巴登-巴登（Baden-Baden）的赌场，因伪造证件喝酒赌博被当地警察局抓走了。

六年前在卡尔斯沃举办的那场婚礼，是迫不得已，因为尤利娅怀孕了。然而眼下，女儿与小外孙的现状，再次让弗雷德寝食难安。果真像女儿嚷嚷的——闹到离婚那一步，小外孙怎么办呢？孩子是无辜的。为此弗雷德简直伤透了脑筋，他再次陷入焦虑。怎会料到，结婚、成家、生子都没能让尤利娅的生活安稳下来。一想起这些，弗雷德便身不由己地朝山下跑，就想一头扎进那个小酒馆。他又开始借酒浇愁了。

那晚，以旋告诉他自己怀孕的消息时，作为丈夫，他本该高兴才是。可弗雷德却高兴不起来，何况他还处在气头上呢。但事后弗雷德意识到自己，可能由此而伤了妻子的心。即便当时，也是为了照顾以旋的心情，才不想把那些烦心事一股脑儿抖落给她。弗雷德是个犟脾气，不会伪装，也不善于掩饰自己的情绪。自从和以旋结了婚，妻子就表示想要个孩子的。起初，弗雷德未置可否，实则是不乐意。但他很快觉察到自己的自私，这样做对妻子是不公平的。以旋并未生过孩子，她有权利拥有自己的骨肉。如若扯到法律上去，他的行为是站不住脚的。德国这地方，一切都拿法律说事。他于是努力配合妻子的愿望，力争让她如愿以偿。尽管对孩子的出现，弗雷德有着本能的胆怯。

弗雷德对他的中国妻子是有信心的。他知道以旋和他的前妻绝不是一回事。以旋善良、文静，吃苦耐劳，属于西方人心目中典型的东方女性，天生具备相夫教子的秉性。而他那位当年从白俄罗斯来德国寻找机会的前妻，是个坐不住的疯丫头，连小学都没读完，就喜欢涂脂抹粉穿衣打扮，一心一意只想凭借自己的美貌坐享其成。这么多年过去了，前妻的嘴脸在弗雷德的脑子里都模糊得不成形了。但有一点，弗雷德至今都无法否认，那的确是个美人。弗雷德也有过年轻潇洒精力充沛的时候，挣钱之余他便花天酒地，围着漂亮女人转来转去。然而这个世界，男人最终的心思，还是要落在持家过日子的好女人身上。对此，弗雷德不仅深有体会，也付出了沉重代价。

孩子既然来了，我很高兴，这是你多年的愿望。弗雷德终于对妻子坦陈道。为了迎接小家伙的到来，弗雷德开始不声不响地做起了准备。他将卧室对面的那个小房间倒腾出来，孩子来到这个世界，不能没有自己的小天地。虽说旧了点，只要收拾干净，再添几样小东西，就很像那么回事了。周末，弗雷德又把储藏室里的一堆木板儿清理出来，吭吭哧哧地搬到院子里。和煦的阳光下，他一屁股坐到草地上，对着那些木板比比画画，把它们一块块地截开来，再用砂纸打磨得溜光水滑，圆润透亮。松木云杉的清香缕缕弥散过来，以旋又高兴又好奇，问弗雷德究竟要捯饬什么嘛。弗雷德也不吭声，只管闷声不响地忙活，却不时拿神秘的眼神扫她一眼，额头上的汗珠子音符似的，一颗接一颗滴落在明晃晃的草地上，不动声色地串起一段音乐，在以旋的心里悄然流淌。

没出两周，一张带栏杆的实木婴儿床陡然摆在了小房间里。又过了些日子，婴儿室的小床周围，又添了香樟木的小马，核桃木的野兔、地鼠和猫猫狗狗……以旋忍不住笑了。笑声惊动了肚子里的宝宝，以旋赶紧捂住肚子，跑到弗雷德跟前叫他听。弗雷德抱住妻子亲了又亲。傍晚，以旋弯着身子从菜园里掐了把韭菜，给弗雷德做他最爱吃的韭菜馅儿饼。

7

以旋从若曦家里回来之后，也不知问题出在哪儿，总觉着若曦的丈夫有点别别扭扭的。安茨乐高大挺拔，温和周到，言谈举止中规中矩，好一个绅士形象。可他每讲完一句话，都要略微点一下头，像是怕你听不明白，又像是对着你频频致意。安茨乐早年毕业于曼海姆大学的化学专业，目前在小镇东郊一家生物制药厂任质量副总监。该厂隶属德国拜耳集团，是欧洲生物界享有盛誉的老字号，位居世界五百强之列。兴许是受原料来源的限制，安茨乐供职的这家企业制药厂，就建在卡尔斯沃和约克镇之间的一座山上。

在若曦家里，以旋同样见到了她的婆婆，安茨乐的母亲舒尔茨太太。一位年逾古稀的德国老人，却保持着良好而匀称的身段，眉目清爽，颧骨微凸，花白的头发吹得一丝不苟，目光灼灼的脸上打了淡淡的腮红。以旋被隆重邀请在插了鲜花的圆桌前，和他们一家三口共享咖啡和蛋糕。盘子里盛着草莓、蛋糕和阳光，舒尔茨太太擎着细瓷小杯端坐在窗前的沙发上，她一面细品咖啡，一面和以旋聊几句，并不时扫一眼桌上的《南德意志报》。

以旋跟着若曦到庭院里散步。森林和宅院之间，有两棵菩提树，枝叶茂盛，一直覆盖到坡上的那条砖石小径。葱绿之中，一座灰色小教堂若隐若现。以旋瞄了一眼那条蜿蜒的砖石小径，禁不住问若曦道：你婆婆挺贵气的，她以前是做什么的？

我婆婆以前就是金十字的妇产科主治大夫，有一半的法国血统呢。安茨乐六岁时，我公公因一场意外事故，猝死在了车间的指挥台上。母子俩因此而得了一笔丰厚的抚恤金。老太太是六十岁离开诊所的，退休金也不少拿，日子过得相当惬意。

两个中国女人沿着花草蔓延的小径往绿荫深处走，接近小教堂时以旋突然对若曦说，跟着安茨乐这样儒雅和绅士的男人，你大概不会受什么委屈吧。

若曦表面上附和道，的确是个绅士，却也是个不愿妥协和为我付出一丝一毫的绅士。我在这里都快闷死了，一直跟他商量着搬出去住。他强调自己任职的那家制药厂前景广阔，待遇优厚。分明在搪塞我。其实我也没让他放弃工作，只是搬到卡尔斯沃去住，我也好在城里找份像样的工作。再说了，从城里到他们公司的距离，跟从镇上是一样的。

以旋会意，却也认为不大可能。你们这里住的是别墅，四野里连着如此漂亮的花园子，你婆婆身体又好，把家里侍弄得天堂一般，安茨乐怎会舍得离开呢？

问题就出在这儿。若曦眯起她那双尖锐的眸子说，在他妈妈的精心打理下，安茨乐舒坦得小王子一般，当然不愿离开。而他自己又总是把公司的理念挂在嘴上，说什么他们拜耳的发展史，就是要满足每一个员工对高品质生活的追求。

以旋觑了一眼若曦：难道你生活得不开心？若曦叹了口气说，他在工作上独当一面，可在家里却是个永远长不大的孩子。

那也不足以构成你终止妊娠的理由啊。你打算做掉这孩子，安茨乐和他母亲会同意吗？安茨乐可是个孝子啊，你看他们母子俩，多默契呀。

何止是默契！若曦恨得形诸于色。起初我也是这么想的，一个孝子，对自己的老婆总不会太差吧。现在想来，我真是大错特错了。

一辈子都离不开老妈的男人，老婆在他眼里就永远位居次要地位。这还不算，若曦咬牙切齿地说，我恨死了他那副温文尔雅的样子。说白了，这个男人从生理到心理都还未断奶呢。

这是怎么说的，以旋听得目瞪口呆。她哪里想象得到，这个貌似完美的三口之家，在白天的绚丽多姿消失之后，到了夜幕降临时分，将会上演怎样的一幕？

晚间的餐桌上，若曦木然地坐在桌前凝望这一对母子，犹如站在大红幕布的内侧，冷眼旁观一场精彩的演出。母子俩总有聊不完的话题，从公司人事到产品质量，从总理大选到北约东扩乃至科索沃增兵，大事小情，无所不及。要说若曦的英语，经过同济大学四年的锻造，语音语调堪与美国人媲美。但婆婆就是讨厌她那一口美国腔。说平生最受不了美国人，一开口，就像晴天白日里滚动的雷——油腔滑调的。若曦都不知道从哪一天开始的，自己在这个大房子里成了一个局外人。她目前的德语，还达不到德国人学前班的水平，在德语表达上当然无法与婆婆分庭抗礼。但若曦与安茨乐之间的交流从来就没有过障碍，也不存在任何文化差异。可是只要老太太在场，这个家里的官方语言就是德语。安茨乐也只能讲德语。既然老太太横下一条心要与儿媳争夺儿子，又是如此的优雅得体，若曦眼下还真不是她的对手。他们旁若无人地开始，理直气壮地结束，平常得如同一日三餐。面对母子俩密不透风的闲扯、逗乐，若曦连个插嘴的机会都没有。眼瞅着老太太笑得前仰后合，若曦恨不得把自己磨成一枚子弹，带着风声和火光，射进去。

若曦由惊诧莫名，到无可奈何，伤心、失落、憎恨、直到报复的火星四下里蹿动。女人到了这步田地，已无法作理性的思考，那由焦灼愤懑而引发的烈焰，带着偏执与疯狂，顷刻之间便熊熊燃烧起来。嫁给一个男人，就意味着这个男人是你的整个世界。而他呢，一个顶天立地的小男人。在他的眼中，最理想的女人就是他的母亲。原本他也是要找母亲那样一个女人的。潜意识里，安茨乐是打算等母亲离开这个世界之后，再考虑自己的婚姻之事的。有母亲在身旁，他还需要其他人吗？直到有一天，他发觉这个有着东方面孔的女人，睡姿是那么优雅、端庄，就像他的母亲。

对安茨乐来说，与若曦走到一起纯属意外，又在情理之中。清寂无聊时，若曦不由得回想她和安茨乐在三峡游船上的情景，他们拥抱在一起，性事水到渠成。这个高高大大的男人，在关键时刻竟流露出莫名的畏怯和惶恐，甚至在高潮来临之际都缺乏雄性和冲劲。乍看之下，安茨乐像是一位成熟稳健的男人，实则外强中干，纸老虎而已。好在若曦善解人意，又精明过人，她掩盖了自己的沮丧和气馁，为了成全这桩婚事，为了本世纪末把自己成功地嫁出去，为了实现自己在父母跟前的承诺，她不得不无条件理解和接受这个男人。

婆婆像大多数德国人一样，有洁癖。除了没完没了地打扫和收拾房间之外，曾一度把儿子结婚成亲的字眼列为禁忌。久而久之，安茨乐也习以为常，安之若素，对婚姻和女人失去欲望的同时，在性方面的自卑感却油然而生。为了安慰母亲并纾解她的孤单和寂寞，安茨乐早就信誓旦旦，向母亲表示不近女色，愿意终身守着母亲。

子夜，若曦挣扎着从睡梦里睁开双眼。梦境的奇诡和怪异令她毛骨悚然。

一场大雪过后，婆婆牵着她那两条蝴蝶犬独自下山去，在通往莱茵河谷的大片林子里转来转去，如粉如沙的雪粒依然在空中飞扬，婆婆眼角的皱纹细细碎碎，目光如雪中的天空，空茫，迷离。突然间老太太天旋地转，仰面朝天倒了下去。枯枝败叶和皑皑白雪掩住了婆婆的肉体。丛林里静悄悄的，两只黑色的蝴蝶犬争先恐后围着主人一圈一圈地转，形成一个偌大而规则的圆。婆婆瞪视着一线蓝天，四仰八叉，染着玫红指甲的十指深深凹进雪中。狗狂躁地叫着，没完没了。村民们闻声赶来。老人最终被发现时，那舒展的肉体犹如少女的胴体，莹润，美丽，富有光泽；紧贴着尸体的是一个赤身裸体的男人。男人已经冻僵了，两只手却与母亲的脖颈焊在一起。那是若曦的丈夫安茨乐。太阳高悬在浓荫密布的森林之巅，几缕阳光拼命投入林荫深处。光影笼罩下的母子俩静卧于雪中，安详、满足，千姿百态的蝴蝶往来盘旋，蓊蓊郁郁。

8

日子依旧如山脚下绕膝而过的莱茵河水，从容不迫不管不顾地流淌着。以旋每天埋头于简单而明朗的琐碎生活，没有应酬，没有盘根错节的人际关系，只要把一日三餐、吃喝拉撒处理好了，这个世界仿佛就太平无事了。

在德国住久了，以旋觉得在对家庭的坚守和牵挂上，中西方男人似乎并无差别。说西方男人性自由、性解放、家庭观念淡薄，是没有道理的。至少她所看到的不是这样。弗雷德对工作恪尽职守、严谨勤奋，每天埋头于时刻表、报表、车皮和人头的统计数字，极具工作效率。他觉得自己就是庞大系统中的一个小齿轮，不能有丝毫松懈。他为人坦诚，讨厌推托和谎言。还有，他是个虔诚的天主教徒。和典型的欧洲绅士相比，以铁路工人起步的弗雷德似乎显得粗朴而鲁莽些，但以旋丝毫不在乎。她吃过知识分子的亏，她乐意自己的生活多一些简单和淳朴。她恨透了算计和欺骗。弗雷德生性有点沉闷，甚至不苟言笑。但他真实、坦诚，与这个国家约定俗成的理念很合拍。有这样的人在身边，以旋觉得心里很踏实，也很安全。

以旋从外界乃至村子周围，渐渐领悟了德国男人的内在习性和品质。总的来讲，结了婚的德国男人——尤其二婚，都能做到爱家，爱老婆，尽心尽力地维持家庭的和睦，忠贞不贰，即便是功成名就的男人。他们身上仿佛有种与生俱来的诚实的品性，就是用来叫你信任的。六年前，以旋和弗雷德手挽着手从教堂出来后，常常于闲暇时光踱进村子里的教堂，像教徒那样静思默想，让自己的心随上帝的节律跳动，感受一番天国的神圣。这个国家有八成以上的公民是天主教徒。有信仰的人，内心更容易保有底线。德国人的婚姻，多半被这个民族普遍张扬的一种操守约束着，此外还有固若金汤的婚姻法。在德国，离婚的高昂代价不是每个男人都能承受得起的。德国前总理施罗德，在第三次离婚时当着全国人民的面坦言道：如果我处理不好个人的感情，也就治理不好这个国家。施罗德离了三次婚，离得倾家荡产。但他是个铁骨铮铮的男人，而不是伪君子。以旋崇拜他，并惊叹这个世界，竟然会有如此诚实的政治家。

弗雷德的酒瘾似乎越来越大了。这让眼下的以旋多少有些失望和担忧。说起来，他们两个的结合倒是源于弗雷德的酒瘾呢。也由此，以旋对丈夫的酒瘾总有些袒护，心存宽容。布拉格之春的那个夜晚，若不是弗雷德贪恋捷克的黑啤，她也不会把这个德国人生生烙在了心里头，更不会促使自己下决心离开布拉格，转而跑到德国来读书。也是上天有眼，让她和弗雷德两年之后再度相逢，并在卡尔斯沃喜结连理。以旋不是一个迷信的女人，但她是相信命运的。冥冥之中，一切仿佛都是命运使然。与弗雷德的结合，甚至令以旋想到了佛家的禅语：爱情是宿世的缘分，是前世未了的尘缘，是今世逃无可逃的因果轮回。

弗雷德下班后总喜欢喝点小酒，又怕妻子唠叨，便把饮酒的乐趣放在山下的小酒馆里。刚才在车站的月台上，他还一本正经地专注于铁道和客运，转瞬之间便被烟雾缭绕的小酒馆熏得眼花缭乱。两杯啤酒下肚，弗雷德灰蓝色的眸子就迷离了。两只煎肠搭上一块黑面包，再抹上些黄灿灿的芥末膏，弗雷德两腮鼓胀地嚼完，红头涨脸地回到家，对着妻子道了声歉，一头栽到床上呼呼睡着了。

这天，深秋的第一场雪从早上落到黄昏，渐渐才有了停的意思。更冷了。蜷缩在沙发里的八哥犬，望着以旋的脸突然打了个响亮的喷嚏。以旋这才发觉壁炉旁的柴火筐空了。这是她始料未及的。平素都是弗雷德把柴火筐堆得满满的，今天早上走得慌，竟忘记了。眼看着火苗由强势变成弱势，都奄奄一息了，弗雷德还没有归来的意思。以旋推开门，雪早停了，却寒光四射的。一片刺眼的光亮打得她差点流出泪来。以旋用木制雪铲刮了几下，清理出一小片干净过道，并顺着过道小心翼翼地往山墙下铲，一截截的木头全都码在那里。以旋腾出手来抱了几块就往屋子里放，壁炉添了潮湿的木柴，噼里啪啦地轰然作响。她折回头再出去抱。毕竟五个月的身孕了，以旋笨手笨脚地，一个趔趄滑倒在地。以旋试图扶着木柴一点一点往上爬——结果，连人带木头，整个就倒了下去。

弗雷德将要清场时，总部来了位领导。也是担心下雪天火车道出故障，临时决定过来查看的，并听取站上负责人的情况汇报。完了，弗雷德就陪着领导在小酒馆里吃了晚饭，自然又喝了点酒。以旋挣扎着给他打电话时，已接近晚上十点了。酒馆里本来就嘈杂，因为天气因素，这天的客人格外多，也格外嘈杂。送走了主管领导，弗雷德脱身往家里赶。走到半山腰，草地的雪像一面镜子，不再柔软，而是冻成了爽滑的一层冰。晕晕乎乎的弗雷德一个跟头翻到了石桥下的河沟里。划破雪面的水冰凉冰凉的，像无数根针头一下子刺醒了弗雷德的意识。他好歹站了起来，连滚带爬上了岸。

踉踉跄跄地回到家时，弗雷德对眼前的一幕大惊失色：妻子的两条裤管，已结成了黑乎乎的血块。

9

这场意外，让以旋痛失爱子。她躺在金十字的妇产科病房里，心如死灰。阳光战战兢兢地探进来，打在以旋毫无血色的脸上，伤心疼痛连同绝望统统化作疲倦，平息在她瘫软无力的肉体上。到了晚间，以旋斜着身子望向窗外，影影绰绰的月亮不是挂在森林之巅，而是长在了她的心里。愁云密布的月亮里头，没有嫦娥、玉兔和月桂树，分明是一个支离破碎的婴儿。

以旋心理上的联想所引起的突变，在她急剧升高的血压上凸显出来。护士查房时觉察到了，及时安慰并给她服了药。夜半醒来，意识尤其清醒。黑暗中，以旋想起了在布达佩斯打工时遇到的一个人。

那是秋季午后，以旋请了半天假，应约去巷子里的一家诊所看医生。她身上不断蔓延的红斑，让她起了莫名的恐慌，也坏了她平静的心绪。她脚步匆匆地出了货行，沿多瑙河狭长的堤岸一面走，一面寻找拐向私人诊所的那条街口。以旋忽然听到有人在背后喊她的名字。她吓了一跳，怀疑自己出现了幻听错觉。孤独病弱的人思家心切，恍恍惚惚地总像踩在梦境里。昨天的梦里她不是和日思夜想的姐姐碰面了吗，还唠了半天的嗑呢——不然这陌生的洋人堆里，怎会有人喊她的名字呢？

一个男人从道路旁边闪了出来，直直地站在她的对面。以旋双眉紧蹙，从头到脚扫了对方一眼，目光冷峻而警觉。

对不起，你别害怕，我不是拦路抢劫的。男人一脸笑容对着她连连解释。我是北京人，来布达佩斯九年了，也在中国城上班，和你打工的那家货行是对门邻居，每次见你都想跟你打个招呼。认识一下好吗？

以旋索性停下来，靠在黑色桥墩的铁栏杆上，说，我听出来了，你是北京人。好亲切的北京话啊。我刚来这里不久，谁都不认识，什么也不熟悉，两眼一抹黑。

嗨，不都一样吗。刚来那会儿我还不如你呢，有时候我在这多瑙河边溜达过来溜达过去，都想一头栽河里死了，时间一长也就那么回事了。能坐下聊会儿吗，要不，我请你去对面喝杯咖啡？

以旋指了指堤岸的一条长凳，说，就在这儿坐会儿吧。我是请假出来的，待会儿还有事要办，否则，怎会这个时候跑出来。

男人告诉她，不少中国人在外面见了面跟仇人似的，何必呢。我嘴挺笨，不善于表达，但你也知道，咱们这些人在外头，五花八门，都他妈不容易。好好的家不能回，各有各的窝心事儿，经历了太多的不圆满呀。

以旋这会儿根本没有心思和人聊天，她累得都快散架了。但她知道对方人不坏，所谓各有各的不幸吧，就顺水推舟地说，世间本来就没有什么圆满可言，比如架在布达和佩斯之间的这一座座老桥，历经沧桑巨变，哪一座没有缺陷，一个比一个破败。可有时候，残缺不全，也是一种美。

男人被以旋说得两眼放光，执意护送她去那个私家诊所。说路上车多，他很熟悉那条街，把她带到诊所门前他就返回去。接下来的一个周末，俩人又约见了一次。男人执意要请以旋喝点什么，于是就在临街的露天咖啡座上面对面聊了一个下午。

男人着实欣赏以旋，反复说，你很斯文，一看就是个知识女性。戏里的人生我见多了，往往只有高潮，而真正的人生，是散戏之后才开始的。山不转水转，人的际遇在变，人也就得跟着变呀。

一辆小车碾过凹凸不平的石板路，从他们的座位旁呼啸而过。

男人的目光追随车尾扬起的一团烟雾，认真对以旋说，我不知道你遭受过怎样的打击，但我希望能为你的生活投注一点亮光，别这样下去了，搭个伙一块儿过日子，成吗？

以旋想哭，为对方，也为自己。转眼间她来到匈牙利近一年了，还是第一次跟男人如此悠闲地坐下来聊天。她已经很久没有开口讲话了，她一直封闭自己，杜绝来自外界的色彩和刺激，让自己沉入井底，一灰到底。晚上下了班回到住处，一张嘴，胃里的酸腐直往上顶。以旋叹了口气，直截了当地告诉对方，说她目前不需要男人，也没这个心思。实际上，以旋还无法接受任何男人。虽说那份屈辱和打击已然过去，但留在心里的阴影却不是一时半会儿能消除的。也许她是个放不开的女人，但眼下她只能这样。

你是怎么来到匈牙利的？以旋撩了撩额前的头发，仰脸问对方。

男人沉默良久，幽魂似的目光对着一片虚无——半晌，现出一腔难言之隐。见此情景，以旋慌忙转移话题说，算了，不说也罢，一切皆可想象。

男人突然开口说，她死了。因为吸毒。男人从阴郁里回过神来继续道，不是我对自己的身世讳莫如深，而是我怕吓着你了。十年前她和我商量好的，先一个人出来打打基础，我留在家里带儿子。谁知道三年后当我带着孩子来到布达佩斯时她已经不成样子了，人不人鬼不鬼的，惨不忍睹……

以旋无语。有那么一瞬，她真想靠过去，紧紧地拥住对方——如同灾难来临，大家不得不拥在一起共同承受天塌地陷似的。以旋头一甩，伸手要了两杯啤酒，推到男人跟前，示意他端起来，俩人碰了杯，仰头猛喝。以旋长长地叹了一口气道，我还是第一次在异国他乡喝酒，真痛快呀，把过去的一切都埋葬在酒杯里吧！

毕竟同病相怜，即使走不到一起，彼此倾诉一番，又有何妨呢。她突然有种想哭的感觉。她又想起老板娘的告诫，别总端着，把自己憋出毛病来。实际上和丈夫在一起她就这样，好像从来就没放松过。多少个漆黑的夜里，她流着泪抚摸自己。她情愿自慰。用一种不着边际的幻想来完成肉体的狂欢。她从头到脚仿佛结了一层厚厚的甲，越结越硬，离婚后，她更是把自己层层包了起来。即便把自已深置于陌生之地，那种深藏的悲凉步步紧逼，让她透不过气来。哀莫大于心死。以旋的满腹愁绪从来就未驱散过。可她这副愁绪满面的模样，在男人眼里，似乎更加楚楚动人了。

夕阳越过多瑙河漫不经心地洒在酒桌上。天边霎时起了一片红晕，以旋远远地瞥见了佩斯山上那辆红色缆车，满载游客往返于葱绿的山顶。一首带点怀旧意味的曲子隐隐流出来，以旋握着酒杯的手微微一颤。自从来到布达佩斯，她好像从未见到过日出。而今天，她和这个素昧平生的人一同瞧见了日落的辉煌。也许是天意吧，以旋的脑中竟冒出“落霞与孤鹜齐飞”的佳句来。

两人破天荒留下来吃了晚饭，月亮升至中天时握手言别，互道珍重。以旋望着男人微微前倾的背影，呼吸比先前似乎顺畅了几分。

10

若曦曾偷偷咨询过卡尔斯沃的心理专家科尔，科尔先生耐心听完了若曦对自己家庭关系的情景描述后，只沉吟片刻，便婉转而确定地告诉她：通常说来，一个年近四十的男人，如果既不结婚，也没有过情人，那他身边不是有个老母亲，就是同性恋。见若曦骇得哑口无言，科尔先生进一步解释道：在德国，乐意守着老母亲过活的男人，其实并不在少数，他们在这方面的坚守、信仰和虔诚，甚至超过某种哲学信条。

安茨乐和若曦结婚之前，的确没有情人，也没有真正意义上地恋爱过。直到十三岁，安茨乐都和母亲同睡一张床。虽然那个时候的安茨乐，已经有了朦朦胧胧的性觉醒，却在毫无意识的情况下，把对情人的渴望投注在了自己的母亲身上。这种反常的依恋，使得安茨乐到了大学期间，都无法用整个身心来试图接纳和他亲近的女孩儿。在中国三峡的那艘游船上，安茨乐的男性意识突然间被一个东方女性的魅力所唤醒，现实的力量猝不及防，促使他跨越心灵的防线，义无反顾地投入到这个年轻女子的怀抱。

爱情让人变得脆弱不堪，让坚持的人卸下所有的防备，让所有的坚持瞬间失去理由。安茨乐的温文尔雅，含情脉脉，也轻而易举地俘获了若曦的芳心。但事后经过反思，若曦总觉得安茨乐对她的一见倾心，并非出自本性上的婉转承欢，而是纯粹的肉体释放。那个时候的他们，彼此都像是储满了无限的能量，以至于从相恋到成婚迅如闪电。然而，那种匆忙的结合，是在母亲缺失的情况下速成的，并且掺杂着德国同事们的好意怂恿。他们对安茨乐打赌说，假如你敢和这个姑娘在中国成婚，我们就在上海的金茂大厦上，请你喝一九九八年的酩悦香槟！

眼下，这个小男人被老母亲一个眼神，轻松勾去。一旦回到德国，回到原有的生活氛围，安茨乐雄性的亢奋随母体怀抱的回归，无可救药地疲软了。在母亲不动声色的呵护下，安茨乐很快重蹈覆辙。连夫妻俩的外出度假都务必带上老太太。最让若曦受不了的是，每当安茨乐一丝不挂地从浴室里出来，老太太都张开手里的粉色浴衣迎上去，并朝儿子屁股上轻拍一把。

若曦感到了窒息，她强忍着怒气冲上楼去，在自己的卧室里泣不成声。一个无微不至的刽子手，终有一天你会将你的儿子一步步带向阉割！若曦恨恨地想。

安茨乐跑上来，吃惊地问若曦，发生了什么事，你病了吗？我真不明白你是怎么回事。自打生下来都是妈妈给我洗澡，擦身，直到认识你之前向来都是如此，这有什么不可理解的呢？

小两口言归于好之后，手挽着手出来散步时，老太太直挺着腰背站在落地窗前，一双松弛的灰蓝色眸子紧跟儿子和媳妇的背影，直到俩人消失在山道尽头。她的目光由淡定，霎时变得冷凝起来。这个女人是一朵黄玫瑰，在儿子的抚慰下舒展，膨胀，妖娆。舒尔茨太太的内心翻江倒海，电闪雷鸣。三十年过去了，我为儿子放弃了多少幻想，杜绝过多少诱惑，按捺住多少欲望，除了死去的丈夫之外我连一个男人的吻都未享受过。如今，我的身子骨已然枯萎，浑身的肉都散架了，却要容忍一个外乡的女子，在我的眼皮底下汪洋恣肆？办不到！我要亲眼看着劫走自己儿子的这个女人，在水草丰满的花园里，一步步走向委顿和凋敝。

爱情和政治一样，适合丛林规则，终究走不出弱肉强食的世界。都说母子与父女，是天生的恋人。有时候，情欲和恋人间的占有欲，会轻易受到外界的影响，由情浓迅速转向平淡，甚至薄情寡义。而母子与父女之间的占有欲，由于溶入了血缘的爱，血浓于水，只会日久天长，恒定忘我一生都割舍不掉。而这种爱走过了头，就如同吸毒，不是你想戒就能戒得掉的。安茨乐的母亲视儿如命，儿子是她的骄傲，儿子是她的人生，儿子也是她的命脉。自打丈夫出事的那个晚上起，她就把整个人生的幸福，全部押在了安茨乐身上。

即使刻薄的时候若曦也承认，婆婆是个优秀的女人。有一半法国血统的舒尔茨太太，从职场回归家庭，依然格外注重生活品位，卫生间一向弥散着薰衣草的芬芳，四角里放着烟熏和玫瑰。无论什么季节，舒尔茨太太都要求儿子的衣服每天必换，着装务必和身份吻合。老太太自己呢，对围巾挎包和鞋子的颜色搭配，那是从来就未含糊过。昔日干练的妇产科医生，在一日三餐上同样身怀绝技。不仅饭菜做得极其到位，蛋糕甜点也样样拿手。除此之外，老太太对儿子的床单被套、内裤和手帕都要亲自打理和熨烫。德国法律严谨，老太太怕雇了人就得为对方支付杂七杂八的保险，便彻底打消了雇人做家务的念头，万事都由自己扛。

安茨乐深爱自己的母亲，他觉得母亲是为了他才终身守寡的。三十多年来，母亲的心思全都花在了他一个人身上。作为儿子安茨乐万分体谅母亲，并且觉得陪伴母亲，是他义不容辞的责任。安茨乐从小就习惯了以母亲的标准，来丈量其他一切女性。这点，若曦在与丈夫的朝夕相处中早就察觉出来了。若曦是清淡的，不像他的母亲永远弥漫着粉底色，在生活上也无法把他照顾得滴水不漏。对此若曦很无奈，因为安茨乐自始至终爱吃的，都是母亲精心烹制的各种西餐，而不是她笨手笨脚弄出来的几个中式小菜。

终于有一天，若曦擦干眼泪推开安茨乐下楼去，失望和冷漠已化作鄙视的利剑，插在若曦冷冷的眼神里。安茨乐昨晚加班回到家，又倒在妈妈的床上睡了。早晨，安茨乐踱上楼来对若曦解释道，我回来得太晚了，妈妈的房间离客厅近，省得吵醒你，再说妈妈正好还没睡呢。安茨乐轻描淡写地安慰妻子说，你难道会跟一个老人争风吃醋吗？

怎么着，若曦也是个聪明人。她知道母爱的刻意渲染，实际上是担心失去自己的儿子。所以最初，若曦曾以退为进，竭力表现出应有的宽容与大度，以期博得母子俩的认同，让他们心存愧意，有所收敛，一招不行，再施一招。若曦一度得到婆婆的赏识。安茨乐也曾有意从母亲的怀抱里挣脱出来，然而，短暂的努力终究难抵几十年的痼疾。安茨乐习惯了那种专属于中老年女人的成熟与温度。作为一个成年人，安茨乐并非不明白自己的心态，但他摆脱不了那种根深蒂固的母体依恋。和母亲在一起，他一派天真，如鱼得水。只要老太太在身边，他便逃不出那种诡异的旋涡。

但若曦作为妻子的身份，谁又能替代呢？只有她可以通过肉体融合，来激活男人的生命和创造力。当初两人在三峡的游船上一见钟情，如胶似漆，不就仰仗她十足的魅力吗？而今身在异乡，若曦再度变着花样努力尝试，费了九牛二虎之力，却收效甚微。还算年轻的若曦竟有些力不从心了。与此同时，小两口的交流与互动差不多仅限于卧室这个私密的天地了。婆婆的若隐若现，无形中已构成小夫妻情爱生活里的一道屏障。无论是精神还是在肉体上，安茨乐都在不断沦陷，进而丧失了自我。

若曦惊恐地感觉到，安茨乐似乎在有意无意地回避着她。夫妻之间的肉体接触，渐渐成了那张松软床铺上的一道鸿沟。这可真叫人啼笑皆非呀，若曦对自己说。正常的性生活遭到灾难性钳制，其后果是可怕的。性是实现生命完善生命的手段，是幸福和健康的起点，是陷入文明困境中的人走向新生活的途径。困顿中，若曦一脸沮丧走向早间的餐桌旁，母子俩正披着晨光端坐在柔和的光线里。婆婆一面给儿子的咖啡里加无糖甜味剂，一面敲打立在瓷器上的煮鸡蛋，那橘红色的温存里透着殷实、富足和漫不经心——一个不可一世的帝国老贵族的形象。若曦的心直抖，想起安茨乐夜间的呓语：你睡姿优雅，端庄温存，就像我妈。

一个人的克制和隐忍到了头，便只能跟着感觉走了。当四壁所有通向阳光的大门上，都留下若曦以头撞击的鲜血后，她的内心涌起一股壮士断腕，用青春和生命追逐天边那一缕星光的冲动。她推开窗子，目光掠过山间古堡的残垣断壁，在莱茵河堤岸的芦苇间犹疑不定。落日西天的彩霞，如蝴蝶翻飞，潇洒地定格在视野内。若曦从养精蓄锐的婆婆跟前从容走过，驾起家里那辆宝蓝色的奥迪，瞬间跃上通往卡尔斯沃的高速公路，绝尘而去。

11

弗雷德担心妻子，因丧子之痛而深陷忧郁无法自拔，便将原定于年底的休假计划提前了。近来，弗雷德发觉妻子和他对坐桌前用餐时，目光总有些凛凛的。她面无表情地手握刀叉，嚼着嚼着，突然瞅着某个方位就凝住了。再回头时，妻子正泪流满面。弗雷德知道说什么都晚了，一道无法弥补的伤痕已深深烙在了妻子的心里。忧心忡忡之余，弗雷德去了一趟金十字，和以旋的主治大夫聊过之后，更加确认了自己的担忧，于是当机立断，暂时请人照料一下家里，携以旋登上了莱茵河上的一艘游船，由南向北沿途旅行。

畅游莱茵，是以旋曾经的一个梦。以旋至今都还记得，她的中学语文老师当堂讲解海涅的诗《西里西亚的纺织工人》时，激动得声音颤抖，两眼发光，一只手握着课本，另一只手在半空中不住地抓挠。讲到海涅时，不知怎的就提到了恩格斯。恩格斯一旦遭遇挫折或者情绪低落，不是攀登阿尔卑斯山，就是畅游莱茵河。以旋记住了莱茵——这个让她魂牵梦萦的名字。发源于瑞士雪域高原的莱茵河，由南到北贯穿了列支敦士登、奥地利、德国，最后经荷兰入北海。仅在德国境内，莱茵河就涵盖了八百多公里，堪称德意志文明的摇篮。

在海德堡学习那会儿，以旋无意中读到席勒的诗：“莱茵河与世界上其他大河不同，它宁静，安详，高贵，秀丽，有如淑女。”

初冬的莱茵河两岸天阔云淡，棕树林立。平素碧透了的远山近景，此刻全然成了一派动人心魄的金黄与火红。逆光行驶的途中，棕树的叶片如玫瑰花瓣泼洒在船头，映在碧蓝碧蓝的河道上，构成一幅明暗交错、气韵生动的瑰丽画卷。以旋站在船头的甲板上，手扶栏杆看两岸风光急速流转，更迭，恍如穿行于虚幻世界里。雨果也曾描述过莱茵河，说它雄浑、曲折、细腻，集万种风情于一身。以旋静静地欣赏着，内心充满会意。从美因茨以后，河段上似乎没有架设桥梁，过河采用的还是传统的摆渡方式。来往船只也都屏息静气，汽笛都不肯拉响一声的，就为保持莱茵两岸生态的原始与天然。沿途经过无数小镇，堤岸的花儿开的曼妙。一些石头做基的木制小屋子，犹如积木搭建而成，仿佛传说中的红房子、灰房子、蓝房子，浸透着童话般的美妙。以旋从心里喜欢这些粗朴的小房子，觉得在它们面前，都市里的摩天大厦都要黯然失色了。

河道渐行渐窄，这一带多岩石，两岸山峰随之陡起、对峙，颇具峡谷风光。峰峦叠嶂之间惊现一座座城堡，九重秋色里透着中世纪的繁华。依托山地制高点兴建的这些军事堡垒，在以旋脑中引起的都是些“盔甲”“骑士”“骁勇善战”“行吟诗人”这一类的字眼。古代欧洲，同样充斥着野蛮、杀伐、征战、臣服、刀光剑影、硝烟弥漫。那个时候，一处城堡就是一个固若金汤的小型城邦，不可一世的封建贵族和领主们割据一方。城堡的一砖一石，都在向后人诉说着那曾经的苦难、悲愤，连同浪漫和奢华。如今，城堡的建造者已然作古，而他们的杰作却留存了下来，即便伤痕累累，即便满目疮痍。

在莱茵河最古老的一座城堡下，以旋意外碰到了慧心。两个失去联系多年的昔日好友，一时竟不敢相信自己的眼睛，怔了半天才确认了一度模糊的记忆，瞬间拥抱在一起。一别四年，俩人回想起在布拉格同一个屋檐下度过的时光，都有些百感交集。以旋十分兴奋，问慧心目前住在哪里，什么时候干上导游这行了？以旋从内心感激慧心，当初毕竟是受了这丫头的点拨才下决心到德国来的。

慧心快人快语，说以旋走后不久她也离开了布拉格，眼下在法兰克福一家德国旅行社做专职导游。这不，慧心拿小黄旗一指，十几号人的中型旅行团断断续续就跟了上来。以旋微笑着和远道而来的同胞们握手问好，大家都觉得能在这样的地方遇见老乡，好舒心好亲切啊！

以旋忙拉了弗雷德过来与慧心见面，彼此热烈地寒暄了几句。匆忙间，以旋竟没忘记把家里的电话和住址留给慧心，并拉着慧心的手说，啥时忙里偷闲，到姐姐家的山庄里来住几天，我包韭菜馅儿的饺子给你吃呀。

慧心顿时眉飞色舞，说，我就喜欢德国的小山村，早就想吃姐姐包的韭菜饺子了。等我忙完了这几个团，年底一定会跟你联系的。

以旋高声应道，说话可要算数啊！

相逢的喜悦和兴奋，沸水似的在以旋周身洋溢了半天。她带着好心情继续观赏莱茵河沿途风光。过了科隆之后船行得很慢，一座造型怪异的石雕悠然闯进以旋的视野。那石雕年深日久，已残缺不全，可以旋还是看清了：女人张着两只翅膀，跨在一位年轻伟岸的男人身上，目光忧伤而凄艳。以旋甚至看到了女人眉眼间丛生的青苔。她好生奇怪，就问身旁的弗雷德。弗雷德沉吟良久转而问她道，你可听说过古希腊神话里的俄狄浦斯？以旋摇头。弗雷德就说，那是关于儿子与母亲的一则神话和寓言。做了国王的儿子后来意识到与自己同床共枕的女人竟然是自己的母亲时，羞怒不已，亲手弄瞎了自己的双眼，避开世人的侧目，自我放逐去了。

以旋听罢，蓦然陷入沉思。待她回过神来，弗雷德正指着两岸的一片片葡萄园对她说，莱茵河谷有一种冰葡萄，下了霜结了冰，紫红的浆果挂着冰碴儿，却是莱茵香槟的好原料。以旋凭栏望去，阳光下的葡萄藤如秋海棠的叶柄，赤红透亮，煞是好看。众多男男女女的酒农们，个个身背箩筐在汪洋似的葡萄架前穿梭、往返，像一串串音符汇聚成一曲波澜壮阔的田园交响乐。

山风送来熟透了的葡萄的甜香，浓郁而清冽，以旋陶醉了。这一刻，她的心倏地被点亮，所有的苦涩和郁结都随风而逝。旅行还未结束，以旋已急着回家了。她开始怀念自己解甲归田种豆南山下的那份忙碌和闲适了。

12

十二月的约克小镇，已沉浸在圣诞节浓浓的氛围里。镇上最大的那家荷兰花房前，悬起两只硕大的松枝花环，点了金粉的各色装饰物闪闪烁烁，异彩纷呈，唤起人们对节日的热切期盼。以旋从镇上采购回来，特意绕到金十字门前。林荫道上的那条石板小路，在乌沉沉的空气里泛着青光。两个月前，她就住在朝向森林的那个病房里，一抬眼，若曦风尘仆仆地推门进来。

这丫头，怎么一转眼就杳无音讯了呢？以旋心里嘀嘀咕咕，七上八下地到了家门口，见山墙上的信箱里多了个蓝皮信封，她的心本能地一阵狂跳。果然，是若曦的信，却是从上海寄来的。

亲爱的以旋：你好！

你想象不到，我是如何在仓促之间决定离开德国并回到上海的。我左思右想，最终还是听从了你的劝告，把孩子生下来。尽管这孩子，与安茨乐没有丝毫关系。

以旋这一惊非同小可，差点喊出声来，她倚住靠背半天没缓过劲来。难怪这丫头铁了心要流产，原来孩子根本就不是安茨乐的！可是，又能是谁的呢？以旋使劲儿闭上眼睛，以便让自己聚聚光，然后对着窗户猛地睁开，迫不及待地往下读。

绝望是天底下最可怕的事。绝望不动声色就能将人一把推向悬崖，并让人做出异乎寻常的举动来。十五年前，我的初中老师詹婷婷突然自杀身亡。那是我念初三的暮春时节，我的班主任兼中文老师詹婷婷，是个才华横溢、温顺内敛的年轻女性。然而有一天，课堂上豁然传来了詹老师的死讯，并且是自杀。震惊之余，大家都百思不得其解。后来有一天黄昏，我到办公室交送作业时，偶尔听到两个老教师的议论。她们拼命压抑了嗓音，你一言我一语，比声音更诡异的则是两个女人的眼神——触了电似的闪烁不定。我双手一抖，作业本随即滑落了一地。詹老师的死竟然与她的丈夫和婆婆有关？这个疑问，若干年来一直潜伏于我的脑中，直到嫁给安茨乐来到德国与他母亲朝夕相处，我才真切体悟到詹老师当年的困顿与绝境。

可我不是詹婷婷！我不会像詹老师那样用别人的过错来惩罚自己。可詹老师的悲剧，让我看清了自己的处境与可悲，也让我于惊惧和混乱中千方百计寻求自我解脱的途径。否则，我不是疯癫就是像詹婷婷那样死路一条。于是在安茨乐下班之前，我常常独自驱车到卡尔斯沃郊外的酒吧去。有一次我连喝了两杯，我压抑得太久了，我心头冒火，我必须释放自己。有个男人来到我对面，用眼睛对我说：你不能再喝了，你已经喝了两大杯黑啤了。

这是个亚洲男人，漆黑的眸子里满是柔情和怜惜。

为什么不呢？我一把夺过他手里的威士忌，一饮而尽。

纷乱与朦胧中我似乎听得见他接连不断的叹息：我是因为思念韩国的妻子才时常来这里喝上一杯的。你呢？他盯着我问。

我白了他两眼，垂下眸子，无言以对。我的丈夫近在咫尺，可我却感到无家可归。时间和空间刹那间对我失去了意义，能够辨别的只有被撕裂的隐痛与悲哀。

第二天黎明，我从韩国男人的单身宿舍里走出来时，见他的办公桌下压着他妻女的彩色照片。我知道昨晚发生了什么，尽管我醉得一塌糊涂。我就像溺者求生那样，拼命抓住这根轻飘飘的生命稻草——只为抵制和报复那日益寡淡的感情，却不由自主地陷入另一桩诡秘的两性关系。然而，凭借这种虚拟的存在和力量，我从绝望的深渊里一步步爬了出来。

两个月前，我亲眼目睹了你失去骨肉后的那种撕心裂肺的伤痛，你干枯而绝望的眼神让我感同身受，也令我悲从中来。离开你之后我再次驾车上了高速，我开得很疯狂，随时都有车毁人亡的危险。人生就是不幸，人生总是伴随着至深的哀痛。还是那家酒吧，还是角落里那个座位。我喝到第二杯时，忽然瞥见吧台背后的木板墙上挂着的一幅油画，是莫里斯的名画《捕蝶》。林木葱茏的画面上一位身着白裙的少妇，手持捕蝶网在追捕几只蝴蝶，身后的孩子们在草地上采着野花，嬉戏、玩耍、无忧无虑。这是我最喜欢的法国印象派女画家莫里斯的作品，她是那么擅长在平常日子里撷取生活的诗意，把世俗烟火再现得温暖无比。

那一刻，我突然泪流满面，柔情迭起。我甚至相信，上帝是和遭逢不幸的人们在一起的。我感觉失落已久的灵魂，像墙角里的那架老式钟摆，在夜空下荡来荡去。当黑暗像潮水一般从森林里退去，天色由浅入深，变作成熟的南瓜红时，我不再觉得自己是一座万劫不复的孤岛。

我决意把孩子生下来，但你明白，我必须回到中国去……

13

晨曦初露，以旋从东墙的大窗口望出去，昏暗的林子里现出一圈雪白的轮廓。什么时候又落了一场雪。雪很薄，很浅，铺得却很开，拂晓前的一阵风把它们吹得纷纷扬扬。细微而轻盈的雪粒，如初春的柳絮，四处蔓延，附在草尖上，附在枝丫间，带来细碎而真切的希望。

当早晨的第一缕阳光点亮对面的群山时，以旋靠在窗前展开了雪白的纸张。

亲爱的若曦：你好！

感谢你对我的信任。在我的眼里你总是那么至纯至率，始终对我赤诚相见。这不仅仅是同胞之间的单纯情谊，而是咱们姐妹流落外乡的至深缘分。你决定把腹中婴儿带到这个世界上来的举动，令我感动得日夜流泪。可静下来仔细想想，你一个年轻女子该如何养育这个孩子呢？其中的困窘和难处，是难以预料的。若曦，你若信得过我，就带着孩子回来吧，让我替你照顾和养育——不管是个小子还是个丫头，都会让我欣喜万分的。你知道，家里的婴儿床是现成的，我们有足够的牛奶，还有各种各样的动物玩具，我和弗雷德绝不会让孩子受半点委屈的。

生命复萌的出路，就在于回归大自然，返璞归真，若曦，等着你回来啊。以你的聪慧和美丽定能赢得一份真爱，用完美的两性关系重新点燃希望和未来吧。

以旋顿了一下，突然想问问若曦，到底如何处置自己的婚姻和一系列遗留问题呢？转而又一想，若曦是何等有勇有谋敢作敢当的一个女子！她有主见，有魄力，果断而执着。离开德国之前这丫头必定已成竹在胸，否则怎会走得那样决绝。既然若曦自己都未提及此事，我又何必在这个时候扯出这些个糟心事呢？只会给若曦添堵，进而影响到她此刻的情绪。就让她照自己的谋划在上海静养一段时间吧，所有的一切都会事关小宝宝的发育和成长。以旋这么想着，两只眼睛瞬间成了B超探测器，清晰地瞅见了小家伙的轮廓，一个可爱乖巧的小人儿。以旋心满意足地合上信，都有些踌躇满志了。她把信贴在胸口上，目光从墙壁到天花板一径地走下去，直落到门前那两簇绚烂的石竹花上。

第二天，以旋坐在阳光下把信又誊抄了一遍，交给每天下午从山下过来的邮递员手上。牛吃饱了，并排卧在风里吼两声，甩着尾巴扑打屁股上的蚊蝇们。以旋将哼哼唧唧的八哥犬拴在树下，独自沿山道往金灿灿的坡上走。正是落日黄昏，黑压压的云杉霞光纷披，耀眼夺目，一种强烈的视觉冲击感攫住了她，仿佛在不知名的地方蕴含着一股难以抵挡的气势。以旋专注的眼神，忽地被一只棕褐色的麋鹿分散了。一只母鹿冷不丁地从林子里窜出来，从她身旁一闪而过，轻盈地跳到一棵树下，舌头一卷，一颗熟透了的苹果就被卷进了它的嘴里。以旋十分欣喜。冬季休耕的山坡上有不少果树，叶子落光了，却留下油滋滋的浆果。腊月天狐狸找不到猎物时，浆果是它们一冬的口粮呢。还有森林里的马蜂、蚂蚁和小松鼠们，全和人类一样善于储存食物。看着看着，以旋的泪直往外涌。

圣诞节一过，春天也就快了。以旋心里的憧憬如蝴蝶翩跹，擦着花朵与草尖翻飞。一只带斑点的褐色蝴蝶，云彩似的坠落在一棵颜色与它相仿的鳞状杉树皮上，在晚霞和阴影的笼罩下，以旋几乎察觉不到它的存在。以旋简直要羡慕这些小东西了。它们栖息在枝干的浓荫里，辗转于美丽的花丛中，与清风低语，随阳光鸣啭，还能保持一派天真与安详。这一发现，让以旋兴奋不已。她想动物和人类的行为是多么的相像啊——为了生存，为了保全自我，不得不藏起个人的意志，最大限度地跟周围的环境妥协，回环退让，曲意逢迎，明哲保身，恰似蝴蝶这种妙不可言的拟态和保护色。

人的存在早就不那么理直气壮了。比如作家的文字，需要种种修辞和粉饰，所谓春秋笔法，文过饰非也。自然淘汰的途径也是新的意识形成和诞生的方式。以旋想起了前夫，想起离婚之前他的种种表现。为了赢得那次外派的工作机会，前夫在自己的履历上撒下的弥天大谎。而她呢，以旋自然想到了自己。她之所以万里迢迢背井离乡不顾一切地潜入这片陌生的天地，不就是想规避离婚后的失落和周围打探的目光吗？

以旋轻快地走上山坡，俯瞰莱茵河水。雪岩碧立，波光帆影，尽收眼底。她心里的田园风光，随莱茵河一波一波的细浪缓缓升起。

（刊载于《十月》2015 年第 5 期）

家园已在身后，世界尽在眼前

——从奥华作家方丽娜的“蝴蝶三部曲”谈起

颜向红

我是在火车上读了方丽娜的新作《蝴蝶坊》的。连绵起伏的雪山丘壑、城市村庄呼啸而过，小说的情节，如同窗外肃杀的凛冬一样，对应着主人公从身体到情感到心灵的流亡——故事在现实中复活了，我仿佛正与人物一道乘着二十世纪的国际列车横跨欧亚大陆，背井离乡颠沛流离，从冰封的东北到莫斯科，从巴黎到维也纳，行色倥偬，半世荒芜，桃源望断无寻路，此生心安何处？到站关机之际，约翰·托尔金的这句“家园已在身后，世界尽在眼前”浮上心头。

一

方丽娜的创作多产而高质，具有很强的辨识度、很高的可读性和思考性。2017 年出版了小说集《蝴蝶飞过的村庄》之后，仅在 2018 年，她便相继发表了《情困布鲁塞尔》《斯特拉斯堡之恋》《夜蝴蝶》《魔笛》等中篇小说。其中，《处女的冬季》获“2018 年都市小说双年展”三等奖，并入选“都市小说优秀作品精选”，《夜蝴蝶》入选“2018 年海外华语小说年展”，她本人被台湾《艺文论坛》推为“世界华文主题人物”。

这些作品以跨国婚恋中的文化冲突为主题，故事逻辑的推演迂回婉转、步步为营、严丝合缝，节奏张弛有度，精巧地设置悬念伏笔，造成很强的戏剧冲突，极大地满足了读者的阅读期待。其叙事视角是双向的，站在东西方文化的交叉口上，或从西方的角度反观故土，或以东方的眼光审视西方，横跨中西的情节，紧密自然地结合在一起。方丽娜还创造出代表中华古典文化的“宋城”。这个具有象征性的意象，反复出现，与众多欧洲历史文化名城相呼应，从历史背景到人文环境的碰撞，丰富的欧洲元素、海外性和乡土性形成了两个维度：出走与返乡，这一对矛盾的特殊张力，令小说跨越了特定的时间和空间。她善于运用蒙太奇手法进行大幅度的跨时空叙事，大量的插叙，时空交错，过去和当下不断切换，使得故事和人物具有深厚的命运感。作品结构如同哥特式建筑一般立体丰富，错落有致。优雅细腻的语言风格，营造出略带忧伤却又透出点点温暖的审美氛围。

二

值得关注的是，从《夜蝴蝶》到近期刚杀青的《蝴蝶坊》，其小说创作进入一个新的境界，视野更加宽阔，以两桩谋杀案代入，冷峻地直面现实人生，书写姿态具有了犀利的批判现实主义的锋芒。主角依然是凄苦无告的女性，这位对蝴蝶情有独钟的女作家，怀着对女性深切的爱，将女性的个体命运置于人类时空中，通过小人物在大时代的巨浪里沉浮的悲剧，以捭阖纵横的大手笔，展示现实的残酷、人性的渊薮，以及深渊中的拼搏、希冀和救助。

《夜蝴蝶》的故事发生在国内一个贫困破败的矿区“函镇”，原本美丽单纯、善良聪慧的小镇女孩陆雪，被各种不公正的社会现实所挤压，绝望中以暴易暴，残忍地杀死了好友（也是情敌），制造强奸假象，用汽油焚尸。这个镇上每个人都沉浸在无望、贪婪、愚昧、冷漠、孤独之中，失去爱与被爱的能力，女人要么疯要么杀人，男人要么死于矿难要么逃离，正如著名批评家王红旗所分析的：“小说挖掘出封闭与开放、传统与现代、物质与精神，在个体生命深处与生存世界意识流里惊心动魄的博弈。这不只是个体人的精神困境、‘函镇人’的精神困境，已经是全人类的精神困境。”[1]

如果说，《夜蝴蝶》通过一个中国小镇这个“点”揭示了人类精神的坍塌；那么，《蝴蝶坊》便是《夜蝴蝶》的姊妹篇，由“点”到“线”再到“面”，从世界范围展现了人类精神的整体塌方，堪称欧洲版的《夜蝴蝶》，小镇女子逃到国外，依然逃无可逃。通篇充满隆冬气息、寒冷血腥阴郁。

“夜蝴蝶”常常指称从事性服务业的女性，隐晦而暧昧，那都是些怎样悲切无助、美丽飘零的灵魂啊！这个丈夫名叫“大寒”，儿子叫“小寒”，自己名叫“秋月”的东北女人，果如寒彻骨髓的秋之月夜一般孤苦伶仃：在沈阳重工业转型的改革大潮中失业，“废料般被厂子里裁减下来，扔进城市的垃圾箱”，为生计不得已远赴俄罗斯做小买卖；遭劫匪掠夺去全部财物，不得已偷渡法国，辗转奥地利，在青春已过、姿色已失之年沦为站街女，被丈夫儿子、父老乡亲所抛弃，再也回不去故园；好不容易熬到建立了自己的“产业”——按摩店“蝴蝶坊”，甚至有了知疼知暖的绅士“爱人”，即将找到人生归宿时，却被同行姐妹横刀夺爱，万念俱灰之际顿生杀机。当她把刀尖刺入情敌的心脏之时，所有残存的人性瞬间崩溃，整个天地都发出一声沉痛的哀叹。

小说的时代性也是文本的历史性，它使文本成为当下社会特征、精神状况、文化风物、爱恨情仇等况味的呈现。作者在仅三万多字的中篇里，没有流连于琐屑，而是以大格局、大视野、大胸怀触及一系列现实危机：失业问题、难民问题、信仰问题、妇女问题、物欲问题、人性问题、种族问题、暴动问题……小说追溯了奥地利、荷兰的色情业历史，将目光重点驻足于秋月这个风尘女子，她的独特身份，成为串联起各国各阶层人物的纽带。首先是性服务业中的同行：来自俄罗斯的前世界体操锦标赛的亚军斯塔；仗义厚道却不幸被客人劫财而杀的“按摩店”老板娘菊姐；好吃懒做、生来“似乎就是用于堕落的”、受虐成癖的大学生莎莎（最终成为秋月的刀下之鬼）……小小的“按摩床”，是“为家人为孩子打开的一扇门，两腿之间蕴藏着通往天堂的阶梯”“命运像强奸，你反抗不了就要学会享受”“饭都没得吃，还奢谈什么自尊呢？”，她们秉承着这个朴素的生存理念和“为娼之道”，与不公正的世界讲和，度过那些至暗时刻。

只有在生日派对上，十几个来自东北的站街女同胞，齐唱起了“我是一只小小小小鸟，想要飞，却怎么也飞不高……”时，才记起自己是有感情、需要温暖的人。然而，雾失楼台，月迷津渡，可堪孤馆闭春寒，砌成此恨无重数。

这些妓女牵涉出各色人等：黄、黑、白不同肤色的越南、北非、阿拉伯、东欧难民，酒鬼、吸毒者、嫖客、变态狂，热衷于性描写的三流作家，被通缉潜逃的国内贪官，卖假LV的河南女子、蛇头、倒爷、偷渡客、抢劫犯、杀人犯……这些人用各自的方式胼手胝足地挣扎打拼，构成了欧洲社会底层群像，他们徘徊于法律的夹缝和道德的边缘，交叉于各个族群、社会阶层之间，犹如疥疮在金碧辉煌的世界文化中心巴黎和维也纳暗角发臭溃烂。谁说欧洲就是瑰丽的天堂？谁说出国就一定能发财圆梦？未来搁浅于远方，希望只剩下泡沫。当上流社会的头面人物衣着光鲜于金色大厅歌舞升平、于咖啡馆中吟风弄月之时，小人物却食不果腹居无定所，在死水里挣扎，他们的天空，永远是昏暗的。破绽百出的人生，兵荒马乱的内心，静静的顿河、蓝色的多瑙河、散发过茶花女体香的塞纳河，从古到今，每个晨昏都传播着猩红热般的病毒，它逼着雨果《悲惨世界》中的芳汀剪去一头长发并出卖自己，它是科幻作家郝景芳在《北京折叠》中书写的现代城市寓言：顶层操控规则，中层高节奏工作，而底层的穷人，将连被剥削的价值都不再会有。弱势群体还原了社会真实的底色：人类在物质贫困进而精神贫困的压迫下，失去生存的空间，失去灵魂的归宿，失去了精神家园。这才是真正的“乡愁”——很多海外华文作家都爱写“乡愁”，但方丽娜的作品赋予“乡愁”以更宽泛更深刻的意义，即每个人不仅仅在寻找地理故乡，更在寻找精神原乡。由此，她在“乡愁”题材上的写作，跃上了新高度。王红旗总结道：在全球语境下，方丽娜通过对现代文明进程中人性流变的透视，对生活在海外乃至故国社会底层的女性生存困境的描摹，挖掘出传统与现代、物质与精神、理想与现实，在个体生命深处与生存意识流里惊心动魄的沉浮、博弈，表达出一个觉醒者对人类的性别和家国苦难的悲悯情怀。[2]

关于全球化危机，著名荷华作家、欧华文学会会长林湄的描述令人揪心:“眼下我们是生活在21世纪的世界，社会已进入科技与信息时代。一方面，国与国、人与人之间竞争有增无减，看看地球村的景观——经济不景气的颓丧主义，厌战情绪，信仰日益没落，移民潮困恼，文化碰撞、冲突，加上情爱、宗教、漂泊、种族间矛盾，环保和社会问题层出不断，让人揪心与困扰。另一方面，说明人类将面临更大的挑战:现代科技与文明并没有改变人的命运，人类依然生存于彷徨、不安、恐惧和没有安全感中。”[3]

如何走出这样的泥淖呢?

三

诺贝尔文学奖获得者鲍勃·迪伦在歌中唱道:一个男人要走过多少条路才能称为一个男人?一只白鸽要越过多少海水才能在沙滩上长眠?炮弹在天上要飞多少次才能被永远禁止?我的朋友，答案在风中飘荡……套用这个句式，我们不禁进一步追问:一个女人要流浪多久才能找到爱的归宿?一只蚕蛹要经过多少次蜕变才能成为美丽的蝴蝶?苦难要被眼泪浸泡到何时才是尽头?

人类历史上第一宗谋杀案是《圣经·创世记》中所记载的，亚当和夏娃从伊甸园偷吃禁果后被贬下凡间，生了两个儿子，大儿子该隐杀了小儿子亚伯。上帝对该隐说:“你做了什么事呢?你兄弟的血有声音从地里向我哀告。地开了口，从你手里接受你兄弟的血。现在你必从这地受诅咒。你种地，地不再给你效力，你必在地上。”上帝用永远的流浪惩罚该隐的谋杀罪，因此，在地上流离飘荡，正是人类因这些罪恶而招致的基本生存状况。

答案果然在风中飞吗?人类的原罪永不得赦免吗?作为一个有根的作家，方丽娜不甘心，她希望人类通过艰苦的努力获得救赎、宽恕和赦宥。《出埃及记》中，先知摩西带领众生去寻找“流着蜜和奶”的迦南之地，小说中，作家方丽娜用“蝴蝶三部曲”策划一场还乡之旅——说到底，流浪和还乡是文学永恒的主题，“从存在论的意义上说，每个人都是游子，他既需要一次精神远游，也需要一次精神还乡”[4]。

方丽娜笔下主人公的还乡之旅，将归向何方？其实，在《夜蝴蝶》和《蝴蝶坊》之前创作的中篇小说《蝴蝶飞过的村庄》里，早已隐隐约约指出抗衡声色犬马、人欲横流的城市文化对人的排挤压迫、抵达家园的一种可能：土地、村庄与河流，“将不平等的社会关系转换为人与自然的和谐关系”[5]。在这篇小说中，主人公以旋曾因前夫的出轨而家庭破裂，负气离开中国省城漂泊于布达佩斯、布拉格、海德堡等世界名城，经历了一系列磨难，最后定居于德、法边界莱茵河畔黑森林。从受人尊敬的教师，到异国底层的打工妹，最后不知不觉在欧洲大陆的山水之间，过起了农户般的日子，安居乐业于乡村田野：“她手搭凉棚站在敞开的宅院前，感觉整个山头都成了自家的院子。四头奶牛和一辆小型拖拉机，还有活蹦乱跳的八哥犬，这就是他们的全部家当了。以旋望着当头的大朵白云，将奶牛一个个赶到坡下去撒欢儿，然后操起家里那台半旧的割草机，伴着机器的轰鸣，在绿浪滚滚的草坡上走来走去。奶牛们闻到了新鲜的草腥味，晃荡着大奶追过来，在女主人的屁股后头边走边嚼。”[6]

好一派田野牧歌，正所谓“人间有味是清欢”！约克镇，与中国小镇函镇和其他国际大城市完全不同：壁炉之火噼啪作响，风里都是金色的旋律，这有家有口的日子、有土地有牛粪的丰盈的生活质感，庸常平凡却充满希望，潜藏在琐碎日常中的爱与呵护，日出而作日落而息的传统农耕文明，安详稳定、恬淡自足、民风淳朴，不正是“流着蜜和奶”的迦南之地的隐喻吗！

然而，突如其来的变故打乱了以旋幸福的脚步，怀里的胎儿夭折，令其再次陷入心灵的困顿而怀疑人生，这时，游历、探索莱茵河的疗伤之旅，便呈现出另一种寓言意义：莱茵河既是河流，更是历史和文化之川，是充满活力、生生不息的生命体。游轮在水面上犁出的倏忽远逝的水波，在她眼前展开了另一个世界，镜头拉向白浪滔滔的远方，世界骤然变得辽阔，生活细部被廓清，生存际涯被拓宽，在海涅、古城堡、俄狄浦斯雕像前，对历史的回溯和想象震撼了她的心灵，修复了她的创伤，使她又一次获得了新生。最后，她作出了决定：收养同胞姐妹因偶一失足而萌孕的孩儿，用爱让生命得以延续，展示了母性之光最大的柔韧和力量，彰显了个体强大的生命意志。

这是不是方丽娜的乌托邦呢？大地与河流崇拜是否是一味解毒剂呢？乡村和自然是否仅仅“是一个思念或者思索的美学对象，一种故事，一种抒情，甚至一种神话”呢？毕竟，“故乡、大地、母亲、根——这些意象之间的隐喻关系源于农业文明的修辞系统”。[7]

但方丽娜没有做这种简单的“寻根”想象，她笔下的欧洲乡村是经过现代化洗礼的、隶属于全球化和现代化坐标体系之中的一个区域，与城市存在有机联系；以旋这类自救救人的女子，是受过现代文明熏陶教育的知识女性，完全有别于原始的乡妪村妇。因此，这个伊甸园般的乡村大地，已经被赋予了新的意义，设定了新的密码。

方丽娜在一篇创作谈中写道：“归根结底，我们都是在迷惘中寻找出口的人。丹麦剧作家拉斯·冯·提尔在电影中曾传递出这样的观点：这个世界的本质是残酷的、黑暗的，所有温情的、弱小的、闪着萤辉的肉身和灵魂都会受到伤害，但是，这些温情弱小的灵魂并不孤独，它们会照亮我们内心的黑暗。”[8]

基于这样的信念，我们在前述的《蝴蝶坊》的结尾看到“方丽娜式”的经典暖色：杀人犯秋月走出没有死刑的奥地利监狱，在马休（昔日由客人发展为恋人，文中唯一的绅士）的宽容和帮助下，在“世界卫生组织”的关照下，配合奥地利红十字会将“蝴蝶坊”改造为服务站，旨在救助那些于奥国谋生的中国性工作者。这个温馨的结局，进一步引发读者思考有关同情、仁慈、爱心等人道主义问题。

“蝴蝶三部曲”是一组关于心灵流浪与返乡，以及人生可能性的女性寓言，三个中篇，烛照和呈现三种不同的精神世界，三段改弦更张的生命轨迹，三种截然不同的人生际遇。最终，蝴蝶扇动着翅膀向着光亮翩翩飞去，带着有如罗兰·巴特在《明室》中所描述的那种“偶然性轻盈透明的外壳”。不，这不是偶然性，而是必然性，验证了林湄关于写作意义的认识：“或许只有文学艺术可以帮助人在实际生活中，从作品里获得启迪或开悟，看到希望和光明，从而提高素质、品位和欣赏能力，化解人生的苦难、减少疑惑烦恼，增添生存的乐趣和力量，令‘第二重悲凉’得以超越和升华。”[9]

参考文献：

【1】【2】王红旗：《用“乡愁”记忆追寻人类精神生态流变》，载《名作欣赏》2018 年第 3 期。

【3】【9】林湄：《作品中人物命运与时代社会意义》，载《女作家学刊》2019 年第 1 期。

【4】谢有顺：《 终归是无处还乡》，载 https：//mp.weixin.qq.com/s/b9QqF-2MyE1uwJFEN9nsqQ。

【5】【7】南帆：《启蒙与大地崇拜：文学的乡村》，载《文学评论》2005 年第 1 期。

【6】方丽娜：《蝴蝶飞过的村庄》，太白文艺出版社，第 60 页。

【8】方丽娜：《海外华裔女作家方丽娜：在迷惘中寻找出口》，载 https：//mp.weixin.qq.com/s/0hfU2-vkoVfv7BW4vsbN4g。

颜向红：女，欧华文学会理事，《欧洲时报》“欧华文学副刊”主编，福建教育学院副教授、副编审。现居奥地利，从事文学编辑、评论和写作。发表文字约 100 万字，各类作品、论文散见于国内外华文报刊及学术杂志，出版个人作品两本。

图书在版编目（CIP）数据

夜蝴蝶：方丽娜小说精选 / 方丽娜著. -- 北京：作家出版社，2019. 8

ISBN 978-7-5212-0643-2

Ⅰ. ①夜… Ⅱ. ①方… Ⅲ. ①中篇小说 - 小说集 - 中国 - 当代 ②短篇小说 - 小说集 - 中国 - 当代 Ⅳ. ①I247.7

中国版本图书馆CIP数据核字（2019）第153954号

夜蝴蝶：方丽娜小说精选

作　　者：方丽娜
责任编辑：田一秀
版式设计：芬　妮
出版发行：作家出版社有限公司
社　　址：北京农展馆南里10号　　**邮　　编：**100125
电话传真：86-10-65067186（发行中心及邮购部）
86-10-65004079（总编室）
E-mail:zuojia@zuojia.net.cn
http://www.zuojiachubanshe.com
印　　刷：北京明月印务有限责任公司
成品尺寸：152×230
字　　数：230千
印　　张：16
版　　次：2019年8月第1版
印　　次：2019年8月第1次印刷
ISBN 978-7-5212-0643-2
定　　价：39.00元